깃 발
— 충무공 금남군 정충신 —
❸

이계홍 지음

깃발
― 충무공 금남군 정충신 ―
❸

이계홍 지음

범우

3

차
례

25장 조산보 만호

　야인여진(野人女眞)은 여진족의 세 분파 중 가장 가난한 부족이다. 헤이룽장 유역에 진을 친 해서여진(海西女眞)과 지린성의 건주여진(建洲女眞)보다 만주 북방에서 활약하는데 주로 유목과 농경을 병행했으나 박토가 많은데다 갈대숲이 우거진 습지대가 대부분이어서 농사를 짓기가 어려웠다. 깊은 산이 없으니 값나가는 호랑이 곰 사슴 늑대 따위를 사냥할 수도 없었다.

　이들은 강가에서 제한된 수렵이나 야산에서 꿀과 버섯을 따거나 나무를 베는 임업을 생업으로 삼았다. 그래서 노상 식량이 부족해 궁핍하게 살았다. 결국 도둑질로 먹고 사는데 두만강 변경과 함경도가 노략질의 대상이었다. 이들 때문에 조산보 만호 이순신도 골치를 앓았다.

　선조 20년(1587년)의 일이다.

　임진왜란이 일어나기 6년 전인데 이때도 조선은 남쪽과 북쪽 모두에서 외침이 있었다. 남쪽은 왜구의 침략이고, 북쪽은 여진족의 약탈이었다. 이순신은 녹둔도(鹿屯島)의 둔전관이자 조산보 만호로 복무했다. 녹둔도는 기름진 땅으로서 이곳에서 생산되는 곡물로 산악지대 함경도를 먹여살리고 있었다.

여진족은 가을 수확철이면 세금 받아가듯 녹둔도의 기름진 농토에서 난 수확물들을 군사를 끌고와서 주민을 겁주고 약탈해갔다. 야인여진은 여러 새끼 부족들을 통합해 세를 확장중에 있었으므로 군사가 조선의 녹둔도 주둔군의 다섯 배나 되었다. 천하의 이순신이라도 세가 부족한 데는 방법이 없었다. 그리고 그는 육전에는 서툴렀다.

이순신은 어느 날, 적정을 살피고 척후 활동을 벌인 결과 군사 300명만 보충하면 두만강 북변에서 적을 물리칠 수 있을 것 같다고 생각했다. 수전에 강한지라 그들을 강가로 유인해 두만강물 속에 처박아버리면 완전 수장시킬 수 있다고 믿었다. 그는 상관인 경흥부사 이경록과 북병사 이일에게 추가 병력 지원을 요청했다. 그러나 가타부타 응답이 없었다. 어쩔 수 없이 그는 함경도 청진 함흥 해안지대로 물을 다룰 줄 아는 수병들을 모병하러 나갔다. 그 사이 여진족의 침탈을 받은 녹둔도는 150명의 사상자를 내고, 100여 명이 포로로 끌려갔다.

"죽은 자는 어쩔 수 없고, 끌려간 산 자라도 구합시다."

뒤늦게 이순신은 합류한 이경록과 함께 적의 뒤를 쫓아 적장을 사살하고 60명의 포로를 구출했다. 그러나 식량까지 몽땅 털렸으니 분명한 패배였다. 북병사 이일은 조정에 장계를 올렸다.

— 조산보 만호 이순신은 근무지를 무단 이탈하였으며, 그 결과 녹둔도는 무참히 짓밟혔습니다. 여진족 침입을 격퇴하도록 지엄한 명령을 내렸거늘 상관의 명령을 불복하는 하극상도 자행하였나이다. 이순신을 벌하여 주시옵소서.

"이런 못난 자식!"

선조는 머리끝까지 화가 나 일갈했다.

"이순신 그자를 졸병으로 강등하고, 백의종군토록 하라!"

본때를 보여야 한다. 그래야 다른 무장들이 겁먹고 분기탱천할 것이며, 도망갈 생각도 못 할 것이다. 이일은 부하를 강하게 몰아붙여야 자신의 실수를 덮을 것이라고 생각했다. 이순신의 병력 지원 요청을 깔아뭉갠 것을 여하히 숨기는 것은 거침없는 우격다짐이라야만이 통용되는 것이다. 섣불리 조졌다가는 간보는 것으로 알고 오히려 대든다. 조선 사회는 전후좌우 막론하고 목소리 큰 놈이 이기는 풍토였다. 이순신은 어명의 송장이 당도하기 전에 지원병을 포함해 2700여 조선군을 이끌고 여진족 부락을 습격하여 조근조근 복수전을 벌여나가고 있었다. 여진족 군사의 근거지를 역습하니 빼앗긴 조곡과 미곡 오백 석도 다시 회수해올 수 있었다. 이때 여진족 군사 200이 수장되었다. 이순신이 명예회복을 한 것은 그러나 그로부터 한참 후의 일이었다(〈조산보 만호 '이순신 장군과 6.25전쟁 3군단장의 차이' 일부 인용〉)

장수의 책임감과 상관의 모략을 보고, 정충신은 침을 칵 뱉었다. 침은 바닥에 떨어지기 전에 얼어붙어 눈조각처럼 바람에 흩날렸다. 나무가 쩍쩍 벌어지는 매서운 추위였다.

정충신의 조산보 만호직은 이런 추위 가운데 출발했다.

"웃기는 자들… 이러니 아직도 녹둔도는 오랑캐의 밥이 되지."

그로부터 이십 년이 지난 지금까지 조산보와 녹둔도는 야인여진의 약탈 근거지가 되고 있는 것이다. 이것을 어떻게든 멈춰야 한다. 정충신은 젊은 군관들을 소집했다.

"이번에야말로 뽀쏴버리자."

“그놈들 숫자가 많으니 당해낼 재간이 없습니다. 차라리 곡식 얼마를 떼어주고 말지요.”

“그 말 한 놈이 누구냐?”

정충신이 눈을 부라리며 좌중을 훑었다.

“비굴한 생각을 하려거든 저 푸른 두만강물에 코박고 뒈져라. 나의 사전에는 쌀 한 톨도 이유없이 뺏길 수 없다. 알간?”

그때 목책 부근의 초병이 급히 뛰어들어왔다.

“만호 장수! 건주여진의 젊은 장수가 찾아 왔나이다!”

“건주여진의 장수? 누구냐?”

감이 잡히지 않았다.

“그렇게만 전하라고 하였습니다!”

나가보니 누르하치의 차남 다이샨이었다.

“와, 여긴 웬일인가?”

정충신이 한달음에 달려가 그의 손을 잡았다.

“정 만호가 조산보로 왔다길래 찾아왔지. 우리 꽤 됐지?”

“그렇군. 꽤 됐지. 그래, 잘왔다. 다이샨도 의젓한 장수가 되었군. 어서 자리로 가세.”

정충신은 막영의 깊숙한 방으로 그를 안내했다. 따끈한 백두산 산삼차를 내놓자 그는 단번에 두 잔을 마셨다.

“내 다이샨에게 고마움을 표시할 마음도 없었네. 어찌 기별을 하면 랴오닝성 끝머리에 가 있다고 하고, 어느 때는 지린성 창스, 푸순에 가 있다고 하고… 좌우지간 예를 취하지 못했어. 보내준 군마로 우리가 군사들 큰 힘을 얻었지. 그 고마움을 표시하려고 여기저기 수소문하는데 밤새 천리길을 달려가버리니 따라잡을 수가 있어야 말이지.”

"무인의 길이란 한 곳에 멈춰있을 수가 없지. 계속 창을 날리고 말을 달려야 하는 신세 아닌가. 정벌을 완료했어. 하지만…"

"무슨 일이 있었나?"

"야인여진을 마저 정벌해야지. 그걸 아직 이루지 못했단 말이야. 야인여진을 아버님께 선물로 바칠 생각이야."

대륙의 아들이라서 그런지 그의 꿈은 원대했다. 다이샨이 다시 말했다.

"그런데 야인여진이 만만치 않아. 그 만만치 않은 이유를 내가 알았지."

"뭔가. 우리도 그놈들 때문에 골치가 아프네."

"정 만호, 모르겠나?"

다이샨이 아직도 모르느냐는 투다.

"난 도통 모르겠는데?"

"야인여진의 힘이 어디서 나오느냐면, 바로 녹둔도에서 나온단 말이야. 녹둔도에서 수확한 곡식이 그놈들 배때지를 따뜻하게 해주지. 용쓰는 힘이 거기서 생겨. 그놈들 병참기지나 다름없는 녹둔도와 두만강 하류를 정 만호가 방어해야 한단 말일세."

그제서야 정충신이 껄껄껄 웃었다.

"그것 참 잘된 일일세. 나도 그놈들이 고약해서 어떻게 분쇄할까 마음을 먹고 있었는데 말이야. 내가 그놈들을 밀어버리면 다이샨이 야인여진을 공격해 접수하겠다는 거지?"

다이샨이 고개를 끄덕였다.

"내가 야인여진 만리 길을 헤매었는데 이놈들이 군량 기지를 두만강 하류 평야와 녹둔도에 두고 있더군. 그곳을 지키는 사람은 조선의 조산보 만호나 녹둔도 둔전관 아닌가. 그런데 할 일 없이 방치한다는 걸세. 먹고 놀면서 한가하면 수렵을 나가고, 투전이나 하고 말 일세. 야인 방어가 허술하고 병사들이 보이지 않으니 누구 좋으라는 것인가. 조선의 최북단이라서 조정의 입김이 미치지 않아서 정신이 해이되고 이완된 탓인가?"

"지적해주어서 고맙네."

정충신은 그의 다음 말을 기다렸다.

"야인들이 내놓고 조선군을 야유하더군. 쳐들어가도 낌새를 모른 다는 기라. 어차피 대거리하면 죽게 되는데 뭐하러 나가냐는 것일 세. 그들이 노리는 건 조선군의 머리가 아니라 곡식인데, 곡식만 약 탈하면 떠나가는데, 지 목숨 버릴 필요가 있느냐는 거지. 원하는 곡 식을 내주고, 병기도 내주고, 그러면서 제대 일자를 기다려서 돌아 가면 그만이라는 거지. 목숨 하나 살리려고 모든 것을 내준단 말일 세. 이러니 우리가 고약하지 않나. 이걸 방치할 것인가?"

"방법이 있나?"

"있지. 그놈들의 병참기지를 옥죄어야지. 그러려면 우리가 합동 작전으로 부숴버리면 돼. 야인이 망하는 건 그것밖에 없지 않은가."

"좋아. 녹둔도에는 우리 둔전관과 감군(監軍) 병사들이 들어가 있 는데 이제부터 내가 지휘하게 되지."

정충신은 다이샨이 그를 찾은 이유를 이제야 알았다.

"협동작전으로 협공을 한다. 그래서 녹둔도에 그자들이 얼쩡거리 지 못하게 한다… 옳거니!"

"우리가 쳐부수면 야인여진은 지구상에서 사라질 거야."

"잘 왔네. 함께 그놈들 몰아내면 천리 밖은 우리 영토일세."

그러자 다이샨이 갑자기 눈을 험하게 뜨고 정충신을 노려보았다.

"내가 원하는 것은 합동작전이지 땅을 내주겠다는 것이 아니야.

대금(후금)제국을 건설하는 데 있어서 우리를 도와야지 과욕을 부리면 우리 우정이 금이 가네. 정 만호는 못된 야인을 몰아내고 조선반도 백성들을 평화롭게 살게 해주는 것만으로도 애국자가 되는 거야."

"나는 충분하지 않네."

정충신이 반발했다.

"우리가 여기서 또 싸우자는 건가? 과욕은 버리게."

"이 사람, 무슨 헛소리하고 있어. 거기는 엄연히 조선 땅이야. 내 땅을 내가 지킨다는데 왜 그리 말이 많은가."

"지금 야인여진이 접수하고 있잖은가. 그러니 여진족의 땅이지."

"무슨 개소리야. 그놈들은 도적이지 야인여진족이 아니야. 그자들 거기 관아에 적을 올렸나? 우리는 문명국이라서 관아의 지적계에 등록되어 있는 것을 기준으로 니 땅이냐 내 땅이냐를 판별하네. 한번 가서 조회해볼까?"

"현실이 중요하잖나. 실효적 지배도 모르나?"

싸움에는 능하지만 문서나 문자에 약한 줄 알았더니 다이샨은 의외로 논리가 있다.

정충신이 다이샨을 노려보며 전라도 말로 명토박았다.

"본래는 헤이룽강 쑹화강 이천 리 밖까지 모두 우리 조상 땅이여. 고조선 때부터 우리 민족의 영원한 삶의 터전이었당게. 무식하면 말을 하들 말아야제. 우리의 고토를 되찾겠다는 생각은 자연스런 꿈 아닌가?"

"꿈도 야무지군. 너희 나라 군사들이 지키지 않고 침략군을 피하거나 도망가버리니 적들이 차지해버렸잖아. 지켜도 정복당하는데, 지키지 않는 땅은 누구나 차지하게 돼 있다. 여기에 여진 부족이 터를 잡고 산 지도 어언 기백 년이 되었다구. 그래서 우리 누르하치 가문이 여러 여진 부족들을 하나로 통일해서 대금(후금) 제국으로 만들려는 것이야. 그게 당연한 일 아닌가. 너희는 선비의 나라인지라 이런 영토 욕심이 없잖아. 내부에서 자리 싸움만 한다더라고? 맞지 않냐? 맹자왈 공자왈만 부지런히 외우면 떡이 나오는 나라잖나. 그런데 자네는 좀 다르군."

정충신이 모욕을 당한 기분이어서 이를 물었다.

저 광활한 대지를 어떻게 저런 야만족들에게 내주었단 말인가. 무기라고 해봐야 칼과 활뿐인데. 거기에 비해 우린 화약병기와 천자병통, 지자총통, 진천뢰, 호준포, 포차, 화포 불랑기도 갖추지 않았나. 그런데도 도망을 가? 자존심도 없었나. 한심스런 조상인 것이다. 단순히 현재의 땅을 지키는 것만으로 만족하면 현재의 땅마저 빼앗길 수 있다는 병법의 기본 원리도 모른다.

정충신은 우리의 영토를 확고히 하고자 세종이 두만강과 압록강 사이에 북방 경계를 치고 철벽방어를 한 것은 대단히 잘못되었다고 생각했다. 세종은 최윤덕 장군을 시켜 침략해오는 여진을 방어했으나 자랑할 만한 것이 못 된다. 이것들을 저 멀리 동토 끝으로 밀어버렸어야 했다. 두 번 다시 침략하지 못하도록 종을 멸종시키는 따위로 요절을 냈어야 했다. 그런데 강가로 밀어붙이고는 할일 다했다고 돌아오고, 그리고 변경 지휘관은 속히 전속 가기를 바랐다. 강가로 밀어버리면 수렵하고 살라는 것이지, 굴복시킨 것은 아니잖나.

물러난 만주 세력은 다시 세를 규합하여 몰래 스며들어와 이번에는 그들이 점령했던 온성 종성 경성 경원 회령 부령 6진을 반환하라고 큰소리쳤다. 남의 땅을 빼앗아 살다가 쫓겨나더니 다시 자기네 땅이라고 우기며 돌려달라고 한다. 이때도 최윤덕은 병력을 편성하여 여진족을 몰아냈으나 역시 두만강과 압록강 변경까지였다. 그러니 수렵하며 실컷 놀다가 배고프면 습격하며 집적거렸다. 그중 녹둔도의 수확물은 자기네들 것으로 여겼다. 조선족이 땀 뻘뻘 흘리며 지어놓은 농사를 무슨 세리처럼 싸그리 거둬가버린 것이다.

— 우리가 끝까지 밀어붙였어야 하는디 어중간하게 혼만 내중게 밀려버리잖여. 어느 결에 압록강 두만강이 국경선이 되고, 이 국경선도 불안하게시리 그놈들이 쳐들어온당게.

정충신이 이렇게 생각하며 서있자 다이샨이 말했다.

"어이, 정충신 만호, 그대는 여진 부족의 기질이나 성향을 잘 모르는데, 여진족은 용맹스런 기마민족이야. 기동전과 약탈전이라면 끝내주는 부족이라니까. 지금 분열해 있으니 세가 미약하지만 하나로 뭉쳐 단결하면 대륙을 집어삼킬 힘이야. 내가 그 일을 할 걸세. 그러니 나와 화친해서 저놈들 몰아내고, 조선은 주민들 평화롭게 살도록 하면 되잖는가. 등 따숩고 배부르면 원이 없잖나. 선비의 나라는 나물 먹고 물 마시고 이 쑤시면 더 이상 바랄 것이 없잖는가. 우리가 궂은 일 할테니 고상한 나라답게 유유자적하면 되는 것이 아닌가? 지금 당장 힘도 없고 세도 없는데 어떻게 할 수도 없잖나."

"지금 당장의 문제부터 해결하세. 약탈하는 오랑캐 놈들을 섬멸해야겠네."

"띠호아(좋아.)"

정충신과 다이샨은 전략을 짠 뒤 정충신 병사들을 강 건너 협곡에 매복시켰다. 다이샨은 다른 쪽에 자신의 부대를 배치했다. 조선 국경 안쪽 강기슭 마을에다가는 곡식더미와 약초와 호피, 녹피를 걸어놓았다. 오랑캐들이 환장하는 것들이다.

달이 중천에 떠오른 해시경 오랑캐 무리들이 말을 타고 야릇한 괴성을 지르며 얼어붙은 두만강을 건너오고 있었다. 그 말 숫자가 100여 필 되었다. 그들은 양곡더미와 널린 값진 물건들을 보면서 떵호아!를 연발했다.

"곡식은 말 수레에 실어 해. 수레는 천천히 오고, 호피 녹피 웅담 약초는 우리가 먼저 쓸어간다 해! 야호!"

그들이 물건을 쓸어담을 때 벼락같이 횃불을 든 무리들이 한 손에 창을 들고 질주해 이들을 덮쳤다.

"기습이다! 후퇴다!"

오랑캐들이 약탈물건을 쓸어담다 말고 말에 오르며 내빼기 시작했다. 젖먹이 때부터 말잔등에서 자라온 그들인지라 말 달리기는 누구도 경쟁상대가 되지 못했다. 뒤를 쫓는 조산보 병사들을 얕보듯이 얼어붙은 두만강을 건너며 또다시 야릇한 괴성을 지르고 있었다. 그러나 강심에 이르자 하나같이 강물 속으로 빠져들어 허우적거렸다. 그들은 찬 얼음장 밑에서 시체로 떠올랐다. 그들이 강을 건너 약탈하는 사이 강 건너편에 매복해있던 정충신 부대가 도끼로 모조리 얼음장을 깨뜨려 놓았던 것이다. 강심에 당도하지 못한 적병은 다른 정충신 부대 갑조와 을조의 공격으로 고꾸라졌다. 식량도 잃긴커녕 수레와 말도 얻었다.

"양곡 수레는 진영으로 가지고 가라. 얼음물에 수장된 놈들을 모조리 꺼내 목을 잘라라! 육상에서 잡은 놈도 마찬가지다!"

정충신이 명령하자 조선군도 야호!를 외쳤다. 다이샨은 남의 손으로 코풀었다며 그 역시 야호! 하고 북방의 광야로 부대를 이끌고 사라졌다. 그는 야인여진의 귀퉁이를 마저 점령하면서 여진을 점차 통일해가고 있었다.

오랑캐 무리의 효수된 머리 30이 변경 메마른 벌판의 장대끝에 매달려 푸른 하늘 아래 대롱거렸다. 이를 본 아군 병사들은 사기가 올랐다. 그후 변경에 접근해오는 여진 부족은 없었다. 이 소식을 듣고 함경도관찰사 장만이 달려왔다.

"정 만호의 뱃심이 두둑하구나. 어떻게 이런 전과를 올렸느냐."

"병사들의 힘이 모아졌습니다. 누르하치의 둘째아들 다이샨과 합동작전을 펼쳤나이다."

"다이샨과 합동작전?"

장만이 놀라는 표정을 지었다. 그러더니 말을 이었다.

"그들 부대가 여연촌을 침공했다. 알고 있느냐? 강계의 여자들을 훔쳐서 달아난 놈들이다."

여연은 사군육진(四郡六鎭)을 개척할 때 4군 중의 하나였다. 본래는 함길도(咸吉道) 갑산군의 여연촌(閭延村)이었으나 4군을 설치할 때 평안도 관할로 이관되었다. 여진족의 침입로라서 골치를 앓았는데 그들은 주로 건주여진 부족이었다. 누르하치 산하인 추옌과 다이샨 형제 부대가 침공했고, 그것은 이웃 고을인 강계의 여인들을 훔쳐가기 위해서였다.

강계 여인은 예로부터 팔등신 미인이 배출되던 곳이었다. 산세가 수려하고 차고 맑은 압록강물로 인해 여인의 피부가 백옥같이 빛난다고 했다. 이목구비가 분명하고, 눈이 호수처럼 맑아서 한번 바라보면 넋을 뺀다는 여인들이었다. 행색이 추레하고 더러운 여진 부족이라 할지라도 보는 눈은 있어서 이런 여인을 보면 미치고 환장하는 것이었다.

장만은 압록강의 지류인 죽전천이 합류하는 지점인 여연 서쪽에 진을 치고 있었으나 매번 약탈을 당했다.

"아무리 친구로 사귀었다고 해도 적군은 적군이다. 그들은 형제간에도 잔혹한 후계 다툼으로 피비린내나는 쟁탈전을 벌이고 있지 않느냐. 돌아서면 배신 때리는 부족들이다. 우리도 마찬가지 아니더냐. 유념하라."

"알겠습니다. 그러나 다 그러는 것은 아닙니다. 조선의 경계선상에서 양쪽을 조율하면서 힘을 키우는 것도 필요합니다. 여진족의 부족이 세 갈래, 네 갈래가 되어 있으니 한쪽과 손을 잡아 다른 쪽을 치고, 다른쪽과 연맹을 맺어 또 다른 쪽을 치는 것도 방법입니다. 남의 손을 빌려 적을 치는 것은 훌륭한 외교수완이면서 또 다른 병술(兵術)입니다. 지금 누르하치 진영이 그렇게 하고 있나이다. 누르하치가 여진족을 하나로 뭉치는 과정에 있어서 그런 전술을 구사하고 있습니다. 힘만 가지고 사세를 돌이킬 수 없는 한계가 있습니다."

"담대하구나. 네가 여진 부족에 대해서 꿰뚫는 것이 우리에게도 전략상 힘이 될 것이다. 그런 지혜는 어디서 얻었느냐."

"변경 복무가 벌써 10년째입니다."

"응, 그 점 높이 살 만하다. 무인은 애초에 중앙 정치에 관심을 둘 것이 없다. 어느 불에 화상을 입을지 모르니 군인은 국토를 방위하는 전선의 최선두에 서있는 것을 영광으로 삼으면 된다. 그것이 장한 일이 될 것이다."

"명심하고 있습니다."

"그러나 관할 내치에도 관심을 두어야 한다. 너에게 하명할 것이 있다."

그는 정충신에게 지방 나리들의 동태를 파악하는 암행감찰 특명을 내렸다.

정충신이 어느 고을의 객주집에 당도했다.

"묵어갈 수 있겠소?"

"어서 들어오세요."

객주집 여인이 몸을 팔랑거리며 환영했다. 분내를 풍기던 그녀가 그에게 방을 안내하더니 말했다.

"젊은 분이 보통 분이 아닌 것 같구려. 어디서 오셨나요?"

"산막에서 나무를 찍다가 술이 좀 쿨쿨해서 왔소."

"그러면 좀 일찍 오셨어야지. 그랬더라면 귀한 음식을 잡수실 수 있었을 텐데…"

"귀한 음식이라니, 어떤 음식이오?"

"호랑이 혓바닥 고기에 곰좆을 먹을 수 있었지요. 사슴 피는 아무 것도 아니구요. 여기 나릿님들이 날마다 사냥을 나가시는데 어제 오늘은 호랑이와 곰을 잡아왔답니다."

그날 저녁에도 지방 군수와 포도대원들이 백성들을 끌고 산으로 올라갔다. 주민들을 시켜 짐승몰이를 하고, 산골짜기에 설치한 덫을 하나하나 수습해나가니 철사로 된 덫에는 어느새 노루가 목에 걸려 허우적거리고 있었고, 오소리, 담비, 시라소니까지 숨통이 끊어져 있었다. 이들은 이것을 모두 거둬들여 돌아왔는데, 노루와 사슴을 객주집에 맡기고 요리를 부탁했다. 그들은 독주를 마시고, 불러 온 갈보들과 질펀하게 떼씹을 하고 돌아갔다.

대갓집 대문을 꽝꽝 두드리는 소리에 하인이 대문을 열고 나오더니 꾀죄죄한 행색의 젊은이를 보고 버럭 소리질렀다.

"웬 놈의 새끼가 얼쩡거려?"

꼬락서니로 보아서는 웅장한 솟을대문 앞에서 잔뜩 쫄아서 지나가야 하는데 대문을 꽝꽝 치고 있으니 미친놈이 아닌가 싶었다. 사대부 집처럼 양 옆의 행랑보다 지붕을 높게 올려 세운 솟을대문은 권위의 상징인데 무엄하게도 대문을 쾅쾅 치고, 사람이 나오는데도 꼿꼿이 선 채로 안을 들여다보고 있다.

"고을의 나무꾼인데 나무를 팔러 왔다가 모두 불한당한테 빼앗기고 하루종일 굶었습니다요. 밥 한 끼 줍시오."

하인이 그의 위아래를 훑더니 어이없다는 듯 말했다.

"야, 이놈아, 눈알이 벌레먹었냐? 여기가 어느 안전이라고 능청이야? 니놈들한테 밥주는 곳이 아니니 당장 꺼져!"

"부잣집으로 보이니 밥 한 술 얻어먹고 가려고 일부러 찾아 왔습니다요."

그렇게 말하고 나무꾼은 하인을 제치고 안으로 들어갔다.

"야, 이놈이, 거기 안서?"

한달음에 하인이 뒤따라오더니 그의 앞을 가로막고 귀싸대기를 올려붙였다.

"보자보자 하니 겁대가리가 없군. 여기는 고을 수령님 안댁이시다. 니 모가지 하나는 눈 하나 까딱하지 않고 쳐낼 수 있는 곳이야. 이 새끼, 분수도 모르고 깝죽대고 있어. 니 밥주는 곳이 아니니 당장 꺼져! 밥얻어 먹으려면 먹을 만한 데 가서 처먹거나 말거나 해야지, 여긴 니깟놈 밥 차려줄 집이 아니라니까!"

"한 끼만 줍쇼. 인간차별하면 안 되지요."

"그래? 그럼 니 말대로 주마."

하인이 추녀 밑에 있는 개밥그릇을 들어 냅다 그의 얼굴에 끼얹었다.

"아니, 이럴 수 있소?"

"그럴 수 있지!"

대청 마루에서 이 광경을 지켜보고 있던 수령이 대뜸 소리쳤다.

"돌쇠야. 저것이 몹시 허기진가 보다. 헛간에 돼지 먹일 것들이 좀 있을 것이다."

"네이, 알겠습니다."

하인이 헛간에서 꾸정물을 가져와 그에게 퍼부었다. 돼지밥을 뒤집어쓴 나무꾼은 꼭 비맞은 생쥐 꼴이었다. 수령이 그 모습을 보고 하하 웃으며 좋아라 했다. 대문 밖으로 사라지는 그의 등뒤에 대고 수령이 불쾌하다는 듯 퉁을 놓았다.

"고얀 것, 천 것이라 배운 것이 없어서 늘 저렇게 천하게 산단 말이다. 나무꾼이면 나무꾼답게 머리 조아리고, 눈을 내리깔고 살아야지. 저렇게 각지게 서서 건방을 떠니 웃기는 놈이군. 머리가 돌지 않고는 저렇게는 못하지."

나무꾼은 정충신이었다. 그는 진영으로 돌아와 정식 비단 관복을 차려입고 혁대에 장검을 찼다. 그러자 의젓하고 위풍당당한 군관이 되었다.

정충신이 다시 수령 집을 찾아 솟을대문을 쾅쾅 두드렸다. 하인이 나오더니 그를 보고 화들짝 놀라면서 "어유, 나리께서 행차십니까?" 하고 허리를 구십도 각도로 꺾어서 인사했다. 대청마루에 서있던 수령이 버선발로 쪼르르 달려와 그를 맞았다.

"어인 행차십니까. 관복을 보아하니 장만 관찰사 나리 직속 부관 아니십니까."

자리에 정좌하자 점심상이 들어왔다. 산해진미의 밥상이었다. 호랑이 눈깔탕에 멧돼지고기 중에서도 최상급 부위 항정살도 올라왔다.

"젊은 나리, 어서 드십시오. 호랑이 눈깔은 며칠전 사냥 때 잡아온

싱싱한 것입니다. 멧돼지 항정살은 마리당 반 근밖에 안 나오는 부위입니다. 산삼, 녹용, 인삼, 지렁이, 독사, 구렁이를 먹고 자랐기 때문에 한 점만 먹어도 소피볼 때 요강이 구멍이 나버리지요."

정충신이 음식들을 모조리 쓸어담아 자신의 관복에 쏟았다.

"젊은 나리 왜 그러십니까."

수령이 놀랐다.

"수령 나리께서는 때묻고 헤진 옷을 입은 나무꾼한테는 쉰 개밥, 돼지밥을 주었소이다. 사람을 보고 음식을 차린 것이 아니라 행색을 보고 차린 것이니 이 산해진미는 지금 입은 관복에게 주어야지요."

대번에 알아보고 수령이 넙죽 엎드렸다.

"젊은 나리, 잘못했습니다. 저의 죄를 용서해 주십시오. 못 알아봬서 황공하옵습니다, 나리."

이 광경을 지켜본 하인도 덩달아 넙죽 엎드렸다.

정충신이 엄하게 꾸짖었다.

"듣기로소니 탐악질이 매우 심하다고 들었소. 마을 사람들을 끌어모아 호랑이 사냥을 가서는 호랑이를 활로 쏘아 잡은 것까지는 좋은데 날이 어두워지자 집으로 돌아와 다음날 수습하러 가서 호랑이가 없자 사람들을 개패듯이 닭다구리(닭달질) 했다지요?"

"그런 적이 있습니다."

그가 솔직히 시인했다.

"사실대로 말하시오."

"네. 사실 마을 장정들이 몰래 가져간 것이오. 호랑이가 감쪽같이 사라졌으니 화가 났지요. 그런 도적놈들을 가만 두어야 하겠소?"

"그래서 마을 장정들을 주리를 틀고, 범칙금으로 쌀 몇 가마씩 거두어들인 것이오?"

"호피 하나면 가대가 일어설만큼 값진 보물이관대, 그 정도 처분은 과한 것이 아니올시다."

"마을 사람들이 가져가지 않았는데 가져갔다고 패고, 벌금 물리면 누가 승복합니까."

"천한 것들이 훔쳐간 뒤 오리발을 내미는 데는 도가 트였지요. 그러니 매밖에 없습니다. 없는 것들은 거짓말을 입에 달고 사니까요."

"거짓말은 호랑이가 하는 것이오. 호랑이는 분명 수령의 화살을 맞았소. 그러나 화살을 맞고 그 자리에 얌전히 있을 호랑이가 어디 있겠소? 죽자 하고 내뺄 것이고, 가장 안전하다는 깊은 산속에 숨거나 동굴 속으로 들어가는 것이오. 그것이 호랑이의 본능이오. 결국은 그런 깊은 곳에서 죽는 것이오. 그래서 찾지 못하는데 마을 장정들이 가져갔다고요? 찾지 못한 것을 가져갔다고 우기면 세도 가진 자가 이기겠지요. 물론 호피 한 장이면 살림 펴는데 욕심이 안 날 리 없겠지요. 하지만 수령의 횡포를 아는 자들이 그걸 훔쳐서 무슨 부귀영화를 누린다고 가져가겠소. 안 당하고 사는 것이 마음 편하지 그것 하나 훔쳐가지고 평생을 싸대기 맞고 갇혀살려고 하겠소?"

그제서야 수령이 꼬리를 내렸다.

"내 생각이 짧았소. 용서하시오."

"탐악질로 빼앗은 물건이 곳간에 가득찼다고 하는즉, 그걸 모두 푸시오. 안 그러면 당장 장만 감사께 보고하겠소. 그리고 함경도 북변 한지 중의 한지라는 아오지로 보내버리겠소."

"아이쿠, 아오지. 젊은 나리, 그것만은 면케 해주시오. 그곳은 살아도 못 사는 곳입니다요. 천하에 없는 유배지 아닙니까요. 그곳에 처박히면 살아서는 나오지 못한다고 했소. 살려주시오."

그가 정충신의 소매를 잡고 하소연했다.

"백성을 똥파리 정도로나 아는 인성이 못된 자는 이속(吏屬)도 되어서는 안 되오. 그런 처지에 군수 나리까지? 귀하에겐 관이 너무 무거우니 내려놔야지."

"젊은 군관, 한 번만 봐주시오. 저에게 어여쁜 첩실이 있소이다. 데려가서서 하인으로 쓰십시오. 맘에 들면 영영 첩으로 삼으셔도 됩니다. 재물도 드리겠습니다."

그가 허리춤에서 쇳대 고리를 끄집어냈다. 쇳대가 자그마치 한 묶음이 되었다.

"나를 주는 거요?"

"다는 아니고 일부 드리는 것입니다."

정충신이 쇳대 꾸러미를 잡아채 쥐고 관찰사가 집무중인 선화당으로 달려갔다.

"심성 고약한 모리배 수령의 열쇠꾸러미를 가져왔습니다."

자초지종을 듣고 장만 관찰사가 흐뭇한 표정을 지었다.

"너의 지혜는 마르지 않는 샘물이로구나. 내가 다 시원하다. 월권을 하긴 했다만 내 대신 준엄하게 꾸짖었으니 잘한 일이다."

그러면서 장만이 명했다.

"그 자의 곡간을 풀어서 힘겹게 사는 고을 사람들에게 모두 나누어라."

정충신은 병사 스물을 대동하고 군수의 사창(司倉)으로 달려가 곡식을 풀어서 고을 사람들에게 분배했다. 소문이 나자 인근 무산 풍산 연사 보천 계하 송학에서도 달려왔다. 첩첩산중에 조나 수수가 주식일 수밖에 없는데 지방관의 사창을 털자 고을 주민들이 모처럼 이팝을 먹는 소이연(所以然)이 되었다.

어느 날 정충신이 장만 관찰사에게 보고했다.

"소관이 돌아보니 선봉 나진 청진 회성 영천 단천 북청의 성은 쓸 만합니다. 그런데 함흥 부성(府城)이 허술하기 짝이 없습니다. 외침을 막을 방도가 약합니다. 백성들을 모아 부성을 축조해야 할 것 같습니다."

"그리 하라."

부성을 쌓는다는 포고문을 내걸자 집집마다 사람들이 몰려나왔다. 종전에 볼 수 없는 광경이었다. 전에는 곤장을 쳐도 움직이지 않는 사람들이었다. 감사 나리가 곡식을 풀고 생애 처음 이팝이라는 것을 먹어본 백성들은 저절로 힘이 솟구쳐 자발적으로 성 축조에 힘을 아끼지 않았다. 어느 날 장만 관찰사가 정충신을 불렀다.

"내가 주청부사로 명나라에 가게 되었다. 요동반도를 건너야 하는데, 누르하치가 버티고 있으니 문제로다. 네가 나를 수행해 여로를 순조롭게 열어주기 바란다. 누르하치의 자식들과 친하다면 연경행(燕京行 : 북경행)을 트는 데 도움이 될 것이다. 연경(북경)에 가서도 네가 해야 할 일이 있다."

정충신은 함흥 부성을 축성하다 말고 장만 장군 사신단의 일원으로 명나라로 떠나게 되었다.

"다이샨과 가깝다면 건주여진의 동향을 잘 알렸다? 건주가 파죽지세라는데…."

압록강을 건너 내륙 깊숙이 들어가자 장만이 물었다. 사행(使行) 규모를 단촐하게 한다고 했지만 갖출 것은 갖추어서 말이 수십 필의 행렬이었다. 그중에는 수레를 끄는 말도 있었다. 황제가 좋아하는 백두산 산삼, 백령도 앞바다에서 잡은 물개 좆 말린 것, 칠산 앞바다의 조기꾸러미와 청해진의 전복 말린 것 등 주로 정력 강장용 해산물을 준비했는데, 선물도 이처럼 특색이 있어야 명 황실이 좋아했다.

"그럴 것입니다. 소관이 누르하치의 둘째아들 다이샨과 가깝습니다. 성질이 온후하고 이해력이 있는 친구입니다. 그는 큰아들 추엔과 달리 조선과 친선을 도모하자는 친조파고, 그래서 그런지 말을 백 필이나 주었습니다. 지금 타고 가는 이 말도 다이샨이 선물한 것입니다."

"이유없이 선물하진 않았을 텐데?"

"그는 적을 많이 만들면 안 된다고 보는 자입니다. 조선은 명과 군신 관계에다 지금 왜와 싸우지만 언제 그들과 손잡을지 모른다고 생각합니다. 세상의 질서라는 것이 변화무쌍하니까요."

"하긴 싸우던 이웃간에도 언제 그랬더냐 싶게 사돈이 되고, 매부 처남이 되는 경우가 있지. 인생사란 이렇게 늘 살아있는 유기체니라. 어쨌거나 사람 사귀는 것은 언어가 중요하다. 대국 말을 능숙하게 할 수 있으렸다?"

"장군, 소관은 사교 언어까지 익혔습니다. 명나라 처녀를 한번 사귀어 보려고 중국말을 빠삭하게 익혔지요."

"그 처녀는 어떻게 되었느냐."

"국적이 다른디 어쩌겠습니까. 폴세 다른 놈이 잡아가버렸을 것입니다. 얼굴이 반반항게요. 대신 그 처녀 땜시 대국말은 어지간히 익히게 되었지요. 소관이 역관 겸 참모 역할을 성실히 수행하겠습니다."

"그 처녀한테 고맙다고 해야겠구나."

"아먼이제라우."

"전라도 말이냐?"

"그러제라우."

"재미있는 군관이군. 어서 가자."

장만은 말고삐를 조여잡고 가는 정충신을 듬직하게 바라보았다. 체구가 단소하나 빈틈없이 단정해서 언제 보아도 믿음직했다. 정충신 역시 장만의 깊은 지식과 후덕한 인품을 존경하고 있었다. 장만은 충청·전라·평안·경상도에 이어 함경도의 관찰사를 하면서 파괴된 성을 축성하는 등 전후복구를 대과없이 해냈다. 백성과 함께하는 통솔력으로 민심을 안정시키고 무너진 고을을 복원했다. 그런 업적을 조정에서는 높이 사 왕후고명사신에 이어 이번에는 세자책봉 사신으로 그를 명나라에 파송한 것이다. 세자 책봉은 정충신에게도 중요했다. 나라의 미래로 볼 때 광해가 마땅히 군주가 되어야 하는 것이다. 그래서 신명을 다할 생각이었다.

"이성량과 누르하치를 만날 것인가?"

"누르하치 아들들만 만나면 될 것입니다. 누르하치를 만나면 명나라가 알게 될 것이고, 그러면 등거리 외교를 한다는 것이 드러나게 되는 것인즉, 미움을 살 수 있습니다. 그래서 사적으로 그 아들 추옌과 다이샨을 만날 생각입니다. 이성량 도독은 자리에서 밀려났습니다."

요동 도독 이성량은 군비를 유용하고 사치스러운 생활을 한다는 점이 발각돼 그 직에서 해임되었다. 아들 이여송이 조선에 들어가 왜와 싸운 공적 때문에 목이 달아나는 것은 일단 막았지만, 대신 간 쑤성 오지로 유배를 갔다. 이는 명의 결정적인 실책이었다. 그것이 명이 추후 여진족에 먹히게 된 결정적인 요인이 된 것이다.

이성량의 군대는 막강한 데다 그의 권위는 높았다. 어려서부터 누르하치를 자식처럼 아끼고 지원한 데다 장성해서는 누르하치를 용호장군 직책까지 주었다. 누르하치의 활동 폭을 넓혀준 것이었다. 그는 누구보다 누르하치의 야심과 도발을 막을 수 있는 장수였다. 그런데 경험없는 자를 요동에 보내니 누르하치로서는 고소원불감청(固所願不敢請)이었다. 부숴버려도 예의에 어긋나지 않는 것이다. 그것은 어쩌면 이성량의 분을 삭혀주는 일도 되었다.

새로 온 지휘자는 누르하치 세력과 적대해 싸우기를 꺼리고 군사 비축도 없이 화평만을 주장했다. 이 틈을 노려서 누르하치는 힘을 길러 여진 통합을 이루어나가고, 명에 대항할 태세를 갖추었다.

"장군, 그런데 불행히도 우리가 천재일우의 기회를 놓쳤습니다. 누르하치는 두 차례나 우리에게 원군 지원을 제시했나이다."

"요청한 것이 아니라 보내겠다고 제시해?"

"그렇다니까요. 조상의 나라에 대한 원병이라며 군사를 보내주겠다고 했습니다."

"조선이 피골이 상접해진 틈을 타서 집어먹을 요량이었겠지."

"아니지요. 선의는 선의로 받아들여야 합니다. 그들은 거칠어도 순수한 면이 있습니다. 그들은 여진 부족 통일도 못 하고, 명나라와 싸우고 있는데 조선까지 공격하겠습니까. 조상의 나라라고 극존칭까지 써가며 돕겠다는 것인데, 우리가 차버렸습니다. 명만 붙잡고 있으니 될 일도 안 되지요. 우리는 눈치 보느라 미적거리다 엿되어버린 것입니다."

"오랑캐 놈들은 배신을 밥먹듯이 하는 무지한 놈들 아닌가. 믿지 말고 경계하라."

"물론입죠. 그러나 남의 선의도 받아들이는 눈도 있어야 합니다. 제가 보건대 누르하치가 장차 중원을 장악할 것입니다. 그와 손을 잡는 것도 조선의 안위를 위해 좋을 것입니다."

"쓸데없는 소리. 그런 불상놈들이 무슨 힘이 있다고! 약탈만 하는 놈들은 도둑놈일 뿐이야."

"일부러 그러신 것이지요? 장군께서도 누르하치를 알지만 교류파시잖아요."

"그걸 어떻게 알았나?"

"소관이야말로 귀신과 동급입니다. 눈치 때리는 데는 왔다 아닙니까."

"재미있는 말이군. 어쨌거나 조정은 명나라 사대가 중심이고, 거기서 벗어난 얘기하면 반역이 된다. 알겠느냐?"

"고것 땜시 소관을 시험해보신 게지라우? 걱정하들 마십시오. 어쨌거나 누르하치 아들들을 보십시오. 그중 둘째아들 다이샨과 여덟째 아들 홍타이지가 물건입니다."

"홍타이지는 어리지 않느냐."

"그러니 그 어미를 보아야지요. 홍타이지 어미가 누르하치 불알을 꽉 쥐고 있다고 합니다. 홍타이지 어미에게 가면 3박 4일은 그 집에 풍덩 빠져있다고 합니다. 그래서 전쟁 수행이 차질을 빚은 적이 한두 번이 아니랍니다."

"왜 첨벙 빠져버리는가."

"소문에는 홍타이지 어미 것이 문어 빨판이라고 합니다. 한번 물리면 빠져나오들 못 한다고 하더만요."

"덱기 순."

"나리, 소관도 첩실이 있는 몸입니다이. 속궁합 맞추는 디도 도가 트였습니다이. 좌우지간 홍타이지는 어미 잘 둔 덕에 벼락출세할 것입니다. 보아하니 지금 어리다고 하지만 뭔가 일을 낼 물건입니다.

기마민족은 세 살 적부터 말을 타는디, 홍타이지라는 자는 태어나자마자 말고삐를 찾더랍니다."

장만이 웃으면서도 점잖게 물었다.

"귀관은 누르하치 둘째아들과 친구가 되었겄다?"

"그렇습니다. 지금 그를 만나려고 합니다. 명으로 가는 길이 험난하니 협조를 요청해야지요."

"안 된다. 그들의 적진으로 들어가는데 붙들지 놓아주겠느냐."

"대신 우리가 명의 정보를 주면 되지요. 전라도 말로 간나구 짓이지만, 나라를 위해서는 그런 모험도 필요하지라우."

그런데 다이샨은 후이파 부족을 치러 원정 나가고 진영에 없었다.

"막영지로 돌아올지, 다른 막영지로 이동할지 모르겠습니다. 기다리겠소?"

막영을 지키고 있는 다이샨의 부관이 물었다.

"보고 가야지라우."

하룻밤 게르에서 유숙하자 다이샨이 말을 몰고 돌아왔다. 그는 50마리의 말에 전리품을 가득 싣고 왔다. 열댓 개의 가마에는 여나무 명의 소녀와 아낙네들이 실려왔다. 성욕에 굶주린 군관과 장졸들이 여자 포로들을 차지해 막영지로 끌고 가는데, 그들이 내지르는 함성들이 흡사 짐승들 소리와 같았다.

다이샨이 이 광경을 바라보며 흡족한 표정을 짓더니 먼지 풀풀 날리는 꿩깃 모자를 손으로 털고 게르로 들어왔다. 정충신과 시선이 마주치자 만면에 웃음을 짓더니 말했다.

"친구, 언제나 극적인 때 만나는군. 자넨 내가 전승을 거둘 때마다 찾아온단 말이야. 마치 나의 승리를 몰고 오는 전령같이, 하하하."

"반갑다 친구야. 그랬다면 내가 행운의 사도로군."

두 사람은 굳게 손을 잡았다. 정충신은 곁에 서 있는 장만 장군을 소개했다.

"내가 모시는 함경도 관찰사 어른이시네. 자네들의 적인 야인여진 놈들을 혼내주신 분이야. 자네가 여진 통일을 하도록 야인여진을 치신 분이니 고마운 어르신 아닌가. 인품이 훌륭하고, 학문이 깊고, 마음씨가 크고 너그러우신 분이야. 잘 모시게."

장만이 두 사람이 중국말로 나누는 대화를 알아듣지는 못하나 자신을 칭찬하는 것쯤은 알고 있었다.

"노정(路程)에 용맹스런 전사를 만나니 반갑소. 허나 나는 노곤하니 잠을 청해야겠소. 두 사람이 좋은 대화 나누기 바라오."

"전리품으로 챙겨온 여자를 넣어드릴까요?"

"저런, 동방예의지국은 남녀칠세부동석이라는 것 모르시는가."

"그래도 사대부들이 더 부뚜막에 먼저 올라간다는 말을 들었소이다. 겉으로는 점잖은 척, 속으로는 여자 아작내는 귀신들이라고 하던데요?"

크음, 하고 장만 관찰사가 점잖을 빼자 정충신이 말했다.

"다이샨, 자네 실수하고 있네. 조선이 괜히 문명국이가니? 저런 인품있는 분이 있승게 문명국이고, 예법의 나라제. 실수 사과해."

"어르신, 제가 조선의 예법을 몰랐습니다. 귀가 더럽혀졌으면 씻어드리겠습니다."

그가 달려들어서 장만의 귀를 혀로 핥으려고 했다. 장만이 기겁을 하고 옆 천막의 침소로 들어갔다.

사라진 장만을 보고 다이샨이 정충신에게 물었다.

"저 냥반 여자 한번 넣어줘볼까? 나이 들었어도 남자들끼리 부자지 가지고 노는데 별 게 있나?"

"예법에 어긋나는 일을 하지 않는 분이야. 장군이 그냥 장군인가. 진실로 점잖은 분이셔."

"여자 밝히는 게 점잖고 안 하고가 어디 있어? 니네 나라 사람들은 그게 문제야. 겉으로는 근엄한 척하면서 속으로는 맨먼저 여자 고쟁이 까는 족속들 아닌가. 그런 방면엔 도가 트였다는 걸 내 다 알지. 자네 나라 사대부들 밝힌다는 데는 우리 뺨친다던데? 저 사람도 후이파 여자 한번 맛보면 뿅 가버릴걸? 후이파 여자들은 해서여진 부족 중 제일 맛좋은 여자들이야. 그래서 많은 약탈물건 놔두고 저것들만 잡아온 거야."

"남자들은?"

"없애버리지 별 게 있나. 그 자들 살려주면 언젠가는 덤비거든. 지 마누라 잡아갔다고 눈에 쌍불을 켜고 대들지. 그럴 때의 그놈들 눈에 부싯돌을 붙이면 금방 불이 붙어버릴 거야."

"하여간에 못말리는 족속이야. 죽이는 것만 가질 것이 아니라 살리는 것도 가져보게. 그걸 두고 문화라고도 하고 정신이라고도 하지. 자, 징기스칸 한번 보게. 천하를 점령했지만 통치철학이 없고, 대신 정벌하고, 약탈하고, 여자 집어먹는 야만만 가지고 있으니 지금 흔적도 없이 사라져버렸잖나. 그의 무덤조차도 없잖나. 부수는 것만 가지고 있으니 남는 것이 없는 거야. 징키스칸의 몽골 문화, 몽골 정신이 어디에 있나? 쳐부수고 조지고 먹고 마시고, 그러고는 끝이니 공허하지 않나."

"허튼 소리 그만하고, 늙은 장군을 모시고 무슨 일로 왔나를 말해 보게. 우리한테 군사 요청하러 온 것은 아닐테고…."

"사실은 명나라에 가는 길이야."

"뭐야? 우리의 적과 내통하러 간다고?"

다이샨이 화를 냈다. 금방이라도 칼을 뽑을 것 같았다.

"내가 가는 것은 여진족에게도 도움이 된다니까. 친구 좋으라고 가는 거야."

정충신은 자초지종을 설명했다. 그리고 연행(燕行)에 차질이 없도록 길을 열어달라고 당부하고 덧붙였다.

"광해 세자가 후계 왕으로 책봉되면 여진 제국과도 가까이 지낼 거야. 그걸 내가 보장하지. 계약서 쓰자고 하면 써줄게. 그러니 건주여진이 여진 통일을 이루도록 우리도 돕는 거야. 광해 세자께서도 그러길 축수하고 있네."

"그런데 왜 명나라 새끼들은 광해 세자 책봉을 반대하는 거야?"

"그야 후궁의 서차남이란 것 때문이지. 서자 중에서도 장자가 아니라 차남이라는 거고, 세자 저하가 전장을 누비며 수많은 공을 쌓았는데도 우리 상감마마께서는 광해 세자에게 대권을 물려주지 않으려고 하니까, 명나라도 눈치를 때리고 있는 거야. 상감마마와 세자 사이에서 눈치를 때린다니까."

"니 생각은 어때?"

"광해 세자 아니면 왕위를 줄 곳이 없어. 나이든 왕자들은 개잡놈들이고, 정통 왕자는 좆나게 어리고…."

"그중 누구에게 명분이 있나?"

"명분이란 게 어디 있어? 만들면 명분이지. 다만 정실로 맞은 인목 왕후가 영창대군을 낳았지. 상감마마는 영창대군에게 왕위를 물려주고 싶어 해. 하지만 아직 핏덩이란 말일세. 치사율이 높은 핏덩이에게 물려주겠다고 하니 나 역시도 반대야. 조사(早死)하면 어지러운 세상 뒷감당을 어떻게 하려고? 아이가 다섯 살이 되어야 정명(正名)

이 주어지는데 아직 핏덩이를 가지고 권력놀음 하니 돌아버리겠어. 조정은 사대부들 간에 동인 서인 남인 북인 소북 대북, 갈갈이 찢겨져 있어. 이런 때 명나라도 무슨 꿍꿍이속이 있나 봐. 그래서 장만 관찰사가 주청부사로 중국으로 가시는 거야."

"왕이란 자가 용렬한 것 아니야? 자기보다 똑똑하면 밟아버릴려고 하는 것 같은데? 권력 앞에서는 자식도 마누라도 아비도 없어. 어쨌든 우리는 명과는 철천지 원수다. 증조부와 조부를 죽인 새끼들이니까. 그래서 아버지는 복수를 하려고 하지. 황실을 도륙해버리려고 한다니까. 그러니 조선이 명과 계속 친교하면 우리와 원수가 되는 거야."

"우리와는 싸우려 말고, 벗으로 가까이 다가오라고."

"나와 아버지는 그러는데, 조선이 그게 아니잖나. 까칠하게 나오니 봐버리겠다는 사람이 추옌 형님과 삼촌과 몇몇 아우들이야."

"왜 그렇게 수가 얕으냐. 무식한 종들이라 그러냐?"

"뭐야 새끼야!"

다이샨이 흥분해서 소리쳤다. 그리고 이었다.

"내 말 잘들어라. 우리는 명나라에 7대 한을 갖고 있다. 아버지께서도 우리에게 늘 말씀하시지. 아버지가 혹 죽을지라도 명에 대한 7대 한은 잊지 말라고. 그리고 반드시 원수를 갚으라고 말이다. 그것이 기마민족의 자존심이라고 하셨지."

"7대 한이 뭔데?"

"첫째, 명이 나의 증조할아버지 기오창가와 할아버지 탁시를 죽인 원한이 있다. 둘째, 명이 하다부와 예허부 부족을 편애하고 건주여진을 차별한 원한이 있다. 우리를 완전 개밥그릇 취급했지. 특히 건주여진 여자들을 모조리 잡아다가 명군의 위안부로 삼았다. 셋째,

명이 아버지 누르하치와 맺은 영토 협약을 파기하고 지들 멋대로 우리 영토를 침범하여 주민을 포로로 잡아갔다. 넷째 예허부를 돕기 위해 군대를 보내어 우리 건주여진을 치게 한 원한이 있다. 다섯째 아버지와 혼약한 여인을 빼앗아 몽골에 시집보내버린 것에 대한 원한이 있다. 이때 아버지가 얼마나 많은 피눈물을 쏟은지 아나? 사나이 눈물을 너 모르나?"

"알지. 사랑을 해본 사람만이 사랑이 뭔지 알지. 좌우간 아버지와 조상 때문에 너도 원한이 있단 말이냐?"

"당연하지. 어떤 사랑이건 새잎에 난 이슬이며, 가슴을 아리게 하는 슬픔이며, 사나이 가슴을 고동치는 북소리 아니냐. 그것을 명나라가 앗아가버렸단 말이다. 전쟁을 사랑하고 돈을 사랑하고 범 가죽을 사랑하는 것과는 완전 차원이 다르다니까. 아버지의 가슴을 황폐하게 했다는 것을 상상해보라. 내 가슴이 찢어지려고 그런다야."

"오버하네. 이 말은 서역을 다녀온 한 선비가 저기 구라파에서 흘려들은 말이라고 사용해서 나도 써본 말이야. 여섯 번째는 뭐냐."

"여섯 번째는 우리 건주여진의 영토인 시하, 무안, 삼차 땅을 내놓으라고 협박하고, 우리 삼촌을 죽이고, 고모들을 잡아 욕을 보였다. 그렇게 만행을 저질렀단 말이다. 일곱 번째는 요동 총독 소백지가 건주여진에 권세를 마음대로 휘두른 것에 대한 원한이 있다. 이것이 우리 아버님의 용맹을 길러주고, 우리 아들들 또한 마음속으로 다지는 힘이 되었다. 복수는 나의 힘, 따라서 명 황제의 배때지에 칼을 쑤셔박는 것이 나의 소원이다. 그런 다음 중국 역사를 새로 쓸 것이다."

"선전포고인가?"

"그렇지. 다만 사태를 더 관망하고 있다. 중국은 원숭환과 모문룡을 시켜서 우리 건주여진을 집적거리는데, 이럴 때 우리는 내부적으로 힘을 비축하고, 물자를 모으고, 여타 여진 부족을 결속시켜 나가야지. 원숭환과 모문룡을 이간질시키고 있다. 둘 중 하나가 죽으면 그만큼 저놈들은 전력이 약화되고, 대신 우리의 전력은 크게 비축되는 것 아닌가. 우리가 명을 무너뜨리면 제 여진 부족들이 자연 뭉칠 것이다. 만주족의 중원 제압과 집권, 이건 꿈이 아니다. 꿈을 한두 번 꾸면 꿈에 지나지 않지만 자꾸 꾸면 현실이 된다. 이 말도 조선에서 수입한 우리의 어록이다. 헌데 배신자가 나왔다. 그 배신자 중 하나를 지금 내가 가서 부수고 왔다. 후이파 족은 종(種)이 사라질 것이다. 여인네들을 모두 데려와서 건주여진 씨를 받게 할 것이다. 대저 여진통일이 눈앞에 다가왔다. 그러니 너희 조선이 눈치를 좀 때리고 살아라. 답답해서 못 보겠다."

"우리는 의리와 예법의 나라다. 한번 맺은 군신의 관계는 끝까지 간다. 그렇게 함부로 말하는 것이 아니다."

"지랄하네. 한 나라를 섬기면 다른 나라와는 척을 져야 하냐? 다른 나라와도 사귀는 것이 자국의 이익을 위해 필요한 외교전략 아니냐. 물론 구질서와 구세력들이 그렇게 몰아가겠지."

"어쨌든 우리가 무사히 북경에 도착하도록 길을 안내해주기 바란다. 광해 세자께서 왕위에 오르면 너희에게도 좋은 일 아니냐. 책봉되도록 도와라."

"조건이 있다. 너희 사절단에 우리 병관 둘을 붙이겠다. 조선사신단으로 이름 올리고 함께 가도록 하라."

"간자(間者)로 넣겠다는 것이냐? 감시하겠다는 것이냐?"

"우리가 길잡이한다고 생각해라."

정충신은 다음날 장만에게 이를 보고하고, 여진 병관 둘과 함께 행장을 꾸려서 북경으로 향했다.

　산을 넘고 물을 건넜다. 사막 같은 대평원에서는 말을 달려도 끝
이 닿지 않았다. 대국은 대국이었다. 다이샨이 조선 사신단에 딸려
보낸 여진족은 알고 보니 조선의 후예였다. 40쯤 돼보이는데 학자적
풍모였고, 조선말도 유창했다.
　선양의 객관에 이르러 여장을 풀고 모두들 잠이 들었을 때, 여진
인이 정충신의 방을 찾았다.
　"술 한 잔 합세다."
　술은 수수를 증류시켜 만든 마오타이주였다.
　"이 술은 중국 귀주성에서 생산되는 증류주이지. 우리 고장에서도
많이 제조해 마신다. 마시면 몸 속에 따뜻한 기운이 돌고, 오랫동안
향이 남는 술이야. 많이 먹어도 뒤끝이 개운하지."
　한잔 받아 마시니 도수 높은 술이 식도를 타고 내려가는 것이 짜
릿하게 느껴졌다.
　"내 이름은 오갈피대다. 성이 오씨로서 조선인 3세다. 그래서 조
선이라면 가깝게 느껴진다. 핏줄의 나라를 그동안 주욱 관심있게 지
켜보았다. 그런데 답답한 것이 너무나 많다."
　"무엇이 답답하다는 것인가."
　"대대로 중국 북방의 퉁구스족, 여진족, 말갈족은 한민족에 대해
친밀감을 표시하며 협조적이었다. 이 부족을 잘 활용하면 싸우지 않
고도 통상을 하고 교류를 하면서 영토를 확장하는데, 그런 외교력이
없이 무턱대고 배척한단 말이다. 여진족을 야만인 취급을 한다. 그
래 솔직히 학문은 우리가 떨어진다. 그리고 못된 놈들이 조선 변경
을 넘나들며 약탈을 한다. 그러나 본래 지닌 것은 조선에 대한 존경

심이다. 그래서 왜란이 났을 때도 도와주려 하지 않았던가.”

정충신은 묵묵히 그의 말을 들었다.

“우리의 옛 이름은 정 군관도 알다시피 애신각라(愛新覺羅)다. 한자 풀이로 하자면 ‘신라를 사랑하고 신라를 잊지 않는다’는 뜻이다. 바로 신라―고려―조선을 우리의 고국으로 안다는 의미다. 그러면 너희가 명과 가까워야 하나, 우리 부족과 가까워야 하나?”

애신각라를 몽골어로 읽으면 ‘아이신기료’인데, ‘아이신’은 ‘금(金)’을, ‘기료’는 ‘겨레’를 뜻한다고 했다. 신라 왕실의 성인 ‘김씨의 겨레’라는 뜻이다. 그런데 후손을 따뜻하게 맞이하지 않고 명나라 부하가 될 것을 자청한다. 그것도 왕실 주변이 그렇다.

“다시 말하지만, 우리는 고려와 조선을 어버이의 나라로 섬겼지. 누르하치 대장이 ‘부모님의 나라를 침략한 쥐 같은 왜구들을 해치우겠다’고 편지를 써서 조선 조정에 보냈던 거 알고 있나? 그런데 돌아온 것은 밀사를 잡아가두고, 두들겨 팼지. 우리의 간절한 호의를 걸어차버렸지. 그대들은 왜 동족을 동지로 생각하지 않고 명나라를 돕는가?”

정충신도 여진족을 형제의 나라로 인정하지 않는 것이 답답했다. 오갈피대가 말했다.

“누르하치 대장도 백두산 인근에서 태어나셨다고 자랑했다. 백두산 북쪽 지역에는 조선인이 많았고, 그들 중 상당수가 고대로부터 한민족으로 살았다. 누르하치 대장은 젊었을 적 평안도 지방 관현 벼슬을 하나 달라고 간청했으나 그것도 거절당하셨지. 조선의 벼슬아치 경력으로 글을 아는 신분이 되어 한 세상 흔들 요량이었는데 거부했단 말이다. 그가 조선 벼슬아치가 되면 만주 대륙은 자동적으로 조선의 땅이 되는 것 아닌가. 누르하치에게 총독 벼슬을 내려 지방자치 수령 일을 맡기면 자연 조선국이 만주 대륙을 석권하게 되지. 그것이 아니라면 여진 동맹 식민지를 하나 만드는 것이지. 누르하치 대장에게 조선 벼슬을 명예직으로 주면 그도 명실상부하게 조선 사람이 되고, 광활한 북방 지역을 조선에 헌상하는 일 아닌가. 결국 잃었던 고구려와 발해의 고토를 회복하는 것 아닌가.”

그는 이런 말도 전했다.

“만주 족속이 건설한 제1차 제국이었던 금나라가 요나라를 멸하고 남송을 압박할 때에도 반도의 고려는 중립적인 입장을 유지함으로써 금과의 충돌을 피했고, 금나라 또한 군사력의 낭비 없이 중원에 진출할 수 있었지. 그리고 제2차 제국으로 흥기하고 있는 지금 우리와 손잡으면 조선은 북방영토를 확보하는 것이다. 여진을 적으로 보지 않은 세계관은 조선을 반도국가로 묶는 것이 아니라 옛 고구려 고토를 회복하는 대륙국가가 되는 것 아닌가. 여진족은 명나라를 몰아내고 북경에 정부를 세워 저 멀리 남방까지 영토를 확장하면 만주 3성을 조선이 관리해도 되지 않는가?”

꿈같은 얘기였으나 실현되지 말란 법도 없다. 모든 것은 사람이 한다. 정충신이 나섰다.

“오갈피대 선생, 우리의 부모국인 명나라를 치면서 우리를 돕겠다고 하니 그걸 어떻게 받을 수 있는가. 그러면 명이 우리를 가만두겠는가. 기망한다고 적으로 여겼을 것이다.”

“그대들은 하나는 알고 둘은 모른단 말이다.”

그가 답답하다는 듯이 병째 술을 벌컥벌컥 마셨다. 벌개진 눈으로 그가 다시 입을 열었다.

“조선이 지리적으로 명에 가깝나 여진에 가깝나. 종족으로도 명 족속인가, 여진 족속인가? 게다가 너희는 요양(遼陽)을 지나야 북경에 도달한다. 그러면 길목을 지키고 있는 우리에게 자릿세를 내야지. 헌데 자릿세를 안 내고도 갈 수가 있단 말이다."

정충신이 고개를 끄덕였다. 오갈피대가 다시 말했다.

"우리와 가까우면 통과세나 자릿세 낼 필요가 없지. 우리는 한때 고려에 조공을 바쳤다. 백두산과 두만강 압록강 북변 유역이 한민족의 발상지 아닌가. 우리 역시 그 후예다. 너희와는 형제국이다. 매년 토산물과 여러 가지 조공품과 진상품을 고려로 보내고 신하가 되기를 자청했지. 고려의 별무반이 단속하면 물러났고, 대신 우리들 살 곳을 요청했다. 고려를 상국(上國)으로 여기며 충성을 다하였지. 그때는 평화로웠다. 이런 선린 관계를 꾸준히 지속하려고 했는데 바보 같은 관료들이 몇몇 여진 부족의 행패에 적대시하며 전선을 긴장으로 몰고 갔다. 그러면 변경이라도 단단히 지켜야 하거늘, 동북 9성을 쌓은 지 몇 년 만에 모두 철수해버렸다. 9성을 여진족에게 헌납하고 돌아선 꼴이 되었다. 정계비도 호랑이가 무섭다고 함경도를 넘지 못하고 중간쯤에 박아놓고 도망을 가버렸다. 이 통에 너희 나라 국경선이 형편없이 쪼그라들었지. 땅에다 목비 하나 새겨서 꽂아놓으면 다 내 땅이 되는데, 짐승이 무섭다고 아무렇게나 내던지고 사라졌단 말이다. 본래는 저기 흑룡강변까지 한민족 땅 아니냐. 요동반도는 물론이고 말이다. 문명국인 조선이 흑룡강, 노령(露領) 아무르강까지 영토를 확장하면 우리 부족이 그것을 따르고, 형제 종족의 자긍심으로 충성할 터인데, 함경 이남에 슬그머니 비목 놓아두고 도망가서 문을 닫아버렸단 말이다. 그런 뒤 너희들은 완전 개털이 되어버렸다. 그리고 지금 한다는 소리가 고작 소수 부족이 식량 약탈한 것 가지고 따따부따 따지면서 기분 나빠한단 말이다. 왜 그렇게 가슴이 좁나. 하지만 지금도 늦지 않다. 우리와 친선을 맺으면 된다.

"여진은 학문과 예법을 모르고, 명나라는 전통적으로 거기에 충실한 문명국 아닌가. 존경할 만하니 따르는 것이다. 여진이 천지분간을 못 하고 날뛰지만 않았다면 우리도 대접했을 것이다."

"솔직히 우린 무식하다. 그러면 부모국으로서 깨우치면서 우리를 이끌면 되지 왜 포기하나. 우린 짐승 사냥으로 먹고 살아온 부족이다. 하지만 지금 상황은 다르지. 중원을 지배할 힘을 가졌다. 이런 현실을 외면하고, 과거에 집착한 나머지 여전히 우릴 깔보면 골로 가는 수가 있어. 외교란 명분도 좋지만 궁극적으로는 이익으로 따지는 것 아니겠나."

오갈피대는 취하자 대놓고 다구리하듯 지껄였다. 그가 말을 이었다.

"왜적이 너희 나라 전 국토를 유린하는데 우린 끝까지 예의를 지켰다. 우리 여진은 의리에는 한없이 약하지만, 무시하고 우쭐대는 종에게는 용서가 없다. 야만인 취급하면 한 방에 보내는 수가 있어. 내 말 분명히 새겨듣기 바란다. 그나마 내가 나서서 누르하치 대장이나 그 아들들의 분노를 끄고 있는데, 한민족 3세라는 인연 때문이라는 걸 알라. 그러나 그것도 한계에 왔다. 내 말 새겨듣고 조정에 돌아가면 꼭 보고하거라."

"여진 부족들이 두만강과 압록강 변경에서 약탈을 일삼지만 않았다면 우리가 그렇게 볼 이유가 없었다니까."

"일개 도둑떼 문제로 국가 대사를 저버리면 되는가. 쌀 몇됫박 훔쳐갔다고 화내지 말고 좀 멀리 높은 곳을 보아라. 머리 큰 사람들이 사소한 것에 일희일비하면 큰일을 못 한다. 작은 것을 얻고자 하다가 큰 것을 놓치면 그 또한 얼마나 손해인가. 수급(首級)들이 교류하면서 해결할 수 있으며, 더 큰 것을 도모할 수 있다."

요녕성과 길림성 흑룡강성을 근거지로 살아온 여진족·말갈족(후에 만주족)은 한때 고구려와 발해에 속했다. 명나라는 요동평야를 지배하고 있었지만 요동 외곽의 동북지역은 여진족의 땅으로 이 지역에 대한 명의 영향력은 사실상 미약했다. 여진족은 크게 3개의 부족으로 나뉘는데 장백산(백두산) 북부와 길림 남부지역은 건주여진, 송화강 중류 일대의 해서여진, 우수리강과 흑룡강 유역과 두만강 유역의 야인여진(혹은 동해여진)이다. 이중 누르하치의 건주여진이 조선족과 가장 가깝다.

　　세 부족 모두 명나라 통치체제 안으로 흡수되지 않았고, 때로는 갈등과 협력의 길항(拮抗)관계에 있었다. 여진족의 조상이 몽고(원나라)에 멸망한 뒤 400년 만인 지금 누르하치 대장이 다시 여러 부족을 통합해 흥기하고 있다.

　　누르하치 부자들의 위용은 단순히 강력한 무력으로 영토를 확장했다는 데 있는 것이 아니라 제도의 정비와 사회 개혁에도 과감했다는 점이다. 다민족 공동체의 대제국을 건설하기 위한 기틀을 마련했다. 종족별로 나누지 않고 통합해나갔다. 중국 역사상 유례가 없을 만큼 광활한 지역과 다양한 민족을 포용하는 대제국으로서 성세(盛世)를 이어가는 토대를 구축한 것이다.

　　이렇게 길게 설명하고 난 뒤 오갈피대가 거듭 말했다.

　　"외교적 역량을 키워라. 넌 대국 말 잘하지 않느냐. 전쟁은 피아의 구분만으로 해석이 가능하지만, 외교란 적에게도 무기를 팔아먹는 인간 존재의 최상의 예술이다. 오직 한 길만 있는 것이 아니라는 걸 알아라. 외교가 가르치는 교훈이다."

　　오갈피대는 여느 때 없이 진지했다.

　　"내가 너희 사신단을 따르는 것은 명의 정정을 살피면서 너희들의 하는 수작을 보겠다는 것이다. 너희를 감시하기 위해 동행한다고 보아야 할 것이다."

그는 거침이 없었다. 다음날 행장을 꾸릴 때 정충신이 장만 관찰사에게 보고했다.

"우리가 명에게 접근하는 방식도 중요하지만, 여진 군관에게 어떤 모습을 보이느냐도 중요할 것 같습니다."

"그게 무슨 말인가?"

"저들이 우리를 감시하기 위해 동행하는 것입니다. 그러니 우리도 역으로 그들의 내면을 꿰뚫어봐야 합니다."

"상대할 필요 있어? 내버려 둬!"

"소소한 도적이라고 말하기엔 저들이 너무 강대해졌습니다. 우월적 위치에서 내리깔고 볼 수 없습니다. 이런 위세로 가면 곧 명을 제압할 세력입니다. 누르하치는 임진왜란을 절묘하게 이용하고 있습니다. 명이 우리나라에 원병을 보내면서 여진족에 대해 신경쓸 여력이 없어지자, 그 틈을 노려서 저 자들은 명을 칠 기회로 삼고 있는 것입니다. 명나라의 대 여진족 정책이란 것이 각 부족을 분열시켜서 통치하는 전략인데, 조선 원병으로 이완된 틈을 타서 누르하치가 군소 여진족들을 하나로 묶은 다음, 명의 땅으로 진격해 들어가고 있습니다."

그들이 명을 다녀온 뒤 조정은 북방 변경 관리를 장만 관찰사와 정충신 첨사에게 위임했다. 장만은 평안병사, 함경도관찰사직을 번갈아 수행하면서 여진족의 침략에 대비했다. 호지(胡地: 여진의 땅)의 지도를 완성하고 지형 특성에 맞게 개발한 정탐전을 주도하는 한편으로 유명무실해진 특수부대 별무반을 재편성했다.

기병 위주의 병력으로 성곽과 평야를 순회하도록 조치했다. 통일 여진이 발흥하면서 국경 지역의 방어가 나라의 흥망성쇠의 쟁점으로 떠올랐다. 대대적으로 군제(軍制)를 개혁해 국경선을 보강할 것이 필요했다.

정충신은 여진 부족장에게 공첩(公牒)을 보내 그동안 폐지되었던 4군이 조선의 땅임을 인식시키고 들어와 살고 있는 여진 부족들을 철수시켰다. 국방의 최일선에서 거친 여진족을 몰아낸 것은 정충신의 협상력이 큰 힘이 되었다. 정충신은 북변에서 누르하치의 여러 아들 가운데 둘째 다이샨과 여덟째 홍타이지와 친했다. 둘째와 여덟째 사이라고 하니 나이 차가 많아 보이지만 여러 배에서 동시에 나온 것들이라 나이 차이는 그리 많지 않았다.

일석 점호를 마치고 숙소로 돌아오는데 선조 임금이 승하했다는 비보가 날아들었다. 1608년 2월의 1일(음력)이다. 이제 광해의 시대인가? 정충신은 생각이 복잡해졌다. 선조는 비겁한 도망자인가, 대국의 지원을 얻어낸 전쟁 영웅인가.

돌이켜보니 왕의 의주 몽진(피난)은 조선의 암울한 미래를 암시해주는 것 같았다.

선조는 의주 몽진 행차 행사를 갖고도 쉽게 도성을 떠나지 못했다. 마침내 1592년 음력 4월 그믐날 밤, 선조는 빗줄기가 드센 어둠을 뚫고 궁을 빠져나갔다. 몇몇 문무백관이 날이 밝을 때 떠나자고 간언했지만 왕으로서는 비가 쏟아지는 이때가 기회라고 생각했다. 환한 대낮에 떠나면, 백성들 보기가 민망했다. 왕으로서의 체모(體貌)는 있었던 것이다.

임금이 돈화문을 나와 안국방을 지나고 경복궁 앞에서 남으로 꺾었다가 네거리에서 다시 서쪽으로 꺾어 돈의문을 지났다. 빗줄기가 드센 가운데 무악재를 넘고 홍제원에 이르자 동이 텄다. 말을 탄 임금과 신하들은 물론 도보로 걷는 내시·호위병들이 비에 흠뻑 젖고, 왕비, 후궁, 백관의 부인들이 탄 가마 행렬은 진흙탕 속에 교꾼들이 몸을 가누지 못해 넘어지는지라 여자들의 속곳이 들리고, 치마가 흙탕물에 젖었다. 행렬이 긴 데다 비까지 내리니 몽진 행렬이 더디기만 했다.

녹번, 삼송, 벽제관에 이르자 비가 그치고 구름이 걷히더니 해가 떴다. 백성들이 소문을 듣고 나와 통곡했다. 임금이 자신들을 버리고 떠난다는 설움이 복받쳐서 머리를 조아리며 엉엉 소리내어 울었다.

"마마, 우리를 버리고 어디로 가시나이까."

어느새 도성에 임금이 궁을 버리고 떠났다는 소문이 퍼졌다. 백성들이 순식간에 몰려나와 궁을 불태우고 전각을 불지르고 기물을 부쉈다. 민심은 극도로 험악해졌다. 어버이가 자식을 버리고 도망을 갔는데, 그런 아비를 하늘같이 믿었던 배신감은 컸다. 떠받들고 살았다는 것에 대한 분노가 궁을 불지른 것으로 표출되었다. 성난 민심은 걷잡을 수 없었다.

그런 가운데 선조가 파주를 거쳐 임진강에 이르자 밤이 되었다. 비가 내린 뒤끝이라 날씨는 추웠다. 추위를 피하기 위해 신하들과 무장들이 인근 민가로 가서 닥치는대로 판자 울타리와 집안의 목재를 뜯어와 불을 피웠다. 다음날 어가 행렬이 강을 건너는데 나룻배가 부족했다. 마을의 대문짝과 방문짝을 모두 뜯어 뗏목을 만들었다. 이윽고 강을 건너자 나룻배와 뗏목을 모두 불태웠다. 행여나 왜군이 똑같이 사용하며 뒤를 쫓으면 어쩌나 싶어서 태워버린 것이다. 적진에 들어가 다시는 돌아오지 않는다는 비장한 각오로 건넌 다리를 불태운다는 말은 있어도, 백성의 문짝을 뜯어 건넌 뒤 태워버리는 경우는 처음 보는 일이었다.

이윽고 왕이 평양에 당도했다. 임금은 평양 백성들에게 결사항전을 외쳤다. 그러나 탄금대 전투에서 신립 장군이 이끈 5만 군사를 물리친 왜군은 한달음에 한양을 점령하고 바람보다 빨리 북으로 진격했다. 왕은 다시 야반 도주했다. 평양성이 함락되고, 선조는 압록강 변경 의주로 쫓겨갔다.

요동 도독과 명 황제에게 도강할 배를 보내달라고 눈물어린 편지를 보냈다. 명은 자국에서 왜와 전쟁을 치를 것이 두려워 선조에게 배를 보내는 것을 미적거렸다. 일부에선 왜군이 저렇게 빨리 한양과 평양에 들어오는 것을 보니 조선이 혹 왜와 짜고 명을 치기 위해 진격해오는 것이 아니냐고 의심을 품기까지 했다. 선조는 그 사정을 모르고 매일 통군정에 올라 명의 배만을 기다렸다. 그에게는 나라의 안위보다 일신의 보위가 생존의 근거인 것처럼 보였다.

이때 전라도 광주에서 만 16세의 소년 병사가 숨을 헐떡이며 2천5백 리 길을 달려왔다. 매일 백 리씩 뛰어서 스무닷새 만에 의주행재소에 당도한 것이다. 그는 광주 목사 권율이 전라도 이치·웅치전에서 왜군 고바야카와 다카카게 6군단을 무찌르고 호남을 굳건히 지키고 있다는 장계를 가져왔다. 체포되어 압수당할 것을 염려해 기다란 장계 지필을 새끼를 꼬아 걸망을 만들어 숨겨 메고 달려왔다.

호남은 곡창 지대로써 아군의 병참기지로 그대로 유지될 것이니 조금만 버티면 원기를 회복해 왜를 몰아낼 수 있다. 그러니 제발 압록강을 건너지 말라는 호소문이었다.

그러나 선조는 어버이 나라 명나라 품에 안기려고만 했다. 조선의 장군들이 전공을 세워도 명나라 군대의 구원만 못 하다고 내리깎으면서 오직 명나라만이 자신을 구원할 존재라고 여기고 있었다. 자식이나 신하들에게 의심병을 일삼고, 중국에는 끊임없이 사대하고, 그래서 왜 일국의 왕이 되었는지 알 수 없는 임금이었다.

그런 임금이 승하했다. 정충신은 만감이 교차했다. 남쪽 하늘을 우러러 곡을 하긴 했지만 내심으로는 승복할 수 없는 그 무엇인가가 있었다.

건주여진의 누르하치 둘째아들 다이샨이 조선인 포로를 한 명 데리고 왔다.

"조선왕에게 쫓겨서 우리 진영에 와있는 조선인 군관을 데리고 왔다. 때를 벼르고 있던 사람이니 대화를 나누어 보라."

26장 광해시대, 역사의 반전

    조선인 투항자는 모시던 상관이 임진왜란 공훈록에서 배제된 것에 불만을 품고 대들다 모반법으로 체포될 위기에 처하자 탈출한 어느 장수를 따라 함께 도망나온 소초장 김말대였다. 그는 함께 탈출한 장수 이름은 굳이 대지 않았다.

    "임진왜란 공훈록을 가지고 무슨 일이 일어났다고 하는데, 무슨 일인가? 조선 왕이 죽었다고 하니 김말대 부장이 분을 삭히지 못하는군. 자기 손으로 죽여야 하는데 못 죽인 것이 원통하다는 것이야."

    다이샨이 그를 소개했다.

    "공훈록에 한이 맺혀서 내가 다이샨 군관에게 다 말했소."

    김말대가 해명했다.

    선조는 의주로 피난갔다가 환궁한 뒤 맨먼저 한 일이 호성공신을 정한 일이었다. 그는 수행원 가운데 86명을 무더기로 공훈을 주었다. 이 가운데 내시·교꾼, 말먹이 하인, 이마(마부와 어가 담당) 별좌, 사알(왕명 전달자)들에게도 공훈을 내렸다. 그들에게 벼슬을 올려주고 사패지를 하사했다.

    호성공신 중에는 무공(武)을 떨친(宣) 선무공신 18명과 충청도 공주에서 일으킨 이몽학의 난(1595년)을 진압한 청난공신 5명에게 작위를 내렸지만, 내시 24명과 이마 6명, 어의 2명, 마의 2명, 별좌 및 사알 2명 등에게 더 많은 공훈을 주었다. 이 가운데는 빨래하는 궁녀도 포함되었다.

이 소식을 듣고 정충신은 뭔가 잘못되었다고 생각했다. 그 자신으로 따져도 이치·웅치전쟁, 행주대첩 등을 통해서 당연히 공훈록에 올라야 했다. 공훈을 받기 위해 싸운 것은 아니지만 기왕에 공훈록을 작성한다면 순서로 보아 그렇다는 것이다. 그런데 묵살되었다. 이것을 도망자 김말대가 그 부당성을 대신 주장하고 나선 셈이다.

"내시나 이마, 사알, 마의, 빨래터의 궁녀들에게까지 공훈을 주다니, 한심한 왕이야. 그렇게 하면 영(令)과 강(綱)이 서나?"

그러면서 김말대가 두 손을 들어 짝짝 박수를 쳤다. 야유를 보낸다는 박수였다.

"임금의 수발을 드는 자들이 직무상 당연히 해야 할 일을 해놓고 무슨 공신책록을 받느냐 말이다!"

다이샨도 이상하다는 듯 고개를 갸우뚱거렸다.

"그것으로 틀림없이 말썽이 생길 것이오. 왕이라고 해서 나라의 일을 사유화하면 누가 승복하겠소? 태조대왕이 개국했을 때도 개국공신은 30명에 불과했소이다. 그 중에 태조의 수발을 든 환관과 시종이 끼었다는 말은 듣지 못했소. 무능해서 나라를 위태롭게 만든 주제에 무슨 호성공신을 86명이나, 그것도 제 일을 했을 뿐인 내시, 말 먹이꾼, 빨래터 궁녀, 심부름꾼에게까지 공신 작위를 남발했는가 말이오. 빨래터 궁녀는 한번 더듬었다던가? 에잇, 더러운 놈, 왜란이 나자 삼십육계 줄행랑을 친 자가 그 따위로 나라를 운영하니 안 망하는 것이 그나마 다행이오."

"말을 함부로 하지 말렸다!"

정충신이 으름장을 놓았다. 남의 나라 용병이 된 처지에 떠든다는 것이 비겁해보였다. 도망간 자는 경위야 어떻든 두말이 필요없는 것이다. 그는 뭐라고 항변하든 배신자일 수밖에 없다.

"개좆같은 세상, 내 말이 틀렸소? 내가 남의 나라로 도망가서 조국의 왕을 욕한다고 나를 비겁자로 보는 모양인데, 그러지 마쇼. 그렇게 하지 않으면 내가 살 방법이 없었소. 도망을 갔건, 남의 나라 용병이 되었건 옳은 말은 옳은 말인 것이오. 내가 듣기로 정충신 군관도 나라를 위해 큰일 했소. 하지만 나이가 어리다고 해서, 그것도 지방에서 올라온 한미한 출신이라고 해서 공훈록에서 제외했단 말을 들었소이다. 별좌·사알에게도 공훈을 준 것에 비하면 정충신 첨사는 상급 중에 상급이올시다. 그런데도 차별을 받았소. 그것이 정당하다고 보는 것이오?"

"나는 공훈을 받기 위해 싸운 것이 아니오. 임금이 도성을 떠나 몽진길에 오를 때 나라가 망할 것이라는 요사스러운 말이 퍼졌지요. 한양~의주에 이르기까지 그 많던 문무백관들이 이런 뜬소문에 한결같이 도망을 갔소. 하지만 환관, 어의, 액정원, 사복원, 마의, 별좌, 사알, 궁녀들이 처음부터 끝까지 상감마마 곁을 떠나지 않았소. 그래서 임금님은 '사대부가 너희들만도 못 하구나' 하고 한탄하셨지요."

"아니, 상감 곁에만 붙어있으면 일이 되는 것이오? 싸우는 자는 싸우고, 무기 만드는 자는 무기를 만들어야 할 것이 아니오."

"그러면 얼마나 좋았겠소. 그자들이 먼저 숨어버리니까 하는 말이요. 상감마마께옵서 의주 몽진길 내내 임금을 보필해야 할 대신과 사대부의 배신행위를 목도하시고 피눈물을 흘렸던 것이오. 그런 왕이었기에 지근거리에서 임금을 끝까지 지켜준 측근들에게 공신의 작위를 내리시는 것은 당연한 일이지요. 자기 보신을 위해 줄행랑을 친 벼슬아치들보다 천한 신분들이 의리있다고 평가했던 것입니다. 나라 일에는 천하고 귀한 신분이 기준이 될 수 없소이다!"

"그것은 잘못된 판단이오."

김말대가 이의를 달았다.

"임금을 보필하기만 하면 나라가 온전히 보존되오? 무능한 자를 보필해서 어디에 쓰겠소? 각처에서 자기 주어진 일을 한 사람들이 평가받아야지. 자기 살겠다고 도망가는 임금을 보필한다는 것은 나라를 망하게 하는 길일 뿐이오. 그런 왕은 당장 죽여 없애도 좋소. 압록강에 꼬라박아 버렸어야 하는데, 씨발. 도대체 누가 우리를 배신한 것이오? 배신자는 바로 그자요. 그래서 참 잘 돼졌소. 공훈록에 오른 이항복·정곤수·이원익·류성룡·윤두수 등 명망 대신들에게도 책임이 있소이다. 이번에 왕이 죽을 때 함께 죽어야 할 자들이오!"

"뭣이?"

정충신이 칼을 빼들었다.

정충신이 칼을 뽑아들자 김말대도 삼지창을 겨눠 그와 일합을 겨룰 태세를 갖추었다.

"어허, 왜들 이래. 칼을 함부로 빼드는 것이야말로 야만인 아닌가!"

다이샨이 제지했다. 야만인 출신이 동방예의지국 사람을 나무라고 있는 것이었다. 정충신은 대신들을 도매금으로 묶는 가운데 이항복 대감도 포함시킨 것에 대해 심한 모욕감을 느꼈다. 감정의 기복이 심해 때로는 우울증에 빠지고, 때로는 불쑥 화를 내며 엉뚱한 일을 저지르거나, 명나라로 건너가겠다고 짐을 싸는 왕을 다스려서 그나마 조정을 안정시킨 사람이 이항복 대감이다. 국토가 도륙이 난 것을 가닥을 잡고, 해결점을 찾는 사람은 그래도 이항복 대감이 아닌가.

"정 첨사, 칼을 거두시오. 점잖은 사람이 그러면 쓰는가."

정충신이 칼을 거두었다. 김말대도 슬그머니 삼지창을 내려놓았다. 다이샨이 말했다.

"내가 김말대를 데려온 것은 중요한 임무가 있어서요. 자, 저기 군막으로 갑시다."

세 사람은 군막에 들어가 자리를 잡았다.

"해서여진족의 오탕개란 자가 지랄발광을 하고 있소. 이것들이 자꾸 우리 발등을 찍는데, 중원으로 나가려는 우리 앞길에 장애물이 되고 있단 말이오. 이 자들만 잡으면 해서부족의 광활한 땅도 우리 것이 되는 거요. 정 첨사가 도와주어야겠소."

다이샨이 두루마리 지도를 바닥에 펼쳤다.

"이 지도는 김 부장이 직접 현지 답사해서 제작한 해서여진족 주요 근거지요. 소탕작전을 펴는 데 요긴하게 써먹을 지도요. 검토해 보시오."

정충신은 일찍이 전라도 광주에서 한양—개성—평양—의주를 내왕하는 과정에서 산천경개의 흐름과 전략지를 파악하는 지도를 그려서 명나라 장수에게 선물한 바가 있었다. 그 지도를 토대로 왜군을 격파했다. 그런데 이건 지도가 아니라 작대기로 줄을 그어놓은 낙서에 지나지 않았다. 만주의 산맥과 강줄기의 흐름이 명료치 못하고, 해안선인지 강안인지 구분하기 힘들었다.

"지도를 이렇게 만드는 싸가지가 어디 있소? 아군 병사 다 죽일 일 있나? 함정에 빠지기 딱 좋다니까!"

정충신이 지도를 내던지며 소리쳤다.

"그럼 어떻게 만든단 말이오."

"이 따위 그림으로는 아무것도 발견하지 못하지만 원근법으로 자세히 들여다보면 작은 마을과 산, 길뿐만 아니라 당대 사람들의 생활상과 풍속까지 담겨있는 것이 지도인 것이오. 옛 조상들의 자연관과 인생관을 엿볼 수 있는 것이 지도요. 지도란 한 폭의 그림과 같소. 이 지도는 줄을 그어놓았을 뿐이오. 산과 강, 마을과 들판의 경계가 모호하오. 이걸 보고 전쟁을 하면 자결하는 것과 똑같소. 지도란 무엇보다 정보를 담는 그릇이라니까."

계속 아는 소리를 하자 김말대가 씨근댔다.

"그래도 근래 우리 전황이 좋았지. 우리는 문자도 모르고, 지도 그리는 것은 더욱 모르지. 호랑이 노루 사슴 늑대를 때려잡아 살은 발라먹고, 가죽은 말려서 옷을 해입었을 뿐이야. 그런데 이 자가 와서 우리에게 여러 가지 전법을 개발해주었소. 지도를 그려서 요소요소의 맥을 짚어 적의 근거지와 매복지를 가르쳐 주어서 해서여진, 야인여진 잔당을 무찌르고 있소."

다이샨이 말하고 스스로 고개를 끄덕였다.

다이샨은 정충신이 보을하진 첨사로 발령을 받아 현지 부임했을 때도 먼저 찾아와서 축하해주었다. 함경도 회령 홍산은 하늘이 손수건만큼 보일 정도로 깎아지른 듯한 험준한 산이 꽉 조이게 둘러싸고 있었다.

한 겨울 추위는 귀가 떨어져나갈 정도로 매서웠다. 엔지, 룽징, 허룽, 쑹장, 안투가 가까운 곳이었다. 이곳에 야인여진 잔당이 머물고, 밤이면 약탈이 심했다.

병사들도 변방의 생활에 어려움을 겪고 있었다. 주민들은 각종 세금 대신 부역으로 땜질했다. 빈궁한 곳인지라 여자들은 몸을 팔았다. 군복무 중인 병사들은 외로움을 달래느라 급료가 나오면 객주집을 찾았다. 그러다 보니 병사들이 사면발이, 임질, 매독에 걸린 자가 많았다. 어떤 자는 성기가 문드러지고 사타구니가 헐고, 코와 눈이 헐어서 앞을 보지 못하는 놈도 있었다.

매월 행해지는 부대의 순찰 점검은 물론 닷새에 한번씩 열리는 활쏘기 훈련도 생략되었다. 변경의 군 기강은 형편없었다. 적과 싸우기 전에 병졸들은 추위와 풍기문란 앞에서 먼저 무너질 판이었다.

보을하진 군 진영의 인원을 점검해보니 병졸의 반이 비어 있었다. 기강 해이 정도가 아니라 이건 숫제 진영이 없는 것이나 마찬가지였다. 굳건하게 국경을 지켜야 할 자들이 자리를 비우다니, 이러니 오랑캐의 밥이 되는 것 아닌가.

그는 군졸들을 비상소집했다. 모이는 자는 서넛 뿐이었다. 그것도 느릿느릿 기어나왔다.

"병사들 모두 어디 갔나?"

정충신이 소리치자 키가 큰 군졸이 나섰다.

"도망 갔습니다."

"뭐야? 장난하냐? 어디로 도망을 가?"

"저도 모릅지요. 늘 그러니까요."

그도 게을러서 그렇지 도망가지 못한 것이 억울하다는 표정이었다.

"그러면 국경수비는 누가 하느냐?"

"국경이 따로 있습니까요. 여긴 야인여진 땅이고, 해서여진 땅이고, 조선 땅이고 구분이 없습니다요. 그냥 굴러가는 것이지요."

"나라의 녹을 먹는 자들이 고따구로 근무할 적시면 모두 모가지다!"

"모가지에 연연하지 않습니다. 인생 막장에 와 있는데 사는 것에 무슨 애착이 있겠습니까."

그렇게 말하는 것을 들으니 필경 어떤 곡절이 있는 것 같았다. 정충신은 군졸을 닦아세웠다.

"그간의 사정을 솔직히 말해보렸다. 말하지 않으면 다 디진다. 나 곤조 보여주까?"

"말씀 드리죠. 어려울 것 없습니다. 이곳에 부임해오는 첨사 나리나 사또 나리, 이방·호방·병방들까지 한탕 해먹으려고 혈안이 되어 있습지요. 관청은 과도하게 농지세를 부과하고, 닷새에 한 번꼴로 백성들을 노역에 동원하고, 이것을 어길 적시면 쇠푼으로 닦으라고 하고, 병사들은 급료가 나오면 상관이 투전판을 벌여서 홀라당 해처먹고, 몸파는 기생 집에 병사들을 집어넣어 이익금을 포주와 반분하고, 원님이든 누구든 돈을 써서 타지로 나가려고만 하고, 그래서 그 돈을 벌충하느라 고을마다 전별금을 할당하고, 이런 식입니다요. 돈을 내지 못하는 자는 딸자식을 내놓거나 장성한 아들놈을 노비로 내놓아야 합니다."

"뭐 이런 개 상놈의 판이 다 있어? 그 말이 사실이렸다?"

"소인이 누구 안전이라고 헛소리하겠습니까."

이렇게 말하고 군졸이 덩치에 어울리지 않게 다가와 나직히 속삭였다.

"이 변경에 급행료가 없으면 사람 구실도 못 하고, 살았다 할 것이 없습니다. 사또든 군관 상급자든 첩이 없는 자가 없습니다. 변경의 여인들은 모두가 쭉쭉빵빵 빠진 미인들입죠. 한번 맛보시겠습니까?

첨사 나리도 빠져서 헤어나질 못할 걸요? 변경이라 여러 종의 씨가 섞이니 미모들이 출중하고, 여자의 내궁이 흡혈귀처럼 빨아들이는 힘이 대단합지요. 내 것이 말좆만큼이나 커도 한번 들어갔다가 나오면 죽은 낙지발처럼 히물히물 늘어져버리지요. 정 첨사 나리도 한번 빠져보시렵니까?"

"이런 잡놈에 새끼, 뭐라느냐."

"뽕 가지 않을랑가?"

"누굴 갖고 노느냐? 농담하지 말고 상세히 말해보렸다."

군졸에 따르면, 지방 관속들이 내놓고 못된 짓을 하는데, 그러니 국경이 제대로 지켜질 리 없으며, 약탈하는 오랑캐나 진배없다는 것이다.

"오랑캐들까지 쥐구멍 드나들 듯이 하니 한 마디로 수채구멍 입죠."

변경일수록 아전과 세리 등 하급관들의 횡포가 심했다. 중앙 통제가 어려운 것을 기화로 국법 대신 사법(私法)으로 고을을 관리하고 있었다. 사법은 정해진 규칙없이 꼴리는 대로 행사되었다. 호구세, 토지세 따위가 없는 집구석에 더 많이 징수되고, 힘있는 대갓집은 할인되거나 생략되었다. 중앙 행정력이 미치지 못하니 토호족에게 좋은 일 시키고 있는 꼴이었다. 향리가 외지에서 파견된 첨사나 원님과 짜고 조세, 공물 징수, 노역 징발 권한을 남용했다.

한동안 고민에 빠져 있는데 한 젊은 선비가 정충신을 찾았다. 맑은 얼굴에 한서깨나 읽은 풍모였다.

"정 첨사께 인사차 한양에서 왔소이다."

"누구시관대 이 먼 길을…."

"나는 최명길이란 사람이오. 장만 관찰사의 사위올시다."

나이는 정충신보다 대여섯 살 아래로 보이는데 볼수록 체모가 의 젓하고 고상해 보였다. 양반 귀족의 티가 나 범상한 인물이 아니라 는 것을 단박에 알 수 있었다.

"장만 관찰사의 사위라고 했지요?"

"그렇습니다. 장인 어른을 찾아뵙고 인사드릴 겸 변경의 사정도 알 겸해서 왔습니다. 어른께서 정 첨사 나리를 꼭 찾아보라고 하시 는군요."

"잘 왔소. 자리를 옮깁시다."

두 사람은 아랫 마을의 주막으로 이동했다. 색주가인 듯 분냄새 풍기는 젊은 여성들이 부산스레 주방(酒房)을 들락거리고 있었다.

"여기는 산판이 많아서 초부들이 나무를 찍어내리는 산역을 하다 가 술 한잔 걸치러 내려오는 곳이오이다. 거칠게 사는 모양이 꼭 만 인(蠻人) 부족 같소. 우리 군사들도 들어와 술 먹다가 이자들하고 놀 다 가지요. 그런데 부하놈들 상당수가 어디론가 사라진 뒤 열흘째 돌아오지 않고 있소."

"어디를 갔단 말입니까?"

"내가 알면 무에 고민하겠소. 당장 잡아다가 곤죽을 만들어버릴 것인데… 술방에 왔으니 기생을 끼고 술을 마셔야 하는데, 그러지 못하는 것을 양해하시오. 새파란 젊은이이니 색을 쓰겠다고 하겠으 나, 그러면 윗물이 흐려져서 기강이 무너져요. 그래서 금욕생활을 하고 있소. 그렇게 해서 한번 봐버릴랍니다. 대신 오늘 배부르게 막 걸리나 마십시다."

"좋습니다. 장인 어른 만나러 와서 오입질하는 꼴 보이면 얼굴이 안 서지요."

두 사람은 막걸리를 동이로 들어서 바가지를 술동이에 띄워놓고 마시기 시작했다. 술이 들어가자 최명길은 다변이었다.

"정 첨사께서 군 기강이 엉망이라고 했는데, 여기만이 아니지요. 도성 역시 어지럽습니다. 변화하려는 생각은 퇴조하고, 그런 주장을 하는 자들을 개잡듯이 하오이다. 수구적이랄까, 사림정치라는 것이 세상을 꽉 막히게 누르고 있습니다. 도대체 변화라는 것을 거부해요. 이렇게 살다가는 또다시 왜놈들에게 밟히고, 대국의 하수인으로 전락할 것인데, 사대부는 불필요한 예론(禮論), 이딴 거에 매달려 국사의 근간으로 삼고 있소. 그러니 나라에 생기가 돌겠소?"

"그런 말 함부로 해도 되오?"

"함경도 오지에서 이런 말 안 하면 어디서 합니까. 생각해보시오. 새로운 것을 찾아서 발전의 동력을 찾아야 하는데, 구질서만이 나라의 기틀인 양 조금만 바꾸자고 하면 잡아가두오이다. 어떻게 생각하십니까."

"왜란이 따지고 보면 이런 것들이 쌓여서 온 것 아니겠소? 부패가 심각한 것 같소. 특권의식에 젖어서 면세(免稅)와 면역(免役)을 당연시 여기고, 국가 재정이 비면 백성들의 고혈을 짜고 있습니다. 배운 자의 책무를 다해야 하거늘, 그들이 먼저 내놓고 신역(身役)을 면탈하고, 자제들은 병역·부역을 면하려고 일찍이 중국 땅으로 유학 보내버린단 말이오. 변경에선 돈 받고 죄수의 옥살이도 제역(除役)시킨다 하오."

"썩지 않은 곳이 없군."

두 사람은 두서없이 얘기를 나누다가 결론을 찾아냈다.

"광해 세자가 왕위에 오르게 되었은즉, 뜻을 모읍시다."

"맞소. 나는 일찍이 그의 뜻을 알고 있소."

"만났습니까?"

최명길이 귀를 바짝 세우며 물었다.

"분조 때 관서지방에서 병사 모집할 때 만났지요. 궁에서도 만났고요. 그는 균형외교라는 것을 압니다."

"균형외교요?"

"그렇소. 그건 무기만 없다 뿐이지 전쟁이나 똑같소. 우리는 위로는 후금, 명나라, 몽고와 연결되고, 아래로는 바다를 사이에 두고 왜국과 마주하고 있소. 우리는 늘 2,3국과 상대하는 나라고, 상대할 때마다 우리가 피를 보았소. 그러면 어떻게 할 것이냐. 서로 상대가 없으면 안 되는 관계를 만드는 것이오. 외교란 이익과 손해에 따라 어제의 친구가 오늘의 적이 되고, 반대로 어제의 적이 오늘의 친구가 되는 것이오. 그렇다고 우정이 없는 것이 아니오. 우정 이상의 그 무엇인가가 있어야지. 그러면 어떻게 할 것이냐. 받을 건 확실하게 받고, 줄 것은 확실하게 주는 것이오. 반드시 서로에게 이익이 되어야겠지요. 그것이 현실적인 외교론이오."

"우리 처지가 묘합니다. 기회만 있으면 서로 갈구고 모략하고 짓밟고 있지 않습니까."

최명길이 쌍통을 찌푸렸다.

"외국과의 관계도 그런 것 같소. 독자적인 힘이 없는 외교는 외교가 아닌 것이, 그것이야말로 허상이오. 상대방을 이용할지, 아니면 끌려다닐지를 결정하는 것은 바로 외교의 힘이오. 은전을 바라는 태도는 비굴한 사대주의요. 힘이 바탕이 되지 않는 외교는 예속과 다름 없소이다."

김말대가 숨을 헐떡이며 주막으로 달려왔다.

"정 첨사 나리, 야인여진의 오탕개 무리가 다이샨 패륵을 체포해 갔소."

백산(백두산) 강외(두만강) 흑수(흑룡강) 사이는 여진족, 만족 등 수렵민족의 주 활동무대였다. 이중 송화강과 두만강은 이들에게는 젖줄과도 같은 강이었다. 그래서 이 유역에서 여진 부족이 터를 잡았고, 지금 이들은 하나로 통일되어 드넓은 산과 들판을 기반 삼아 중국 역사의 중심으로 이동해가는 중이었다. 매서운 추위와 황막한 산야는 사람이 살지 못할 땅으로 인식되었으나, 이런 악조건 속에서 버티고 살아온 기마민족(수렵민족)의 강인함이 대륙을 점령할 기질을 키우고 있었다.

　　그러나 소소한 부족들이 그 힘을 쪼잔하게 사용하고 있었다. 이웃 마을을 공격하거나 여자를 훔쳐서 도망가는 것이었다. 정충신은 즉각 고을하진 진지로 돌아와 전 군사에게 비상을 걸었다. 뒤따르는 김말대에게 지시했다.

　　"지도를 펴서 방향을 잡으라."

　　"백산과 두만강 사이는 삼림지대요. 지금쯤 강을 건넜을 것이오."

　　"그러니 빨리 추격해야 한다. 모두 따르라."

　　빽빽한 송림 사이로 장엄한 폭포수가 흘러내리고 있었다. 산 꼭대기에 쌓인 눈 녹은 물이 골짜기를 타고 흘러내리는 것이었다. 멀리서 보면 흡사 비단자락이 흘러내리는 것처럼 보였다.

　　"전령은 앞서 가서 동태를 살피라."

　　전령이 앞서 사라지고, 그의 뒤에 최명길과 진의 군사들이 무기를 갖춰 따랐다. 행군하는 사이 군사들은 기본 전투대형을 갖추었다. 적정을 살피던 전령이 뛰어오더니 말했다.

　　"골짜기에 열 명 정도의 산적이 노루와 멧돼지를 굽고 있습니다."

　　과연 흰 물이 요란하게 소리를 내며 흐르는 계곡 쪽에서 연기가 피어오르고 있었다. 그들은 히히덕거리며 노루 멱통에 막대기를 찔

러넣어 피를 받아먹고, 어떤 자는 궁기를 참기 어려웠던지 사냥한 사슴의 배를 갈라 간을 빼먹고 있었다. 그들의 입 가장자리는 하나같이 새빨갛게 핏물이 들어 있었다.

"악명 높은 아골타의 후예들입니다."

김말대가 속삭였다.

"아골타?"

"네. 아골타는 북만주 안출호에서 태어난 불세출의 영웅입지요. 언제나 싸움터에서 용맹을 떨쳤고, 재능이 있는데다 계책 또한 여우 같았습니다. 그 부족이 요나라 말대에 황제 천조제와 싸우는 과정에서 일부가 파괴되어 백산으로 숨어들어와 수렵으로 살고 있소이다. 누대에 걸치니 산적이 직업이 된 무리입니다. 이들은 거란 귀족의 노역과 수탈을 벗어나 독자적인 생활을 하는 바, 그만큼 기질이 거칠고 난폭합니다. 저 자들의 용맹을 모르고 다이샨 패륵이 나섰다가 생포된 것입니다."

"알았다. 지금부터 매복전에 들어간다. 포로자가 다치지 않도록 해야 할 것인즉, 그럴려면 기습전이다. 한순간에 제압한다. 나를 따르라."

정충신은 날렵한 군졸 넷을 두 개조로 나누어 따라붙게 하고 시라소니처럼 송림 사이를 소리없이 숨어들어갔다. 이십 보 정도까지 접근하자 산적들의 모습이 확연히 눈에 들어왔다. 보아하니 개털모자를 쓰고, 호피 옷을 입은 자가 두목이었다. 두목을 생포하면 다른 것들 제압은 문제없을 것이었다. 정충신이 호흡을 고르더니 한순간 맹수처럼 뛰어들어 두목을 끌어안고 그의 목에 칼을 겨누었다.

"꼼짝 마라!"

두 개조의 전투원들이 어느새 정충신의 곁에 와 서서 칼을 빼들어주위를 훑듯이 노려보았다. 최명길과 다른 전투원들이 뒤따라 달려들어 잔당들에게 삼지창과 검을 겨누었다.

"납치해간 자, 어디에 두었나?"

두목이 정충신이 겨눈 칼을 한 손으로 와락 제치더니 송림 속으로 도망쳤다.

"처치하라!"

정충신이 두목을 뒤쫓으며 군사들에게 명령했다. 군사들이 잔당들을 칼과 삼지창으로 처치했다. 정충신이 도망가는 두목을 겨누어 활을 쏘았다. 대번에 그의 목에 화살촉이 박히면서 고꾸라졌다. 달려들어 일격에 그의 두상을 갈기고, 칼등으로 어깨를 내려치니 그가 개구리처럼 쭉 뻗었다. 다른 전투원이 달려들어 칼로 그의 숨통을 끊으려 하자 정충신이 가로막았다.

"죽이지 마라. 이 자는 살려야 한다."

그는 두목의 멱살을 잡아 흔들며 물었다.

"다이샨, 어디 있나?"

"산변(山邊)을 지나 강외를 건넜다."

"강외라니?"

"두만강이다."

정충신이 군졸들에게 명령했다.

"이 자를 묶고 앞세워서 강을 건넌다. 반항하면 죽여라!"

정충신은 강에 이르러 적정을 살피도록 탐망선을 먼저 보내고, 강기슭 포(浦)에 이르러 조를 새로 편성했다. 이 광경을 최명길이 홀린 눈으로 바라보고 있었다. 그러나 이건 행주성 싸움에서 길삼봉 형님과 한강수에서 이미 익힌 전법이었다.

두만강의 강상(江上)에 희뿌연 물안개가 피어오르고 있었다. 안개 무더기 사이로 소리없이 전선(戰船)을 저어가면 무난히 적의 포구에 도달할 것이었다.

"만주 땅이란 조선반도의 몇 배가 되는 땅인데 다이샨을 납치해간 산적들을 어디서 찾겠소?"

최명길이 뒤따르며 어림없다는 투로 물었다.

"한강 백사장에서 바늘찾기라고? 찾지. 생포된 저 자들이 있잖나."

"죽는 한이 있어도 말해주지 않을 것 같은데?"

최명길이 뒤따르면서도 고개를 갸우뚱했다.

"불가능은 나의 공책엔 없어."

다이샨을 어떻게든 구해내야 한다. 그는 왜군을 무찌르도록 전마(戰馬) 2백필을 보내주었다. 그것이 왜군을 몰아내는 데 중요한 역할을 했다. 그런 그에게 구원의 손길을 뻗치지 않는다는 것은 우정과 호의를 배신하는 행위다. 나라와 나라의 사이도 이런 우정이 날줄 씨줄로 얽히는 것 아니겠는가. 이런 급박한 상황에 야인여진의 일개 부족 찌끄러기에게 생포되어 끌려간 것을 방치한다는 것은 우정을 모독하는 일이다.

만주는 동북 3성과 내몽골 자치구 일부로 구성되어 있는 광활한 대지다. 그중 야인여진 부족 일당은 북간도에 터를 잡고 약탈을 일삼고 있었다. 간도는 만주 중 지린성의 중심이며, 랴오닝성과 헤이룽장성이 일부 포함되어 있는 땅이다. 조선에 간도라 부르는 지역은 두만강 북부의 북간도(중국명 동젠다오)를 주로 가리키고, 이 지역은 백두산에서 발원하여 동쪽으로 흐르는 두만강 변경을 따라 허룽—엔지—왕청—훈춘—둔화—해삼위(블라디보스토크)를 관통하는 메마른 땅이다. 이 땅은 전통적으로 야인여진이 지배해왔다.

반면 서간도는 백두산 서쪽으로 흘러가는 압록강을 따라 창바이
—린창—퉁허—지안—환련—관면—단둥을 거쳐 서해로 흘러가는
유역이며, 건주여진이 지배해왔다. 누르하치가 지배하는 땅이다. 건
주여진의 위세가 크지만 야인여진 역시 난폭한 기질에 따라 지배 당
하고도 일부 부족이 도발을 멈추지 않고 있다. 이번에도 그 중 하나
가 잠시 방심한 다이샨을 생포해 북송중이다. 아마도 송환 조건으로
몸값을 크게 올리거나, 야인여진 불침범 조약 체결 조건으로 석방하
거나, 이것이 아니면 죽일 것이다. 그렇게 되면 후금을 세우긴 했지
만 본의 아니게 골치아픈 일이 생길 수 있다. 명을 쳐야 하는데 발등
을 찍히면 갱신하지 못하고, 야인여진을 공격함으로써 전력을 이중
으로 쏟아야 하는 것이다.

강을 건너 한참 평야를 지나자 침엽수가 하늘을 찌르는 숲이 나타
났다. 정충신이 묶인 산적 두목의 다친 머리와 목 부위에 약쑥을 재
어 바르도록 이른 다음 물었다.

"너희 잔당은 궤멸된다. 다이샨 패륵을 무사히 석방하면 너를 후
금의 중군장으로 쓰도록 하겠다. 어차피 건주여진이나 야인여진이
나 해서여진이나 같은 종족 아니냐. 누르하치와 그 아들들이 천하통
일해 가는데 이때 강대한 여진국이 탄생하는 거다. 그러면 국명도
바꾸겠지. 함께 건설하면 그 영광을 함께 누릴 것이다."

"그래서 어쨌단 말이냐."

두목이 반발했다.

"이민족끼리 싸운다면 모르겠다. 명과 싸운다 해도 명분은 있지만
같은 족속끼리 싸운다는 것은 조상을 욕보이는 짓이다. 지금 너희는
싸워봐야 독 안의 쥐다. 그러니 힘을 합친다는 명분으로 칼을 거두

고, 약탈을 멈추어라. 너희 부족 생계는 내 이름을 걸고 부유하게 해줄 것이다."

"그러니까 다이샨을 석방하라고?"

"그렇다. 다이샨 패륵이 있는 곳을 알려달라. 그러면 너와 너의 처자, 너의 부족들이 살게 될 것이다."

"왜 이 땅을 조선에 합병하려고 하지 않느냐. 이 땅 역시 조선 땅 아니냐."

그가 생뚱맞게 물었다.

"우리는 예의를 중시하는 나라다. 분수를 알고, 우리의 나라만 지키면 되었지, 문서상으로 남의 나라 땅이 된 것을 탐심으로 접근하는 것은 예법에 어긋난다고 생각한다. 염치라는 것이 그것이다. 우리는 남의 나라를 침범하는 무례한 나라가 아니다. 한 번도 침범하지 않은 역사가 그것을 증명하지 않느냐."

"그건 바보 새끼들의 변명이지. 고토를 회복하는 것도 침범이냐?"

부족 두목은 생포되긴 했지만 기백과 투혼이 넘쳐났다.

"너는 누구냐."

"나 역시 조선족의 피를 물려받았다. 조선족 3세다."

"그러면 나에게 투항하라. 우리는 주변국과 충돌하지 않는 것을 미덕으로 알고 편하게 지내려 한다. 그것이 국가운영 기본 방침이다. 우리를 침략하지 않는다면 결코 우리가 남의 나라를 노려볼 이유가 없다."

"약자들의 변명 같지만, 새겨들을 만하다."

두목이 고개를 끄덕이더니 말했다.

"나는 붙잡힌 몸이니 패장이다. 패장은 여진족의 명예를 지키기 위해 장렬하게 죽는다. 하지만 조선의 젊은 군관의 말을 들으니 개

죽음 당할 수 없다고 생각한다. 나와 다이샨과 맞교환하는 조건으로 하자. 다이샨을 풀어주는 데 협조하겠다. 차후 후금 부대의 전투병과에 나를 배치하도록 하라. 그렇게 할 수 있겠나?"

"같은 종족끼리 싸운다는 것을 거둔다는 상징으로써 그렇게 할 것이다."

"다이샨은 쩡펑산의 칭산과 쌴두 사이의 우리 군영지에 있다."

그의 말을 듣고 쩡펑산을 향해 말을 달리자 야인 부족의 군영지가 나타났다.

"나를 끌고 막영으로 들어가기 바란다. 나는 너희에게 생포되었다."

그가 말하자 정충신이 무슨 뜻인 줄 알고 그를 다시금 포승줄로 묶은 다음 막영지로 끌고 갔다. 게르 한 가운데 받침대로 우뚝 세운 기둥에 다이샨이 꽁꽁 묶여 있었다.

게르 안에는 비적(匪賊) 잔당과 그 똘마니들이 웅성거리며 말젖 술을 마시고 있었다. 주장(主將)이 사라지자 기세가 지리멸렬해 있었는데, 두목이 꽁꽁 묶인 몸으로 들어오자 하나같이 어리둥절한 표정을 지었다. 정충신이 그들을 향해 소리쳤다.

"너희 놈들, 기둥에 묶인 자를 당장 풀어라! 풀지 않으면 너희 두목 목이 달아날 것이다. 너희들 또한 목이 달아날 것이다! 당장 풀어라!"

그러자 끌려온 두목이 수하들에게 명령했다.

"나와 저 묶인 자와 목숨을 바꾸기로 했다."

그의 부하들이 뭐라고 투덜대다가 묶인 다이샨을 풀어주었다. 자유의 몸이 된 다이샨이 옷을 턴 다음 정충신에게 다가왔다.

"내 저 놈들을 당장 목을 베겠다!"

그가 정충신의 허리춤에서 칼을 뽑아들었다.

"다이샨 패륵. 나는 이 자와 약속을 하였소. 다이샨 패륵을 구하는 대가로 이 자를 풀어주기로 한 것인즉, 약속을 지켜야 하오이다."

정충신이 다이샨으로부터 칼을 거두어 자기 칼집에 집어넣었다. 그리고 비적의 두목 포승줄을 스스럼없이 풀어주었다.

"자유의 몸이 되었으니 화해하는 뜻으로 두 사람 악수하시오."

다이샨이 주춤하더니 손을 내밀자 산적 두목도 손을 내밀어 악수했다.

"이제 두 사람은 대장과 부장이 된 것이오. 두목은 다이샨의 부장으로서 충성을 다하기로 나와 약속을 했소. 다이샨 패륵, 받아들이겠소?"

"장난하오?"

당치 않다는 듯 다이샨이 바닥에 침을 칵 뱉었다.

"내 말을 따르시오. 진실로 친구의 말을 외면하겠소? 작은 것으로 큰 것을 잃겠소?"

"정 첨사의 행위는 월권이오. 남의 나라 군사 인사권까지 개입하는 것은 가당치 않소. 그러니 장난하냐고 하는 것이오."

"미안하지만 내 그렇게 약속했소. 나는 다이샨 패륵을 살리려고 목숨을 내놓고 여기까지 왔소."

정충신의 간절한 뜻을 헤아렸던지 다이샨이 머리를 끄덕였다. 정충신이 다시 말했다.

"친구로서 이 점만은 분명히 하고 싶소. 건주여진이든 야인여진이든 다같은 종족이오. 서로 다툴 필요는 없소. 갈갈이 찢어진 부족을 아우르고 결속을 다지는 것은 다이샨 패륵의 지도력을 높이는 일일지언정 비판받을 소지가 없소이다. 이미 누르하치 대장군이 여진을 통일해 후금을 세운다고 하는 바, 모두들 거기에 복속해 충성을 해야 할 것이오. 소소한 작은 차이를 넘어, 작은 갈등을 넘어 더 높은 것을 향해 진군하는 것을 친구로서 진정 바라오."

"감사하오. 그 웅변술은 어디서 배웠소?"

"마음의 목소리는 만인에게 친하다고 하지 않았소? 그뿐이오."

다이샨은 정충신의 우정을 영원히 새길 것이라고 마음속으로 다졌다. 지나온 세월을 더듬어보니 장수가 자기 소속의 하찮은 부하에게 암살당한 경우도 있고, 맹수를 업수이 다루다가 물려서 죽거나 병신이 되어버리는 경우도 있었다. 지도자일수록 사려깊고 조신하고 엄숙하고 자애로워야 한다. 정충신이 그걸 말해주고 있었다.

"두목은 앞으로 나를 따르라."

다이샨이 산적 두목에게 일렀다.

"지금 당장은 어렵습니다. 내 부족을 수습한 뒤 한 달쯤 후에 건주 여진 진영으로 찾아가겠소이다."

"그럼 여기서 헤어지자."

그들은 산적 두목을 뒤에 남기고 두만강 변경으로 말을 몰았다. 정충신은 다이샨과 마주 섰다.

"우리도 여기서 헤어져야 할 것 같소."

정충신이 말하자 다이샨이 정충신의 손을 굳게 잡았다.

"헤어지지만 언젠가 우리 다시 필연코 만날 것이오. 앞으로 더 큰 우정으로 만나기를 바라오. 내가 생환한 것을 아버지께 보고할 것이오. 조선과 우리는 친선과 우의, 힘을 함께 쓰기로 약속하오."

이 말을 남기고 다이샨은 환련─관면 방향으로 말을 달렸다.

정충신이 보을하진으로 돌아오니 전령이 달려왔다.

"정 첨사 나리, 장만 감사께 빨리 가서야 합니다. 사위 최명길도 찾고 있습니다."

"알았다. 모두들 주어진 위치에서 경비에 충실토록 하라."

정충신은 최명길과 함께 장만 관찰사가 묵고 있는 함경도 감영(監營)으로 달려갔다. 선화당 동헌에 이르러 정충신이 아뢰었다.

"보을하진 첨사 정충신 현신이오!"

정청(政廳)에 앉아있던 장만이 동헌으로 나서더니 소리쳤다.

"네 이놈들! 니들 멋대로 근무지를 이탈하느냐? 당장 옥에 가두라!"

정충신이 사위까지 데리고 사라지니 그새 화가 났던 것이다. 이곳 변경이 보통 땅이냐. 목숨이 개미 허리 부러뜨리듯 하는 곳이 아니냐.

"장인 어른, 그것이 아니옵고, 사실은 정충신 첨사가…."

최명길이 나서서 자초지종을 말하려는데 장만 감사가 말을 가로막았다.

"너는 장인한테 인사하러 왔다면 감영에 있어야 하거늘 정 첨사한테 가서 마냥 사냥놀이나 하고 있었단 말이냐?"

숲속에서 야인여진 산적들을 쫓고, 멧돼지와 사슴을 굽는 것들을 단속한 것을 누군가 잘못 전달한 모양이었다. 최명길이 주장했다.

"잘못 알려진 것입니다. 정충신 첨사는 근무지에서 철통같이 국경을 수비하고, 주민을 괴롭히는 야인여진 잔당들을 격퇴하고, 산적들에게 붙잡힌 건주여진의 다이샨 패륵을 구했습니다."

"다이샨이 누구냐. 누르하치의 자식이냐?"

"그렇습니다. 산적들에게 생포되어 죽을 뻔했습니다."

"거 봐라. 천하를 호령하는 맹장도 산골에서 비르적거리는 비적 부스러기에게 잡혀서 망신당하고 있지 않느냐. 아무리 용맹한 호랑이도 고양이에게 코털이 뽑힐 수가 있다. 그러니 경망 떨지 말고 무게있게 처신해야 한다. 여진은 좋은 부족이든 나쁜 부족이든 우리에겐 적이다. 지금도 그자들 습격을 받아 재산을 털리고, 병졸이 죽었다."

"그래서 누르하치와 관계를 유지해야 한다는 것입니다. 조무래기 비적들이 도적질을 일삼는데, 그것들을 큰 부족이 잡아 다스리면 우리는 그 큰 부족장과 협상하여 땅을 보전하는 것입니다. 잔 것들을 하나하나 상대할 필요가 없는 것이지요. 누르하치가 그들을 제압해 천하통일할 적시면 그와 관계를 돈독히 하면 잔 신경을 쓸 필요가 없는 것입니다. 다이샨과 결의를 한 것은 우리 국경선을 보호하는 또 다른 외교적 승리가 된다는 것입니다."

"니 생각이냐?"

"정 첨사 생각이옵고, 소인 생각도 그러하옵니다."

듣고 있던 장만이 고개를 끄덕이더니 말했다.

"정 첨사를 오해한 적은 없다. 칼을 들고 나가면 반드시 전과를 올리고 오는 것을 안다. 그러나 출동 계획을 본진에 알리고, 나의 지휘를 받아야 한다. 그런 것을 이용하라는 것이 봉수대다."

"그 점 충분히 가리지 못한 것 죄송합니다."

정충신이 허리를 구부리고 예를 취했다.

"내가 정 첨사를 특별히 찾았던 것은 이유가 있다. 정 첨사가 지금 경상좌수영의 포이포 만호로 발령이 났다. 왜의 공격이 여전히 심상치 않고, 바다만 지킬 것이 아니라 육전(陸戰)에 대비해야 한다고 해서 병조에서 특명을 내렸다. 정 첨사는 선사포 첨사 재임 중에도 가도 바다를 지키며 공을 세웠으니 육전·수전 모두 능하다고 해서 포이포를 맡기는 것이다. 곧바로 출발하라. 명길도 함께 떠나거라."

27장 일본 사행단

정충신이 포이포 만호로 발령을 받은 것이 삼십대 후반이었다. 전속 명령을 받고 그는 모처럼 살 만하다고 생각했다. 따뜻한 남쪽 나라 아닌가. 한겨울이면 수백 년 묵은 소나무가 쩍쩍 갈라지는 맹추위와 눈이 왔다고 하면 키 이상씩 내려서 몇날 며칠 발이 묶이는 함경도 산악지대에서 십수 년을 복무했으니 지칠 만도 했다. 겨울을 날 때마다 동상에 걸리기 일쑤고, 얼굴이 얼어서 버짐피듯 쌍판대기가 늘 얼룩소처럼 묘하게 얼룩졌다. 지붕까지 쌓이는 눈에 갇혀서 며칠씩 야숙(野宿)한 것도 매년 수십 차례다.

그가 변경에서만 복무했던 것도 정치적 이유가 있었다. 그는 나라의 최북단 변경에서 부하들을 통솔할 때, 병사들이 한결같이 노비 출신이거나 빈한한 농어촌 출신들이라는 것에 화가 났다. 명문 세족의 자제는 눈을 씻고 보아도 찾아볼 수 없었다. 그는 노비 출신들의 억울한 입장을 간언하고, 사족층의 군역 기피의 부당성을 항변했다. 불의를 묵과하지 않는 태도와 할말을 하는 것이 결국은 그의 탄탄대로를 가로막았다. 직언은 추위가 매서운 북방 변경 발령이었다.

정충신은 한미한 가계로 인맥이 있을 리 없었다. 그는 대신들의 파벌에 환멸을 느낀 나머지 철저한 무당파였다. 어디 끼이려고 해도 끼워주지 않았다. 스승 이항복이 아니었으면 그마저 길을 놓칠 뻔했다.

나라의 전쟁 기운이 나면 조정은 싸움 잘하는 정충신을 입에 올렸다. 싸움 설거지를 끝내면 입을 싹 씻었다. 그리고 그들끼리 좋은 자리를 독식했다.

나중의 일이지만, 이괄의 난 때는 물론 유몽인, 박홍구, 유효립난 때, 역적들을 문초하면 단골로 거론되는 이름이 인성군(인조 숙부)과 이괄, 기자헌 그리고 정충신이었다. 그에게는 파벌이 없으니 누가 갖다 대어도 걸려들 수 있었고, 그래서 누구나 걸고 넘어지기 쉬운 위치에 있었다. 거기에 바른 말을 하는 주인공이었으니 어떤 누구도 그를 갖다 대고 빠져나갔다. 그런 그를 장만이 이윽히 바라보며 동정을 했다. 그곳에 가도 넌 고생길이 훤해… 무지랭이 집안 출신의 한계여….

장만은 정충신을 멀리 떠나 보내는 것이 착잡한데 정충신이 의외의 말을 했다.

"관찰사 나리, 후금국을 세우려는 통일 여진의 공격을 대비하기 위해 기마병을 제압할 수 있는 포수들을 양성하십시오."

"통일 여진과 맹약을 맺었다고 하지 않았느냐. 그런데 포수들을 양성해?"

"사적 맹약이야 친구간의 우정일 뿐이지요. 왜란 이후 엉망이 돼버린 군사시설과 무기를 새로이 정비하고 병사들을 엄격하게 통제하는 한편 매일 훈련을 시켜서 국경을 수비할 정예병을 키우는 데 힘써야 합니다. 모름지기 적은 동쪽에서 요란을 떨지만 정작 서쪽을 칠 수 있습니다. 평화롭다고 하지만 언제 깨질지 모르는 것이 평화이옵니다. 준비없는 평화는 허깨비일 뿐입니다."

"정 첨사는 누르하치 차자인 다이샨과 우정이 두텁다고 하지 않았느냐. 그것으로 부족한가? 안심이 안 된다니 모르겠구나."

"관찰사 나리, 아무리 가깝고 친해도 적은 적이라고 나리께서 말씀하시지 않았습니까. 그들은 개인적으로 친해도 적입니다. 그자들은 권력을 위해서라면 아비도, 형제도 죽이지 않습니까."

그 점 조선이라고 예외가 아니다. 조선조 개국 초기 이방원이 동생들을 패죽이고 왕권을 다졌는가 하면, 연산군 또한 친인척을 때려죽였다. 왕실 주변엔 늘 피의 강물이 흘렀다. 선조도 광해도 마찬가지다. 그런데 이민족과 화의(和議)를 맺었다고 무장해제를 한다? 어림도 없는 일이다.

"너의 속내를 알았다. 다만 네가 다른 실력자들로부터 견제를 받고 있는 것도 알라. 그것도 모르고 오로지 변경에 서야만이 할 일이라는 그대의 의연한 복무자세가 일견 고맙도다."

"나리, 안쓰럽게 생각지 마십시오. 조국이 있으니 나라 지키는 귀한 일도 있지 않습니까요. 하마터면 나라를 털릴 뻔했습니다. 선왕께서 열심히 했지만, 털릴 뻔 했습니다. 무엇이 왜 어떻게 잘못되었는지 모르고 장장 7년 동안 먹혀버렸습니다."

"모두가 제자리에서 일을 한다고 했으나 선왕을 욕보였던 것이지."

"아니지라우! 선왕이 백성을 욕보였던 것이지요! 백성들이 개피보았당게요."

얼겁결에 정충신이 전라도 사투리로 맞섰다. 성질이 나거나 급하면 그러는 수가 있었다.

"가히 너답다. 다이샨에게 결별 인사 하려느냐."

"병가의 일이란 회자정리지요. 말없이 헤어지면 헤어진 그 자체로써 이별이라 생각하고, 다시 만나면 인연이 닿았다고 기뻐할 뿐입니다. 소관이 다이샨과 우정이 깊다고 한들 그가 조선 사람이 아닌 것은 분명합니다. 그러니 그럴수록 대비해야 하는 것입니다. 북방에서 군대를 키워야 강인한 군대가 됩니다. 가혹한 기후 아래 군대를 양성하면 어느 군대보다 강군이 될 것입니다. 기회만 되면 북벌도 생각해보아야 합니다. 우리의 고토를 회복할 꿈도 꾸어야지요. 다이샨에게도 말해두었습니다. 만주 벌판은 우리의 고토다! 라고요."

"그랬더니?"

"들어주겠습니까. 형제국으로 살자고만 하더랑게요."

"그럴 것이다."

장만은 정충신이 대견스럽다고 생각했다. 군인다운 기백이 용솟음치고 있는 것이다. 그를 자신의 곁에 오래 묶어두고 싶었다. 하지만 특명이 내려졌다. 그에게 뭔가 임무가 부여될 것이다.

장만이 생각한 끝에 정충신에게 물었다.

"왜어를 할 줄 아느냐?"

"항왜들과 대화하느라 터득했나이다."

항왜들이 장만 부대에 상당수가 용병으로 들어와 있었다. 이들은 본래 이발 밑에 소속되어 있었다. 이발은 장만 밑에 부장으로 있었는데, 자주 자리를 비웠다. 부대에서 사라졌다 하면 그는 한양골에 나타났다. 한양에는 그의 인맥들이 포진하고 있었고, 정충신과는 대비되었다. 정충신은 후견인이 없었으며, 오직 그 스스로 컸다.

장만은 이발을 신뢰하지 않았다.

"행여나 가는 길이 아니면 되돌아오거라. 한참 지났다고, 그 길이 아깝다고 그대로 직진하면 안 된다. 때로는 되돌아서 다시 채비를 해서 가도 늦지 않다. 알겠느냐?"

"나라의 부름에 따라 움직일 뿐, 돌아올 일은 없을 것입니다."

"내가 곁에 두고자 한다면?"

그러나 정충신은 떠나고 싶었다. 자신에게도 변화를 주고 싶었다. 모처럼 날씨 온후한 곳에서 늘어지게 낮잠 한번 자보고 싶었다. 정말 십수 년을 동토의 북방에서 견뎌왔다. 다른 군관 같으면 난리를 피웠거나, 손을 써서 임지 좋은 곳을 택해 갔을 것이다.

─ 내가 이곳에 있지 않으면 누군가는 대신 이 자리에 서야 하고, 어차피 하게 된다면 내가 하는 편이 낫다. 보람이란 그런 데서 찾는 것이다.

정충신은 이렇게 자신을 위로했다.

장만은 정충신이 변경에 찌그러져 있는 것이 가엽게 여겨져 험지가 아닌 곳을 택하라고 일렀을 때, 그는 거절했다. 장만이 관할하는 곳은 영흥진관을 비롯해 갑산진관, 북청진관, 삼수진관, 안변진관, 혜산진관, 경성·경흥진관, 부령진관, 온성진관, 회령진관, 훈융(訓戎)진관과 북청에 있는 남·북 수영과 영흥의 함경감영이 있었다. 그중 미색이 돋보이는 강계지역에 보내주려고 했다. 그런데 그는 거절했다.

"대감 마님, 그런 곳에 가면 젊은 삭신이 온전하겠습니까."

그렇게 말해서 일단락 지었다.

"잘 가거라. 후일을 도모하자."

장만은 그를 떠나보냈다.

정충신이 포이포에 당도한 것은 그로부터 한 달 후였다. 한양에서 며칠 전속 준비로 지체했으나 임지엔 정확한 날짜에 부임했다. 포이포 군영에 첫 출근하는데 조선통신사 오윤겸이 반갑게 그를 맞았다.

"내가 불렀소. 왜어를 잘한다는 소문을 듣고 선발한 것이오. 이번 임무는 왜국의 새 지도부를 만나 친교를 트는 것과, 포로인 인수 때문이오. 중차대한 임무라는 것 알고, 통변에 각별히 유념하시오."

정충신은 사행단의 일원이 되어 오윤겸을 수행해 일본으로 출발했다. 포이포 첨사 첫 사업이 그 일이었다. 정충신이 오윤겸에게 건의했다.

"사행단의 배가 항행할 때 회의를 주재하십시오."

"하면?"

"한 사람의 의견보다 여러 사람의 의견이 모아지면 좋은 대책이 나올 것입니다."

정충신은 구성원의 자유발언을 통해 지혜의 말들이 나오는 것이 좋을 것이라고 생각했다.

"아랫것들이 훈련을 받지 못해놔서, 가능하겠는가. 시키는대로 따를 뿐, 자기 의사가 없는 것이지. 평생을 그렇게 살아왔으니까…"

그러나 시행하다 보면 익숙해질 것이다.

"관록이 붙은 지도자라도 애초부터 생긴 것이 아닙니다. 독단적으로 일을 처리하다 보면 낭패를 보는 경우가 있습니다. 그러면 피해는 조직이 보고, 백성이 보지요. 한 사람보다 다수의 의견을 모아 지혜를 구해 결론에 이르도록 해야 합니다. 의견이 많을수록 질적으로 우수한 대안들이 나옵니다."

"그럴싸하군. 정 첨사는 이상주의자야. 하지만 그것은 어렵네. 우선 나하고 단 둘이 논의하세나. 저것들에게 권한을 주면 지가 권력자가 되는 듯이 건방을 떨거든. 정 첨사가 나를 잘 보필하면 될 것이야. 그렇다면 대책을 세워야 하겠군?"

"왜국은 전통적으로 조선을 존경해왔습니다. 인륜 예법이 앞선다는 것이지요. 하지만 우리 예법에 대해 생각해보아야 합니다. 수천 년 동안 예법을 중시했으나 결국 왜에게 짓밟혔습니다. 왜 밟혔나를 따져봐야지요."

"왜 그랬다고 보는가? 왜놈들도 우러른데 말일세."

"우러러 보는지는 몰라도 따르진 않습니다. 왜놈들은 본디 여자들하고 어디서나 붙길 좋아합니다. 금수들처럼 마주치면 붙습니다. 흘레붙기 좋게 밑이 없는 바지, 밑이 없는 치마를 입고 다니는데, 그것이 왜 그러한가를 따져보아야 합니다. 우리 관점과 시각으로 불상놈들이라고 욕하기 전에 그자들이 왜 그런 태도로 사는가를 살펴야지요. 지금 왜종(倭種)의 성씨가 20만 개가 넘습니다. 우리는 고작 200개 밖에 안 되지요. 무슨 조화가 있는 것은 분명합니다. 우리와 분명 다른 상것들인 것만은 분명합니다. 그런데 양반이 무참히 깨져부렀어요. 우리와 다르다고 금수라고 욕할 수만 없당게요."

"전라도 말인가?"

"그렇습니다. 대감이나 되싱께 전라도 말도 가려서 하구만이라우."

"정감이 있어서 듣기 좋네. 어여튼지 우리의 고상한 예법을 따르지 않는 것들은 야만인이지."

"그런 야만인들에게 우리가 7년 동안 밟혔습니다. 그것이 엄연한 현실입니다."

"무슨 곡절이 있을 것이렸다? 칼을 잘 쓴다는 그런 것?"

"칼 이전에 무엇이 있습니다. 왜국은 예로부터 숙박시설인 료칸(旅館)문화가 있습니다. 왜나라 특유의 정취와 문화가 있습니다. 남녀간에 고약하게 흘레붙는 공간이라고 보기 전에, 자유가 만발하고 상상력을 키우는 공간입니다. 우리는 달달 문장 외는 것에 시간을 쏟지만 그들은 이렇게 허접 떨며 상상력을 키웁니다."

"그런 것은 배울 것이 못 되네. 생각이라는 것이 남녀가 붙는 것밖에 더 있는가. 그건 퇴폐지."

"우린 그들보다 더한 기생문화가 있고, 매춘행위가 있습니다. 겉으로는 긴 수염 만지면서 고상한 척하지만, 속으로는 더 타락했습니다. 그것을 예법이란 것으로 덧씌워서 에헴, 하고 덮습니다. 마치 똥을 비단보자기로 싼 형국입니다. 기득권 세력이란 것들이 그 모양이었습니다."

"지나친 비유일세. 자학이야. 나도 사대부 한자리 깔고 앉은 입장으로서 듣기가 민망하군."

"그렇다면 죄송합니다. 하지만 틀린 말은 아니잖습니까."

"사대부에 대한 반발이 심하군. 이간질을 획책하면 안 되네."

"그들이 이간책을 쓰지요. 그러고는 백성들더러 분열책동을 한다고, 반항하지 말라고 윽박지릅니다. 적반하장이지요."

"어허, 말이 많군. 본론으로 들어가세."

"왜나라에 대해 알려면 제대로 알아야 합니다. 지금 왜국은 에도(江戸)시대로 접어들었는데 에도는 도쿄의 옛 이름이지요. 도쿠가와 이에야스가 에도에 막부(幕府)를 개창한 지 십수 년이 되었는데, 그들은 지금 조선을 침범할 뜻을 갖고 있지 않습니다. 그래서 포로도 되돌려주겠다는 것이지요. 대신 내부적으로 나라를 발전시키려고 박차를 가하고 있습니다. 그것이 에도 근대화입니다."

"근대화? 그자들이 하는 짓은 맨날 칼차고 싸움질하는 것 아닌가. 사람 배를 가르지 못하면 텃밭의 호박이라도 푹푹 찌르는 고약한 놈들 아닌가."

"사무라이들이 칼 차고 다니며 사람 목을 치고 공포를 조성하고, 백성들 베기를 수수모가지 자르듯 한다고 하는데, 사실은 지금 칼이 아니라 상공으로 저만치 앞서가고 있습니다. 그렇게 변화하고 있습니다. 에도는 인구가 50만이 넘고 왕성한 상업활동과 도시기반 시설을 갖춘 도시로 발전했습니다. 냇가에 똥물이 넘치는 찌그러진 한양은 째비가 안 됩니다. 상수도 개통과 치수사업, 도시확장을 위한 매립공사가 이뤄지고, 상공업, 운수업, 외식업, 의상업, 약종업이 다양하게 번성해 상업활동이 활발하고, 상거래의 기본 수단인 화폐제도도 발달했습니다."

"장사치들은 애초에 천한 것들 아닌가. 보부상 하는 꼬락서니를 보시게."

"그런 보따리 장수가 상업이 아닙니다. 서방의 나라가 대항해시대에 경험한 것을 왜는 지금 착실히 밟아가고 있습니다. 조선과 왜의 국력을 가른 것은 바로 그것입니다. 상공업이랑게요. 알다시피 조선은 상업에서의 이윤창출을 천한 일로 여깁니다. 사농공상의 가치와 신념을 최우선 가치로 여깁니다. 그런데 우리는 바다 건너에 시선을 돌리지 않습니다. 안으로 백성을 조지면서 권세를 누립니다. 더러운 특권세력입니다. 연년세세 누려온 기득권들이지요. 반면 왜국은 임진왜란 때 끌려간 도공들의 기술에 힘입어 서방으로 도자기를 수출해 많은 국부를 창출하고 있습니다. 우리는 이들을 천시하고 무시했는데, 왜국은 이들을 우대해서 막대한 돈을 벌고 있나이다. 그리고 무기를 제조합니다. 두렵지 않습니까?"

그러나 오윤겸은 이해할 수 없었다. 도공은 미물 같은 천한 존재들 아닌가. 뻘흙을 만지는 인간들이 무슨 사람의 종자란 말인가. 그들의 노동력을 뽑아서 이윤을 창출한다는 것이 불상놈들의 헛짓 같았다.

사행단을 실은 통신선은 순풍을 받아 대마도를 지나 하관(시모노세키)을 향해 물살을 가르고 있었다.

선실에서 오윤겸이 물었다.
"그렇다면 도쿠가와 이에야스란 자는 어떤 놈인가?"
"이에야스는 히데요시가 죽고, 세키가하라 전투에서 히데요시 세력을 제거하고 지방 제후를 압도하여 일본 전역의 실권을 장악한 사람입니다. 스스로 정이대장군(征夷大將軍)이 되어서 에도에 막부를 세웠지요. 그후 두 차례의 오사카 전투를 일으켜 히데요시의 아들 히데요리를 단칼에 죽이고 천하통일을 한 사람입니다. 적의 힘이 소진되고 기강이 이완될 때를 기다렸다가 쳐부수는 기다림의 전법을 구사하는 장수입니다."
"기다림의 장수라… 전쟁이 그렇게 한가한가?"
"기다리는 것도 전법의 하나라는 것이지요. 다르게 말씀 드리면 벼농사를 힘써서 지은 사람이 오다 노부나가라는 장수라면, 그 추수한 쌀로 밥을 지은 사람이 저 무지막지한 도요토미 히데요시란 놈이지요. 그런데 그보다 한 수 위가 있었으니 이에야스입니다. 이에야스는 히데요시가 지어놓은 밥상에 숟가락을 얹어 밥을 떠먹은 놈입니다."
"성질 급한 왜놈 종자 중에 그런 별종도 있군. 인성이 그렇게 되기까지는 필시 곡절이 있을 것인즉, 어떤 환경에서 자란 자인가."
"성장과정을 얘기하자면 사서삼경보다 더 긴 책을 써야 할 정도입니다. 다만 그는 은근하고 참을성이 있는 자입니다. 히데요시처럼 잔인한 자가 아니고, 살(殺)보다는 덕을 앞세운 자입니다. 덕으로써 전쟁을 종식시킬 수 있다고 말하는 자입니다."

"왜놈은 칼을 휘두르며 여차하면 상대방 목을 베는 것을 멋으로 아는 자들 아닌가."

"하지만 이에야스는 사무라이들의 넘치는 힘을 통제하기 위해 조선을 따라 유교적 봉건제도를 강화하였습니다. 농민과 사무라이 간의 신분 질서를 분명히 하고자 하였습니다. 그것을 질서의 기본으로 삼았나이다. 그러나 우리의 충효와는 구분되는 것이옵니다. 그들에게도 사농공상의 신분제가 있지만, 불가촉 천민인 소가죽 돼지가죽, 쥐가죽까지 다루는 에타, 시체를 다루는 히닌까지도 아우르는 품넓은 자입니다. 직업에 귀천이 없다는 것이지요. 반면에 우리는 장의사나, 신기료, 백정을 사람 취급했습니까. 그들 신세를 지면서 똥취급했지요. 헌데 왜국은 그런 사람들의 공로를 인정하지 않으면 소가죽 신을 신을 자격이 없다고 보는 사람들입니다. 왜놈들이야 천하에 개새끼들이지만 배울 것은 배워야 합니다."

오윤겸이 무겁게 고개를 끄덕이는 듯했다.

"이에야스란 놈이 예법을 아는 사람이라고 하니 에도에 당도하면 우리가 더 고상한 예법을 한 수 가르쳐 주어야겠구나."

에도의 홍로시(鴻盧寺)에 당도해 오윤겸은 사행단을 소집했다. 홍로시란 외국 사신들이 이웃 나라를 방문하면 숙식을 제공하기 위해 홍로시라는 관청을 두었는데, 일본도 조선을 본따 이 기관을 운영하고 있었다. 오윤겸은 예부의 관원을 시켜 사행단 모두에게 절하는 법에서부터 앞으로 가고, 뒤로 빠지고, 눈을 둘 곳과 양 손을 올리고 내리고, 어른 앞에서 손을 둘 곳, 걷는 법 따위의 예의범절을 연습시켰다.

"우리는 예법으로 왜의 칼날을 다스려야 한다. 알겠느냐?"

"네이."

사행단의 별군, 가마꾼, 기패관들이 일제히 읍을 하고 대답했다.

며칠 후 문무백관이 지켜보는 가운데 사행단 일행이 왜국의 어전에 나갔다. 기패관, 기병, 별군은 마당에 섰고, 어전에 오윤겸 등 정사와 부사, 정충신이 예부 관원의 구령에 따라 사행단이 착착 절도 있게 움직였다. 어전은 화려한 치장이 없는 오래된 목조건물이었으나 용좌는 화려했다. 그런데 용좌는 비어 있었다. 대신 그 하단 옥좌에 젊은 사람이 앉아서 일일이 조선사절단의 예를 지켜보고 있었다. 의식이 끝나자 한 백관이 말했다.

"이에야스 합하는 병중이어서 참례를 못 했나이다. 대신 정중히 모시라고 하온즉 저희가 모시겠습니다."

옥좌 앞에 앉은 자는 이에야스의 딸 가메히메(龜姬)의 남편이자 센코쿠 다이묘(전국 대명) 중 하나인 오쿠다이라 노부마사였다. 이에야스는 며칠 전 에도 근교 숲으로 매 사냥을 나갔다가 덴푸라를 잘못 먹고 복통을 일으켜 중태에 빠졌는데, 시의(侍醫)의 빠른 조치로 회복 기미를 보이긴 했으나 노환인지라 건강 상태가 오락가락하여 조선통신사 맞는 일을 사위에게 맡기고 있었다. 정충신은 이런 통보를 받고 못된 놈, 하고 속으로 욕을 퍼부었다.

"만나지 않으려고 구질구질한 핑계댄 것 아니야?"

그런데 오쿠다이라 노부마사가 조선사행단의 사열을 보고 크게 감명을 받았던지 스스로 고개를 끄덕이며 말했다.

"참으로 훌륭한 예법입니다. 과연 동방예의지국이란 칭송을 받을 만합니다. 이에야스 합하께옵서는 '사람의 일생은 무거운 짐을 지고 먼 길을 가지만, 서두를 필요 없다. 항상 곁에 있는 사람을 친구로 삼는다면 부족할 것이 없다. 인내는 무사장구(無事長久)의 근원이요,

분노는 적이라 생각하라. 이기는 것만 알고 지는 것을 모르면 그 피해는 너 자신에게 돌아갈 것이다'라고 말씀하시면서 조선통신사를 깍듯이 모시라고 하였습니다. 우리가 다투는 것보다 우정을 쌓는 일이 더 많다는 말씀입니다."

"감사한 말씀이오."

오윤겸이 받았다.

이에야스의 사위는 행사 내내 감복하는 눈치였다. 정충신은 일단 성공했다고 생각했으나 이에야스를 보지 못한 것이 불쾌했다. 찾아간 손님을 주인이 맞지 않는다는 것은 대단히 결례다.

오쿠다이라 노부마사는 오윤겸과 정충신이 사신단으로 일본에 들어온 이유를 아는지 모르는지 한가롭게 이야기를 즐기자는 태도였다. 행사가 끝나고, 주연이 마련되었다. 정종이 몇 잔씩 돌자 주석이 왁자지껄해졌다. 왜인은 그들의 얘기보다 조선에 더 많은 관심을 표명했다. 노부마사가 물었다.

"우리는 조선의 사회풍습에 대해 관심이 많소."

"어떤 것이오."

오윤겸이 물었다.

"조선에는 양반이라는 인사들이 있다는데 무엇을 하는 사람들이요?"

"국가의 중심이오. 예법에 따라 국가 기강을 바로잡는 신분이오."

"에이, 풍월을 하고 입씨름을 하는 사람들이라는데?"

그가 야지를 놓듯 말하며 오윤겸의 눈치를 보았다.

"그렇지 않습니다. 백성들의 모범입니다."

"백성의 모범? 과연 그런가요? 검술이나 창술은 천하다고 대신 아랫것들에게 맡기고, 여름에는 통풍이 좋은 모시옷 입고 정각에 나가

부채 할랑이며 기녀를 끼고 시조를 읊고, 겨울에는 따뜻한 아랫목에 앉아서 마작을 하거나 마약에 취해 가락을 읊는다는 말을 들었소이다. 손에 흙 묻히는 것은 천한 것들의 일인지라 안 나가고, 대신 첩실 방에만 있고, 방사를 즐기다가 싫증이 나면 기방으로 진출하고, 노비 중에서도 어여쁜 것이 있으면 성노리개로 삼고, 그런데도 무너지지 않고 나라가 건실하니 참 기묘하다는 생각이 듭니다. 왜 그렇습니까."

오윤겸은 모욕을 당한 기분으로 얼굴이 벌개졌다. 정충신은 노닥거리는 그를 똑바로 쳐다보았다. 면상을 한방 후려치고 싶었다. 그러나 기분은 나쁘지만 틀린 말은 아니었다. 곁에 앉은 자가 대신 받았다. 그들끼리 주고받는 문답인 셈이었다.

"하인, 노비, 그중 공노, 사노, 천노, 부모가 노비면 자식도 노비, 그중 어미가 노비여도 노비, 형제가 노비여도 노비, 할아비가 노비여도 노비, 그래서 조선사회에서는 양반층의 노동력이 무궁무진하니 무너질 수 없지요. 양반들 상속 문서 중에 '땅보다 노비'란 말이 나온답니다. 토지보다 노비를 더 큰 재산으로 여긴다는 뜻이지요. 가토나 구로다 장수가 조선정벌 때 이런 풍습을 보고 아, 조선이 이래서 좋구나. '그러니 마땅히 정벌해야겠구나' 했다는 거 아닙니까."

그러자 다른 자가 받았다.

"노비를 관리하는 장예원이라는 곳은 노비 장부가 산처럼 쌓여서 건물을 새로 신축하였다 합니다. 나는 처음에 장예원 하니 고상한 장서를 보관한 곳이거나 장례식장으로 알았소이다, 하하하."

"아니올시다. 장예원은 형조 소속으로 노비 장부를 관리하면서 노비의 이동, 거주지, 사고 유무, 소송을 담당하던 관청입니다. 형조에서 관리하니 노비는 모두 죄인인 셈이지요. 이것을 우리가 쳐들어가서 장안의 노비들과 함께 노비문서들을 불태워버렸지요. 그래서 그들 중에 우리에게 협력한 자가 많습니다. 이런 상놈의 나라에 충성할 것 무어냐며 노예 해방을 고마워하고, 양반이 거니는 육조 거리를 '상놈의 거리'라고 침을 칵 뱉더라는군요. 장예원이 왜 하필이면 광화문 한복판에 있는 줄 아시오?"

"그만큼 노비가 큰 재산이기 때문이지요."

"잘 보았소. 그 건물들이 우리가 침략할 때 맨먼저 불에 태워졌는데, 양반들이 장예원이 불탄 것을 가지고 가장 비통해했다는 거 아닙니까. 임금과 상전들이 지 목숨 살겠다고 도주하던 날, 천노들의 자유가 만천하에 펼쳐진 것이지요. 그때 노비들이 살아생전 처음으로 광화문의 푸른 하늘을 보았다고 언문으로 글을 썼다고 하더군요. 천추의 한이 된 노비문서를 불태워버린 것을 그들은 천추의 기쁨으로 맞은 것이지. 하지만 그것이 고작 반년도 안 갔소. 양반들이 들이닥치더니 모조리 체포하고 인두로 등짝을 지지고, 여자는 사타구니에 불을 놓았다지 않소."

"조선의 신분제는 양반, 중인, 상민, 노비라는 네 단계가 있다고 하지만, 유학자 유심원에 따르면, '백성 가운데 노비가 8할'이라고 했고, 문인 성현은 '인구 가운데 절반 이상이 노복이다'라고 글을 남겼다는 것이야. 조선 전쟁 시기 9백만 명의 조선 인구 중 반 이상이 노비 신분이었다니, 양반들의 노동인구가 어마어마한 것이지. 그러니 그들의 수구 기득권은 영원할 수밖에. 변화를 거부하는 이유를 알 수 있잖나?"

"한양에서 대대로 살아온 경화사족(京華士族)이라는 문벌 집에도 8할이 노비로 등록되어 있고, 그래서 사대문 안 인구 중 얼추 8할이 노비였다고 해. 미관말직 양반 관료도 평균 십수 명에서 많게는 백 명의 노비를 소유하고 있었다고 하더군. 홍문관 이맹현은 758명의 노비를 재산으로 가졌고, 이를 고스란히 자식들에게 유산으로 남겼다더군. 명색 조선의 지성이라는 퇴계 이황도 367명의 노비를 갖고 있었다고 하지. 세종의 왕자 중 광평대군과 영응대군은 1만명 이상의 노비를 소유했다고 하더군. 일종의 사병(私兵)이자 군벌이지. 관병은 그들이 소유한 사병보다 숫자가 훨씬 못 미친다는 거야."

"조선 전쟁이 필패할 수밖에 없군. 그런데 우리가 너무 서둘러 철수해버린 것이 아니야?"

"히데요시의 운이지. 하필 그때 죽느냐 말이야. 그 덕에 우리가 손 안 대고 코풀었지만 말일세."

"조선은 완전한 노비의 나라군. 그들 말대로 노비는 상놈이니, 인구상으로 보면 완전 상놈의 나라야, 하하하."(이상 노주석 서울도시문화연구원장의 '노예로 지탱된 조선 봉건 양반제' 일부 인용).

"노비는 매매·상속·증여의 대상이니 물건인 것이지. 우리가 조선 침략을 할 때, 노비해방을 표방했더라면 훨씬 더 쉽게 나라를 정착시키고, 집권을 영속화했을 거야. 명분도 서고 말일세."

"그땐 이렇게 노비가 많은 줄 몰랐지. 알았더라면 노비 해방군으로서 환영을 받았겠지. 그런데 그 노비들이 일치단결해서 우리에게 저항했지. 조선을 건진 것은 그런 천민세력이야. 의병으로, 후발 병참선으로 각자 한몫 했다니까. 양반층은 도망가버리는데 그자들이 목숨 걸고 나라를 지킨다고 대들 때는 혼빼미가 빠질 뻔했어. 묘한 족속들이야."

대화는 이상한 방향으로 흘러버렸다. 정충신은 이것들이 포로들을 돌려주지 않을 양으로 헛수작을 벌이는 것이 아닌가 의심했다. 그러나 다른 한편으로 그의 생각을 키워주었다.

― 아, 조선의 국력이 쇠약해진 것은 이런 사회제도 때문이었구나.

정충신은 그들에게 높은 예법과, 왜국에 문화를 전수한 왕인 박사와, 도자기 문화 전수 등을 내세우며 조일(朝日)과의 우호를 말하려 했는데 엿이 되어버렸다. 오윤겸이 정충신에게 뭔가 응답하라고 눈짓을 보냈다. 야지를 놓는 것이 불쾌하다는 표정이었다.

정충신이 나섰다.

"일본의 신분제 역시 우리보다 더했으면 더했지 못 하진 않습니다. 하지만 여기서 더하고 덜하고가 중요한 것이 아니라 그런 것을 되돌아보게 하는 시간을 주어서 고맙게 생각합니다. 신분제에 대해 성찰할 시간을 주셨으니까요. 그러면 끌려온 우리 포로들은 당연히 노에 취급받지 않았겠지요?"

그들이 조선의 신분제를 놓고 비웃었으니 당연히 그렇지 않다는 것을 보여주어야 한다. 포로들에게 못된 짓을 했다면 자기모순에 빠진다.

"우리는 대접할 건 대접하오이다. 식사가 끝나면 녹차와 엽연초를 주고 휴식을 즐기도록 하지요. 이 모든 것이 이에야스 합하의 배려입니다."

"엽연초라니요?"

"조선에서는 안 핍니까? 양반들이 장죽에 엽연초를 말아 재어서 피우는 것이 좋아보여서 우리도 배운 것이오. 지금은 자제한다지요?"

광해는 담배 냄새를 몹시 싫어했다. 그는 결벽증이 심했다. 문무백관 중에 몸에서 담배 냄새가 나면 맨 구석자리로 좌석을 배치하거나, 구실을 찾아 쫓아버렸다. 이로 인해 흡연으로 고위직을 잃은 자

도 적지 않았다. 그런데 왜국은 이런 것까지 간파하고 있다. 간자(間
者)들이 조정에 깊숙이 들어와 활동하고 있다는 것을 말해주고 있었
다. 다른 자가 물었다.

"광해는 미신을 매우 신봉한다지요? 풍수지리가나 점쟁이들을 가
까이 두고, 나랏일을 이들의 말을 듣고 행한다는데, 사실이오?"

"반은 맞고, 반은 틀렸소만, 이렇게 그런 걸 다 알았소?"

"어떻게 알았느냐가 문제가 아니라, 사실이냐 아니냐가 중요한 것
이오."

"반은 맞고, 반은 틀리다고 하지 않았소?"

"담배는 지체높은 사람들이 피는 것, 우리가 엽연초를 염가로 보
내드릴 생각이오. 그렇게 상거래를 트자는 것이오."

"우리 상감마마께옵서는 담배를 좋아하지 않습니다."

그러자 다른 자가 말했다.

"왕이 그리하면 조선 백성들도 따르겠지만, 역시 왕이 미신을 좋
아한다니 모두 미신을 좋아하겠지요?"

"사람 나름 아니겠소?"

그들이 이것저것 염탐하는 것 같았다.

광해는 어렵게 외줄타듯이 보위에 올랐다. 그래서 그 역시 아비를
닮아 의심병이 많았다. 그 의심병을 풀기 위해 미신에 의존했다. 광
해는 합리적 사고와 논리적 관점으로 사물을 관찰해야 했지만, 불안
감이 엄습해올 때는 이렇게 머리가 돌아버렸다.

풍수지리에 능한 이의신이 한양의 지기(地氣)가 다했으니 경기도
교하로 천도하자고 했을 때, 광해는 천도하려고 마음 먹었다. 그런
데 오윤겸이 반대해 좌절되었다. 왜의 백관들은 오윤겸의 이런 반대
도 꿰고 있었다. 대단한 정보력이었다. 그들이 신생 대국으로 이행

해가는 이유를 알 수 있을 것 같았다.

"계축옥사(광해군 5년, 대북파가 영창대군 및 반대파를 제거하기 위해 일으킨 옥사. 七庶之獄이라고도 함) 때는 사기를 치다가 감옥에 처박힌 점쟁이가 용하다 하여 관례를 무시하고 데려다 점을 쳤다지요? 자기 앞가림도 못 하는 자를 데려다 점을 봐서 뭘하게? 하하하."

정충신은 굴욕감을 느꼈지만 조선과는 딴판의 세상을 살고 있는 그들을 보고 놀랐다. 그들 역시 미신을 따르지만 벌써 다른 세계관을 갖고 있는 것이다. 포르투갈, 영국, 네덜란드와 수교하거나 수교를 준비중이었고, 하멜이 다녀갔다는 소식도 있었다.

"상소문, 칙서를 받는 일도 날짜를 택해서 받고, 그래서 우리 칙서도 점쟁이에 의존해서 받겠구려? 완전 견초채식성(犬草採食聲)일세, 하하하."

'견초채식성'은 '개 풀 뜯어먹는 소리'라는 뜻이다. 그들이 그런 말을 하는 것도 나름의 이유가 있었으니, 지금은 한껏 건방을 떨 수 있는 이에야스 시대인 것이다.

이에야스가 조선통신사를 초청한 것은 나라의 개방정책 때문이었다. 그는 네덜란드와 영국 상인들이 일본과 무역을 하는 것을 승인하고, 조선과의 국교를 재개하려고 문을 열어놓았다. 이때 하멜도 일본에 가다가 폭풍우를 만나 조선에 왔다.

이에야스는 이때 필리핀에 진출해있던 스페인인과도 무역을 하려고 시도했다. 이에야스는 아들 히데타다와 함께 에도(도쿄)를 나라의 기반이 되도록 건설 중이었는데, 국가 건설의 근본은 실용주의 노선이었다. 피를 흘리고 개국을 완성했지만 외교와 상업의 힘으로 나라를 새롭게 세우겠다는 포석이었다.

28장 어전회의

오윤겸과 정충신은 귀국 보고차 어전으로 나아갔다. 광해 임금이 이들을 반겼다.

"포로 200을 아무런 대가를 치르지 않고 무사히 데리고 왔으니 큰 일을 했다. 어느 사절단보다 성과를 올린 것이다."

"상감마마의 분부를 잘 이행하고 왔나이다. 저희 공은 작고, 상감 마마의 공은 지대하옵니다."

오윤겸이 의례적인 인사를 했으나 정충신은 다르게 말했다.

"포로 중에는 눌러앉겠다는 자도 많았습니다. 그곳에서는 상것들 도 일을 하면 품삯을 제대로 받고 노력한 만큼 돈을 번다고 합니다. 귀국해봐야 또다시 천민으로 살 텐데 왜 돌아가냐고 눌러앉은 자가 기백 명입니다."

"조심하렸다."

오윤겸이 정충신의 옆구리를 찔렀다. 절대적 숫자인 200인을 데 리고 왔다면 찬사받을 일인데, 기백 명이 남아있다고 한다면 통신사 의 공로가 묻히는 것 아닌가. 그래도 정충신이 꾸역꾸역 말했다.

"왜국은 지금 변화를 추진하고 있습니다. 포로를 조건없이 풀어준 것은 전쟁으로 나라를 이끌겠다는 것이 아니라 인접국가와 우호와 선린으로 가겠다는 증표입니다. 저희가 외교를 잘했다기보다 왜국의 정책전환이 가져온 결실입니다."

이 자식이, 하는 마음으로 오윤겸이 정충신을 노려보는 듯했다. 상감이 물었다.

"우호와 선린? 그놈들은 본디 칼로써 나라를 지탱하는 나라 아니냐."

"그런데 지금은 다릅니다. 산업이라든가, 상공이라는 새로운 용어를 가지고 나와서 나라를 세우겠다고 하드만요. 그들의 대응 문법이 달라서 한동안 혼란스러웠나이다. 이제는 다이묘끼리 칼로 겨루는 것을 거두고 화약(和約)으로 화해하고, 주변국을 침공하지 않겠다는 태세전환도 세우고 있습니다."

"도둑놈이 도둑질을 안 한다면 뭘로 먹고 살 것이냐. 대저 그자들이 나가겠다는 방향이 무엇이냐."

"칼로써 이익을 취하는 것이 아니라 상공업으로 이익을 보자는 것이지요. 그래서 우리에게 엽연초도 가져다 팔겠다는 것입니다."

"그놈들이 하필이면 내가 싫어하는 엽연초냐. 담배 냄새라면 지겹다. 상업을 한다면 상대방이 좋아하는 것을 가지고 와야 할 것이 아니냐."

"그렇습니다. 그러나 중독성이 있는 것은 대대로 판로가 열리니 자자손손 단골을 만든다는 전략인 것이지요. 그만큼 그자들은 장삿속이 훤합니다."

"다른 것은 무엇이냐."

"그자들 역시 수천 개의 신을 믿고, 귀신을 부르고, 무당을 찾습니다. 하지만 맹목적으로 따르는 것이 아니라 위기를 돌파하려는 위안으로 삼을 뿐, 전적으로 매달리는 것은 아닙니다. 우리와는 다릅니다."

"무슨 뜻이렸다?"

광해는 순간 불쾌했다. 그 말에 뼈가 있는 것 같다. 광해는 왕궁 중창에 심혈을 기울이고 있었다. 궁을 위엄있게 갖추는 것이 법도와 왕권을 상징하는 일이다. 그래서 점쟁이의 말을 믿고 인왕산 아래 새 궁궐을 지었다. 선조 말년부터 시작된 창덕궁 공사를 끝내고, 뒤이어 창경궁과 경운궁 수리를 마쳤다. 새 궁궐(인왕궁)은 풍수학자 시문용과 승려 성지, 점쟁이이자 당골의 권유를 받았다. 미신 신봉은 광해의 궁궐병으로 이어지고 있었다.

새문동에 왕기가 흐른다는 풍수쟁이 김일룡의 말을 듣고는 그곳 정원군(광해의 이복동생이자 인조의 아버지)의 집을 징발해 새 궁(경희궁)을 지었다. 정원군은 형에게 충성하고 있었으나 의심병이 많은 광해의 감시를 노상 받고 있었고, 게다가 정원군이 살던 집터가 왕기가 서린다는 말을 듣고 아예 숙소를 빼앗아버린 것이다. 광해는 '성품이 포악해 일을 저지를 것 같다'(선조실록)는 무당들의 간언에 정원군을 제압하려고 그의 집에 궁을 지은 것인데, 그러나 후일 광해군이 비참하게 쫓겨나는 단초를 제공했다. 정원군의 아들 능양군(인조)이 반정을 일으켜 왕이 되었으니 그곳이 왕기가 서린 것만은 분명해 보이나, 광해에게는 치명적인 몰락의 터가 되어버린 것이다. 능양군이 그에게 반기를 든 것은 아비의 집을 빼앗은 데 대한 복수심도 있었다.

그것이 아니더라도 왕권은 비틀거리게 되어 있었다. 여러 궁을 한꺼번에 지으니 재정이 고갈되었다. 전쟁의 피폐상이 여전한데 궁궐 신축에만 매달렸으니 민심은 이반되었다.

정충신은 그 점을 우려했던 것이다. 점쟁이들의 귀신 씨나락 까먹는 소리가 나라를 일으킬 수 없다는 것이고, 그래서 변화하는 일본의 상황을 직시해야 한다는 것이다.

"왜국의 신진 지도층이 어떤 자들이란 말이더냐."

"도쿠가와 이에야스와 그 아들 히데타다가 민생혁명을 일으켜 나라를 새롭게 설계하고 있나이다. 무섭게 치고 나갈 것 같습니다."

"이에야스란 놈도 본시 싸움꾼 아니더냐."

"맞습니다. 이에야스는 어린 시절부터 사무라이들의 싸움판에서 뼈가 굵은 자이옵니다. 그는 나중 두목 오다 노부나가의 막료장에까지 올랐지요. 사무라이들은 배신의 명수들이기 때문에 노부나가는 어느 날 이에야스의 충성도를 시험하기 위해 그의 아내와 장남을 죽이라고 명합니다. 이에야스는 거리낌없이 두 처자를 죽였습니다. 신뢰를 쌓기 위해서는 별짓도 다한 못된 놈입니다. 노부나가가 측근에게 암살당하자 이에야스가 두목으로 등극하는데, 힘이 부족하니 도요토미 히데요시에게 투항하지요. 임질인지 매독인지에 걸려서 골골하는 히데요시는 조선침략 전쟁을 마무리하지 못하고 죽습니다. 이때 이에야스가 천하를 접수하게 됩니다. 조용히 준비하면서 때를 기다리니 호박이 넝쿨째 들어온 것입니다."

"인내의 달인이란 말이더냐?"

"그렇습니다. 어떤 수모도 감수하는 인간이되, 심장이 무쇠처럼 강인한 자이옵니다."

광해는 왜국(倭國)의 새로운 변화에 충격을 받은 듯했다. 그 역시 조선을 개조하고 싶었다. 선왕이 고수하던 국방 정책을 혁파하고 북방 변경과 남쪽 바다의 국방력을 강화하면서 주변국과 새로운 관계를 맺고 싶었다. 그러나 사대부의 기득권 체제는 변화를 가져올 수 없게 만들었다. 무얼 고치려고 하면 하나같이 들고 일어나 "마마, 선

왕대엔 이러했나이다" "일찍이 순임금에 따르면…" "공맹(孔孟)의 사
례로 보건대…." 따위로 변화를 차단했다. 그러니 선왕의 지시대로
살아야 하고, 순임금을 본받아야 하고, 공맹의 예법대로 행해야 한
다. 새로운 변화의 모색을 찾아볼 수 없도록 구조는 옛 체제 속에 갇
혀있다.

그런 중에도 광해는 선혜청(宣惠廳)을 두어 대동법을 실시하고, 양
전(量田)을 실시했다. 대동법을 실시하는 관아인 선혜청은 곡물 가격
을 잡아주고, 생산자들에게 불이익이 없도록 하는 기관이었다. 영의
정 이원익이 산혜청에 대해 다음과 같이 고변했다.

"각 고을에서 진상하는 공물이 각사의 방납인들에 의해 중간에서
막혀 물건 하나의 가격이 몇 배 또는 몇십 배가 되어 그 폐단이 이미
고질화되었습니다. 지금 마땅히 별도로 하나의 청을 설치하여 매년
가을에 백성들에게서 쌀을 거두되, 1결당 매번 8두씩 거두어 본청에
보내면 본청에서는 당시의 물가를 보아 가격을 헤아려 정한 다음 거
두어들인 쌀로 방납인에게 주어 필요한 때에 사용하도록 합니다"(광
해군일기 권제4, 9장, 광해군 즉위 5월7일).

양전은 식량 증산을 위해 유휴지를 개발하는 개간운동이었다.

광해는 서적의 간행에도 힘을 기울여 신증동국여지승람·용비어
천가·동국신속삼강행실 등을 다시 간행하고 국조보감·선조실록을
편찬했으며, 적상산성(赤裳山城)에 사고(史庫)를 설치했다. 그러나 왕
의 적통 문제와 왕권 도전에 시달려 늘 파쟁 속에 있었다. 그것은 왕
실을 불안정하게 하는 요인이었다. 그가 이것을 덮을 수 있는 길은
나라를 개혁으로 몰고 가는 길밖에 없었다.

광해가 한숨을 내쉬며 정충신에게 물었다.

"이에야스란 자가 지도자로 등극하면서 왜국을 변화시키고 있다

고 하니 대저 변화의 핵심이 무엇이냐."

"네, 이에야스는 전쟁과 공포, 끊임없는 복수의 내전에 염증을 느끼고 있습니다. 인접국을 침략해 적을 만들고 대립하는 것이 이젠 시대에 뒤떨어졌다는 것입니다. 민심은 지쳐있고, 평화를 갈구하며, 그래서 전쟁이 아니고도 나라를 먹여 살릴 방도를 찾아나서고 있나이다."

그 변화의 깃발이 상공(商工)이라고 했다.

"상공은 일찍이 천한 것들이 붙들고 사는 업종 아니더냐."

"전하, 그렇지 않습니다. 우리가 사는 데 필요한 물건을 생산하는 자들인데 어찌 천하다 하겠습니까. 만물은 변하지 않는 것이 없으니, 고정 아닌 것이 생물의 법칙입니다. 하물며 사람이라는 것은 금수와 다르므로 변화해야 사는 것입니다. 나라의 근본을 바꿀 필요가 있습니다."

"쉽게 바꿀 수 있겠느냐. 저렇게 벽은 두껍고, 나 또한 그 길이 편하고 안전해서 선택하고 있잖느냐."

"왜의 변화를 타산지석의 틀로 삼아야 합니다. 예법도 모르는 무도한 자들이라고 했지만, 우리가 그들에게 7년간이나 밟혔으며, 그러니 우리는 그들보다 나을 것이 없지요. 야만인이라도 배울 것이 있습니다. 저들의 상인적 계산 능력을 살펴볼 필요가 있습니다. 주판이라는 것이 있는데, 오래된 나라인 희랍에서 쓰던 것을 왜국이 받아서 왜식으로 개량하여 셈법을 가름하는 계산기입니다. 상점마다 이것을 비치하고 신속 정확하게 수리를 계산하고 있나이다."

"그것은 본래 우리가 전수한 것이다. 그런데 그자들이 주인처럼 쓰고 있구나."

"무엇이든 발명품은 사용하는 자의 몫입니다. 그들은 무인(武人)도

산술과 상인 감각을 익히고 있다고 합니다. 전투에 몇 명을 투입하고, 그중 궁수·포병·기병·공병·전마를 얼마만큼 투입하면 승리로 이끌 것이냐, 주판알을 굴리며 분석하고 있다는 것입니다. 거기에 비하면 우리는 수리에 밝지 못합니다. 주먹구구식입니다."

"이에야스란 자의 생각은 실측(實測)에 강하다, 그 말이냐."

"그렇습니다. 수리법과 미신법을 구분하고 있습니다."

"수리법과 미신법?"

"그렇습니다."

정충신은 거리낌없이 대답했다. 광해의 미신법이 황당하다고 느껴왔던 터다. 그렇지 않을 사람인데, 어떤 때는 귀신에 씌인 사람처럼 보인다. 아마도 왕위 쟁취 과정에서 험난한 과정을 겪은 뒤끝인지라 어느 누구도 믿지 못하는 데서 오는 편집증일 것이었다.

"전하, 도쿠가와 이에야스는 역사관, 인간관, 종교관, 건강법까지 다면적으로 보여줌으로써 인간경영법을 터득하고 있나이다. 근거주의에 입각해 사물을 보고 판단하고 있습니다. 요행이나 미신은 정사의 기본이 될 수 없다는 것이지요. 이에 대해서는 임란 때 인질이 되어 왜나라로 끌려간 전라도 영광 출신 강항이란 유학자가 쓴 기록도 있나이다."

정충신이 품에서 서책을 꺼내 앞에 펼쳐보였다. 강항의 《건거록(巾車錄)》이었다.

〈건거록〉은 왜나라의 지리·풍토·인문·병비(兵備)와 왜의 조선 침략에 대한 내용을 상세히 기록하고 있다. 적지에서 임금께 올린 〈적중봉소(賊中封疏)〉와 일본의 지도를 그린 '왜국팔도육십육주도', '고부인격(告俘人檄)' 등을 통해 적국에서 당한 포로들의 참상과 일본에서 보고 들은 정보를 빠짐없이 기록해 놓은 책이다(1600년 《건거록》

으로 발표되었으나 1656년(효종7년) 그 제자들에 의해 '看羊錄'으로 改題되었다).

"건거록의 명성은 과인 역시 알고 있다만 선왕대의 일이고, 숨가쁘게 국사를 여미느라 미처 챙겨 보지 못했다. '건거'라면 죄인을 끌고 가는 검은 면포를 친 수레인데, 무슨 뜻이냐."

"강항은 포로가 된 자신을 죄인이라고 여기면서 포로보고서를 쓴 것입니다. 그런데 왜놈들이 이 글을 보고 두려워하고 있다고 합니다."

"왜 그러는고?"

"유성룡의 《징비록》에 비견할 서책이온 바, 우리의 방비책을 탄탄히 해야 할 것을 조목조목 열거하고 있었으니까요."

정충신이 다시 길게 설명했다.

정유재란(1597년) 시 형조좌랑 강항이 남원에서 군량미 수송을 담당하다 원균의 칠천량해전 대패로 남원이 함락되자 고향 영광으로 돌아가서 의병을 일으켰다. 마침 이순신 장군이 논잠포구(영광군 염산면)에 와있다는 소식을 듣고 부하들을 이끌고 논잠포구로 향하다가 해안에 매복중인 왜 수군장 도도 다카노라에게 체포되었다. 보름 후 그는 왜국 이히메현 나가하마 항에 도착하여 포로생활이 시작되었다. 그는 포로의 의무를 수행하면서 조선에 끊임없이 비밀문서를 발송했다.

일본은 수백 년 동안 사분오열되었다가 도요토미가 천하통일해 장수들끼리 으르렁거리는 것을 조선에서 풀게 함으로써 군병의 세력을 일단 잠재웠다. 그러다가 히데요시가 죽었으니 일본은 다시 분열될 것이다. 히데요시 같은 자가 나오지 않을 것이니, 조선은 당분간 병화(兵禍)를 입지 않을 것이며, 이때 철저히 방비해야 할 것이다.

강항은 나가하마의 사찰 승려 요시히도와 교류한 것을 기화로 승려에게 배편을 준비해줄 것을 요청하고, 항구로 포로들을 이끌고 아쿠시타니 계곡을 지나다가 체포되어 우와지마성 처형장으로 끌려갔다. 이때 승려 가이케이의 간곡한 청원으로 풀려나 교토의 후시미성으로 이송되었다. 포로생활 중 그는 교토성의 젊은이들을 가르쳤다. 명강이라는 소문이 나자 강항은 일본 왕에게 초청받아 일본에 학문과 인륜의 기초를 세웠다. 그는 아스카문화와 나라문화의 시초 왕인과 달리 포로로 간 신분이었지만 일본의 젊은 지성을 배출하면서 석학으로 인정받았는데, 이때 글씨를 팔아 배를 구해 조선으로 돌아갈 계획을 세웠다. 광해가 물었다.

"포로인 강항에게 왜나라 학계가 열광했다니 왜놈들은 이해가 안 가는 부분이 있구나."

"왜국은 학문이 취약합니다. 일본 장수라는 자들은 태반이 문자를 해독하지 못하는 무리들이옵니다. '무경칠서'를 통독하는 자가 없습니다. 그 자들이 흩어져서 스스로 싸우는 데는 용감하여 족히 한때의 승리를 쾌감할 수 있지만, 장차는 병가의 기변을 잘 모르고 무대뽀로 살아갈 족속이었습니다. 내일이 없는 것입니다. 그런데…."

"그런데 무슨 말이냐."

"도쿠가와 이에야스란 자가 무사들의 이런 약점을 알고 있다는 것입니다. 그래서 새로운 군사체계를 갖추는 한편으로 국가 동력을 해양으로 뻗어나갈 야망을 키우고 있는 것입니다. 국부(國富)를 전쟁의 전리품으로 챙기겠다는 발상이 아닙니다. 그것은 바로 실용입니다. 강항에게서 배운 학문과 자기들 전통적 실전을 버무려서 새 국가의 방향을 설정하는 것입니다. 강항을 일본의 국학으로 떠받들고, 일본 귀화를 종용했나이다."

"그런데?"

"그런 요청을 받았지만 강항은 단호히 거부하고 조선으로 귀환한 것입니다. 포로들도 일백여 명 데려왔습니다. 우리가 쇄환사로 일본 국에 다녀왔지만 강항 역시 쇄환사 역할을 톡톡히 한 것입니다. 그는 지금 고향 영광에서 후진을 기르고 있다고 하옵니다. 그러나 그가 말한 바대로 임진왜란과 정유재란의 교훈을 통절하게 알아야 한다는 것입니다.”

“통절하게? 어떤 교훈 말이냐.”

“왜놈들이 임진왜란을 일으킨 목적이 조선을 정복하고 대륙진출의 교두보를 삼기 위한 침략이라면, 정유재란은 조선의 인적·물적 자원을 확보하는 데 있습니다. 우리가 쇄환사로 도일했지만 송환된 포로는 200명이 지나지 않습니다. 이렇게 해서 지금까지 송환된 포로는 8천을 넘지 못합니다. 현재 남아있는 10만 명 중 10분지 1도 돌아오지 못했나이다. 무지랭이는 노동력으로 쓰고, 학문하는 고급 인력은 일본 학문 자원으로 쓰기 위해서입니다. 그들은 포로에게서도 학문을 익히는 실용적 태도를 보입니다. 배움에는 왕도가 없다는 것입니다. 포로에게서도 배움을 익히는 저들의 실용정신을 우리가 알아야 합니다. 우리는 체면 때문에라도 외면했을 것입니다.”

광해가 길게 한숨을 내뿜었다.

“도쿠가와 이에야스는 싸움을 싫어한다고 하지 않았느냐.”

“싫어하는 것이 아니라 안 하겠다는 것입니다. 싸움을 해본 자만이 그 참화를 누구보다 잘 아니까요. 그는 강항 선생의 시대정신을 받아들이고 있습니다.”

“강항의 시대정신이 무엇이냐.”

정충신이 길게 설명했다.

“강항은 《건거록》에서 ‘왜인은 주장(主將)이 싸움에 폐하여 자결하면, 그의 부하들도 모두 자결한다. 삶을 원하고 죽음을 싫어하는 것은 사람이나 생물에게 있어서 모두 한가지일 텐데, 왜인만이 죽음을 기꺼이 즐거움으로 받아들이고 있다. 이 무슨 해괴망칙한 세계관인가. 왜의 쇼군(征夷大將軍)은 민중의 이권을 독점하여, 머리털 한 가닥도 민중에게 속한 것이 없다. 그래서 쇼군의 집에 몸을 의탁하지 않으면 입고 먹을 것이 없다. 일단 쇼군의 집에 몸을 의탁하게 되면 내 몸도 내 것이 아니다. 조금이라도 담력이 모자라는 것으로 간주되면 어디에 가더라도 받아들여지지 않고, 허리에 차고 있는 칼이 좋지 않으면 인간 취급을 받지 못한다. 칼자국이 얼굴에 있으면 용기있는 남자라고 간주되어 후한 녹을 받는다. 칼자국이 귀 뒤에 있으면 도망만 다니는 비겁자라고 하여 배척당한다. 그렇기 때문에 적과 대항하여 사력을 다하여 싸운다. 왜인이 뱀의 독, 호랑이와 늑대같은 탐욕, 태연하게 행하는 잔인함, 놀랄 정도로 호전적인 성격은 천성으로 몸에 익힌 것이라기보다 제도가 그렇게 하도록 속박하고, 상벌제도도 그렇게 되어있기 때문이다. 그러나 그렇게 싸워서 이긴들 무슨 이득이 있는가. 명예? 재산? 정복감? 한 꺼풀만 벗기면 모두가 허무행인 것을…'이라고 설파했습니다. 이에야스는 이 뜻을 터득하고 '우리들 자신을 돌아보는 바, 죽음의 미학이 삼라만상에 도움을 주는 것이라곤 없다'고 하면서 국가개조론을 선언했습니다.”

“왜놈 종자에게도 뜻을 가진 놈이 있었구나.”

“그렇습니다. 이에야스는 주장 도요토미 히데요시의 조선 침공을 애초에 찬동하지 않았습니다. 침략으로 얻는 것은 고작 하나요, 잃는 것은 열이 되고, 스물이 된다고 하였습니다. 무장들의 불만을 제어하는 수단으로 조선 정벌을 나설 뿐, 챙길 전리품이 없다는 것이지요. 갈갈이 찢긴 내부를 외부로 돌리는 것이 안을 여미는 것보다 못 하다고 했습니다. 마침 히데요시가 죽고 전쟁도 끝나고, 그러니 단절되었던 조선과의 관계를 개선하기 위해 우리에게 국서를 보내고, 그런 절차로 우리 사절단이 왜국에 들어가서 포로들을 조건없이 데려온 것입니다."

"칼이 나라의 혼이라고 여기는 왜국도 정신을 바꾸는구나. 그러나 다른 한편으로 보면 그것은 그들 스스로를 부정하는 것 아닌가. 그리고 쉽게 버릴 수 있겠는가."

"여전히 약탈과 전쟁과 살인의 인자(因子)들이 혈관에 남아있겠지만, 싸움 이외의 길도 모색하는 것입니다. 대저 왜국은 지리적으로나 유전적으로 우리와 가장 가까운 종입니다. 같은 점이 많으면서도 양국의 관계가 너무나 흉악한 관계였습니다. 이에야스가 등장한 것을 계기로 근원적으로 해결할 방법을 찾아야 합니다."

"근원적인 방법? 그들이 마음을 고쳐먹으면 해결되는 것 아닌가."

"강항 선생이 지적하신 대로 칼은 칼로써 다스려야 합니다. 왜인들은 상대방이 강하면 눈알 내리깔았다가도 약하다 싶으면 언제 그랬더냐 싶게 덮치는 비열하고 야비한 종입니다. 상대방이 인격자라고 해도 힘이 없으면 밟아버리는 근성을 갖고 있습니다. 그러니 칼은 칼로써 다스리되, 힘은 언제나 칼집에 넣어두어야 합니다."

"상대방이 선의를 갖고 있다고 해도 우리가 단단히 방비를 해야 한다는 것이렷다?"

"그렇습니다."

"우리가 그것을 몰라서 그런 것도 아니잖나."

"물론 이유가 있습니다. 뭉치지 못하기 때문입니다. 작은 이익을 얻고자 크게 분열합니다. 사소한 차이로 목숨 걸고 싸웁니다. 경쟁자를 죽이지 않으면 내가 죽는다는 극단적 행위들이 국력을 소모합니다. 그러면서 정작 대의를 위해서는 꼬리를 사립니다."

광해가 다시 길게 한숨을 내뿜었다. 그런 광해를 살피며 정충신이 다시 말했다.

"이러니 우리는 적을 셋이나 갖고 있습니다."

"적이 셋이라고?"

"그렇습니다. 북변에는 오랑캐(여진족), 남쪽 바다에는 왜구가 있습니다. 거기다 조정 내부에는 동인과 서인, 또 소북과 대북이라는 붕당의 적이 있습니다."

그 말을 듣고 광해의 표정이 더욱 어두웠다. 붕당체제가 강화되면서 조정은 헐뜯고 모함하고 배신하는 일들이 일상사가 되었다. 어느새 그 자신 그 대립의 중심에 서 있었다.

광해는 세자 시절 도성을 버리고 도망간 아버지를 대신해 왜군에 맞서 나라를 돌보고, 분조를 이끌었다. 전국을 돌며 군사들을 독려하고, 군량과 병기들을 조달했다. 나라를 구하겠다는 자세보다는 일신의 보신에 급급했던 아비의 찌질한 모습과는 대조적이었다. 백성들은 이런 세자를 적극 지지하고 따랐다.

그러나 그것이 아버지 선조로부터 미움을 받는 이유가 되었다. 자식이 잘하면 내 일처럼 기쁘고 즐겁거늘, 반대로 백성들로부터 지지를 받고 있다는 것이 화근이 되었다. 질투심과 의심병이 많은 아버지는 세자의 행동거지를 보며 여차하면 세자 직분을 박탈해버릴 심산이었다. 때마침 아비는 젊은 왕비 인목왕후로부터 아들(영창대군)을 보았다. 그의 나이 55세에 갓 스물한 살의 젊은 왕비 인목왕후로부터 아들을 얻으니 천하를 얻은 기분이었다. 무엇보다 자신의 결점을 보완해줄 정통 왕자가 태어난 것이 기뻤다.

선조는 왕실의 법통에 열등감을 갖고 있었다. 그가 조선왕조 중

직계가 아닌 방계로서 왕위를 계승한 첫 번째 사례였기 때문이다. 그는 중종의 일곱째 아들 덕흥군의 셋째아들로 태어났으니 태어나는 순간 왕이 될 운명이라고는 손톱만큼도 찾아볼 수 없는 사람이었다. 정실 부인에게서 태어나거나, 그것이 아니라면 최소한 후궁의 장자로라도 태어나야 하는데 세 번째 후궁의 셋째아들로 태어났으니 왕위 계승의 꿈을 꾸는 것조차 가당치 않은 일이었다. 그런데 어찌어찌 선왕 명종 비의 눈에 들어 왕위를 물려받았다.

하지만 왕의 정통성 때문에 백관들이 우습게 보는 것 같고, 그래서 말발이 안 서는 경우가 많았다. 모두가 자기를 손가락질하는 것만 같았다. 그러니 무엇을 해도 자신감이 없었다. 이런 때 세자로 봉해진 광해 역시 병약해서 일찍 죽은 후궁 공빈김씨에게서 나온 둘째 아들이었다. 공빈김씨가 색기가 있는 매력녀라면 그 어미를 생각해서라도 왕위 승계를 인정할 수 있는데 그런 것도 아니니 이래저래 내내 마땅찮게 여기고 있었다. 한번 미운 놈은 영원히 미워하는 것이 지배자의 고약한 습성이다. 그런 오만이 우습게도 권위를 상징하기도 한다. 이런 때에 영창이란 왕자가 태어났다. 그것도 아리따운 어린 왕후한테서 태어났다. 선조는 이제 됐다, 하고 쾌재를 불렀다. 광해를 내치고 영창대군에게 왕권을 물려줄 기회가 온 것이다.

어느 날 광해가 어전에 이르러 "세자 문안 드리옵니다" 하고 아뢰자 왕이 "어째서 세자의 문안이라고 이르느냐. 너는 임시로 봉한 것이니 여기 오지 말라"고 쫓아버린 일이 있었다. 이 광경을 영의정 유영경, 중신 이홍로 등이 지켜보았다. 세상이 달라질 것이라는 것을 단박에 눈치챈 그들이 먼저 세자 교체 음모를 꾸몄다.

하지만 영창대군의 나이가 너무 어렸다. 핏덩이에 지나지 않는지라 속을 태우던 중 영창대군이 만 두 살 때 선조는 58세를 일기로 죽고 말았다. 온갖 박해와 모멸을 한 몸에 받았던 광해가 마침내 왕권을 쥐었다. 왕위에 오르기까지의 과정을 돌아보니 꼭 칼날 위를 걸어온 것같이 아슬아슬했다. 영창의 어미 인목왕후, 그의 친정 식구들, 그리고 눈치로 때리는 중신들… 그들의 행위를 보면 피를 보아야만 직성이 풀릴 것 같았다. 어느새 복수는 그의 힘이 되었다.

임진왜란이라는 국가적 재난을 분조를 이끌며 건져낸 업적만으로도 왕위를 물려받을 수 있다고 생각했는데, 사리분간 못 하는 왕의 말을 따라 자신을 제거하려고 했던 자들을 용서할 수 없었다. 광해는 본때있게 유영경 이홍로 일당을 제거해버렸다. 인목왕후의 친정 아버지 연흥부원군 김제남도 반란 수괴라는 이름으로 처형했다. 김제남은 실제로 자신의 외손자 영창대군을 세자로 추대하려고 세를 모았던 사람이다.

서인과 북인, 북인 중에서도 소북과 대북 사이에 벌어진 정치적 이념갈등, 붕당의 소용돌이, 계축옥사 등 모함과 배신과 음모의 정정(政情)이 끊이지 않았다. 여기에 광해는 '복수혈전'에 목을 걸고 있었다. 이런저런 암투를 지켜본 정충신은 환멸이 느껴졌다. 왕이 위태로워보였다.

"전하, 이에야스가 참으로 기특하옵니다. 처음엔 사나운 싸움꾼이었으나 연륜이 차니 원만해지고 너그러워지면서 정사도 안정되게 꾸려가고 있습니다. 한때의 정적도 포용하고 있나이다. 나를 배신한 자를 용서하니 더 큰 힘을 얻고 있나이다."

어찌 보면 광해는 이에야스의 인생경로와 비슷했다. 고난을 겪고, 오랜 기간 모멸을 참은 것이 그랬다. 그러나 사후 관리가 완전히 달랐다. 이에야스는 초기 거친 성품에다가 싸움질을 좋아했으나 노후 들어서 얼굴이나 몸집이 두툼해져 덕스럽게 변모하면서 정사도 덕으로써 행했다(강항의 《건거록》). 그런데 광해는 이와 반대다. 정충신은 그게 두려웠다.

"전하, 미개한 것들의 것이라도 배워야 할 것은 배워야 합니다."

"너는 반성과 용서라는 개념을 아느냐? 강자가 된 사람 앞에서 잘못했다고 비는 것은 아첨이나 가식이다. 일신의 보신을 위해 취하는 위장된 모습이다. 책임 대신 목숨을 구걸하는 자는 그래서 목을 베야 하는 것이다. 군자의 체통도, 나라의 권위도 밟는 짓이니 말이다. 용서도 마찬가지다. 용서할 아량이 없다면 나쁜 사람이지만, 개인의 잘못이든, 시대가 만든 잘못이든 그로인해 피해를 입은 사람들을 생각해보라. 그래도 좋은 게 좋다고 그냥 넘어가자고? 그러면 우주의 질서가 제대로 잡히겠느냐. 용서할 수 없는 사람이 거리를 활보한다면 세상은 악인의 세상이 되어도 된다는 뜻인가?"

정충신이 승복하지 않고 말했다.

"전하, 힘없는 자가 용서하면 비굴한 자가 되지만, 힘이 있을 때 용서를 하면 하나의 덕이 됩니다. 덕을 베푸시는 성군이 되시옵소서."

"뭐라? 편하게 가자는 뜻이렷다? 다시 말하겠다. 반성하지 않는데 어떻게 용서한단 말이냐. 용서와 사면이란 진실로 반성하고 다시는 과오를 범하지 않겠다는 약속이다. 그렇지 않은 용서는 비겁한 도피술이지."

"그래도….."

"내 말을 더 들어보렸다. 자, 생각해보라. 가해자가 보복을 멈추라고 요구하면 어떻게 세상 만물의 질서가 잡히겠는가. 그건 오만이다.”

정충신은 대답을 멈추고 엎드린 채 광해를 올려다 보았다. 광해는 화가 나 있었다.

“용서에도 고통이 따른다. 다 지나간 일, 그러니 잊자, 좋은 게 좋잖나, 덮고 가자, 이렇게 가면 정의가 올바로 서겠느냐. 그런 자들은 때가 되면 다시 기어오를 것이다. 자기 과오를 인정치 않고 상황론을 들먹이며 역습해올 것이다.”

광해는 정충신이 그 당사자나 된 듯이 노려보고 있었다. 그가 다시 힘주어 말했다.

“용서는 가해자를 위한 것이 아니라 사실은 피해자를 위한 것이다. 그래서 피해를 받아서 고통받는 이에게 어떤 위로가 될까를 성찰하지 않는다면, 화해는 무의미하다. 나쁜 놈들에게 너그러울 수 없는 이유가 거기에 있다. 반성의 절차 없이 넘어가면 그는 필시 다시 오만해질 것이며, 용기를 얻어 또 세상을 밟을 것이다. 장차 과인에게도 그러할 것이야. 그들은 과인을 영영 무덤 속에 처넣어버릴 것이다.”

“전하의 깊은 뜻인 줄 아오나, 잘못 쓰면 큰 화를 부를 수 있습니다.”

“쓸데없는 소리. 더불어 살려면, 가해자가 진실로 용서를 구해야 한다. 그 죗값으로 영원히 동굴 속에 갇혀 있으라는 말이 아니다. 진정으로 반성하고 회개할 때, 피해자가 그를 동굴에서 꺼내줄 것이다. 그것이 진정한 화해다.”

광해는 계속 엄숙한 표정을 지었다. 정충신은 그가 처한 오늘의 상황을 보면서 변화해가는 일본을 생각했다. 일본이란 나라는 언필칭 복수의 나라다. 이쪽 무사가 깨지면 반드시 상대 무사를 보복해야 한다. 그것이 사무라이의 정의고 질서다. 하지만 그것으로 끊임없는 전쟁이 일어나고 있다. 그래서 이에야스가 그것이 아니라고 스스로 흰 기를 펄럭이고 있다. 광해가 조금만 이 이치를 안다면 성군의 길을 갈 것이다. 국제정세에 대한 판단력, 병법 관리와 대동법 제정 등 생활혁명적 기치를 드높이는 데서도 그런 면모가 엿보인다. 그런데 원한에 사무쳐 있다. 그의 눈에 불을 붙이면 당장 불이 붙을 것같다. 광해가 물었다.

"왜나라에 가서 보았다고 하는 도쿠가와 이에야스의 다른 길이란 또 무엇인가."

"우리가 가보지 못한 길입니다."

"가보지 못한 길?"

"그렇습니다. 상것들이 주무르고 있는 공상(工商)을 장려하고 있나이다. 그들 손에 무기가 제조되고, 삽이 제조되고, 호미와 쇠스랑, 어구(漁具)가 다양하게 개발되고 있는데, 그들을 천시한 것을 반성하고 우대하고 있습니다."

"사농공상 아니던가?"

"그것이 아닙니다. 그들을 통해 철을 녹여서 총통을 만드는 것만이 아니라 백성들이 편하게 쓸 수 있는 농기구와 수레, 어구를 개발하고 있사옵니다. 여러 가지 생산 체제를 갖추고 있나이다."

"무기라면 몰라도 물건을 많이 생산해서 어디에 쓰게?"

"왜는 지금 중국과 무역을 중시하여 류큐(琉球)와 난징과 푸젠(福建)지방의 상인들과 교역하고 있습니다. 서양과의 무역에도 관심을 갖고 포르투갈 상선을 받아들이고, 요근래는 동남아까지 교역의 영역을 넓히고 있습니다. 해양으로 뻗어나가고 있는 것입니다. 물건을 팔 판로를 개척하고 있습니다. 그동안 금기시했던 야훼교까지도 묵인하고 있습니다. 일부다처제를 금지하고, 흡연을 반대하는 야훼교도들을 불상놈들이라고 여기고 한때는 추방했으나, 지금은 결혼을 하지 않는 외국인 신부를 제외하고는 받아들이고 있습니다."

"그러면 왜국의 귀신들과 야훼교의 귀신들이 밤낮없이 싸울 텐데? 야훼교는 뜬구름 떠다니는 하늘을 보고 아버지라고 헛소리한다면서? 그래서 아비가 둘이라면서? 물고기 한 마리를 잡아서 천 사람, 만 사람이 배불리 먹는다고 정신 나간 소리를 한다면서? 왜인이란 본시 칼을 쓰고 엽색을 즐기고, 한편으로는 가무를 즐긴다고 하지 않던가. 어떤 자들은 길거리나 숲속, 강가로 아무 부녀자를 끌고 가서 성교를 한다고 하지 않던가. 에잇, 더러운 놈들…"

"그 말은 사실인 것 같습니다. 그래서 한 배에서 다른 씨가 넷도 나오고, 다섯도 나온다는 풍문이 있습니다. 그렇게 해서 칼싸움으로 씨가 말라가는 종자를 퍼뜨린다고 합니다."

이야기는 이상한 방향으로 흘러갔다.

"길거리에서 붙는다면 금수들과 똑같은 것들 아니냐. 그래서 요상한 옷을 입고 다니는 것이냐?"

"여자나 남자나 속곳을 입지 않는 연유가 있습니다. 끈을 하나 풀면 알몸이 드러나게 되어 있습니다. 고온다습한 날씨 때문에 그런 옷을 입기도 하지만, 남녀간에 성애를 편리하게 나누기 위해 고안된 의상입니다. 주자학의 나라인 우리 눈으로 볼 때는 참으로 보기가 민망합니다만, 그들의 삶의 속살을 들여다보면 이해할만합니다."

"삶의 속살?"

"그렇사옵니다. 남북조의 내란이 수습되었다고는 하지만 호족(豪族) 사이에는 여전히 크고 작은 칼들이 교환되고 있습니다. 무력 충돌 때문에 남자들이 떼거리로 죽고, 이 통에 남녀간의 성비 구성이 무너졌나이다. 오랜 전쟁의 후유증이 이렇게 일본 전역에 만연하다 보니 여초(女超) 현상이 뚜렷해지고 있나이다. 그래서 어느 기록에는 '일본은 여자가 남자보다 세 배나 많다. 거리에 나가보면 여자들이 옷을 반쯤 벗은 상태로 남자를 잡아 이끈다. 음란한 풍속이 자연스럽게 이루어지는 바, 종을 번식시키기 위한 고육지책이다'라고 했던 것입니다. 그뿐만이 아니라, 왜국은 자연재해가 많은 나라입니다. 지진과 태풍과 화산 폭발로 인해 언제 죽을지 모르는 숙명론을 갖고 있습니다."

"숱한 내전에 자연재해라…."

"그러하옵니다. 전쟁이 나면 남자들은 군인으로 징발되어 전쟁터로 나가고, 앞날을 보장받을 수 없으니 인생 허무한 것이지요. 이때 순간적인 쾌락을 추구하게 되는 것이옵니다. 그래서 유곽문화가 발달하고, 기녀, 유녀(遊女)와 어울리는 향락문화가 발달하였나이다. 왜나라에서는 목간통을 만들어놓고 남녀가 알몸으로 탕 속에 들어가 목욕하는 풍속도 있습니다."

"예끼, 불상놈들!"

"남색도 있나이다."

"뭐라? 남색?"

"최상층이나 한량들은 남창을 데리고 사는 풍습이 있나이다. 예쁘장한 남자 아이를 상대로 성애를 즐기는 것이지요. 남색은 누구에게도 양보하지 못하는 묘한 성풍속입니다. 마누라 빼앗기는 것은 용서해도 남자 아이를 빼앗기면 반드시 칼로써 복수를 합니다. 죽음과 맞바꿀 정도로 남색을 명예로 압니다."

"한마디로 변태들이로구만. 우리 자라나는 아이들이 배울까 걱정이다."

"그러한 반면에 싸움의 도피처를 찾는 애절한 풍류도 있습니다. 렌가(連歌)와 하이쿠가 나온 것도 그런 연유입니다."

"렌가와 하이쿠?"

"네. 하이쿠는 왜나라 고유의 단시인 바, 인정(人情)과 사물의 풍미를 우아하고 슬프게 표현하는 노래입니다. 이런 노래가 있습지요."

정충신이 하이쿠의 한 구절을 읊었다.

— 방랑에 병들어, 꿈은 겨울 들판을 헤메이누나.
세상은 그저 나그네 하룻밤의 주막인 것을

"허무적인 시로구나."

광해가 잠시 감상에 젖었다. 그도 지금 여러 모로 심적으로 고단해 있었다. 어지러운 정사(政事) 때문에 눈앞이 돌 지경이다. 현재의 마음 상태라면 어디 깊숙한 산사에 들어가 얼마간 푹 지내고 싶었다. 옥사 집행도 그 자신 고문을 당하는 것 같다.

"전하, 싸우다 보면 지치고, 허무해질 때가 있지요."

광해가 말없이 고개를 끄덕였다.

"전쟁에 시달린 시인의 애절함을 보고, 이에야스는 인간을 황폐하게 하는 전쟁보다는 평화로 세상을 일구어보자는 철학을 정립했습니다. 세상 문리(文理)를 터득한 이에야스 정권이야말로 도요토미 히데요시나, 오다 노부나가와는 근본적으로 다른 세계관을 갖고 있습니다."

"그것이 평화라는 것이고, 상인정신이라는 것이렸다?"

"그렇사옵니다. 그들이 전통적으로 갖고 있는 호전성과 침략 야욕을 거둬내니 새로운 문명이 열린다는 것이옵지요."

"하지만 과인에게는 적이 많다. 북쪽은 오랑캐, 남쪽은 왜구, 그리고 도성 안의 붕당체제 아니냐."

광해는 이런 적들로부터 나라를 어떻게 이끌 것인가를 생각했다. 그런데 내부가 문제였다.

광해는 추진력과 혜안을 가졌으나 병이 있었다. 불안증세와 의심병이었다. 그는 16년의 세자 기간과 임진왜란 시의 분조를 통해 개국 왕 이성계처럼 나라의 곳곳을 누비며 실무 경험을 쌓았다. 그러는 과정에서 나라 형편과 백성들의 사는 형편을 직접 목격했다. 도덕률과 품격도 엄격해 동복 형 임해군이나 이복 동생 신성군과 달리 금도를 지킨 모범생이었다. 그는 형제들처럼 엽색을 즐긴 사람이 아니었다. 정비와 후궁 사이에서 아들 하나 딸 하나만을 두었을 뿐이다. 난군이나 혼군이 될 우려가 없었기 때문에 명나라에서조차 아비보다 낫다고 평가했다.

그러나 병이 있었으니 바로 복수심이었다. 그는 어떤 분노와 복수심으로 내내 화를 끓이고 살았다. 그것은 세자 16년 동안 사면초가의 상태에서 울분과 두려움 속에 살아온 반동이었다. 부왕의 견제와 신하들의 배척으로 비감과 원한을 흉중에 달고 살았다.

부왕은 툭하면 선위한다고 하고, 그것도 밥먹듯이 입에 올렸다. 신하들을 간보기 위한 것이었지만, 이면을 살펴보면 세자를 떠보기 위한 술책이었다. 그것이 선왕 재위 동안 열여덟 차례나 반복되었다. 그럴 때마다 광해는 끼니를 굶어가며 뜰에 나가 엎드려 읍소했다.

"전하, 삼가 바라옵건대 다시는 그와 같은 전교를 내리지 않으신 것이 합당한 일인 줄로 아뢰옵니다. 전하의 성은이 만백성의 머리에 축복처럼 내리고 있사온데, 어찌 그런 섭섭한 말씀을 하시나이까.

상감마마의 광영이 연년세세 내리도록 전위의 뜻을 거두어 주시옵소서."

"나라를 망친 군주는 다시 보위에 나갈 수 없다. 과인이 부끄러움을 아는 왕으로서 어찌 더 이상 왕실을 떠받들겠다고 할 것인가."

그러면 중신들까지 나서서 선위를 거둘 것을 요청한다. 선조는 그렇게 시험 거리가 없나 하며 내질러보는데, 하다 보니 재미를 붙였다. 그러나 당하는 사람은 피를 말릴 지경이다. 그 뿐만이 아니다. 명나라로부터 세자 책봉에 문제가 있다고 했을 때, 부왕은 그것을 즐기는 듯 능치고, 어린 인목왕후로부터 아들을 얻은 이후로는 노골적으로 패대기칠 궁리만 했다.

그런 면에서 정충신의 생각은 단순한 면이 있었다. 시원시원하게 적들을 제거해나가며 새 나라를 세우는 도쿠가와 이에야스와 광해를 동일시할 수 없는 것이다. 참고 기다리고 숨죽인 세월을 산 공통점은 있지만, 삶의 궤적에서 두 사람은 확연히 다르다.

"마마, 난관을 극복하고 위급한 국사를 수습하시는 혜안에 감동하였나이다. 전하의 지혜에 힘입어 나라가 회복의 기미가 보이는데 맹세코 두 가지만 지키시면 태평성대가 이루어질 듯하옵니다."

"무엇이냐."

정충신이 대답하려고 하는데, 좌우 정승 이관해와 정인홍이 어전으로 들어왔다. 그들은 왕이 젊은 군관과 대화를 나누는 것을 괴이하게 여기고 있었다.

"무슨 일인가."

왕이 그들을 향해 물었다.

"전하, 그 말씀은 저희가 전하께 여쭙고자 하는 말씀입니다. 젊은 군관과 무슨 말씀을 하셨나이까."

"젊지 않다. 정충신도 삼십대다. 지금 사행단의 일원으로 일본에 다녀온 정충신 군관의 보고를 듣고 있다."

"재미가 있으시옵니까."

"재미뿐만이 아니다."

왕은 젊은 군관의 일본을 보는 시선이 신선하다고 여기고 있었다. 늙은 중신들의 경우, 충성도를 의심할 바 없으나 보는 눈이 고루하고 보수적이며, 늘 선례를 가지고 정사를 논한다. 선례를 따를 게 아니라 직접 선례를 만드는 일은 못 하나? 광해는 그런 불만을 가지면서 말했다.

"과인이 젊은 군관에게서 취할 바가 있으니 추후 부를 때 오시오."

물러가라는 뜻이었다. 모욕을 당한 듯 두 중신이 쩔쩔매는 표정을 지었다.

"전하, 대동법의 공납과 관련하여 말씀드리고자 하나이다. 그 용건 때문에 찾았사옵니다."

"공납 문제는 이미 밝혔잖소. 공납은 지역특산물을 내는 것인데, 해당 지역에서 생산되지도 않는 물품이 할당되는 불합리성이 있소. 과인이 세자 시절 전국 방방곡곡을 돌아본즉 호랑이가 나오지 않는 지역에서 호피를 가져오라고 하고, 두메산골에서 고래고기를 가져오라고 하면 되겠소? 그것이야말로 관리들이 책상머리에 앉아서 하는 탁상행정이오. 평야지에서는 쌀로, 산간 지역은 전곡으로 가져오도록 하시오. 공납은 지역에 맞게 곡식으로 하는 것이오."

"성은이 망극하옵니다."

두 늙은 정승이 정충신을 훔쳐보고 뒷걸음질로 물러났다. 그들은 자신들이 왕에게 밀린 것에 대한 불만이 있는 듯했다. 그들이 물러나자 광해가 말했다.

"너는 내 곁을 지켜라. 내 생각한 바가 있다."

정충신이 머뭇거리다가 답했다.

"상감마마. 저는 군인입니다. 북방을 지키는 장수이오니 현지 부임하겠습니다."

"안 된다. 내 곁에 있거라." 광해는 단호했다.

"나에게는 젊은 무장 참모가 절실히 필요하다. 북방 연구를 위해서도 너와 같은 경험있는 젊은 변경 장수가 필요해. 늙은 것들은 쓸모가 없어."

광해의 명으로 정충신은 공궐위장(空闕衛將)으로 임명되었다. 빈 대궐의 수비를 담당하는 관직이다. 왕은 보통 창덕궁에 거주했지만 경복궁·경희궁·창경궁으로 옮겨가면서 정사를 돌보았다. 이런 때 빈 궁궐을 지키는 역이었다. 여기에는 별도의 군사가 없었으나 공궐위장이 여러 군영에서 파견된 군사들을 지휘하여 경비를 수행했다. 정3품 당상 이상의 관원 중에서 임명하는 것이 관례였으므로 정충신에게는 파격적인 인사였다. 직책은 공궐위장이었지만 실상 그는 일본과 후금국의 외교적 자문역을 수행하고 있었다. 어느 날 광해가 정충신을 찾았다.

"후금의 실태가 어떠하냐."

"여진족인 누르하치가 만주 대륙을 통일하고, 옛날 여진족이 세웠던 금을 잇는다는 뜻으로 후금이라고 이름지어 개국하였나이다(광해 8년, 1616년)."

"그걸 몰라서 묻는 것이 아니고, 그들의 권력 지형을 알고자 함이다. 정 궐위장은 선왕대에 변경 근무 시 그들과 우호관계를 맺었지 않느냐."

"누르하치의 차자(次子) 다이샨과 가까이 지냈습니다. 그런데 8남

홍타이지와 갈등관계가 있다고 합니다."

"8남이라면 한참 아랫것 아니냐."

"그렇지 않습니다. 이 배, 저 배에서 비슷한 시기에 나오기 때문에 나이차는 그리 많지 않습니다."

"후금이 우리와 친교를 맺자고 하는데, 또 명나라가 후금군의 침략을 막겠다고 우리에게 군대를 파병하라고 요구하고 있다."

"그것은 안 됩니다."

"왜?"

"대세의 흐름을 보십시오. 후금군이 지금 천하를 제패해가는데 무너지는 명나라에 군대를 파견하다니요."

"그래도 선왕대에 명군이 증원병으로 와서 왜란을 막았던 것 아닌가. 선왕은 명이 아니었으면 나라를 보전치 못했다고, 임진왜란의 일등공신은 명나라 군대라고 하였다. 그런 의리를 저버리면 예법의 나라라고 할 수가 없지."

"물론 선왕께옵서 명나라에 의존하며 속국의 신하임을 자처하고, 군대 지원을 받았습니다. 하지만 그에 못지 않게 명군의 분탕질로 인한 국력의 소모, 군 기강의 해이 등 문제들도 많았습니다. 그 정도 지원이라면 우리 자체의 힘으로도 이겨낼 수 있었습니다."

정충신은 명군 얘기가 나오자 분이 났다. 평양성에서의 패퇴, 벽제관 전투의 패배 등 가는 곳마다 명군은 연전연패를 하면서 민폐를 끼쳤으니 도움이 되는 것이 없었다.

"그러면 어떻게 한단 말이냐."

"이런 저런 핑계를 대십시오. 그렇잖아도 우리는 전란의 상처가 가시지 않았습니다."

"하긴 누르하치가 어떻게 알았는지 조선과 평화롭게 지내자고 친서를 보내왔다. 이것을 신하들이 어떻게 알고 들고 일어났다. 어떻게 야만인과 친교하고, 어버이 나라를 배척하느냐고 말이다. 의리는 군자의 도리라고 말이다. 어떤 자는 명과 후금을 동등하게 취급하는 것 자체가 불쾌하다고 방방 뜨고 있다. 그런데 너의 판단은 다르군."

광해의 눈에 핏발이 서려 있었다. 임금의 거동을 살피니 용포에 핏물이 묻어 있었다. 정충신은 놀랐으나 눈을 내리깔고 침착하게 대답했다.

"변화하는 대세를 간파하지 못하고, 옛 관성에 젖어서 그러하옵니다. 전하, 명에 대한 재조지은(再造之恩)은 선왕대의 일입니다. 그 정신을 외면하자는 것이 아니라, 새로운 정세변화를 읽어야 합니다. 신생 강국이 명나라보다 우리 곁에 더 가까이 있고, 그의 영수 누르하치는 조선을 아비의 나라로 숭앙하고, 조선의 예법을 따르려 하고, 조선의 찬란한 문화를 조상의 업적으로 알고 긍지로 여기고 있는 사람입니다."

"그런데 그 자들이 난리란 말이다."

왕이 상을 잔뜩 찌푸렸다. 정충신이 왕을 올려다보는데 또 한 번 놀랐다. 그의 손등에도 핏물이 묻어 있었다. 정충신은 어전을 나오면서 그 길로 백사 이항복의 집으로 향했다. 이항복은 요즘 광해와 불편한 관계여서 입궐하지 않고 있었다.

"지금 어전에 나갔다 오는 길입니다. 헌데 상감마마의 용포와 손에 핏물이 묻어 있었습니다."

"지금 직접 죄인 친국을 하고 계시다. 이러다 살아남는 자가 없을 것 같다. 원한을 복수로 갚으니, 원. 반대했던 자들을 보복하는 것이다. 바람잘 날이 없으니 내 심사도 복잡하다."

이항복이 한숨을 내쉬었다.

29장 역사 청산

좌의정 백사 이항복은 근무일 이외에는 주로 포천의 농막에 머물고 있었다. 조정 동향이 험하게 돌아가니 생각을 가다듬고 휴식도 취할 생각이었다. 새 임금의 친국으로 조정은 하루도 조용할 날이 없었다. 이항복은 서인이었지만 무당파로서 중립을 지키는 편이었다. 그러나 요즘 대북파가 설쳐대니 안심할 처지가 못 되었다. 백사는 광해의 세자 위치를 굳건하게 해준 사람이었다.

조선왕조 시기 중 가장 참혹한 전쟁인 임진왜란 때 광해의 활약상을 보고, 그를 세자로 책봉되게 한 일등공신이었다. 그러나 선조 마음은 달랐다. 선조는 인목왕후에게서 아들 영창대군을 보자 어느 날 이항복을 불렀다.

"이 재상은 과인의 큰 약점이 무엇이라고 보는가."

눈치 빠른 이항복은 대번에 왕의 의중을 알아차리고 답했다.

"그야 적계 승통이 아닌 방계 승통이란 점이시지요."

"그렇지. 그것으로 내가 얼마나 곤욕을 치렀는지 백사가 잘 보았을 것이오. 그러니 기왕에 왕후에게서 대군이 나왔으니, 그런 약점을 일거에 해결할 방책이 나온 것이 아닌가?"

그러나 그것은 새로운 문제를 불러올 것이 분명했다. 광해가 세자로 책봉돼 15년 동안 후계자 훈련을 받았고, 왜란 시 분조를 이끌어 많은 공을 세웠다. 그런데 젊은 왕비에 빠진 왕은 이 점을 묵살하고 이항복을 시켜 중신회의에서 세자 교체를 상신하라는 지침을 내릴 생각이었다.

"상감마마, 영창대군 저하 세수가 워낙 어립니다. 젖먹이인데, 세상풍파가 어지럽사옵니다. 자칫 정사의 도구로 휘둘리게 되면 어린 대군의 목숨도 장담할 수 없나이다. 건강하게 자라는 것이 선결과제이옵니다."

이리의 이빨들이 으르렁거리는 붕당체제에서 저런 핏덩이가 정권 쟁탈의 도구로 쓰일 것은 명약관화하다. 세자 교체로 인한 분열과 갈등으로 국력이 소모되고, 궁궐이 난장판이 되어서 또다시 외세를 불러들일 수 있다.

"자칫하면 상감마마께서 이룩하신 업적도 무너질까 두렵사옵니다."

도망만 다니는 왕인지라 업적이랄 것이 없었지만 이렇게라도 세워주면 마음이 누그러질 것으로 알고 이항복은 일단 왕을 추켜세웠다.

"광해란 놈이 글쎄…"

왕은 계속 뭔가 마땅치 않은 모양이었다.

"왜란이 끝났지만 뒷수습을 하려면 추진력과 담력이 또한 필요합니다. 세자라고 해서 다 잘한 것도 아니고, 다 옳은 것도 아니지만, 그래도 상감마마를 위해 풍찬노숙을 마다 않고 분골쇄신 뛰신 광해 세자입니다. 이는 모두 전하의 광영이시옵니다."

"결국 그놈이 잘했다는 뜻인가?"

"어찌 마마와 같다고 하겠습니까. 그래도 세자 훈련을 받으신 한편으로 임진왜란 개전시 분조를 이끌면서 대통을 이어받을 준비를 착실히 하였사온즉, 상감마마의 어진 행적을 이어받고, 후에 영창대군이 이팔청춘이 되실 때까지 지켜보도록 하심이 어떠하시겠사옵니까. 그 사이 실책을 하시면 교체를 앞당길 수 있습니다. 통촉하여 주시옵소서."

이항복은 시간을 벌자는 계산이었다. 생각해보니 참 한심한 왕이었다. 하긴 선조는 왕이 될 여지라곤 없었기 때문에 세자 교육을 제대로 받지 못한 사람이었다. 왕족으로서 글씨나 쓰고 시를 지으면서 풍류를 즐기고 여생을 보내야 할 사람이었다. 이런 사람이 갑자기 왕위에 오르니 주변의 말 한 마디에도 예민한 반응을 보였다. 한 마디로 자격지심이 컸다. 머리가 특별히 나쁜 것은 아니지만, 대신 비겁하고 교활한데다 무능하고 질투와 시기심이 많아서 군왕의 그릇이 되지 못했다. 거기에 비하면 광해는 포부와 배짱이 있고, 지혜와 통찰력이 있었다.

"영창이 10대가 되려면 내 나이가 이순(耳順)이 될 텐데 그게 되겠는가. 지금도 해소에 가래를 한 움큼씩 쏟아내고, 식은땀으로 목욕을 하고, 양물도 시원찮은데 말이야."

이항복은 이때를 노렸다. 선조는 이항복과는 허물없이 지내는 사이였다. 단 둘이 있을 때는 스스럼없이 기방(妓房)의 방사 얘기도 나누었다.

"마마, 양물 얘기가 나왔으니 말씀이온데, 이런 고약한 일이 있었나이다."

"고약한 일?"

임금이 흥미를 보였다. 백사에게서 무슨 농담이 나올까 호기심이

발동하는 것이다.

"어떤 산골에 주인마님이 사는데, 자기집 머슴의 양물이 크다는 것을 알게 되어서 사통(私通)하려는 마음이 간절했다고 하옵니다. 주인이 멀리 출타하니 그 정이 더 사무쳤다고 합니다."

"물건이 얼마나 크길래?"

"호마의 것과 비견되었다고 하옵니다."

"그렇게나?"

"네."

"그렇게 양물이 크니 주인마님 마음이 불탔겠지요."

어느 날 여인이 생각 끝에 갑자기 아랫배를 부여잡고 배가 아프다고 고통을 호소했다. 머슴이 안방에 들어가 쩔쩔매며 물었다.

"마님, 어디가 아프십니까?"

"배가 몹시 차가워져서 아픈 모양이다. 뜨거운 것을 갖다 대야 할 것인데 물을 부을 수도 없고 마땅한 게 없구나." 머슴이 무슨 뜻인 줄 조금은 아는 듯 마는 듯하면서 얼떨결에 말했다.

"그렇다면 제 배를 갖다 대면 어떨까요."

"그럼 그렇게 해보자꾸나. 하지만 남녀간에 내외하는 편인지라….."

머슴이 주인마님의 배앓이를 낫게 할 충성심의 일념으로 말했다.

"배가 아프신데 내외가 중요합니까요. 어떻게든 병을 낫게 해야지요."

"그래도 남녀 간에는 내외의 구별이 있으니 나의 음호(陰戶)를 가리고서 배를 대는 것이 좋겠구나."

"당연히 그래얍지요."

여인은 나뭇잎으로 샅을 가리고 머슴더러 배를 마주대게 하였다. 서로 샅을 대자 아닌 게 아니라 여인의 배가 따뜻해지기 시작하고,

숨소리마저 뜨거워졌다. 동시에 머슴의 양물이 터질 듯이 빵빵해졌다. 과연 그 크기가 말의 것과 같았다. 주인 마님이 헉, 숨을 몰아쉬는데 어느결에 그 큰 것이 나뭇잎을 뚫고 여인의 음호 속으로 빨려 들어갔다. 여인이 자지러지면서

"나뭇잎이 어디로 갔느냐?"고 물었다.

"나도 모르겠습니다요."

"그래그래, 강한 것이 약한 것을 뚫는다더니 그 짝이로구나."

"마님. 굳센 활시위를 떠난 화살이 비단을 뚫는다고 하였습니다."

"화살의 힘, 아아 내가 죽겠다."

여인이 거듭 뜨거운 입김을 뿜어내며 몸부림을 쳤다. 이런 백사의 재담 때문에 왕은 어지러운 정사를 떠나 잠시 위로를 받는 기분이었다. 세자책봉 문제로부터 벗어나게 하는 최음제 역할도 해주는 것 같았다. 선조는 오성 대감(이항복)을 이윽히 바라보다가 얼마전의 일도 떠올렸다.

이항복이 중대한 비변사 회의가 있던 날 지각을 하고 말았다. 변방에 비상사태가 발생하면 병조 단독으로 군사 문제를 처결할 수 없어서 의정부와 육조 대신, 변방의 지변사(知邊司: 경상·전라·평안·함경도의 관찰사와 兵使·水使를 지낸 종2품 이상의 관원)를 소집해 회의를 갖는데, 이날은 무능한 지변사 교체 안건이 상정되어 있었다.

"이 중대한 회의에 왜 이리 늦었는가. 대감이 임금보다 지체가 높은가?"

임금이 늦게 들어온 백사를 향해 엄히 꾸짖었다. 백관들이 임금의 노여움을 사고 있는 이항복을 고소한 눈길로 바라보는데, 이항복이 머리를 조아리며 예를 취한 뒤 말했다.

"상감마마, 제가 일찍 집을 나섰지만 오다가 보니 사람들이 모여

서 싸우고 있었습니다. 가까이 가서 보니 환관과 중이 대판 싸우더군요. 환관이 중의 머리털을 잡아 흔들고, 중은 환관의 양물을 잡아 흔들며 싸우고 있었나이다. 그 싸움이 어찌나 요상하던지 정신없이 보고 오느라 늦었습니다. 이 점 널리 접어 용서하여 주시옵소서."

그 말에 재상들이 와크르 웃고, 임금도 결국 따라 웃었다. 이런 기지와 해학으로 사태를 모면했으나, 사실은 당쟁으로 상대 당을 숙청하려고 없는 죄목을 씌워 몰아붙이는 조정 세태를 꼬집는 뼈있는 농담이었다. 왕은 그런 그를 미워할 수 없었다.

"하여간에 못말리는 재상이야."

이항복은 이렇게 어전회의를 주도하면서 통합과 화해를 모색했다. 그러니 당쟁이 끊이지 않은 분위기에서도 병조판서를 다섯 번, 좌의정 영의정, 도승지 직을 번갈아가며 수행했다.

어느 날 왕이 무슨 마음이 동했는지 갑자기 세자 교체를 하겠다고 나섰다. 그러나 그것은 천부당만부당한 일이었다. 왜란이 끝나고 국정을 안정시킬 처지에 광해를 세자 직에서 쫓아낸다는 것은 또 다른 풍파를 불러올 것이 분명했다. 광해는 세자로서 역할을 다했다. 난을 겪었을 적에 군병을 기병하도록 전국을 돌며 독려하고, 세상의 기강을 잡았다. 형과 동생이 엽색행각으로 타락한 생활을 하고 있었지만, 그는 엄격한 사생활로 모범이 되었다. 사람들은 광해가 세자로서 당연히 대통을 이을 적임자라고 믿었다. 그런데 내치려고 한다.

"전하, 최상의 선은 물처럼 흐른다는 상선약수(上善若水) 정신이옵니다."

물 흐르는대로 대세를 따르는 것이 최상의 덕목이란 뜻이다. 이 말을 듣고 선조는 돌아앉아버렸다. 세자 교체만은 양보 못 하겠다는 태도였다. 그런데 그가 앓더니 어느 날 죽고 말았다. 영창대군이 만 두 살 때였다. 그동안 어린 핏덩이를 두고 인목왕후 주변에서 세자 교체 세력이 등장했지만 승부는 끝났다. 이항복 이덕형의 정치적 수 완으로 왕위는 군말없이 광해에게로 이양되었다.

그런데 왕위를 물려받은 광해가 표변했다. 친형 임해군부터 다잡 기 시작했다. 역모를 꾸몄다는 이유로 임해군을 따르는 무장들을 모 조리 체포해 직접 친국했다. 사간원·사헌부·홍문관 등 삼사(三司)의 아첨배들은 벌써 눈치를 때리고 임해를 극형에 처해야 한다고 상소 문을 올렸다. 일종의 관제 시위였다. 이는 광해에게 명분을 강화해 주는 수단이 되었다. 그들은 반대파나 정적을 제거하고 자신들의 욕 망을 채우는 기회로 이것을 이용하고 있었다.

광해를 지지한 대북파는 임해군의 부하 고언백·백명현을 잡아들 여 죽였다. 이이첨과 정인홍은 임해군까지 죽여야 한다고 요구했다. 이때 임해군의 가복(家僕)이 고문을 못이긴 끝에 임해군이 왕위에 오 르기 위해 중국에 뇌물을 썼다고 자백했다.

"내 이런 날이 오기를 기다렸다. 반란자들을 쓸어버리지 않고는 밥맛이 날 수가 없다."

광해는 직접 친국장에 나갔다. 체포돼온 자들을 주리를 틀고 불에 달군 쇠꼬챙이로 살을 지지도록 명했다. 추국 과정에서 피와 살이 튀고 비명소리가 난무했다. 왕의 용포에 묻어있던 핏자국도 바로 그 런 고문의 흔적이었다.

무오사화(1498), 갑자사화(1504) 등 두 번의 사화를 치른 연산군도 직접 친국은 나서지 않았는데(세종은 한 번), 광해는 210회나 관여했 다. 날씨가 춥거나 무더운 것을 가리지 않았고, 주요 행사가 있어도 제쳐두고 친국장에 나갔다. 죄인들에게 직접 질문하고 배후를 캐고,

대답이 마땅치 않으면 고문 불호령이 떨어졌다. 친국할 때는 의금부 당상들과 삼정승, 삼사의 수장과 대신들이 나와 배석했는데, 지켜보는 것도 못 볼 일이었다. 이렇게 해서 100여 명의 임해군 장졸들이 죽어갔다. 원로급 대신들은 어떻게든 임해군만은 살리고 싶었다. 이항복 이원익 심희수 정구 이덕형이 그들이었다. 그중 이항복이 간절히 아뢰었다.

"상감마마, 형제의 핏줄은 천륜이옵니다. 천륜을 저버리면 하늘도 버립니다. 극형보다는 귀양을 보내는 선에서 마무리하심이 지당하온 줄 아뢰옵니다. 통촉하여 주시옵소서."

노재상 이항복의 의견에 따라 임해군은 일단 강화도 교동으로 귀양을 갔다. 그런데 어느 날 임해군이 바닷가 백사장에 변사체로 발견됐다. 임해의 죽음은 이이첨의 사주를 받은 강화현감 이직이 저지른 것으로 알려졌지만 광해의 언질이 없이는 있을 수 없는 일이었다.

이항복은 광해의 잔혹성을 보고 나라의 앞날이 걱정되었다. 그리고 자신도 언젠가 당할 것이라는 불길한 예감을 가졌다. 대개 불길한 예감은 불행히도 적중하는 경향이 있다. 그것은 육십의 긴 인생을 살아오는 동안 살펴본 삶의 경험이었다. 그는 자멸의 길로 빠져드는 광해의 앞날을 걱정하였다.

이항복은 근래 사직할 생각을 하고 있었다. 대북파 이이첨·정인홍 등이 역적을 두둔한다고 그를 비난하면서 낌새를 알아차렸다. 그는 포천 농막에서 권력의 황막함은 느끼며 퇴임을 준비하고 있는데, 정충신의 방문을 받았다. 이런 저런 얘기 끝에 이항복이 탄식했다.

"세자 시절의 총명과 지혜가 어디로 갔단 말이냐. 무당을 곁에 끼고 궁궐을 짓는 것이야 건물이라도 남지만, 사람을 치면 영영 그 사람의 지혜를 구할 수 없다. 임해를 잡았으니 이제 인목왕후 차례로

구나.”

“대감 나리, 제가 한번 나서 보겠습니다. 선정을 베푸시도록 제가 말씀 드리겠습니다.”

“아니다. 상감마마가 나쁜 것이 아니라 주변이 문제다. 너 또한 다칠 수 있으니 정사에는 끼어들지 말거라. 권력이란 가까이 가면 불에 델 수가 있지. 나는 선왕과 비슷한 연배고, 임금은 나의 자식과 같은 나이니 물러날 때도 되었느니라.”

이때 말을 탄 장정 둘이 농막으로 들어섰다. 왕명을 받은 선전관들이었다.

“어명이오! 이항복 정승 나리는 지금 즉시 어전으로 납시라는 명이오!”

“무슨 일이오?”

“우리야 모릅지요. 명만 따를 뿐이옵니다.”

말에 올라 한양 길로 나선 이항복 곁에 정충신이 바짝 따라붙었다. 궁궐에 도착하니 해거름녘이었다.

“내가 백사 대감을 부른 것은 지금 당도한 중국 사신들 때문이오. 명이 후금국과 사르후에서 일합을 겨룰 모양이오. 명나라의 명운이 걸린 전쟁인 만큼 우리에게 군사 2만을 지원해달라는 요청이 들어왔소.”

임금이 상을 찌푸린 채 말했다. 상당히 난감한 표정이었다. 어전에는 대북 소북, 남인 서인 가릴 것 없이 중신들이 들어와 있었다. 대북 소북 세력을 보니 이항복은 저절로 한숨이 나왔다.

본래 이들은 한 뿌리였다. 감투 하나를 가지고 서로 갈라서 으르렁거렸으니 군자의 자격과는 거리가 먼 소인배들이었다. 홍여순을 대사헌(요즘의 감사원장)에 임명한 것을 두고 김신국, 남이공이 성품이 약한 노친네가 직무를 수행할 수 있겠느냐며 반대하면서 분란이 생겼다. 이때 김신국·남이공 등 소장 관료들이 소북을 이루고, 이산해·홍여순 등 나이가 든 고위관료들이 대북을 형성했는데, 그 싸움이 가관이었다.

일상의 문제에서부터 부딪치더니 왕의 승계 문제를 놓고 박터지게 싸웠다. 대북파는 이전부터 세자였던 광해군을 지지하고, 소북파는 인목왕후에게서 탄생한 어린 영창대군을 지지했다. 힘의 균형은 소북파의 유영경이 영의정이 되면서 깨지는 듯했으나 선조가 죽는 바람에 사세가 역전되었다. 광해는 대북과 소북이 격렬하게 붙자 이를 이용해 내부를 정리했다.

광해는 임진왜란으로 소실된 창덕궁 인정전을 복원했으나 국가의 중대한 의식을 거행하고 주요 국사를 논하는 정전인 경복궁 근정전을 복원하지 못했다. 공사비가 많이 들고 청기와를 쉽게 구할 수 없어서 손을 대지 못했다. 그러나 외국 사절을 맞을 인정전을 복원해 체면치레할 정도는 되었으니 아낄 뿐, 사정전 만춘전 천추전 선정전을 편전으로 주로 사용했다. 문신들과 함께 거리낌없이 정사를 다루고 경전을 강론하는 곳이다. 왜란을 겪은지라 개수한 건물에서 사무를 보는 것이 격에 어울려 보였고, 사치스럽지 않으니 실용성이 있었다. 임금이 편전 바닥에 엎드린 중신들을 향해 말했다.

"백사 대감이 입궐하였으니 중지를 모아봅시다. 대국의 사신은 병력 2만을 보내달라고 하는데, 어떻게 해야 좋소?"

"임진왜란 때 신세를 졌으니 당연히 대국에 보답해야지요."

대북파의 일원이었다. 인목왕후를 제치고 광해에게 왕위를 넘기는 데 큰 역할을 한 일등공신들이었으니 그들은 정권 핵심부에 들어가 무엇이든 자신만만했다. 아침의 조정회의나 업무보고에서도 그들이 회의를 주도했다. 그렇다고 세가 밀린 중신이라고 해서 입을 다물지는 않았다. 그것이 또한 조선조 대신들의 자존심이었다.

"2만 대군을 보낸다면 굳이 이런 회의를 할 필요가 무어가 있소? 회의를 부의한 것은 파병을 심사숙고해보자는 뜻 아닌가. 우리가 왜란의 후유증을 심각하게 앓고 있는즉, 구원병을 보내는 것은 여러모로 재고해봐야 합니다. 전쟁 뒤끝의 국난극복이 우리에게 무엇보다 중요하오이다."

"저런 몰상식이 있나. 부모국이 왜병 토벌을 위해 우리에게 구원병을 보내주었으면 응당 보답을 해야 하거늘, 싹둑 잘라먹겠다고? 그런 배신은 있을 수 없소! 대국이 요구하지 않아도 부모국에 구원병을 보내야 하거늘, 하늘과 같은 은혜를 베푼 대국의 요청을 거부하다니, 저런 인간이 백관이라고 앉아있으니 나라 규율과 예법과 군자의 의리가 자빠져버린 것이오!"

회의는 언제나 이렇게 극단으로 가버린다.

"뭐라? 니놈이 나라 망칠 놈이다. 네가 백성들의 아우성을 아느냐? 사대에 기대어 자기 이익만 취하고, 나라야 좋나든 말든 상관 안 하는 매국노놈!"

"뭐, 내가 매국노? 미친 새끼, 너만 나라 생각하고 난 대국의 똥구녕이나 빠는 아첨배로나 보이느냐? 저렇게 쌩까는 음해와 이간질로 조선과 명나라 조정 심기를 흐려놓다니, 네가 과연 백관이란 말이냐? 저 자야말로 매국노올시다."

"맹호가 초식하는 소리하고 자빠졌네. 사대하는 자, 잘먹고 잘산다고 하더라만 지금은 그런 때가 아니야! 시대를 잘못 읽었어, 이놈아!"

"조용히들 하시오." 듣다 못한 이항복이 크게 꾸짖었다.

"상감마마 안전에서 이런 불경이 어디 있는가?"

그제서야 좌정이 조용해졌다. 조정 안에서는 진작부터 같은 사안을 가지고 자기 패당과 연결지어서 사리를 판단했다. 옳고 그른 것에 대한 천착이 아니라 내 편이 주장하냐 안 하냐에 따라서 가치가 다르고, 의견이 구분되었다. 이것을 왕은 가만히 두고 보는 것 같았다. 필요에 따라 이용해먹기 좋은 기제들인 것이다. 그것은 선왕에게서 배우고 익혔다.

이항복이 나섰다.

"사태를 볼 때 전후(戰後) 처리가 중요하오이다. 국가적 역동성을 집중하고, 기강을 잡고, 곡간에서 인심난다고 하듯이 백성들의 곡간을 채워주는 문제부터 해결해야 하오이다."

"옳은 말인데, 지금은 그것을 논할 때가 아니잖는가. 구체적으로 말해보소."

"전하께옵서 부국강병책을 쓰시고 대동법을 시행하기 위해 선혜청을 신설하시고, 국서 발행을 위해 문화 시책을 넓혀 나가시는 것은 대대로 칭송받을 일이옵니다. 국방을 튼튼히 하기 위해 관서 지방에 관군을 모아 훈련을 시키고 있는 것 또한 유비무환의 핵심 정책입니다."

"그러니 이들을 보내잔 말이오?"

"두 가지가 있습니다. 후금과 화친을 맺어 국가 위기를 막는 것과, 의를 지켜 명의 요청을 받아들이는 것입니다."

"그게 말이여, 막걸리여?"

누군가가 뒤에서 투덜거렸다. 이항복이 말했다.

"의를 지키는 것은 신하가 절개를 지키는 근본이지요. 그것으로 예를 차리는 것은 지당한 일입니다. 반면에 신흥 강국에게도 적대감을 갖지 않게 노력하는 것 또한 유용한 일입니다. 무릇 나라를 경영하는 데는 어느 한 가지만을 골라서 해결하는 것이 아니라는 뜻입니다. 복합적이고 중층적입니다."

"둘 중에 하나도 모자라는 판에 둘 다 어쩌자고요? 그러니 늙은 여우라고 하지."

뒤쪽에서 젊은 중신이 대놓고 야지를 놓았다.

"네, 이놈!" 이항복이 소리쳤다.

"모두 물러가시오!"

임금이 두 사람이 다투는 모습을 보고 소리쳤다. 젊은 신료가 실세라는 이유로 노 대신에게 대드는 것이 볼썽사나웠다. 그래서 누구를 두둔하고, 누구를 옹호할 것 없이 호통을 쳤다. 이항복을 까는 자는 필시 대북파이고, 이항복은 비주류 서인이다. 물론 서인을 자처한 적이 없고, 굳이 따지자면 무당파인데, 한번 특정 파벌에 묶이면 꼼짝없이 그 파벌에 소속되어 옹호되거나 공격의 대상이 된다.

"이렇게 시끄럽다면 파병 문제는 별도로 상의하겠소. 다들 물러가시오."

왕은 중신 회의에서는 파병 안건을 상정할 수 없다는 결론을 내렸다. 백관들은 명에 대한 사대(事大)가 체화되어 있다. 중국이 하는 일은 모두 옳고 위대하며, 그러니 속국으로서 당연히 따라야 한다. 명 황제나 신료들이 부도덕한 인격파탄자들이라고 할지라도 추앙의 대상이 될 수 있을지언정 부정의 대상이 될 수 없다.

배고픈 이웃의 고통은 몰라도, 중국 황실의 움직임은 명경(明鏡)보듯 꿰고 있어야 한다. 그렇게 하기 위해 황궁 내시에게 온갖 패물과 비단 옷감을 갖다 바치며 연을 대려 한다. 그것도 사대부 중 출입

깨나 하는 자에게만 부여된 특권이다. 대국의 힘을 빌려 한 자리 확보하려는 기회도 누구나 얻는 것이 아닌 것이다. 중국의 입김이 작용하면 두 계단, 세 계단 뛰어넘어 입신양명하게 되니, 중국과의 관계는 바로 출세의 동아줄이 된다. 그러니 혼도 쓸개도 없어도 되는 것이다. 선조 임금마저 명이 아니었으면 임진왜란 때 나라가 거덜났을 것이라고 하지 않았던가.

이런 상황인데, 북쪽 오랑캐 누르하치를 격퇴하기 위해 명황제가 조선군 파병을 요청했으니 2만이 아니라 20만을 보내도 부족하다고 방방 뜰 정도다. 이런 때 늙은 것이 재고해보자고 요망을 떤다. 그래서 실세의 힘을 믿고 입에 거품을 물고 따질 수밖에 없다.

광해의 입장에서 볼 때, 이항복이 기회주의적인 태도를 보였지만 현명한 현실주의자라는 인식이 들었다. 그것은 광해가 생각하는 바와 다르지 않았다. 나이 들면 누구 말마따나 정신이 퇴색하고, 보수적이고 편벽된다고 하는데, 백사는 미래를 보는 예지력과 통찰력을 갖고 있다. 지혜와 경륜과 관록이 거저 있는 것이 아니라는 것을 알게 해주었다. 늙으면 돼져야 한다는 건 수정되어야 한다. 사람 나름인 것이다. 왕은 별실로 자리를 옮겨 이항복과 마주앉았다.

"대감의 뜻을 얘기해보시오."

"전하, 정충신 군관이 변경에 있었으니 후금의 동태를 알 것입니다. 그를 데리고 왔습니다."

"입궐했다면 들어오게 하시오."

잠시 후 궁 내시의 안내로 정충신이 별실로 들어섰다. 백사가 뒤에 앉도록 하고 말했다.

"전하, 나라가 자신의 힘을 헤아리지 못하고 큰소리쳐서 오랑캐들의 노여움을 도발하여 침략을 부르고, 그로인해 종묘와 사직이 또다시 제사를 지내지 못하고, 또한 백성이 도탄에 빠진다면, 그 허물이 의를 쫓은들 무슨 의미가 있겠나이까. 의보다는 나라가 처한 현실을 염두에 두어야 합니다. 지금 우리로서는 군신 상하가 모든 일에 힘써 군사 증강에 정성을 쏟고 명장(名將)을 뽑아 쓰고, 백성의 걱정을 덜어주어 민심을 기쁘게 하여야 합니다. 병기를 조련하고 성지(城地)를 수리하여 나라를 견고하게 다져야 합니다. 왜국도 도요토미가 죽고, 도쿠가와란 자가 내치에 치중한다 하니 우리 또한 그와 같습니다. 그들이 칼을 던져버렸다고 하니 우리는 그만큼 시간을 번 것입니다."

"우리 또한 나라 안을 다지자 그 말이군. 그러면 파병은 안해도 되는가."

"정충신 군관을 변경에 파견하는 것이 옳을 듯하옵니다."

"내 곁을 지키라고 공궐위장으로 임명하지 않았던가. 일본 통신사절을 다녀와서 왜국의 변화를 과인에게 소상히 보고하였는데, 그것을 토대로 과인이 정국 진단을 하고 있는 중이오."

광해는 나라의 개혁을 기본 정책방향으로 두고 있었다.

"변경으로 보내야 합니다. 큰 역할이 있습니다. 후금국의 왕자들과 친교를 맺고 있으니 그들과 교류해 정세 판단의 근거로 삼아야 합니다. 그것도 나라 방비의 하나입니다. 외교력이란 것이 수만 병사의 힘보다 앞설 수 있습니다."

엎드려 있던 정충신이 고개를 들어 말했다.

"전하, 변경으로 가겠습니다."

정충신은 그렇잖아도 궁궐 상황에 환멸을 느끼고 있었다. 한시도 궁궐에 머물고 싶지 않았다. 음모와 배신과 사람 씹는 소리가 귀가 따가울 정도였다. 패당들이 다투는 꼬락서니를 보고 있노라면 가슴으로 불덩어리가 올라온 적이 한두 번이 아니었다. 백사 대감은 이런 것까지 염두에 두고 정충신이 어서 도성을 빠져 나가기를 바라고 있었다. 오염된 거리에 눌러있다 보면 그에게도 똥바가지가 씌워지고, 또 어느 칼에 당할지 모른다.

광해가 이항복을 향해 치사했다.

"선왕께옵서 이항복 대감의 충절을 높이 샀소. 선왕의 의주 몽진을 진두지휘하였고, 명나라에 사신을 파견해 직접 2만 구원병을 데려온 것도 이 대감의 역할이었소. 이 대감 선친인 이몽량 형판 대감도 나라의 기강을 잡는 데 역할을 하셨지요? 그러므로 이 대감의 가대는 조선왕실에 충절을 다한 집안이오. 특히 과인이 왕권을 물려받도록 원로로서 역할을 다한 것은 내가 크게 후사(厚謝)할 일이오."

"성은이 망극하옵니다. 순리대로 나가야 한다는 것뿐인데, 치사하시니 감격스럽습니다."

"그런 중에 이 대감의 가족사에 쓰라린 비극이 있었다지요? 왜란 때, 백형은 조상의 신주를 모시고 피난을 가다가 물에 빠져 죽었고, 조카 부부도 산고와 재해로 목숨을 잃었다는 얘기를 들었소. 그리고 무엇보다 사랑하는 이 대감의 어린 딸이 병으로 죽어가면서 아버지를 보고 싶다고 세 번 아버지를 부르다가 숨을 거두었다는 말을 듣고는 나도 가슴이 먹먹했소. 그러함에도 가족사의 비극을 넘어 위국헌신한 것은 두고두고 공직사회에 귀감이 될 것이오."

"성은이 망극하옵니다."

"또 하나 치사드릴 것은, 백사 대감이 전라도의 평민인 정충신을 발굴하고 가르쳐서 임진왜란의 국난을 극복할 장수로 키운 공이오. 사실 한 인간을 출신 배경보다 사람의 됨됨이와 능력을 보고 길러내기란 신분사회가 강한 조선사회에서 얼마나 지난한 일이오. 최명길,

이시백 등은 문벌이라도 있지만 말이오. 백사처럼 사람을 신분의 차이보다 능력의 차이로 보아야 하는데….”

이항복이 머리를 조아렸으나 끝탕에는 무언가 불호령이 떨어질 것 같은 불안한 마음이 들었다. 지도자는 처음에는 세련되게 칭찬을 하다가 나중에 약점을 파고들기 마련이다.

“과인은 한번 믿는 사람은 철저히 믿는 사람이오. 그런데 이 한마디는 하고 싶소이다. 이 대감의 속을 알 수가 없단 말이오. 임해군을 숙청할 때도 반대했고, 영창대군과 인목대비에 대해서도 관용을 베풀라 하고, 능창군을 벌하는 것도 반대했소. 조정의 기강이 서지 않으면 나라를 다스리기가 어려운 법, 그래서 엄히 다스리는 것이 왕실의 법도이거늘 이것을 막았소. 나를 도운다면 끝까지 도와야 하는 것 아니오?”

광해의 표정이 일그러졌다. 그는 이 말을 하기 위해 사설을 길게 늘어놓은 것 같았다.

“이 대감, 능창군이 민심을 얻고 있다는 것 알고 있지요?”

“소신으로서는 젊은 사람들이 노는 곳에 갈 나이가 아니지요. 포천 농막에서 휴식을 취하고 있었습니다.”

“하지만 능창군은 지혜가 뛰어나고 독서를 좋아하며, 외모 또한 출중해서 한 인물 할 것이라고 칭송이 자자하다면서요? 게다가 무술에 뛰어나 말타기와 활쏘기를 잘하는 등 인간으로서 모자람이 없는 현공자(賢公子)란 별칭이 장안에 파다하다고 퍼졌다던데?”

그는 왕권에 대한 위협을 늘 경계했는데, 그것은 아비 선조로부터 물려받은 병적인 의심병이었다. 그 역시 적통 왕자가 아니라 서자가 왕위를 계승하여 방계 승통이라는 오점을 남긴데다가, 세자 책봉 과정에서 서장자인 임해군을 제치고 선택된 터라 중국의 고명을 한동안 받지 못했다. 그리고 영창대군 편에 선 유영경의 모략 때문에 왕으로부터 선위 교서를 받지 못해 늘 불안한 상태로 조마조마하게 살았다.

왕권에 대한 이같은 위협은 광해군으로 하여금 정적 제거 작업에 몰두하게 하는 반작용을 낳았다. 한번 피를 보면 끝없이 보는 것이 복수라는 이름의 숙청인지라 한번 속도가 붙으니 연일 피바람이 불었다. 이항복은 이것에 환멸을 느끼고 있었다. 세자 시절의 총명이 사라지고 눈에 핏발이 선 복수의 일념을 보이는 광해를 보고 이항복은 어두운 미래를 두렵게 그리고 있었다.

"백사 대감, 나에게 지혜를 주시오. 명청 관계에 대해서도 고견을 주시오. 이 대감과 정충신 군관은 후금과 친하게 지내자고 했는데, 어떤 점에서 그러한가."

정충신이 나섰다.

"상감마마께옵서도 후금과 친하게 지내자고 한 것으로 알고 있습니다. 여러 동향으로 볼 때 그것은 지당한 말씀입니다. 그러면 어떻게 지낼 것이냐를 살펴야 하는 것인즉, 해답을 찾기 위해 소신이 후금으로 들어가겠나이다. 첩보를 입수하여 후금의 권력 구도나 병력, 군수 물자 등을 세밀하게 파악하고, 명과의 관계, 조선을 보는 눈도 살피고 오겠습니다."

"후금의 후계구도까지 파악하고, 누르하치의 후계자 아들들의 동태를 파악해오기 바란다. 그리고 무엇보다 명의 동태도 파악하기 바란다. 명이 나를 업신여긴 골탕을 먹을 날도 멀지 않았군."

그가 명나라에 반감을 갖고 있는 것은 소멸해가는 노대국이란 인식 때문 만이 아니라 세자 책봉 과정에서 한때 자신을 홀대하고 부정해온 것에 대한 개인적 사감도 컸다.

30장 변경의 북소리

　정충신은 밤낮을 가리지 않고 말을 달렸다. 그가 편성한 별동부대
는 별도로 따르도록 하고 먼저 요하를 향해 달리고 있었다. 누르하
치를 만나든, 다이샨을 만나든 서둘러 만나야 했다. 상황은 다급하
게 돌아가고 있다. 명과 후금의 격돌을 앞두고 조선은 결코 명에 협
조하지 않는다는 것을 후금에 전달해야 한다. 꾸물댔다가는 고래 싸
움에 새우 둥터지는 꼴을 당할지 모른다.

　의주를 지나 나룻배를 잡아 압록강을 건너니 바로 후금 점령한 남
만주 땅이었다. 랴오닝성의 벌판과 산의 협곡을 달리자 이틀 만에
푸순에 도착했다.

　후금은 요하의 지류인 훈허 평야지대에 있는 허투알아(훙경＝싱징)
에 도읍을 정했다. 오늘날의 푸순(撫順) 인근이다. 장백산 일대의 건
주여진을 지배한 누르하치가 송화강 유역의 해서여진과 연해주 일
대의 야인여진 부족집단을 통일한 뒤 대병력을 이끌고 1616년 허투
알아에 당도해 도읍을 정한 것이다.

　정충신은 객관에 여장을 풀었다. 다음날 사람을 놓아 다이샨과의
면회를 요청했다. 곧바로 전령이 오더니 고했다.

"다이샨 패륵께서 당장 들어오시랍니다. 저를 따르십시오."

내성의 궁에 이르자 다이샨이 그를 맞았다.

"야, 이거 얼마 만인가. 미리 연락을 넣지 않고 오다니, 무슨 일이 있었소?"

"그럴 일이 있었소. 사적 용무로 온 것이오."

"사적으로 와? 아하, 나와의 우정만을 보고 온 것이라? 자, 들어갑시다."

그는 자신의 게르로 정충신을 안내했다. 유목민이자 기마민족답게 궁궐 대신 그는 이동막사를 침소 겸 사무실로 쓰고 있었다. 자리에 앉자 정충신이 말했다.

"언제 이렇게 궁성을 화려하게 축조했습니까?"

"축조라니? 우리가 언제 건축물 축조할 시간이라도 있겠나? 빼앗은 거지, 하하하. 허투알아성은 사방 길이가 이십 리요. 내성은 우리가 입성하기 수십 년 전에 완성되었고, 외성은 그 몇 년 후 완성되었더군. 현우궁 지장사 금란전 소충사 유공사 계운서원 등 고건축물은 개수해 쓰고 있는데, 그중 정예부대가 거주하면서 병마를 조련하고 군량을 저장하며 무기를 만든 외성의 군기시를 최고의 요새로 쓰고 있지. 군사조직도 팔기군 제도를 두어서 새롭게 공격법을 개발했소. 그뿐인가. 군병을 평시에는 조세원, 행정원, 공장(工匠)으로 일하도록 하고, 전시에는 군대로 편성하는 유목민 특유의 기동력있는 군사조직으로 개편했지."

"왜 내가 다이샨 패륵을 찾는 이유를 묻지 않소?"

"그야 찾아온 사람이 이유를 대야지, 내가 묻나, 하하하. 그래, 무슨 일로 왔소? 조선은 명나라에 구원병을 보낸다고 하던데? 적군이 적의 소굴에 온 셈이군?"

다이샨은 조선의 사정을 꿰뚫고 있었다. 간자(間者)를 풀어서 조선 조정의 동태를 살피고, 정권의 실세, 그중 친명파와 친금파 신원이 어떠한지를 파악하고 있었다.

"조선의 신료들은 여전히 우물 안 개구리요. 세상의 변화가 무엇인지를 모르고 있소. 신분사회의 틀을 견고하게 짜서 백성을 꼼짝 못하게 누르고 이익을 취하니 어떤 변화도 싫은 거요."

그러면서 보여줄 게 있다면서 그가 정충신을 먼지 휘날리는 드넓은 연병장으로 안내했다. 먼 평야의 끝에 게르들이 조가비같이 줄지어 엎드려 있고, 그 앞 벌판에 조를 이룬 보병들이 칼로 겨루고 활쏘기를 하는 훈련 모습들이 보였다. 북편쪽 산귀퉁이에서는 먼지를 일으키며 기병들이 말을 몰고 달려왔다가 달려가는 훈련을 펼치고 있었다.

"팔기군 군사조직이오. 팔기란 말 그대로 여덟 개의 깃발을 말하는데, 새로운 군사조직이오. 처음에는 부족 집단들을 4개의 묶음으로 하여 노랑 빨강 남색 백색 4가지 색의 깃발로 조직을 편성했소. 초기에는 이렇게 4기였으나 4기를 더 만들어서 8기가 되었소. 팔기의 기본 단위는 니루인데 1니루는 300명의 장정이 소속되어 있소이다."

편제는 니루를 기본단위로 하여 군대징발, 보병과 기병, 장비제조 및 수리, 요역(徭役: 국가가 백성의 노동력을 무상으로 징발하는 수취 제도)·잡역(雜役)·호역(戶役) 등을 수행했다. 5니루를 1잘란, 5잘란을 1구사로 편성했고, 구사가 곧 기가 되는 조직체계다. 한 기는 산술적으로 약 8천명의 병사가 소속해 있는 집단이었다.

각 기는 유력한 대표자들에 의해 통제되었으나 여진족을 통일한 누르하치도 전 부대를 다 장악하지 못했다. 누르하치의 뒤를 이어

태종 홍타이지에 이르러 정복 활동이 보다 활발해지면서 몽골족, 한족들을 중심으로 몽골팔기와 한족팔기를 따로 편성했으며, 이들이 군사력의 중심이 되었다(리그베다위키 자료 일부 인용).

"팔기군은 평상시에는 일상 업무를 관장하다 전시에는 군대로 편성되는 유목민 특유의 조직체계요. 중원을 차지할 때 강력한 힘을 발휘하게 될 것이오."

다이샨은 팔기군의 구심점인 정홍기(正紅旗)의 기주(旗主)였다. 야전에서 잔뼈가 굵은 그는 어릴 때부터 아버지 누르하치와 숙부 슈르가치, 그리고 동복 형 추옌을 따라 전쟁터를 누볐으며, 건국한 이후 맨먼저 뼈이러(貝勒: 패륵)에 봉해지며 암바 뼈이러(大貝勒: 대패륵)로 불렸다. 친형 추옌이 아버지의 정부를 탐하다 졸지에 암살된 후 그가 장자 역할을 대신하고, 왕위 승계 1호가 되었지만 열네 명의 동생들 중 여덟째 동생 홍타이지에게 대권을 양보했다. 그는 야전군으로서의 역할에 충실할 뿐, 권력욕이 없었다.

정충신은 사심없는 다이샨이 좋았다. 막강 군대를 장악하고 있지만 권력을 탐하는 탐심이 없는 것이 직업군인으로서의 전형을 보여주고 있었다. 기회만 있으면 궁궐을 기웃거리며 승급과 노른자위 근무지를 바라고 뇌물 싸들고 들어오는 군인에 비하면 그는 존경할 만한 사람이었다. 팔기군이 강력군대가 되는 이유를 알 수 있었다.

정충신은 팔기군의 규모에 압도되었다. 멀리 긴 타원형을 그려서 둘러선 군대는 끝이 안 보였고, 마상의 기병들이 수기에 따라 달리고, 깃발병들이 붉고 푸르고 흰 깃발을 휘날리면, 장졸들 수만 명이 하나로 뭉쳤다가 흩어지고, 깃발의 움직임에 따라 함성을 지를 때 천지를 진동시키는 것 같았다. 기병들이 뿌연 먼지를 일으키며 말을 달려올 때는 흡사 대륙을 집어삼킬 듯하였다.

"정 군관은 명나라 사신단의 일원으로 북경을 다녀왔다고 했지요?"

"왜국도 다녀왔소이다."

"그런데 그따위 나라에 의리를 지켜야 한다면서 군사를 수만 명 파송한다고 하니 조선이란 나라, 맨정신이오? 정 군관의 생각을 말해보시오."

"내 개인 생각으로는 명나라에 군을 파병하고 싶지 않소, 우리가 7년전쟁 뒤끝을 수습하려면 외부에 신경쓸 여력이 없지요. 하지만 어버이 나라가 힘들게 되었는데 외면할 수 없는 것이 속국의 숙명이요. 명은 왜란 시 우리에게 군사를 보내준 나라요. 왜놈들이 물러간 것은 왜 군사의 힘이 소진된 측면도 있지만, 명나라라는 대국이 뒤에 버티고 있었기 때문이오."

"스스로의 힘으로도 격퇴할 수 있었는데 공연히 신세졌소."

"따지고 보면 명군이 조선반도에 들어와서 우리를 도왔다고 하지만 나쁜 짓을 많이 했소. 민폐를 많이 끼쳐서 백성들 간에는 '왜군은 머리털을 내놓으라고 하지만, 명군은 머리를 내놓으라고 한다'는 원성이 자자했소. 그럼에도 불구하고 임금님께서는 명군 때문에 왜군을 물리쳤다고 고마워하고 있소. 그런 은인의 나라가 지금 위기에 처해 있는데, 의리를 중시하는 조선이 외면하면 곧 자기부정이 되는 것이지요. 다이샨 패륵도 알다시피 신세진 사람이 어려움에 처했다면 도움의 손길을 내미는 것이 인지상정 아닌가요?"

다이샨이 고개를 끄덕였다.

"하지만 국익을 팽개치는 의리는 아무짝에도 쓸모가 없소. 백성들 다 죽이고 의리 지킨다면 남는 게 무엇인가. 자, 보시오. 우리는 지금 부차(富察) 골짜기와 아부달리 숲에 매복한 명군을 소탕하고, 계번(길림애) 상간애다 고륵채 삼차아보 아골관을 포위해 치고, 내친 김에 사르흐로 진격하고 있소. 사르흐를 먹으면, 요하를 건너 산해관—영원성에 진을 친 다음 북경을 함락시킬 거요. 이 웅대한 계획을 막을 자는 없소. 조선이 잘못 끼어들어서 국가존망이 위태롭게 되면 어떻게 되겠소? 나와 정충신 군관과의 우정에도 금이 갈 수 있소. 국가 간의 전쟁은 그런 의리도 쪽내는 거요."

정충신은 후금군의 야망을 똑똑히 보았다. 누르하치와 그 자식들은 굶주린 하이에나처럼 썩은 고기(명나라)를 집어삼키기 위해 개원과 요양을 치고, 정치, 군사적 거점이자 전략적 요충지인 광녕을 위협하면서 요하(遼河) 이동의 광대한 만주 지배권을 확보해나가고 있다.

"명은 육로가 막히니 조선의 가도로 들어가는 해로를 뚫고 있는데, 우리는 그런 그들을 놔두고 있지. 모문룡이란 놈이 지도자로 나서서 바다를 지배한다고 하는데, 그 자는 밀서를 보내 우리와 화친하자고 제안하고, 은 천 냥을 보내주면 대신 명을 치겠다고 하는 자요."

"자기 군대를 친다고요?"

"그러니까 망나니지. 그런 자에게는 천 냥이 아니라 단 한푼의 엽전도 아깝지. 우리는 그자의 행동이 명의 조정에 흘러들어가도록 해놓기만 하면 되는 것이오. 그러면 정리가 되지."

정충신은 주변 동향을 살피고 귀국길에 올랐다. 기왕에 가는 길이니 압록강을 건너 의주를 거쳐 선사포로 들어갔다. 십여 년 전 그가 첨사로 복무했던 곳이다. 바닷가 마을은 인적이 끊긴 듯 황량하고, 집집마다 빈 마당은 먼지만 풀풀 날리고 있었다. 한 중늙은 여자가 지팡이에 의지한 채 기울어진 집에서 나오고 있었다. 머리가 하얗게

새고, 헤진 옷을 입었다.

"아니, 가도 주막 아줌씨 아닌가요?"

찬찬히 뜯어보니 가도에서 술을 팔았던 여자였다. 그 집에 거점을 확보하고 작전을 편 끝에 가도 산적들을 소탕한 일이 있었다.

"맞소."

풍상을 겪은 탓인지 여자는 나이보다 훨씬 늙어보였다. 그녀가 진물이 질척거리는 눈을 깜박이더니 되물었다.

"선사포 첨사 나리 아니시오?"

"맞습니다."

그는 여자를 부축해 길가 마른 풀밭에 앉혔다.

"정 첨사 나리가 떠나간 후 나는 건달패 잔당들한테 죽을만치 맞아서 허리를 못 쓴다우. 소탕하고 가버리니 보복을 당한 것이오. 이기려면 후환없이 확실하게 이겨야지, 어설프게 단속하고 떠나니 남은 사람들이 다치지요."

"뿌리를 뽑았지요. 그런 다음 후임이 후속 관리해야 하는데 방치했군요."

"백성을 사람으로 보나요? 지금은 젊은 모씨라는 자가 고을을 다스리고 있소."

"모씨라니요?"

"모문룡인지 모문둥인지 명군이란 자가 있소."

과연 듣던 대로였다.

"모문룡 군대가 가도를 갈고 다니면서 식량을 모조리 쓸어갔습네다. 남녀노소 할 것 없이 주민들을 잡아갔지요. 내 과년한 딸아이도 데려가더니 지금까지 행방을 알 수가 없소. 남은 사람들은 타처로 피난을 가서 마을이 비었습네다."

"아줌씨는 왜 도망가지 않았소?"

"내가 떠나면 딸아이를 어떻게 만날 수 있나요. 과년한 처녀가 어미가 없으면 또 사방팔방 나를 찾아 헤맬 것이구, 그러면 이리떼 같은 남정네들이 달려들겠지요."

딴은 그럴 것 같았다.

"모문룡 군대가 어디에 있습니까?"

"지금은 용천골에 진을 치고 있다고 합데다."

"그자들 행패를 부리면 곧바로 관아로 연락하시오."

"내 딸의 행처를 알 수 있는데, 꼭 좀 잡아주시오."

모문룡은 후금군을 소탕하는 무장으로 요동에 파견되었지만 군무에 충실하기보다 일탈에 능한 자였다. 지상전 병력은 육지부에 두고 주력인 수군을 모아 발해만과 평안도 해안을 넘나들며 제해권을 장악했으나 내심으로는 노략질을 일삼고 있었다.

요양이 후금에 함락되자 모문룡은 군사를 이끌고 압록강과 진강(심양에서 단둥으로 흐르는 강)으로 나와 후금군과 대거리했으나 연전연패했다. 결국 소환 명령이 떨어지자 잔여 부대원을 이끌고 조선땅으로 숨어들었다.

"조선에서 군사와 식량을 징발해오겠다."

조선으로 들어온 명분을 그는 이렇게 내세웠다. 징발 실적을 올리려고 무리한 약탈과 착취가 자행되었다. 정충신은 용천 관아에 모문룡이 나타났다는 소식을 듣고 북쪽으로 말을 달렸다.

"모문룡이 나타났습니까."

정충신이 용천에 이르러 관아를 지키고 있는 수비장에게 물었다.

"의주 관아로 갔습니다. 조선 복장으로 변복하고 다닙니다."

"왜 관아만을 찾지요?"

"식량을 조달하기가 쉬우니까요. 호령 한 마디면 군말없이 나오게 되어 있죠. 할당량만 제시하면 원님들이 맞춰주니까요."

"지방관들이 남의 나라 장수 말을 따른다구요?"

"그것뿐인가요. 백성들이 곡식을 가져오지 않으면 곤장을 때리지요. 모두 굶어죽을 지경인데, 조정은 구원병을 도우라며 명령하고 있습니다. 그러니 그들이 더 힘을 받지요."

정충신은 의주로 향했다. 의주 땅은 선조 임금이 1년반 동안 행궁을 차렸던 곳이다. 그가 이천오백 리 길을 달려서 장계를 올린 일이 엊그제 같은데 벌써 십수 년의 세월이 흘렀다. 돌아볼수록 한서린 곳이었다. 관아에 이르니 모문룡의 부하들이 옥에 수감되어 있었다. 의주 부윤은 이순신 장군의 조카 이완이었다.

"어서 오시오. 익히 이름자는 알고 있었소이다."

그들은 서로 수인사를 나누었다.

"모문룡이 이곳에 왔다고 해서 찾아왔습니다."

"내가 그 부하들을 잡아 곤장으로 때리고 옥에 가두었지요."

"원님도 맞는다는데 그들을 때렸다구요?"

"당연히 혼을 내야지요. 이자들이 애먼 조선인을 체포하러 다녔습니다. 머리를 잘라 적장의 두상이라고 황실로 보냈으니 이런 살인집단을 내버려 두어서야 되겠습니까. 그랬더니 모문룡이 분노하여 '상국(上國)의 장졸을 때리느냐'고 항의하고, 우리 조정에 알리겠다고 협박하고 있소."

"협박을?"

"그렇소이다. 조정은 대명국의 장수 심기를 건드렸다고 해서 나를 소환했소이다."

"뭐요? 모문룡 그 자 때문에? 그는 지금 어디 있소?"

"곧 올 것이오."

아닌게 아니라 모문룡이 부하들을 이끌고 시끄럽게 떠들며 동헌 뜰로 들어서고 있었다.

"우리 사람 섭섭하다해. 조선 사람 그릇 작다해. 군량 오백 석을 못 채우는 게 말이 되는가 말이다!"

그는 동헌 뜰에 서서 부청(府廳)을 향해 큰소리쳤다. 그러자 그의 부하들이 창과 칼을 하늘 높이 치켜들며 괴이한 소리를 질렀다. 그들은 군사가 아니라 비적떼들 같았다. 이런 식으로 모문룡 부대는 관아에 들어가 행패를 부리고 있었다.

정충신이 부청 대(臺)로 나가 버티고 서서 소리쳤다.

"웬 군대냐?"

모문룡이 이를 보고 여태까지 당해본 것과는 다른 태도인지라 한동안 멈칫하더니 자세를 가다듬고 되물었다.

"너는 누구냐?"

"나는 조선의 군관이다. 변경의 동태가 이상하다고 해서 정탐차 왔는데, 과연 의주 용천 철산 선천 곽산 염주 동림 고을에 도둑들이 우글거리고 있더군."

그러자 그들이 서로를 멀뚱히 쳐다보며 무슨 개뼈다귀 같은 얘기를 하느냐는 태도를 보였다.

"듣기로 명나라 군대라고 하는데, 일부는 후금군에 투항해 후금 군대도 되었다가 날이 밝으면 다시 명나라 군대가 된다고 한다."

"뭐라구?"

정충신이 말을 계속했다.

"내 조사에 따르면, 모 장수는 후금과 한 번도 싸우지 않았으면서 여덟 번을 이겼다고 허위보고를 하고, 16명의 적군을 포획하고 나서

160명의 목을 얻었다고 거짓 보고를 올렸소. 그 16명의 적병도 조선 백성이란 것도 알고 있소."

"감히 나를 모함하다니? 증거가 있나?"

"국경마을에 가면 머리없는 시체가 즐비하다."

"그대야말로 명과 후금을 넘나드는 간자 아닌가?"

"간자이기 때문에 이곳저곳의 정보를 탐지할 수가 있다. 그리고 나는 명나라의 명을 받고 움직이는 사람이다. 나는 모 대장이 허위 공적을 날조한 모대장전(毛大將傳)을 지어서 뿌린 것도 알고 있다."

"무례하도다."

"그대가 무례하다. 어따 대고 군량 오백 석을 대라고 헛소리 하나?"

"나를 모욕하는 사실을 조선 조정에 알리겠다. 반드시 귀관을 처벌토록 하겠다! 부모국의 장수를 이런 식으로 모략하다니! 내 가만 있을 줄 아는가?"

모문룡이 방방 뜨기 시작했다. 그러나 이런 자는 밟아버려야 한다. 이간질은 그가 먼저 하고 있지 않은가.

"귀하 부대원의 패악질은 온 고을이 알고 있소. 선사포의 딸을 잃은 아낙네의 말을 들었지만, 후금국 부대원들에게도 소문이 널리 퍼졌소."

"후금국과도 내통하는가?"

"그쪽 척후병들이 흘린 얘기를 듣고 왔소. 모 대장 군사들 상당수가 후금군에 투항해서 모든 것이 까발려진 것이오. 조선 백성들의 목을 쳐서 후금국 군대의 두상이라고 요동 총병에게 갖다 바쳤다면서요?"

"그래서 피현, 염주골 백성들 머리가 없어졌다고 했군."

청 안에서 이 광경을 지켜보고 있던 이완 부윤이 불같이 화를 내며 부청 앞 대로 나왔다.

"이거 보통 일이 아니지 않나? 고을 사람들이 말하길 죄없는 조선 백성들 목을 쳐서 두상을 소금에 절여서 요동 총병에게 보낸다는 것인데, 이제야 그 혐의자를 찾았군. 여인들도 어디론가 납치되고 있는데, 그런 처지에 식량까지 약탈하겠다고?"

"모략이다해. 우리 그런 사람 아니다해!"

모문룡이 뒤로 주춤 한 걸음 물러서며 변명했다. 정충신이 나섰다.

"후금의 다이샨 패륵의 후방부대 군사들이 북경으로 가는 명군을 습격해서 물건을 빼앗아보니 보자기에 조선인들 두상이 여러 개 나왔다는 것이오. 두상의 머리칼이 꽁지머리가 아니고 상투머리여서 당장 조선 백성의 것이라는 것을 알아낸 것이오. 그러므로 귀관은 살인범이오. 조선 백성을 살해한 혐의로 체포하겠소."

그러자 모문룡이 그의 부하들을 향해 명령했다.

"전투 준비!"

그러나 그의 군대는 오합지졸이었다. 군사들이 검과 활을 겨눠들고 한 발짝씩 앞으로 다가드는데 하나같이 비실거렸다. 정충신이 대 아래로 사뿐히 뛰어내려 모문룡의 멱살을 쥐어잡고 칼로 그의 목을 겨누었다.

"어따 대고 행패냐? 죽고 싶은가? 부청 내엔 우리 군사원들이 이백이 있다! 개죽음 당하지 않겠거든 당장 거두라!"

그제서야 모문룡이 "물러서라!"고 부하들에게 명령했다. 그들이 무기를 내리고 꽁무니를 뺐다.

"승급하기 위해 조선인 백성 목이 필요하다면 우리도 당장 귀관의 목을 쳐서 우리의 승진의 기회로 삼겠소!"

이완이 말하자 정충신이 거들었다.

"모 대장은 이래저래 독 안의 쥐요. 사실 이 따위 근무태도라면 모 국으로부터도 소환명령이 내려질 것이오!"

아닌게 아니라 모문룡은 본국으로부터 신뢰를 잃고 있었다. 그래서 원숭환이 요동으로 나온 것이다.

심양과 요양이 누르하치에게 함락되자 명나라는 이들을 격퇴하기 위해 모문룡을 요동으로 보냈다. 후금의 군사가 공격하자 그는 싸워보지도 못하고 진강을 탈출하여 조선으로 숨어들었다. 이때 후금의 아민은 모문룡을 치기 위하여 5천 군사를 이끌고 압록강을 건넜다. 모문룡은 조선인 복장을 하고 도망을 쳤는데, 그런 와중에서도 북변고을을 괴롭히고 있었다.

"가자."

모문룡이 부대를 이끌고 부청을 빠져나갔다.

"이 일을 어쩌지요?"

그들이 사라지자 이완이 사태의 심각성을 깨달았던지 어두운 표정을 지었다.

"내가 한양에 들어가서 임금님께 상황을 상세히 아뢰겠습니다. 모문룡의 무례와 약탈을 묵인해선 안 되오."

정충신은 그 길로 말을 타고 남쪽을 향해 질주했다.

"왜 하필이면 이때 왔는고?"

백사 이항복이 딱하다는 표정으로 정충신을 맞았다. 스승을 깍듯이 모시는 정충신을 바라보는 백사의 마음은 착잡했다. 영의정·우의정·좌의정을 번갈아 맡으면서 국가대사를 대과없이 이끌어온 공적으로 오성부원군에 봉군되고, 광해의 세자 책봉에도 당쟁의 이해

득실에 상관없이 순리대로 이끌어 선조 대는 물론 광해 대에도 사심 없는 인물로 존경받아 왔지만, 근자에는 내쳐지고 있었다. 그 스스로도 광해의 통치에 심히 불만을 갖고 있었다. 조정의 나날이 담장 위를 걷는 것만큼이나 위태위태해 보였다. 그래서 동구 뒤편 언덕에 동강정사라는 별장을 지어 동강노인으로 자칭하며 사실상 은퇴생활을 하고 있는 중이었다.

정충신이 물었다.

"후금을 정탐하고, 변경 상황을 살피고 왔는데, 그새 무슨 일이 있었습니까."

오성(이항복) 대감은 대답 대신 길게 한숨을 내쉬었다. 정파로부터 초연한 사람인데 한숨을 쉬고 있는 것이 정충신은 의아했다. 문신 이정구도 이항복을 가리켜 "그가 관직에 있기 40년, 누구 한 사람 당색에 물들지 않은 사람이 없었지만, 오직 백사(이항복) 대감만은 초연히 중립을 지켜 공평무사하게 처세하였다. 아무도 그에게서 당색을 찾아볼 수 없었으며, 일도 가치 중심으로, 나라 중심으로 행하는 기품있는 인물"이라고 평했다. 정충신 역시 그런 스승을 따르고, 그래서 그 역시 무당파로서 군인의 직분에 충실했다.

"대감 마님, 변경이 위태롭습니다. 후금 장수 아민이 압록강 이남에 들어와 있습니다. 또 모문룡이란 명군 부대장이 변경에서 어지럽게 활동하고 있습니다. 변경에서 명과 후금이 싸우고, 우리도 거기에 휘말릴 수 있습니다. 국경을 보강해야 할 때입니다."

"임금님은 명나라에 1만 5천의 병사를 파병한다고 하지 않느냐."

"명은 이미 끝났습니다. 그런 나라에 원군을 보낸다는 것은 시루에 물붓기입니다."

"궁중에는 지금 피바람이 불고 있다. 그것이 더 큰 문제다."

"피바람이라니요?"

"인목왕후의 친정 아버지 김제남 일가를 멸문한 지가 언젠데, 또 지금 영창대군을 살해하려는 흉계를 꾸미고 있다. 인목왕후를 폐서 인(廢庶人)해 경운궁(덕수궁)에 유폐하는 모의를 하고 있다. 이것이 어 찌 북인 세력만의 작태라고 할 것이냐."

그 세력만의 작태가 아니라면? 그 배후에는 광해가 있다는 것을 백사 대감은 암시하고 있었다.

"그뿐만이 아니다. 북인 정인홍 이이첨 일파가 폐서인을 반대하는 나를 파직하라고 격렬하게 상감마마께 고변하고 있다."

"어찌 그런 수작을…. 스승님은 동강정사에 은거하고 계시잖습니 까."

"상감마마께서 좌의정 자리를 내놓는 대신에 소임도 없는 중추부 로 자리를 옮겨 봉직하도록 하였다. 하지만 그 자들은 그 꼴도 못 보 겠다는 것 아닌가. 삭탈관직이 노림수야."

광해는 자신의 왕권에 장애가 되는 요소들을 제거해 가면서 왕권 을 강화했는데, 북인 세력을 이용하고 있었다. 그는 왕위를 위협하 는 존재가 도처에 깔려있다고 보고, 여차하면 피바람을 불러왔다. 그중 가장 많이 다친 세력이 왕족이었다. 가장 큰 위협의 대상이라 고 보고 이들을 여러 이유를 붙여 숙청하고 있었다.

이항복은 그것이 큰 화를 불러올 것이라고 우려하였다. 순망치한. 입술이 없어지면 이가 시릴 것은 너무도 당연하다.

"스승님, 소인이 지금 어전에 나가보겠습니다. 변경 상황을 보고 하겠습니다."

"지금은 때가 아니다. 분위기가 험하다. 말 한마디가 잘못 나가면 멸문지화(滅門之禍)를 면키 어렵다. 그렇게 당한 자가 몇 명이더냐."

"군인으로서 변경을 둘러본 상황을 보고하고, 명나라 파병에 대해서 군인으로서 의견을 개진코자 합니다. 그것이 제가 북변을 돌아본 까닭입니다."

"대신 내치 문제는 입도 뻥긋 말라. 예전에는 주제넘는 얘기도 별일없이 수용되었지만 지금은 용납이 안 된다. 그렇게 세상이 험악하게 되었다."

정충신은 어전으로 나갔다. 광해가 그를 맞았다.

"상감마마, 북변을 살피고 온 상황을 보고하고자 하옵니다."

"그래 말해보렸다."

광해가 용포 자락을 한쪽으로 와락 제끼며 정충신을 내려다보았다. 그 표정이 사뭇 못마땅하다는 투였다. 임금이 뭔가 그를 잘못 생각하고 있다는 것을 정충신은 직감적으로 느꼈다.

"마마, 국경 수비 지역을 돌아보고 온즉 변경이 심상치 않습니다. 나라의 방위를 위해 각 영(營)에 전령하여 우영포수 2천명, 좌영포수 2천명, 중영(中營)포수 1천명을 뽑고, 궁수와 검투사를 배치해야 할 것으로 사료되옵니다."

"무슨 뜻이냐."

"중국에 대격변이 일어나고 있는 바, 심상치 않습니다. 국경지대를 탄탄하게 방비해야 합니다."

"어느 나라가 쳐들어온다는 것이냐?"

"명나라 군대도 될 수 있고, 후금군도 될 수 있으며, 몽골군도 될 수 있습니다. 방비하지 않으면 어느 나라에게도 당할 수 있습니다. 명군은 우리의 사대 질서의 혈맹군이라고 하지만 그것도 군대 나름입니다. 모문룡 군대가 후금군을 친다고 하면서 엉뚱하게 조선 변경으로 넘어와 백성들을 괴롭히고 있사옵니다."

"모함이다. 모문룡 부대가 그럴 줄 알고 벌써 장계를 보내왔다."

정충신의 뇌리에 섬광 같은 것이 스쳐 지나갔다. 그러면 그렇지. 그들이 정충신에게 당하고 있다는 것을 역으로 조정에 고변한 것이다. 조선을 위해 군무에 충실한데 상응하는 부식을 제공하지 않고, 편의를 제공하지 않는다고 미리 치고 나와버린 것이다. 현장 상황을 모르고 있는 조정은 대국의 말을 믿는다. 참으로 어이없는 일이다.

"그대가 저들의 정당한 요구를 거절하고, 그들을 관아 밖으로 내쫓아내버렸다고 하는데, 그것이 온당한가?"

"그것은 잘못 전달된 정보이옵니다. 소인이 두 눈으로 똑똑히 보고 보고를 올리는 것인즉 참작하여 주십시오."

그는 명군의 못된 짓을 하나하나 손금보듯 보고했다. 정충신의 말을 듣고 있던 임금이 한동안 생각에 잠겨 있다가 말했다.

"내 심사가 괴로워서 여러 가지 삿된 얘기에 경도되었다. 그대 말이 과연 옳다. 게다가 신임 의주부윤은 이순신 장군의 조카 아닌가."

"그렇습니다. 이완 부윤이옵니다."

"그가 탐악질하는 명군을 볼기를 때린 것은 그다운 일이다. 정 첨사의 말을 들으니 이제야 마음이 놓인다."

광해는 옳다고 생각되는 것은 쉽게 수용하는 성격이었다.

광해는 세자 시절 분조를 이끌고 삼남지방을 순방할 때 이완을 만났다. 그는 이순신 휘하에서 의병으로 있었다. 활약상으로 보아 관군이 되고도 남았으나 당시 조선의 국법에는 '상피제'라고 해서 친인척들이 같은 지역에서 관직생활을 하는 것을 금지하고 있었다. 이순신은 이를 지켰기 때문에 이완은 군관이 아니라 의병으로 활약하면서 우수영과 여수에서 판옥선의 격군을 모으러 다니고, 모인 장정들을 수병으로 훈련시켰다.

그가 무과에 급제혜 무관으로 등용된 것은 이순신이 전사한 후의 일이다. 숙부가 살아있을 적에 특혜를 받을 수 있었지만, 전란이 수습된 후 정식으로 무과시험에 응시해 무관이 되었다. 이 점을 높이 사서 광해는 그를 몇 군데 임지를 돌게 한 뒤 파격적으로 의주부윤으로 임명했다. 그런데 모함이 많았다. 승진과 승급이 빠른 그를 투기하는 자가 많았고, 명군인 모문룡 부대를 따르는 자들이 그 짓을 했다. 대국을 따르는 자들의 모함질이었다.

"조선군을 명나라에 파병하는 것은 알고 있을 것이렷다?" 광해가 물었다.

"알고 있습니다."

"그 부대를 관서지방의 장정들을 모아서 훈련시키고 있다는 것도 알고 있을 것이렷다?"

"알고 있습니다. 강홍립 장군이 진두지휘하고 있다는 것도 알고 있습니다. 그러나 파병은 심사숙고해야 합니다."

"뭐라고? 그것이 무슨 뜻이냐."

정충신은 후금의 누르하치와 그 아들 다이샨 패륵 형제들의 용맹성을 직접 보았다. 그들의 팔기군은 천지를 진동할 만큼 막강하고, 병마만도 1만 두가 넘었다. 어떤 무엇도 삼켜버릴 군사 위력을 갖고 있는 것이다. 후금국은 동북 3성을 주요 거점으로 하고 있으니 조선반도의 접경지역이다. 이천 리 길을 맞대고 있는 후금국을 적대하고, 그들의 적인 명군에 파병한다? 누르하치는 조선을 조상의 나라로 여기고, 예법의 나라로 추앙하고 있는데, 이들을 배신한다? 거기에 모문룡 군대까지 생각하면 더 혼란스럽다. 사대국의 군대라고 해도 도덕적으로 용납할 수는 없었다.

"국경지대에 방위 병력을 증강하자는 제안이 들어왔는데 과인은 받아들이고자 한다."

광해는 어전회의를 소집했다. 정인홍 이이첨 등 조정 신료들이 입궐한 가운데 국경선 방위 전략이 안건으로 상정되었다. 그런데 신료들이 한결같이 반대하고 나섰다.

"전하, 지금은 때가 아니옵니다."

"아니, 왜 때가 아니란 말인가."

병판대감이 나섰다.

"어버이 나라 명국(明國)은 왜란 때 많은 병력을 파병해 우리를 도왔습니다. 그 결과 왜군이 패퇴하였나이다. 그러나 명이 골병이 들어 재정적으로나 군사적으로 많은 손실을 보고, 국력이 쇠약해져서 사방에서 지방 세력이 발호하고, 국경선 변방에서는 야인들이 반란을 일으켰습니다. 건주여진을 중심으로 건국한 후금은 명의 목을 쥐어잡고 흔들 정도로 막강해졌습니다. 이런 때 부모국을 돕지 않는다면 어찌 신하국이라고 말할 수 있으며, 의리를 지킨다고 할 수 있겠나이까? 명국에 군사 파병부터 실시해야 합니다."

"그렇습니다. 왜란 때 우리를 도운 것을 생각하면 10만 병사를 파병해도 부족하다고 판단되옵니다. 통촉하여 주시옵소서."

그러자 여기저기서 떼창 부르듯 소리쳤다.

"통촉하여 주시옵소서."

그러나 광해의 생각은 달랐다. 정충신이 변경과 후금을 다녀온 이후 그의 생각은 관망하는 태도로 바뀌었다. 무엇보다 실리를 택하자는 주의였다.

"파병을 하는 것은 당연한 일이다. 그러나 그에 앞서 우리 군대를 정예군대로 단련시켜야 한다. 무기제조와 군사훈련을 강화해 강군으로 길러야 한다. 내외 정세가 불안할수록 변경의 국방을 튼튼하게 다져야 한다."

광해의 입장에서는 노쇠하고 병든 호랑이 꼬리를 잡는 것보다 힘이 펄펄 나는 신룡(神龍)의 등을 올라타는 것이 훨씬 유용한 일이라고 생각하고 있었다. 냉엄한 국제 질서 속에서 의리보다 앞서는 것이 실리고, 그것은 무엇보다 아생연후살타(我生然後殺他)다.

이 무렵 광해의 앞에는 두 개의 골 깊은 전선이 펼쳐져 있었다. 하나는 전후복구의 어려움 가운데 터져나온 명나라 파병 문제요, 다른 하나는 왕권의 위협이었다. 왕권을 다져놓지 않고는 어떤 무엇도 소신있게 펼쳐나갈 수 없었다. 정통성의 결여로 아버지 선조도 신권(臣權)에 휘둘려 정사를 제대로 살피지 못했다. 서로를 배척하고 부정하는 각 당의 파쟁으로 국가적 동력이 약화되고, 그래서 전쟁도 제대로 관리하지 못했다. 내부의 세력을 제대로 다스리지 않으니 왕권이 행사되지 못했다. 광해 역시 그런 지경에 이르렀다. 벌써 그를 위협하는 내부의 적들이 도처에 잠복하고 있는 것이다.

왕권의 정통 승계권을 갖고 있는 영창대군이 있는 한 그의 자리는 언제나 불안정했다. 인목왕후의 손발을 제거한다고는 했지만 여전히 일부 왕족과 신하들이 그쪽에 줄을 대고 있는 것이 보였다. 인목왕후와 그 자식 영창대군의 목숨이 붙어있는 한 그것은 끊임없이 그를 노리고, 또 정쟁의 도구가 될 것이다.

어느 날 광해는 예판대감 이이첨을 불렀다. 그는 광해가 절대적으로 신임하는 핵심 참모였다. 논지가 분명하고 배포와 용기가 있어서 저도 모르게 그를 핵심참모로 부리고 있었다. 광해와 특별한 관계도 없는데 이이첨은 광해를 위해 발벗고 나서다 목숨을 잃을 뻔했다. 선왕 선조가 만년(晩年)에 핏덩이 영창대군을 소북의 영의정 유영경을 이용해 후계 작업을 펴나가자 이이첨은 정인홍과 함께 부당성을 고변하다 원배령(遠配令) 처분을 받았다. 원배령이 떨어졌어도 그는 자기 주장을 굽히지 않았다.

"두세 살의 이런 영창대군이 세자로 책봉되면 수렴청정마저도 잘 안 될 것이오이다. 왜냐하면 영창대군의 모후인 인목왕후의 나이가 이제 이십대의 나이인지라 핏덩이 대군을 앞세워서 정사를 이끌 경륜이 될 수 없기 때문이오이다. 결국은 외척들, 아첨배들이 정사를 좌지우지할 것이오이다. 이들의 권력욕 때문에 어린 핏덩이를 이용하는 것이 가당한 일이오이까? 반면에 광해 세자는 이미 16년간 세자로서 후계자 공부를 착실히 다졌고, 무엇보다 전란 시 백성들을 하나로 단합시키고, 그 힘으로 왜군을 몰아내는 데 큰 공을 세운 분이시오. 이런 준비된 세자가 있는데, 어린 핏덩이를 세자로 책봉한다는 것은 나라를 도륙내자는 것과 다름이 아니올시다. 왜란의 후유증을 해결하려면 광해군과 같은 준비된 지도자가 강력한 지도력을 발휘해 나라를 이끌어야 하는 것이오!"

그것은 틀린 말이 아니었다. 하지만 선조는 그를 내쳤다. 그런데 이이첨이 유배를 떠날 준비를 하고 있던 날, 선조가 갑자기 죽었다. 광해군이 즉시 즉위하면서 이이첨의 원배령이 취소되고, 실권자인 예조판서로 기용했다. 극적인 대반전이었다. 이때 복수의 광풍이 몰아닥치기 시작했다.

이이첨은 유영경 일파와 인목왕후 외척들을 싸그리 숙청한 뒤 광해에게 나아갔다.

"전하, 왕족이라고 해서 가만 둘 작정이옵니까? 왜 화근을 키우려 하십니까. 그들이 더 위험합니다. 자고로 적은 안에 있는 법입니다."

이이첨은 광해의 가슴속을 꿰뚫고 있었다. 광해 역시 자나깨나 그런 생각을 하고 있었다. 친형인 임해군을 역모 혐의를 씌워 강화도에 위리안치(圍籬安置: 유배지에서 외부와 접촉하지 못하도록 가시 울타리를 친 조치)한 뒤 사약을 내리고, 머리가 좋은 조카인 진릉군도 같은 방법으로 제거했지만, 그럴수록 더 불안했다. 언제 어느때 그의 목을 노리는 자가 나타날지 모르는 것이었다.

이런 때에 인목왕후를 제거하지 못하고 있었다. 칠서의 난(서얼출신이라고 차별을 받았던 서자 7인이 상인을 습격하여 은을 강탈한 사건을 이이첨 정인홍 등 북인세력이 역모사건으로 몰아 인목대비의 친정 아버지인 김제남을 연루자로 씌워서 사사한 사화 중의 하나)으로 왕후의 세력을 제거한 것은 좋았으나 인목왕후를 직접 치지 못한 것이 두려웠다. 한참 나이어린 어머니지만 그래도 그는 아버지의 정비가 아닌가. 정비를 내친다는 것은 동방예의지국에서 있을 수 없는 불효한 일이고, 왕실의 법도를 부정하는 일이다.

이이첨은 왕권을 다지기 위해서는 달리 방법이 없다고 믿었다. 정적은 언제 어느 때 칼을 들고 나올지 모른다.

"전하, 기왕에 힘이 있을 때 기강을 세우고, 왕권을 다스려야 합니다."

"알았다."

광해는 인목왕후를 서궁으로 유폐시키고, 영창대군을 강화도 교동으로 유배를 보냈다.

이항복이 인목왕후와 영창대군이 서인(庶人)으로 강등되고 유배되었다는 소식을 듣고 어전으로 나아갔다.

"전하, 이럴 수는 없습니다. 후사를 어찌하려고 복수에만 매달리시나이까."

그는 내치를 다스리는 데 있어서 너무 철권 강압통치를 하는 것을 수용할 수 없었다. 이것이 왕실의 기강을 무너뜨릴 위험성을 내포하고 있는데 그것을 방관할 수 없었던 것이다.

왕 앞에서 고변하는 이항복을 보고 북인들이 벌떼처럼 달려들었다.

"백사 영감, 물러나시오. 평지풍파를 일으키지 마시오!"

"평지풍파는 누가 일으키고 있는가. 순리를 따르시오."

"상감마마께옵서 밤잠을 이루지 못하신 이유를 모르겠소? 모르겠거든 뒤로 물러서시오."

"사악한 탐심으로 질서를 무너뜨릴 수 없소."

"사악한 탐심? 어따 대고 허접한 말을 하시오? 선왕시대부터 온갖 영화를 누리면서 영직과 재화에 눈이 어두웠으면 잠자코 있으시오!"

"이놈들, 내가 녹봉을 먹은 것은 부인할 수 없다만 청백리로 살아온 자부심으로 오늘 여기까지 왔다. 내 명예를 더럽히고 살 수는 없는 법, 너희들이야말로 탐심으로 상감마마를 욕보이고 있다는 것을 알고, 썩 물러나렸다!"

"백사의 시대는 거하였소! 우리를 사악한 무리로 몰아가는 것을 더 이상 용납할 수 없소!"

사실 백사는 그들이 친 그물망에 걸려든 것이었다. 미리 덫을 쳐놓고 잡아 처내려는 것인데, 그는 거기에 말려들었다. 북인 세력은 왕권 불복 혐의로 그를 추국(推鞫)하기를 요청했다. 임금이 추국장에 나타나 친히 친국했다.

"백사 대감, 대감은 본시 나의 왕위 승계를 위해 불이익까지 당한 분이오. 음해가 난무하는 엄혹한 시대에도 나를 위해 발분한 사람이 왜 이제 나에게서 떠나려 하오?"

"전하, 소신은 마마의 하해와 같은 은혜를 입었나이다. 주변인으로부터 온갖 모략을 받았지만 중추부로 자리를 옮겨주셨습니다. 하지만 왕실에 더 이상 피바람이 불어서는 아니됩니다. 피바람이 불어서 원한이 사무치면 선정을 베풀어도 그 원한의 끝은 복수의 칼날이 드높아지기 마련입니다. 상감마마를 생각해서 고변을 올리나이다. 제발 내치는 여기에서 그치시고, 북방정책에 전심전력 기울여주시옵소서."

"저 자는 필연코 왕을 배신할 자이옵니다."

"폐모론을 반대하면 적입니다. 반드시 후사를 도모할 자이옵니다!"

이구동성으로 북인세력들이 들고 일어났다. 대북파(大北派)와 정치적 입장이 다르면 수명이 끝난다. 광해가 선도하니 그 방향으로 갔다. 다음날 이항복은 북청으로 유배보낸다는 명령이 떨어졌다. 소식을 듣고 정충신이 입궐했다.

"전하, 전하께옵서 세자 저하 시절 백사 대감께서 전하의 왕좌를 지켜야 한다고 온갖 모함을 무릅쓰고 앞장 서신 일을 아시나이까."

정충신이 광해의 앞에 엎드려 진언했다.

"알고 있다."

"백사 대감께서는 일찍이 전하의 총명과 놀라운 지혜를 보시고, 성군이 되실 것을 확신하시었나이다. 전하의 등극을 위해 발분하신 것은, 전하를 위해서라기보다 나라의 태평성대를 위한 일이라고 굳게 믿었기 때문이옵니다."

"그런데?"

"그런데 말씀드리기 황공하오나 지금 마마께옵서는 예전의 총명과 지혜가 무너지는 듯하다는 아쉬운 통탄이 나오고 있나이다. 소신 역시 마음이 무겁사옵니다."

상당히 당돌한 발언이었다. 왕의 심기를 건드린다는 것은 목숨을 내놓는 일이나 다름없다. 하지만 정충신은 스승이 매서운 북풍 몰아치는 북청 유배형을 받았다면 가만 있을 수 없다고 생각했다. 이런 상황이라면 그 역시 욕심을 가질 이유가 없다. 그렇게 마음을 비우니 운신도 가벼워진 느낌이다.

"전하, 선왕께옵서 왜란 시 선왕의 과가 많다고 하더라도 용인술 하나만은 훌륭하였다는 평가를 받고 있나이다. 정철 이원익 유성룡 이이 이항복 이덕형 이순신 권율 김시민 등 제 문무백관들을 골고루 등용하셔서 난국을 돌파하셨나이다. 이것이 나라를 지탱한 힘이 되었다고 말하는 것이옵니다."

"그게 좋았다고?"

"그렇사옵니다. 탕평책은 누구나에게 불만이 없도록 하는 정책이옵니다."

"그것은 틀렸다."

광해가 단번에 부정했다. 그가 말을 이었다.

"인재들이 서로 견제하도록 이리저리 자리를 돌려막기 하면서 왕권을 강화하려고 했던 것이 얼마나 국력을 약화시켰나. 나도 그 도구가 되어서 피눈물을 쏟았지 않은가."

광해의 얼굴에 노기가 어렸다. 그는 선왕의 이이제이 수법이 옹졸하다고 믿고 있었다. 조정을 분탕질하는 요인이 되었을 뿐, 생산적인 담론을 만들어내지 못했다. 대화와 토론을 통해 결과물을 도출해내는 것이 아니라, 주장만 난무하고 피아의 진영만 나뉘었다. 그래서 감정의 골이 깊어지고, 파쟁의 전선만 형성되었다. 서로가 서로를 믿지 못하고, 그런 불신 가운데서 국사를 논했으니 나라의 진전이 있을 리 없었다.

광해는 그런 쟁투에 이골이 나 있었다. 그래서 국가 조직은 일사

불란해야 하는 것이다. 탕평을 주장하면서 양쪽 세력의 균형을 유지하려고 잔머리 굴리는 것은 더 많은 투기와 갈등을 유발한다. 토론문화가 형성되지 못한 곳에서는 탕평책이 싸움을 부추기는 무대가 될 뿐이다.

광해는 지도자의 자질과 능력이 뛰어났지만 덕성과 품성은 아비를 그대로 닮아 그 스스로도 고단했다. 불신과 의심병이 고질이 되어 있었던 것이다.

왜란 당시 분조를 이끌고 민심을 수습하며 왜군과 대적해 공을 세우면, 그것까지도 시비의 대상이 되었다. 백성들의 칭송이 자자하면 왕은 그 꼴도 보지 못했다. 어느 날 명나라에서 광해군이 선조보다 낫다는 말이 흘러나오자 왕은 광해를 불러내 조졌다. 이유같지 않은 이유로 당하니 광해는 구토하기 일쑤였다. 젊은 계비 인목왕후가 영창대군을 낳자 그것이 더욱 노골화되어서 세자 직분이 언제 날아갈지도 모르는 상황이었다.

"저의 무상(無狀: 함부로 행동하여 버릇이 없음)함과 국사의 망극함을 계사(啓辭: 임금에게 아뢰는 말씀)에서 이미 다 말씀드렸사오니 다시 성상을 번거롭게 하지는 않겠나이다. 생각하건대 선위의 명(세자 지정)을 받은 이후로 밤낮없이 걱정이 되어서 음식이 목에 넘어가지 않은 지가 이미 반순(半旬: 연속된 5일)이 되어…."(조선왕조실록, 선조 26년 9월3일)

"물러가라. 듣기 싫다."

이로 인해 광해 역시 불안병과 의심병이 심했다. 어느 누구도 믿지 못하는 것이다.

그는 왕위에 오르자 맨먼저 착수한 것이 왕권의 강화였다. 어느 누구도 자신의 권위에 도전하거나, 넘보는 낌새라도 보이면 그 세력을 도륙해버렸다. 그 정도는 아비에 비해 더했다.

"상감마마, 백사 대감의 북청 유배는 재고해주십시오. 백사 대감은 벌써 60 노환이옵고, 근자에는 해소병이 깊습니다. 거친 삭풍에 견디기 어려운 노령이옵니다. 옛 정을 생각해서라도 번복하여 주시면 성은이 망극하겠사옵니다."

"나를 따르는 것은 한결같아야 하거늘, 나를 배신하는 데야 방법이 없다. 유배형은 번복할 수 없다."

왕과 의견이 다르면 무조건 나쁘다는 식으로 세상의 법도는 그렇게 돌아갔다. 우주의 중심은 왕 자신인 것이다.

"그렇다면 마마, 소신 청을 하나 꼭 들어주십시오."

"무엇이냐."

"소신이 백사 대감을 모시고 북청으로 가겠나이다."

"안 된다." 왕은 단칼에 잘랐다.

"정 군관이 있어야 할 곳은 변경이다. 변경이 어지러운데 사사로운 정으로 군인의 임무를 방기해서 되겠느냐. 공궐위장을 면하고 압록강으로 떠날 것을 명하노니, 백사의 일에 관여치 말라."

이항복의 구명을 위해 왕을 알현했다는 소문이 퍼지자 이이첨의 무리들이 이항복의 농막으로 쳐들어갔다. 구명의 배후에 이항복이 있을 것이라고 본 것이다. 중추부 경력(실무 처리를 맡은 종4품 벼슬) 이사손이 백사에게 따지듯이 물었다.

"정충신 공궐위장이 원임대신(전임대신) 백사공을 따라 북청행을 자청했다는데, 백사공이 원했던 것이오이까?"

"그게 무슨 소리냐?"

이항복이 의아해서 되물었다. 생뚱맞은 질문인 것이다.

"그러면 좋습니다. 정충신이 구인후, 이중로 등과 함께 허균·백대형·김개를 해치려 했다는데, 누군가의 사주가 있었겠지요?"

그들은 어떻게든 정충신을 엮어넣을 생각을 하고, 거기에 백사 대감을 배후자로 몰아가려는 낌새를 보이고 있었다. 이항복이 큰 소리로 외쳤다.

"이놈들. 여기가 어디라고 삿된 말을 함부로 하느냐. 용렬한 놈들, 당장 나가라!"

인목왕후의 서궁 유폐를 반대한다는 이유 하나로 적으로 몰아붙이고 있는 현실이 그는 답답했다. 인륜에 합당하지 않고, 왕의 후사를 위해서도 바람직하지 않다고 보고 반대했을 뿐인데, 이런 모함이라니… 정충신이 이이첨의 휘하 허균·백대형·김개를 해치려 한 것도 사실이었다. 스승의 길은 그의 길이고, 옳은 길이라고 믿었기 때문에 그 길을 따르고 있었다.

허균은 칠서지옥(七庶之獄) 사건에 연루되어 곤경에 처해 있었다. 평소 신분적 울분을 안고 살던 서자들이 신분 변화를 도모하기 위해 문경새재에서 은상(銀商)을 살해해 군자금을 마련한 사건이 났다. 영의정 박순의 서자 박응서, 심전의 서자 심우영, 목사 서익의 서자 서양갑, 병사 이제신의 서자 이경준, 상산군 박충간의 서자 박치인과 박치의, 허홍인 등이 변란을 일으켰는데, 여기에 허균도 연루되었다. 7명의 서자 가운데 심우영은 허균의 제자였고, 다른 서자 출신들과도 친분이 두터웠다. 이들이 체포돼 처형된 사이 허균도 궁지에 몰렸다. 관련성은 드러나지 않았지만 허균의 평소 사상이 서얼 출신에 대한 동정이 깊었던지라 의심을 샀다. 궁지에 몰리자 허균은 자신을 보호해줄 후견인을 찾았다. 마침 대북의 실력자 이이첨이 허균의 어렸을 적 글방의 친구였다. 허균은 이이첨에게 생사를 의탁하게 되었고, 결국 옥사에서 화를 피하는데 성공했다. 여기에 그치지 않고 그는 호조참의와 형조판서 자리에까지 올랐다.

허균은 이이첨의 세력이 되어 인목왕후의 폐비를 주도했다. 같은 북인인 정온을 비롯해 남인계 이원익 등 신료들이 폐비론을 반대했다. 허균과 함께 동지였던 영의정 기자헌 역시 반대했다. 그러나 정치적 이해가 달라지면 옛 동지를 더욱 압살하는 것이 정치의 기본 속성이다. 자기정당성을 강화하기 위해 더욱 가열차게 옛 동지를 밟아버리는 것이다.

허균은 인목대비의 죄를 언급하는 것은 물론, 영창대군은 선조의 아들이 아니고 민가의 아이를 데려다가 기른 것이라는 방을 써붙였다. 그의 뛰어난 문장력은 나라를 현혹시키는 데 충분했다. 정충신은 이를 용납할 수 없었다. 현란한 문장으로 나라를 어지럽히는 것은 죄질이 더 나쁘다고 보았다. 그래서 제거하려고 나섰는데, 이사손이 그 점을 지적한 것이다.

이사손이 꾸지람만 듣고 소득없이 농막을 떠난 뒤 이항복이 그 자리에서 상소문을 썼다.

— 신이 중풍과 해소를 얻어 삶을 체념한 지가 벌써 반 년이 지났사오나 어찌 감히 병을 핑계로 국가중대사를 보고만 있을 수 있겠나이까. 누가 전하로 하여금 전하의 모친을 내쫓는 계획을 꾸몄습니까. 옛날부터 임금과 아버지 앞에서는 요순의 일이 아니면 말씀을 올리지 않는다고 가르쳐왔습니다. 우(虞)나라의 순 임금이 어렸을 적 어리석은 계모를 만나서 순의 아버지 고수는 계모의 말을 듣고 어린 순을 죽이려고 순에게 샘을 파도록 하여 순을 묻어 죽이려 하였으나 이를 눈치챈 순이 샘의 곁에 구멍을 내어 살아나왔나이다. 또한 순에게 높은 창고의 벽을 바르라 하여 벽을 바르고 있는 중에 사다리를 걷어차 죽이려 하였으나 큰 삿갓을 겨드랑이에 끼고 일을 한지라 땅에 떨어져서도 살아났습니다. 이와같이 자식을 죽이려던

부모를 원망하지 않고 순은 도리어 부모에 대해 효성을 다하여 마침내 아버지 고수로 하여금 뉘우치도록 하였습니다. 춘추대의(春秋大義: 명분을 밝혀 세우는 큰 의리)에도 '부모가 비록 옳지 않은 일을 했어도 자식으로서 효도를 다하지 않을 수 없으며, 자식이 부모를 원수로 삼을 수 없다' 하였으며, 예기에서도 급의 아내와 백의 어머니 이야기도 이와 같습니다. 이제 순 임금의 덕을 본받으셔서 어머니에게 효성을 다하여 모자간에 화합하시기를 바라옵니다. 전하께서 진노하신 바를 푸시기를 어리석은 신하는 간곡히 바라옵니다….

　백사의 상소문을 돌려본 조정 대신들은 불같이 화를 내고 보복상소문을 올렸다. 대북파 생원 진호선과 선세휘, 최상질이 선두에 나섰다. 궁궐에 때아닌 상소문 쟁투가 벌어지기 시작했다.

　"이런 상놈의 영감이 다 있나? 세상이 어떻게 변한지도 모르고, 어른이랍시고 감놔라 배놔라 설레발치고 있어! 한때의 영상은 감 딱지만도 못해! 이 참에 아주 병신되게 조져버리자구."

　광해를 등에 업은 대북의 이이첨 세력은 백사 이항복 대감의 상소문에 대한 반박 상소문을 쓸 유생들을 모았다. 유학(幼學: 권위있는 유생) 윤유겸, 정만, 이호, 이숙, 송영서, 이구 등이 모였다.

　백사 대감을 옹호하는 세력도 만만치 않았다. 대표적인 사람이 정홍익과 김덕함이었다. 정홍익은 예조좌랑·정언·형조좌랑을 지내고 이원익이 체찰사로 있을 때, 그의 종사관이 되어 함경도·평안도·황해도 어사를 지낸 꼬장꼬장한 사람이었다. 사헌부 지평으로 있을 때는 대북파의 영수 대사헌 정인홍이 성혼을 탄핵하자 정인홍에게 맞대거리하다가 단천 은 광산의 채은관(採銀官)으로 좌천되었다가 어부들의 감독관인 어천찰방(魚川察訪)으로까지 밀렸으며, 광해가 집권하자 간신히 성천부사로 복권, 영전했다. 그는 광해군으로부터 은혜를 입긴 했지만 폐모는 온당치 못하다고 여기고 다음과 같이 상소문을 올렸다.

— 신은 엎드려 아뢰옵니다. 성상께서 왕세자로 계실 때 어질고 효성이 지극하여 온 나라의 신하와 백성들이 훌륭한 인격자로 추앙했는데 불행하게도 지금 인륜의 변을 만나셨습니다. 신하들이 성상을 잘못 보필해서 성상으로 하여금 훌륭한 치적을 쌓도록 도와드리지 못했습니다. 지난날에도 없던 일을 가지고 논의하니 황당하옵니다. 엎드려 원하옵건대 성상께서는 옛날의 우나라 순을 본받아서 효성을 다하시고, 양궁(兩宮) 사이에 효로써 화목에 힘쓰시면 한 나라의 신민이 효도하는 아름다운 가풍이 조성될 것이며, 이렇게 되면 성상의 덕이 만세에 도달할 것입니다. 신이 성은에 힘입어 종2품까지 올랐음에도 어리석고 무지하지만, 임금을 사모하여 나라를 위해 순국할 각오가 항상 저의 마음속에 간절합니다. 만약 조그만 목숨을 아끼고자 하여 하고 싶은 말씀을 다하지 않으면 성상의 큰 은혜를 저버리게 되고, 스스로 불충한 죄에 빠지게 되옵니다. 어리석은 신의 뜻을 진실하게 말씀 올리면, 혹 성상께 사람들이 그렇지 않다고 여러 가지 말로 아뢰더라도 어떤 사람의 말이 정말 옳은가를 분명히 가려서 채택해주셨으면 신은 만번 죽어도 한이 없겠나이다. (정충신의 저서 《백사북천일록(白沙北遷日錄)》 중에서).

이런 상소문을 보고 폐모 세력들은 또다시 방방 떴다.

"이 새끼가 성상과 우리를 이간질하고 있다니까. 이걸 보라구. '신하들이 성상을 잘못 보필해서 성상으로 하여금 훌륭한 치적을 쌓도록 도와드리지 못했다'고 하고, '지난날에도 없던 일을 가지고 논의한다'고 시비를 거는군. 이렇게 우리를 싸잡아 조져대는데 참을 수 있나? 이런 새끼는 검으로 배때지를 갈라버려야 해."

"먼저 반박 상소문을 올려야지. 우리에게 문장이 없나, 논리가 없나? 그런 약체를 치면 그 놈만 키워주는 꼴이 된다니까. 나라의 어지러움을 사전에 예방하고, 근본 원인을 제거하며, 그러기 위해서는 인목대비를 서궁으로 유폐시키고, 존호를 폐하며, 대비로 하여금 상감마마께 아침인사를 아뢰도록 하자구. 그렇게 확실하게 밟아버려야 그 새끼들이 악 소리를 내고 숨을 죽이지. 이게 멋진 복수야! 안 그래?"

이들은 백사와 정홍익을 싸잡아 비판하는 상소문을 다시 올렸다.

― 신들은 엎드려 아뢰나이다. 이항복·정홍익·정충신 등이 말한 우나라 순임금이 인륜의 변을 당한 것을 인용하여 말씀을 올렸는데, 오늘의 일과는 비교할 수 없습니다. 우나라 순이 변을 당할 시에는 한갓 필부에 불과하였나이다. (중략) 제왕은 종묘사직과 온 백성이 의지하고 있는 지존이십니다. 전하께서 당하고 계신 어려운 처지는 전하뿐 아니라 종묘사직과 온 백성에게 미치는 일이옵니다. 그러므로 전하께서 겪고 계신 인륜의 변은 한 필부의 일과 같지 않습니다. (중략). 이항복과 정홍익이 조정의 뜻을 무시하고 억지로 협박하는 말로써 성상을 욕되게 하였사오니 그 죄상을 헤아리기조차 어렵습니다. 의리가 막혀 정론이 오래 침체되었으나, 다행하게도 신하와 백성들이 마음을 같이하고 힘을 합쳐서 큰 의리를 밝히고, 큰 일을 결단하여 나라를 편안히 할 때가 왔습니다. 이항복과 정홍익은 현직에서 물러나 뜻을 잃은 사람으로서 역적의 무리와 손뼉을 마주치고, 그쪽 편만을 두둔하여 장황한 말로써 성상의 마음을 어지럽게 하여 성상으로 하여금 대역죄에 빠뜨리게 하고자 하옵니다. 이항복이 역적을 도와서 영달을 꾀하고, 임금을 저버리려는 죄는 기자헌(奇自獻: 영의정에 있었으나 폐모론을 반대. 후에 일어난 인조반정 시 신하로서 왕을 폐할 수

없다고 반정 거부. 신하 등용 시 인조가 불렀으나 나가지 않는 등 인조를 거부해 투옥돼 처형됨)보다 더 하옵니다. 이항복의 상소문 중에 예기에서 말한 급의 아내와 백의 어머니라고 한 뜻은 더욱 불손하옵니다. 어찌 신하된 자로서 한 나라의 임금에게 고하는 말이 이토록 거칠고 오만할 수 있습니까. 임금이 욕되게 되면 신하가 목숨을 바쳐야 함은 예부터 전해 내려오는 군신간의 예법인데, 하물며 임금님의 은혜를 입은 자가 욕되게 하고 그토록 뻔뻔스러울 수가 있습니까. 이항복 정홍익 김덕함은 모두 같은 무리입니다. 청하옵건대 이항복과 정홍익, 김덕함을 모두 절해고도로 위리안치하여 신하와 백성의 원통함을 풀어주소서. (정충신의《백사북천일록(白沙北遷日錄)》중).

광해는 백사 이항복의 관직을 삭탈하는 데 그쳤으나, 정홍익 김덕함은 유배소에 위리안치하라는 비답(批答: 상소문에 대한 임금의 대답)을 내렸다. 이렇게 해서 정홍익은 전라도 진도로 유배를 갔고, 김덕함은 함경도 온성으로 유배되었다. 임금이 백사에게 북청 유배형을 내려놓고도 관직만 삭탈하고 관망한 것은 그 제자 정충신의 거동을 좀 더 살펴보자는 데 있었다. 한때의 영상 영감은 땡감 꼭지보다 못할 뿐만 아니라 늙어서 은퇴한 대신은 끈 떨어진 갓 꼴이어서 볼품없고 귀찮기만 할 뿐이지만, 그를 내치면 그의 제자들이 반발할 수 있다. 주름진 쌍통을 보고 함부로 내치지 못하는 것도 그 때문이다. 실제로 백사의 제자 정충신과 최명길이 내놓고 반발하고 있지 않은가. 그래서 내칠 명분을 좀더 만들 필요가 있다고 보고 백사의 유배형을 유보하기로 한 것이다. 그러나 그 시일이 한두 삭을 가랴.
다른 한편으로 무인으로서 무르익은 정충신을 내치는 것은 나라의 안위상 문제가 있었다. 스승의 일 하나로 정충신마저 용처(用處)

를 쓸모없게 만든다면 국방 수호에 막대한 손실을 가져올 수 있다. 명나라에 구원병을 보내야 하는 상황에다, 후금군의 위상을 재정립해야 할 처지에 놓여 있는데 후금과의 관계망을 구축하고 있는 정충신을 내치면 후금과의 접선이 사실상 차단된다. 이는 병략(兵略) 중 하질의 수다. 그런 어느 날 사헌부에 상소문이 하나 답지했다. 이항복의 귀양이 지지부진하자 지켜보다 못한 대북 세력들이 보낸 고약한 상소문이었다.

— 대역죄인 이항복은 대비 편만을 두둔하는 기회주의자로서 호역(護逆: 임금을 보좌하는 것을 거역)한 죄가 있사옵니다. 신 등이 이미 의견을 모아 말씀을 올린 바와 같이 이항복 무리들이 수의(收議: 의견을 모음)한 내용을 들어본즉, 매우 위협적이며 임금을 능멸하고 거칠며 오만방자합니다. 저희와 같은 필력으로는 그 못된 것을 만분의 일로도 형용할 수 없나이다. 분하고 억울할 따름이옵니다. 정홍익과 김덕함은 이항복의 졸개로서 두목격인 이항복보다 죄지은 바가 적습니다. 그러하온대 어찌하여 이항복에게는 관작만 깎는 데 그치옵니까. 대신이라 하여 죄를 사하여주는 것이옵니까? 정홍익과 김덕함은 직접 상감을 욕되게 한 바는 없습니다. 성상께서 이항복을 정홍익 김덕함보다 가볍게 벌한다면 정홍익과 김덕함이 반드시 불복할 것이옵니다. 그러하온즉 이항복에게 속히 위리안치를 명하십시오. 옥당(玉堂: 홍문관의 별칭)에 보낸 글은 모두 기자헌·이항복·정홍익·김덕함들의 죄가 같다고 하였습니다. 그런데 위리안치와 같은 중형을 아랫 사람에게만 적용하고, 벼슬이 높았던 귀한 사람에게는 행하지 않는다면 장차 나라를 어지럽히는 죄인들을 어찌 징계하시려 하시옵니까. 청하옵건대 공론을 좇아서 이항복에게 중벌을 내려주소서.

이이첨 무리들은 반대파의 근원을 뽑아버려야 후환을 막을 수 있다고 보았다. 그 근원은 제자들을 많이 배출한 이항복이다. 그러나 어머니를 내치지 말라는 것, 그것은 왕권을 강화하는 것이지 약화시키는 것이 아니다. 따지고 보면 죄목도 아닌 것을 죄목으로 덧씌워서 몰고 간 것은 무리수고 자충수였다. 명분이 약한 징벌은 필연코 새로운 보복을 낳는다. 편협한 권력의 이념에 따라 날조되고 왜곡된 처벌은 반작용을 가져오게 되어 있었다.

조선에는 십악죄(十惡罪)라는 형벌이 있었다. 십악죄는 △모반죄(謀反罪) △모대역죄(謀大逆罪) △모반죄(謀叛罪) △악역죄(惡逆罪) △부도죄(不道罪) △대불경죄(大不敬罪) △불효죄(不孝罪) △불목죄(不睦罪) △불의죄(不義罪) △내란죄(內亂罪)다. 당쟁이 일상화되고, 그래서 붕당세력이 교체되고 왕이 바뀌는 사이, 사대부 중 제 명대로 사는 사람은 거의 없었다. 이러니 조선사회는 징벌과 보복의 사회고, 서로 밀고하고 음해하고 배신하는 사회가 되었다. 국가적 동력은 이런 것들로 인해 상실되고 말았다. 이런 폐단으로 사대부의 세계관과 인생관이 옹졸하고 꾀죄죄하다. 고구려 이후 천년을 지나온 긴 세월 동안 단 한 치의 땅을 넓히지 못하고 구멍 속의 구더기들처럼 꾸물거리고 사는 작은 민족이 되고 말았다. 구멍 속에서만 군림하는 인생관이 밖으로 뻗어나가는 일본 열도의 무식한 섬놈들보다 못하게 되어버렸다. 서로 못 잡아먹어서 안달복달하는 사이 외침을 허용하는 시간만 준 것이다.

당파를 초월해 일평생 중립을 지키며 유연한 정치가로서의 품성을 지녔던 백사 대감도 덫에 걸려들어 말년이 심히 고달프게 되었다. 험지로의 유배형은 병을 얻은 그에게 죽으러 가란 말이나 다름이 없었다. 정충신은 이런 정치적 내막을 보고 입에서 쓴내가 났다. 그는 위로 차 백사대감의 농막인 망우리 동강정사를 찾았다.

"스승님을 따뜻한 남쪽도 아닌 날씨 험한 함경도 북청으로 유배보내는 것은 누가 봐도 지나친 처사입니다. 사람을 못잡아 먹어서 환장한 자들을 가만두어야 할까요. 권력욕이 이렇게 야비할 수 있습니까? 한 판 엎어버릴까요?"

정충신이 분개하자 이항복이 말렸다.

"그래, 불의에 대한 원초적 대응은 보복이다. 그러나 그것으로 불의가 해결되는 것은 아니지. 보복으로는 결단코 불의를 교정할 수가 없지."

"그러면 어떻게 해야 합니까. 눈에는 눈, 이에는 이 아닙니까. 못된놈의 무리들, 해를 입힌 만큼 돌려주어야지요. 복수주의가 조선조의 정치관 아닙니까?"

백사 대감은 정충신의 말에 직접 대답하지 않고 한동안 먼 산에 시선을 주었다. 백발이 성성하고, 수염이 풍성해서 영상(領相) 관록의 권위가 묻어났으나 눈 주변엔 왠지 쓸쓸한 기운이 감돌았다. 그가 천천히 입을 열었다.

"선한 사람들이 힘을 가져야 하느니라."

그러나 그것은 비현실적이다. 악하고 탐욕적인 자들이 착한 사람들을 밀어내고 힘을 갖는 것이 현실이 아닌가. 반대파를 압살하기 위해 모함하며 악다구닐 쓰는 자들이 권력을 잡는 현실이다. 선한 사람들이 힘을 가져야 한다는 것은 당위론으로서는 맞지만, 권력을 만드는 데는 불필요한 덕목이다. 지금 이이첨 세력은 별 내용도 아닌 것을 가지고 큰 난리나 난 것처럼 뻥튀기해서 목을 치는 논리를 개발하고 있다.

"스승님 말씀은 옳지만 현실세계에서 가능할까요?"

"당장 가능하지 않다고 해서 패배주의적인 생각을 하는 것은 패배를 자초한다."

그러면서 백사가 하는 얘기는 의외였다.

"상감마마의 생각이 며칠 새 바뀌고 있다. 대북 세력에 너무 휘둘리고 있다는 우려를 하고 계신 모양이다."

"그러면 대감 어르신의 귀양도 백지화될 수 있습니까."

"내 안위에 대해서 말하고자 하는 것이 아니다. 전하의 생각이 온전히 돌아오시는 것으로 족하다. 그러면 나는 얼음장 밑에 갇혀도 상관없다."

이항복의 예견이 맞는 듯이 며칠 후 상감의 비답이 내려졌다.

"나라에 공이 많은 중신(重臣)에게 위리안치하는 것은 지나치다. 그러니 더는 거론하지 말라."

그러나 밀리면 끝장이라고 본 이이첨 세력은 그대로 밀어붙였다. 그들이 다시 상소문을 올렸다.

— 기자헌이 먼저 일어나고, 이항복은 그 뒤를 동조했으니 수놈이 울면 암놈이 따라 우는 격이옵니다. 마치 훈호(訓狐: 옆으로 부는 피리와 같은 악기)와 같습니다. 저들이 한쪽 편만 두둔하고 있으니 역적들과 손뼉을 마주치는 날이면 성상께옵서 더욱 궁지에 몰리게 될 것이오며, 장차 헤아리기 어려운 재앙이 불어닥칠 것입니다. 기자헌, 이항복은 역모로써 상감을 업신여기고, 역도를 도와 종묘사직을 어지럽게 한 죄가 하나둘이 아닙니다. 어찌 벼슬을 깎고 중도부처(中途付處: 옛 벼슬아치에게 주어지는 풍광좋은 곳에서 유유자적할 수 있는 가벼운 형벌)로써 두 흉한의 죄를 가벼이 여기시려 하시옵니까. 급히 원악지(遠惡地)로 위리안치 명을 내리시옵소서. (정충신의 《백사북천일록(白沙北遷日錄)》 중에서).

그러나 광해도 그들의 압박으로 권위에 상처를 받은 느낌이 들었다. 적당히 해도 되는 것을 아득바득 험지로 보내라는 것이 의구심까지 생기고 있었다.

달리 보면, 대북의 권세를 묵인하면 이이첨의 세상이 되고, 자신은 허수아비가 될 수 있다. 그래서 "이미 보고한 바를 가지고 번거롭게 재론하지 말라"고 재차 일침을 놓았다. 1617년 섣달 초순 광해는 이항복을 벌하지 말고 고향으로 돌려보내라고 명했다. 그러자 이이첨 무리들이 무더기로 상소문을 올렸다. 상소문 중에는 변조된 것도 있었다. 상소문 대 상소문의 대결이 어지럽게 대궐을 짓눌러 그것 하나로 국사가 마비될 정도였다. 도리없이 광해는 이항복을 평안도 서남단의 용강에, 기자헌은 함경도 정평에 유배를 보내도록 교지를 내렸다. 그러자 이번에는 대북의 중진 백대형·한찬남이 상소문을 올렸다.

— 역적을 두둔하고 전하를 불효로 모는 이항복을 용강으로 귀양보낸다는 것은 지나치게 편파적이며 이항복을 아끼시는 처사이옵니다. 그곳은 물산이 풍부하며 기녀들 또한 넉넉한 물좋은 곳으로 결코 원악지(遠惡地)가 아니옵니다. 다시 배소를 정해주시옵소서.

이런 상소에는 지의금(知義禁: 의금부에 설치한 정2품 관직) 부사 이경함도 가세했다. 귀양지를 극변(極邊)으로 보내지 않으면 자신이 물러나겠다는 협박이었다. 왕은 다시 용강보다 북변인 창성으로, 기자헌은 삭주로 배소를 교체했다. 이것도 이이첨 무리가 찬동할 리 없었다.

— 마마, 창성과 삭주는 중국과 가까운 곳입니다. 임진왜란 이래 정충신을 다리 삼아 중국과 매우 친숙한 이항복을 그곳으로 보낸다면 비밀리에 그들을 시켜 조정을 압박할 것이니 큰 화근이 될 수 있사옵니다. 후금과도 연이 닿아있사오니 변란을 꾸밀지도 모르옵니

다. 바라옵건대 북쪽 아주 먼 함경도 산골로 유배지를 옮기는 것이 지당하다고 사료되오니 통촉하여 주시옵소서.

여기에는 허균 세력도 가담하고 있었다. 상소문을 보고 광해는 자신이 덫에 걸려든 느낌이었다.

정충신이 청파에 있는 이항복의 노가(奴家)를 찾았다.

"영상 어른, 조정이 시끄럽습니다."

정충신은 백사 이항복을 영의정을 지낸 관록으로 영상 어른으로 불렀다.

"절대로 무리에 끼지 말 일이다. 백로는 뱁새가 재재거리는 곳에 가는 일이 아니느니."

"그래서 영상 어른의 유배지로 제가 따라가겠습니다. 유배지가 어디라도 받아들이십시오."

"나는 어디로 가겠다고 말해본 적이 없다. 그들끼리 다툴 뿐이다. 모든 것은 주상 전하의 의중에 달린 것이느니."

"이이첨 세력은 영상 어른이 왕실을 움직이면서 원악지 유배를 피하려 한다고 합니다."

"천한 것들. 어둠의 무리는 그렇게 기회만 있으면 음해하며 조정을 흙탕물로 흩뜨려 놓는다. 진실은 어둠의 무리에게 치명적이므로 그렇게 흙탕물로 헤집어놓기를 좋아하거든. 단순히 이익 때문에 삿된 명분을 만들어 상대방을 압살하니 천한 것들 아닌가? 주상 전하가 이 사실을 아셔야 하는데 모르시는 것이 한이로다."

실제로 왕은 정보의 통로가 막혀 있었다. 이이첨이 상궁 김개시와 중신 이귀를 내세워 어느 시점부터 들고 나는 상소문 중 불리한 것들을 차단했다. 왕좌를 지켜야 한다는 강박관념에 사로잡혀 있는 왕의 심리를 이용해 차단의 벽을 친 것이었다.

"의심만으로 나라를 통치할 수 없는데, 역적을 허위로 신고해도 상을 내리고 있으니, 이것 모두가 간신배들의 농간이구나."

어느 날 이런 일도 있었다. 경복궁 수문장 김위(金渭)가 "임해군의 궁노(宮奴)가 철퇴와 대검을 싸가지고 궁 문으로 들어가는 것을 보았다"고 밀고했다. 이를 보고 대북의 중신들이 임해의 사병(私兵)들을 일망타진했다. 사람들은 "김위가 문을 지키면서 그를 보고도 붙잡지 않고 멋대로 들어가도록 내버려두었다면 그 자체가 직무유기인데, 간악한 점이 통했다." 라고 의심했다.(《조선왕조실록》 광해 5년(1613) 3월 12일). 임해를 치는 명분이 되었으니 허위 사실도 공훈이 되는 것이다.

전 수사(水使) 안위(安衛)는 진사 조덕홍(趙德弘)·조응치(趙應治) 등이 역모를 했다고 상소했다. 왕이 대신들에게 의논하라고 했으나 사람을 파견하여 쫓아가 붙잡아 처치해버렸다(조선왕조실록 광해 5년 (1613) 3월 1일). 이는 사감으로 인한 조작이었다. 이처럼 '역모를 허위로 고발하더라도 고발 당사자는 처벌받지 않는다'는 것이 알려지면서 근거없는 모략이 저잣거리에 넘쳐났다. 이를 직접 목격하고 이항복은 넌덜머리를 냈다. 왕이 의심병을 기화로 이용하는 무리들에게 이용당하는 것이 너무나 마음 쓰라렸다.

"상감께서 토지대장과 호적대장을 정비하고, 왜국에 통신사를 파견하고, 그러는 한편으로 성곽과 무기를 수리해 국방력을 강화하고, 백성의 무병장수를 위해 동의보감을 편찬하는 일을 하면서도 성군 말을 못들은 것이 실로 애석하다."

백사는 마음 속으로 울었다. 마침내 무오년(1618)의 새해가 밝았다. 정월 초하루 설날인데 백사의 친구들과 제자와 선비들이 세찬(歲

饌)을 가져와서 백사를 위로하며 눈물을 훔쳤다. 이들은 대부분 사대부에서부터 지체 낮은 노비들에 이르기까지 골목길이 막히고 좁은 청파 집을 메울 정도였다. 세도를 잡은 이이첨이나 유희분의 집보다 사람이 훨씬 많이 모여들고 있었다. 이이첨 세력이 은밀히 사람을 보내어 사노(私奴)의 집에 출입하는 인물들을 일일이 기록했다. 거기에는 정랑인 제자 최명길, 이시백도 끼어 있었다. 최명길은 모친상을 당한 상제(喪制)의 몸이었다. 정충신이 두 사람을 옆방으로 이끌었다.

"소문에는 또 백사 어른을 남관(南關: 함경도 마천령 남쪽지방)으로 보내자고 하고, 다른 자는 경원으로 보내자 하고, 지의금 윤선이 함경도 삼수로 하자고 했다는군. 삼수 땅은 경원보다도 더 험한 곳으로 옛날부터 그곳으로 귀양간 사람은 귀신에게 먹혀서 살아 돌아온 사람이 없어서 귀문관(鬼門關)이라는 곳이야. 가만 있어야 되나?"

이때 이이첨이 밀대로부터 정보를 받고 입궐해 왕에게 다급하게 말했다.

"상감마마, 설날을 맞아 수백의 패당들이 청파 사노 집에 머물고 있는 백사에게 인사를 하러 갔다고 하옵니다. 그 사람들로 골목길이 미어터진다고 하옵니다. 필시 귀양에 불만을 품고 역모를 꾸미는 조짐임에 분명합니다."

"정충신 궐위장을 불렀는데, 그 자도 거기에 있더란 말이냐?"

"그러하옵니다. 이시백 최명길 따위 제자들이 모여있다 하옵니다. 그자들이 무슨 일을 저지를 것 같사옵니다."

"내밀히 살피고, 정충신을 불러들이렷다!"

정충신이 궁궐로 들어서는데 마침 이이첨을 만났다. 예조판서와 대제학을 겸임하는 막강 권력의 실세답게 그는 도포 자락을 한껏 제껴가며 걷고 있었다. 그의 곁에는 도승지 한찬남이 따랐다. 두 사람은 동갑내기로 핵심 요직을 주거니 받거니 하며 육조(六曹)를 주무르고 있었다.

그들은 몇 달 전 해주옥사(1616년)를 해치운 해결사로서 역할을 다하였다. 해주옥사란 이이첨·한찬남이 반대파인 박승종·유희분 등 소북 세력을 제압한 사건이다.

이이첨·정인홍·한찬남 대북 세력은 소북 세력인 황신·남이공이 황해도로 귀양간 때에 "구월산에 큰 도적이 숨어있다"는 악소문을 퍼뜨리고, 그 배후에서 황신 박승종 유희분 이이첨이 모반을 꾸미고 있다고, 행실이 나쁜 건달 박이빈·박희일 등을 시켜 투서하게 했다. 역모에 이이첨의 이름까지 포함된 것은 범죄 사실의 객관성을 담보하기 위한 술책이었다.

이 사실을 박이빈이 그대로 황해 감영을 찾아 고변했는데, 이이첨까지 무고해 생사람까지 잡는다고 해서 황신과 박이빈이 주살되었다. 황해목사 최기는 박이빈 등의 공초(供招: 범죄 사실을 진술) 내용을 "흉서에 이름이 오른 자는 모두 외척 대신(인목대비의 인척)의 실세다"라는 내용으로 고치려 했다. 인목의 친인척은 무조건 배척대상이었으니 그렇게 조작하려 했던 것인데, 그 역시 역모의 괴수라는 대역죄로 고문을 못 이기고 장독(杖毒)으로 죽었다.

이렇게 해서 경쟁 세력인 소북 세력을 하나하나 제압하고 대북 세력이 국가권력의 핵심부에 들어가 전횡을 휘둘렀다. 결국 광해의 왕권도 이들 이이첨 세력의 신권(臣權)의 눈치를 보는 지경에 이르렀다. 이이첨은 왕에게 보고한 뒤 모처럼 기분좋게 한찬남과 술 한잔 걸칠 마음으로 대궐을 빠져나오려는데 정충신을 만났다. 그는 기분이 확 상한 태도로 물었다.

"정 궐위장이 여기 무슨 일인가?"

"상감마마의 부르심을 받았습니다."

"나도 익히 알고 있지. 그래 백사 대감의 밑자리가 그렇게도 걸더란 말인가?"

"무슨 말씀이시오?"

정충신이 불쾌한 표정으로 물었다.

"백사 대감이 사람 모으는 재주는 대단하지만, 지금 시국이 그럴 때인가? 중신들은 물론 이시백 최명길과 같은 제자들이 청파 사노 집에 구름처럼 모여들고 있다면서?"

"백발의 어르신이 귀양을 가는데 이별의 정도 못 나눈단 말이오?"

"붕당이야 막을 수 없지만 세를 결집하면 어떻게 되는지 아는가?"

"어머니를 내치지 말라는 것이 중죄요? 별것도 아닌 걸 가지고 대역죄인이나 되는 듯이 몰아붙이고, 북변으로 귀양을 보낸다는 것이 말이 됩니까? 선왕 시절부터의 충신을 이렇게 개망신시킬 수 있소? 비정하지 않소?"

"이런 개새끼가 있나?"

한찬남이 버럭 화를 내며 한 대 갈길 태세를 취했다. 이이첨이 막았다.

"아서. 정 궐위장의 기개 하나만은 높이 사겠네. 그러니 백사 대감도 정 궐위장을 수제자로 여기시는 것이지. 참으로 사제의 의리 하나만은 인정하겠네. 하지만 국가대사를 이끌어가는 데는 사사로운 정이 있을 수 없지. 하늘에는 태양이 하나이듯 또 다른 태양이 떠오르면 혼란스럽기만 할 뿐이네. 어서 돌아가시게."

"상감마마를 알현해야 합니다."

"아닐세. 내가 대신 전하겠네. 도승지 어른과 언쟁을 했다는 것이 들어가면 정 궐위장이 곤란해져. 내가 대신 말씀 올려서 산수좋은 유배지로 모시도록 하겠네."

"그럼 기왕이면 남쪽으로 보내주세요. 해남 강진 완도 진도 쪽으로 보내주십시오."

그들은 정충신을 돌려보내고 다시 대전으로 들어갔다. 임금을 마주한 이이첨과 한찬남이 왕 앞에 무릎을 꿇었다. 이이첨이 말했다.

"백사 이항복 대감의 집에는 중신은 물론 무인과 제자들이 구름처럼 몰려있습니다. 한시라도 지체하면 난이 날까 두렵사옵니다. 금방 정충신 공궐위장이 다녀갔던 바, 불만을 잔뜩 늘어놓아 상감마마께 불민을 저지를까 저어되어서 달래서 보냈나이다."

"그래?" 왕이 불쾌한 표정을 지었다.

"도성에 둘수록 시끄럽습니다. 화근을 미리 없애기 위해서는 먼 관북지방으로 배소를 고쳐 명하십시오. 삼수나 북청이 최적지입니다. 그래야 왕래를 완전 끊을 수 있습니다."

"알았다."

상감은 이이첨·한찬남의 거듭된 간언에 지쳐서 명을 내렸다. 백사를 압령(押領)하기 위해 금부도사 이숭의가 청파로 달려갔다. 사노의 집 마당에 이르자 이숭의가 소리쳤다.

"죄인 이항복은 어명을 받들라! 대역죄인 이항복은 날이 밝거든 관북의 북청으로 이거하라! 단 유배소의 위리안치는 면한다!"

정충신이 요청한 남쪽 유배는 성사되지 못했다.

이항복에게 왕명을 전한 금부도사 이숭의가 이이첨의 사가로 달려갔다. 이이첨의 사가에는 군사 800이 포진하고 있었다. 이이첨은 벌써 군사조직을 크게 거느리고 있었고, 왕보다 권력이 세다는 풍문이 돌았다. 그의 집에도 사람들이 바글거렸다. 그에 의해 인사가 좌우되니 중신은 물론 시골의 서생들까지 그의 사가 앞에서 성시를 이루고 있었다.

광해군의 오늘이 있기까지 이이첨의 역할은 지대했다. 왕권을 위협하는 임해군, 능창군, 영창대군을 차례로 제거하고, 인목대비도 폐비와 함께 서인으로 강등시키는 등 굵직굵직한 사건은 모두 이이첨의 머리와 행동에서 나오고 행해졌다. 그것은 어지간한 배포가 아니면 이룰 수 없는 일이다. 그러니 2인자로서 세도가 막강했고, 때로 왕권을 앞선다는 말이 나돌았으니 왕도 어느새 그를 두렵게 여기고 있었다. 왕위의 사수를 위해 그의 머리와 담력을 빌리긴 했지만 해가 갈수록 그의 권세가 높아가자 한참 후의 일이지만 인조반정이 터져서 광해가 쫓겨날 때, 광해는 이이첨 군사의 반란으로 알았을 정도였다.

"대감 마님, 정충신이 스승을 따라 북청으로 가겠다고 나섰습니다. 지금쯤 인마(人馬)를 이끌고 북행하고 있을 것이옵니다."

이숭의가 보고하자 이이첨이 웃으며 대답했다.

"듣던 중 반가운 말이로구나."

"반가운 말이라니요?"

"그렇지 않겠나. 임금의 신임을 받고 있는 군관이 도성에 있다면 귀찮은 존재가 되고 말지. 깐깐한 놈이 궁궐 주변에 얼쩡거리는 것은 여러 모로 신경 쓰이지. 헌데 깊은 산중으로 자청해 들어간다면 우린 도랑 치고 가재잡는 일 아닌가. 손 안 대고 코푸는 일일세."

정충신은 초라한 죄인의 행색으로 수레에 올라 청파 노비의 집을 떠나는 스승을 보고 분하고 억울했다. 구슬픈 말 울음소리가 얼어붙은 아침 공기를 가를 때, 그는 칼을 한번 뽑았다가 칼집에 담았다. 성질대로라면 무엇인가 요절을 내고 싶었다.

　백사의 아들과 손자, 제자들이 여기저기서 가슴을 쥐어짜며 통곡했다. 예순세 살의 노재상이 험하고 궁벽한 산간 북청으로 떠나가는 행차는 한번 떠나면 상여로 돌아오라는 말과 같다. 겹겹이 둘러싸인 험산 준령인지라 산새들도 하늘로 오르지 못한다는 곳이다. 중풍으로 거동이 불편하고 해소병까지 있는 사람이 들어가 살기엔 너무 가혹하다. 정충신은 따뜻한 남쪽 지방에서 귀양살이를 하도록 부탁했건만 이것마저 여지없이 거절당하고 말았다.

　길을 떠나는 중에 중신을 지낸 연릉 이호민 부자와 천안군수 이유간, 첨정 한여징이 간단한 술상을 차려놓고 기다리고 있다가 이별주를 따라주며 눈물을 흘렸다. 또 길을 가는데 멀리서 온 합천군수 김창일이 석별의 인사를 하였다. 이별의 환송식이 지체되어 저녁이 되어서 왕심리(往尋里) 역말에 당도했다. 도성 밖 광희문(일면 시구문)으로부터 십 리 거리라고 해서 붙여진 고을이다. 숙소를 정한 뒤 백사가 시 한 수를 지어 읊었다.

　한번 도성 문을 나서니 수만 가지 일이 모두 재로구나(一出都門萬事灰)
　옛적 놀던 낯익은 터전 고개 돌려 다시 돌아보네(舊遊陳迹首重回)
　하늘엔 종남산빛 보기 좋게 떠있고(浮天好在終南色)
　아름다운 자주빛과 녹색기운 푸르게 서려 있구나(佳氣惚籠紫翠惟)

　옛 일을 돌아보며 권력의 무상함을 노래하고 있다는 것을 알고 모두들 숙연해졌다. 정충신은 한번 들어가면 송장으로 나올 것이 뻔한 스승의 마지막 길을 모시자고 앞장서 나섰다. 음습한 음모가 먹구름처럼 내려앉은 도성에 더 이상 머물고 싶은 마음이 없었다. 배신의 정치가 난분분한 곳에 있다는 것이 환멸스러웠다. 공궐위장이란 것이 또 뭐냐. 있어도 좋고 없어도 좋은 벼슬이 아닌가. 그래서 공직을 떠날 요량으로 스승의 가는 길을 동행하기로 한 것이다.

되놈무덤고개(胡墳峴)를 지나 솔뫼(松山)에 이르자 영덕군수 이인기, 판관 조위한, 정랑 이경직, 평사 최유해·이배원, 참군(參軍) 최연·이대하·이대순이 고개마루까지 따라와 송별하고, 갑산부사 구인후, 상중(喪中)에 있는 이원도 찾아와서 묵필용 종이와 엿을 올리고 백사를 위로했다. 모두 백사의 문하생들이고, 한결같이 문무과에 급제해 벼슬길에 오른 사람들이었다.

무오년(1618년) 정월 아흐렛날이다. 유배행렬이 백사의 고향 포천 인근에 이르렀다. 백사의 친지들 뿐 아니라 마을 사람들과 노비, 길손들까지 길에 나와 백사를 모시겠다고 나섰다. 제자 이경직이 백사 앞으로 나왔다.

"스승님, 고향을 지나치시는데 어찌 그냥 가시렵니까. 하루라도 유숙하고 떠나야 합니다."

그러자 금부도사 이숭의가 소리쳤다.

"중죄인이 금의환향하나? 죄인이 사사로이 움직이면 어떻게 되는지 아는가? 너희는 도대체 공사를 구분 못 하는 잡놈들인가? 물렀거라!"

그때 정충신이 소리치며 그에게 다가섰다. 칼집에 손을 댄 채였다.

"야 이 자식아, 이게 어찌 사사로운 일이냐. 한번 가면 두 번 못올 곳인데, 선영들께 마지막 인사라도 못 올린단 말이냐?"

금부도사 이숭의가 흠칠 놀랐다. 뜻밖의 역공인지라 지금까지 이런 경우를 당해보지 못한 금부도사로서는 당황스러운 것이다. 금부도사라면 왕명을 집행하는 막강 권세를 자랑하는 신분이다. 의금부에 속하여 임금의 특명에 따라 정적을 신문(訊問)하는 일을 맡아보던 종5품 관직인데, 벼슬로는 높은 벼슬이 아니지만 궁궐 내에서 왕명을 따르고 있으니 권세는 막강했다. 이들이 형을 집행할 때 기분에 따라 참혹하게 고문해 죽이기도 하고, 고통없이 편안하게 죽이기도 하는 권한을 갖고 있었으니 은연중 사대부들도 걸려들면 골로 간다고 떨었다.

정충신의 역공에 어리둥절해진 이숭의가 정신을 차리고 크게 꾸짖었다.

"이놈! 나에게 칼을 빼들었겠다? 죽으려고 환장했나? 당장 거두지 못할까?"

금부도사를 호위하고 있는 병졸들이 창과 칼을 겨누어 정충신에게 다가섰다. 정충신이 눈 하나 까딱하지 않고 턱 버티고 서있자 이숭의가 그 기세에 놀라면서도 외쳤다.

"이놈, 칼을 거두라! 뒷골목 패거리처럼 생떼를 쓰면 한 칼에 가는 수가 있다!"

"왕명에도 눈물이 있는 법, 당신은 어찌 피눈물도 없나? 세조대왕 시절 금부도사 왕방연의 일도 잊었는가? 그는 왕명을 받잡고 어린 단종대왕께 사약을 내리러 영월에 갔으나 감히 사약을 올리지 못하고 오열하고 있을 때, 단종대왕을 모시던 공생(貢生: 향교의 심부름꾼) 복득이란 자가 활시위로 목을 졸라 16세의 어린 단종대왕을 대신 죽였다. 왕명을 받아 임무를 수행하지만 왕방연은 눈물이 있어서 천 갈래 만 갈래 찢어지는 가슴을 안고 사약을 차마 올리지 못했던 것이다. 그렇다고 후대에 그를 왕명을 거슬렀다고 비난한 사람은 없었다. 오히려 칭송하였다. 거기서 배운 바가 없는가? 백사 대감이 불충을 하셨대도 훗날 돌아보면 그가 바로 왕에게 충성한 충신이라는 것을 알게 될 것이다. 그릇된 권력의 하수인이 되면 끝내 가문의 후사가 평탄치 못할 것이다!"

너무도 당당하게 누구도 범접치 못할 말을 하니 모두가 벌린 입을 다물지 못하고 서 있었다. 이숭의도 들어보니 그럴싸했다. 어제의 햇볕이 오늘의 그늘이 되고, 오늘의 그늘이 내일의 햇살이 드는 것이다. 정치적 이해관계에 따라 공신(功臣)과 공적(公敵)은 종잇장 한 장 차이다.

"도중에 길주로 가는 기자헌 역당과 만날까 염려되니 고향집에 이틀 유숙하기를 허한다."

이숭의가 꾀를 내어 이렇게 말했다. 사사로운 유정(有情) 때문이 아니라 유배길에 나선 기자헌과 길을 비켜간다는 이유를 내세워 백사의 행렬을 고향집에 머물게 한 것이다.

정월 열여드레 날이다. 말에게 물을 먹이기 위해 냇가의 얼음장을 깨는데 도끼로 무수히 얼음장을 내리쪽어도 꿈쩍하지 않았다. 무서운 추위였다. 오줌을 누면 소변이 떨어지자마자 그대로 고드름이 되어 눈밭에 바스러졌다. 회양(원산 인근)부사 이숙명, 선비 조원방, 뒤늦게 안변 인근의 이천(伊川)에서 쫓아온 돈시 이시백, 포천에서부터 따라온 백사의 자제와 친족, 생질인 토산군수 유부 등 십여 명이 소요령에 이르러 이별했다. 회양부의 속가에 숙박하는데 먼저 귀양을 온 사간원 정언 강대진과 유문석이 어둠을 틈타 찾아와 귀양살이 지혜를 말해주었다.

"귀양살이는 백성들이 보살핍니다. 위험하게 여기는 사람도 있으나 인본지도의상 외면하지 않습니다. 그들 자제들에게 글을 가르치십시오. 귀양살이는 곧 희망사업이 될 것입니다. 귀양살이는 애초에 가난하여 속전(贖錢)을 마련할 수 없으니 몇섬 지기 농사를 지으십시오. 정국이 변하여 대세가 기울면 의정부의 정승이라도 능멸과 모욕을 받게 되는데, 그래도 뒤바뀔 가망이 있는 처지에 있을까 하여 지방수령이 은밀히 먹을 것을 보내고, 아전들이 몰래 찾아오겠지만, 근본이 외롭고 변변찮아 앞길이 보이지 않는 귀양자는 모욕과 학대가 이루 말할 수 없습니다. 대대로 교분을 나누고 정의가 두터웠던 자가 능멸하면 다른 사람에게서 받는 것보다 배나 속을 끓이게 됩니다. 잊으십시오. 도저히 잊을 수 없겠지만 내 건강을 위해서 잊으십시오.”

“걱정되는 것이 연좌법인데, 내 자식들 대가 피해를 받지 않을까 걱정이오.”

백사는 무엇보다 후환이 염려되었다. 굴복할 수 없었지만 그것 때문에 꼼짝할 수 없었다.

“그렇지요. 가장 큰 것이 연좌법인데 삼족, 즉 위로는 아버지 형제에까지 미치니 이는 조족(祖族)이요, 옆으로는 형제와 그 소생에게 미치니 이는 부족(父族)이요, 아래로는 아들 및 손자에게 미치니 이는 기족(己族: 자기 친속)이 되어 멸문하게 됩니다. 여기에 처족까지 미치니 꼼짝할 수가 없나이다. 당쟁의 화(禍)가 미친 이래, 이른바 역적이라는 것이 사실인 경우도 있고 원통한 경우도 있소이다. 원통한 경우는 말할 것도 없지만 비록 사실이라 할지라도 그 아버지 형제나 아들들과 조카들이 무슨 죄가 있단 말인가. 더구나 부녀자까지 노비의 신분으로 만들어 모질지 못한 성격 때문에 자결하지 못하는 것인데, 인인군자(仁人君子)로서는 이들을 측은하게 여겨야 마땅한데 요즘 풍속이 경박하여 무릇 연좌되어 주변에게 능멸과 학대가 심합니다. 부녀자로서 관비가 된 자는 반드시 점고(點考: 명부에 하나하나 찍어가며 사람의 수효를 조사하는 것)를 받게 하는데, 이에 따라서 그 여자들의 얼굴이 예쁜지 어떤지 엿보려드는데 이런 무례가 어디 있는가. 곤궁할 때에 받은 감동은 골수에 새겨지기 마련이고, 곤궁할 때에 받은 원망 또한 골수에 새겨집니다. 그러나 나라를 변혁시키지 못할 시면 체념하십시오. 건강이라도 챙겨야 합니다."(정약용의 《목민심서》 일부 인용)

"참으로 더러운 세상이다."

백사는 하마터면 그 말이 터져나올 뻔했다. 실로 이게 사람 사는 세상인가. 이래저래 귀양가는 사람이 못 기하(幾何)인가.

새도 날아오르기 어렵다는 철령(鐵嶺)에 당도했다. 얼어붙은 재를 넘으면 또 재가 나타났다. 가도가도 고개요, 부딪치는 것은 산짐승인데, 호랑이·늑대 울음소리가 골짜기를 쩌렁쩌렁 울렸다. 다시 산을 올라 고개에 이르니 눈 아래 펼쳐지는 천 겹, 만 겹 산봉우리들이 아득하기만 했다. 이항복은 북청 길이 참으로 멀고 험하다는 것을 보고 살아생전에 고향으로 돌아갈 수 없다는 것을 알았다. 그는 험준한 산 아래를 바라보며 시 한 수를 지었다.

철령 높은 재에 자고 가는 저 구름아
고신(孤臣: 임금의 신임을 받지 못하는 신하) 원루(冤淚: 원통한 눈물)를 비 삼아 실어다가
임 계신 구중 궁궐에 뿌려본들 어떠리

날이 저물어 고산역에 이르렀다. 고산역은 함경도의 역로인 고산현에 딸린 전국 13개의 속역(屬驛) 중 하나였다. 차별이 심하고 관리들의 탐학이 심한지라 민란이 자주 일어나는 곳이었다. 한 점막(店幕)에서 숙박하는데 한 유객이 달려와 소리쳤다.

"두 분 대신(이항복·기자헌)들이 번갈아 이곳으로 유배를 오시는데, 제가 듣기로 백사 공께서 상감의 모후(母后)께 효도를 다해야 한다고 주장하신 일이 죄인으로 몰렸다 하니 이런 무례의 나라가 어디 있소? 국모에게 효도하는 일이 미천한 백성들이 제 부모를 섬기는 일이나 무엇이 다릅니까. 하여간에 지들 꼴리는대로 국사를 주무르니 개판의 나라올시다. 간신배들이 충신을 몰아낸다고 하지요? 그런 나라를 누가 따르겠소? 안 그래요?"

"이놈 물렀거라!"

이항복이 고함을 쳤다. 주변에는 찰방(察訪) 역리(驛吏), 군관들이 깔려있을 것이다. 이곳은 역성 마을이라고 해서 감시도 심하다. 그렇다면 어느 손에 당할지 모른다. 백사는 이런 생각을 하며 그를 위해 일부러 꾸짖고 쫓아버린 것이다.

"이곳을 떠나자."

그곳에서의 숙영을 피하고 유배 행렬은 다시 길을 떠났다. 여전히 북풍이 사납게 불어닥쳤다. 수레는 한 자나 쌓인 눈에 빠져서 나오지 못하고, 말은 지쳐서 늘어져 하얀 입김만 뿜어낸다. 행차 나선 사람들이 나서서 수레를 밀었으나 말은 꿈쩍도 하지 않았다. 마꾼이 채찍으로 말 잔등을 후려갈겼으나 헉헉거리기만 할 뿐, 나아가지 못했다.

"먹이를 구해오라. 건초와 물을 주어라."

정충신이 독촉하니 종 몇이 주변으로 흩어져 눈밭을 헤집고 마른 풀을 뜯어왔다. 건초와 함께 물을 먹이자 말이 금방 근력을 회복하고 눈길을 박차고 나갔다.

"채찍이 아니라 먹을 것이 말을 움직인다. 말도 먹자고 한 일 아닌가."

말은 없었으나 모두들 마음속으로 동의했다. 해질녘이 되어서 고원에 당도했다. 고원의 동헌에 이르러 군수를 찾는데, 군수는 술에 취해서 깨어나지 못하고 있었다. 동헌의 관속들은 이미 퇴청했고, 사환이 나와서 식사 대접이 어렵다고 말하고 사라졌다.

동헌 뜰에 막영을 치고 땔나무를 구해 불을 지피니 송장이 다 된 사람들이 그나마 기신할 정도가 되었다. 아침 일찍 고원을 출발하려는데 고원군수 안대가 교자를 타고 여전히 술이 취한 모습으로 와서 횡설수설했다.

"미안하게 됐소이다. 하지만 대접해야 할 사람이 어디 한두 사람이라 말이지요. 난리가 났다 하면 모두 이곳으로 보내는데, 나도 지쳤소. 관속들이 견디기 어렵소. 인생 막장에 와서 너도나도 도움을 달라고 하면 막장의 사람들이 어찌 되겠소?"

"너는 그렇게 살아라!"

정충신이 꾸짖자 그는 바람처럼 사라져버렸다. 도대체 관속으로서의 의무감이라는 것을 찾아볼 수 없었다.

정월이 지나고 2월로 접어들었다. 유배 행차는 이어지고 있었다. 함흥을 지나고 함원을 거쳐 홍원에 이르렀다. 홍원은 함경도 중에서도 비교적 큰 고을이었다. 홍원성 남쪽에 있는 조생(趙生)의 집에 유숙했다. 조생은 홍원 고을의 명기였다. 미모가 뛰어난데다 노래를 잘하고 시문에 능했다. 몇 해 전 이곳에서 귀양살이를 하던 고산 윤선도(1587~1671)를 모신 기생이었다. 고산은 조생이 맛있는 술을 빚어와 자주 위로를 해주자 다음과 같은 시로 보답했다.

　　나는 굳이 때가 아니라 말했노라
　　너는 나의 알지 못하는 점을 알았구나
　　나의 글 읽는 것 너만 같지 못하나니
　　나의 삶이 어리석다 하지 않겠는가

　이 시는 한양 도성에도 유행이 되어 고산의 이름은 이 시로 더욱 유명해졌다. 그런 조생 집에 묵으니 병들고 지친 몸의 백사는 다소나마 기쁨을 얻은 듯하였다.
　"고산의 애첩이라고?"
　백사가 물었다. 고산은 나이로는 그의 막내아들 뻘이었으나 시문(詩文)이 경지에 올라 이름을 익히 알고 있었다. 뛰어난 문장과 명석한 두뇌가 국정에 반영되지 못하고 자신과 같은 신세가 된 것이 안타까웠다. 아직 젊은 나이인데 운명이 기구하다고 백사는 속으로 연민을 가졌다.
　"애첩이 아니옵니다. 문장이 출중해서 따랐사옵고, 처지가 애달파서 보필했나이다."
　조생이 부정했다. 고산 윤선도는 그때 성균관 유생이었다. 성균관은 조선 최고의 교육기관이지만 유교적 이념을 실천하고 수호하는 상징 기관이었다. 유생의 자격도 생원·진사시에 합격한 자들 중 성적 우수자에게만 입학이 허용될만큼 권위가 있었다. 문묘의 수호자인 유생들은 국가의 안위나 유교의 수호에 관한 사안에 관해서 유소(儒疏)라는 상소문으로 유림사회의 현실인식을 알렸다. 유생의 공론은 조정의 의사에 반하는 것이라고 해도 처벌되거나 무시되지 않았다. 그리고 자신들의 요구가 받아들여지지 않으면 유생들은 권당(일종의 파업)으로 맞섰다. 문묘 수호라는 고유한 기능을 통해 독자적인 정치활동을 보장받았던 것이다.

고산은 강직한 성품 그대로 시비를 가림에 있어 타협이 없었다. 이이첨 대북 세력이 득세해 조정을 분탕질하자 그는 이이첨을 비난하는 유소를 올렸다. 당장 노여움이 떨어졌는데, 광해보다 실권자인 이이첨이 들고 일어났다.

"저런 개자식, 죽여버려야 한다. 유소고 유서고 저런 반항분자는 더이상 필요없다."

방방 뜨는 것을 광해가 말릴 지경이었다. 이렇게 해서 그는 함경도 홍원으로 유배를 떠나왔고, 조생이라는 기생을 만났다. 그 역시 백사와 다를 것 없는 처지였으나 이태 전 이곳을 떠나 남쪽 해남 고향으로 이거했다.

"나는 살만큼 살았고, 글 쓸 기력도 없다. 지필묵이 많이 들어왔으니 고산에게 보내주어라. 문사는 글을 써야 하느니…"

백사는 조생에게 전달해달라고 지필묵을 남기고 다시 길을 떠났다. 따뜻한 곳에 있다가 다시 찬바람을 쐬니 고뿔에 걸렸다. 그러나 바로 눈 앞에 험준한 함관령(咸關嶺: 함경도 함주군 덕산면과 홍원군 운학면 사이의 고개)이 가로막고 있었다. 계곡이 깊고 경사가 급하여 굴곡이 심하나 관북 중부 해안지방의 중요한 종단 교통로라서 반드시 넘어야 할 재였다. 하늘은 먹구름이 가득한 가운데 폭설이 내리고 있었다. 준령을 타고 달려오는 살점을 떼어내는 듯한 북풍이 눈보라를 끝없이 날리고 있었다.

눈이 키 만큼이나 쌓여서 낭떠러지와 평지를 구분할 수가 없었다. 한번 발을 잘못 디디면 천길 낭떠러지로 굴러 떨어져 시신조차 찾을 수 없을 지경이다. 말이 넘어져 수레가 뒹굴고 사람들이 굴러 자빠졌다. 백사는 꽁꽁 언 몸으로 굳어가고 있었다. 눈썹이 얼어붙어서 앞을 보지 못하고, 수염에는 고드름이 하얗게 매달렸다. 정충신이 달려가 번갈아 손을 모아 뜨거운 입김을 불어넣어서 백사의 수염을 녹였다.

이웃 고을에 주둔한 조 첨사가 달려와 "나는 직접 책임은 없지만 어찌해서 대감과 같은 중신에게 이런 극심한 고통을 준단 말인가!" 하고 울부짖으며 통곡하였다. 금부도사가 눈을 부라리며 길을 재촉했다. 그러나 그도 상황을 아는지라 더 이상 단속은 하지 않았다. 이윽고 유배단은 고개를 넘고, 뒤이어 쌍령을 넘으니 고개 아래 숲속에서 무인 이희룡 이언린이 불쑥 나타났다. 행색은 꼭 짐승 무리처럼 여우 늑대 가죽 털옷으로 몸을 감고 있었다.

"대감께서 병조판서로 계실 때 저희들은 대감의 은혜를 입어서 변방의 군진(軍陣)에 보직되어 근무하게 되었습니다. 대감의 은덕에 감격하고 있는데 어찌 이런 행차를 하시는가요."

이들 역시 사정을 알고 혀를 차며 발막까지 행차를 인도했다. 수레가 덜렁거리고 바퀴가 부숴졌다. 군졸들이 나와 새롭게 수레를 만들고 말도 교체해주었다. 군관인 신계의 안내를 받아 떠나니 북청 병사(兵使) 현즙이 우후(虞候)와 육방관속을 거느리고 미리 나와 회천변에 군막을 치고 행차를 기다리고 있었다.

"백사대감, 저는 대감의 명으로 북청 병사가 되었습니다. 참으로 멀리도 오셨습니다. 대감이 죄인의 몸인지라 관아로 모실 수가 없어서 여기에 군막을 친 것을 용서하십시오. 이곳으로부터 북청은 그리 멀지 않습니다."

백사는 착잡한 심정이면서도 안도의 빛을 띠고, 정충신을 불러 지필묵을 준비하라고 일렀다. 그가 시 한 수를 지었다.

  흙더미에 꽂힌 송패에는 북청이라 기록되었고
  나무다리 서쪽 편에는 맞이하는 사람 적더라
  첩첩산중은 호걸을 가두었는데
  천 봉우리 바라보니 갈 길 막혀 갇힌 몸이 되었구나

  유배단은 북청읍내 강윤박의 집에 거처를 정했다. 현즙 병사는 심부름 하는 사환, 부업일 하는 여종, 말 먹이는 남종 한 명씩 제공했다.
  "규정에 없으나 제 뜻이니 받아주십시오."
  강윤박은 건달이었으나 북청에서는 부자였다. 기생 만옥의 기둥서방으로 물장사 따위 사업으로 돈을 모은 사람이었다. 만옥은 원래 북병사로 온 청강 이제신의 총애를 받은 기생이었다. 서울에서 백사가 오자 이제신을 본 것처럼 그녀는 반가워했다. 함경도 병마절도사를 지낸 이제신은 선조 대에 여진족 이탕개(尼湯介)가 쳐들어와 경원부가 함락되자, 패전의 책임으로 의주 인산진(麟山鎭)에 유배되었다가 그곳에서 죽었다. 백사는 친구 청강을 모신 연분으로 허물없이 그녀를 대하였다.
  만옥의 딸 경선까지 기적(妓籍)에 올라있었다. 누구는 청강의 씨라고 했고, 또 누구는 관찰사의 종자라고 했으나 기적에 오른 이상 누구도 대우하려 하지 않았다. 만옥은 서울로 떠난 낭군들을 그리워하며 추억을 먹고 사는 퇴물이었으나 노래와 가야금 솜씨만은 농익어서 그 가락으로 연명하였고, 딸년은 한창 물오른 나이라서 잘 팔려나가고 있었다.
  정충신은 풍족한 집안 살림에 종들이 마당에 가득하고, 항상 술에 취해있는 강윤박을 보면서 거처지를 옮길 것을 염두에 두었다. 찾아오는 사람들 대하기가 여러 모로 민망하였다. 마침 강박의 사위인 유생 집 사랑채가 비었다는 소식을 듣고 백사를 향해 말했다.

"거처지를 옮기시지요."

"나도 그리 생각했다."

먹는 것, 이부자리는 부족함이 없었지만 품격없는 집안출신인지라 여러 모로 불편하다는 것을 백사도 느끼고 있었던 모양이다. 유생의 집으로 거처를 옮기니 사람들이 많이 찾아왔다. 북청 생원 전학령 이정수 김몽진이 찾아와 공손히 인사를 하고 아뢰었다.

"몇년 전만 해도 지방 관장(官長)들이 청렴하고 법을 잘 받들어 백성들이 편안하게 생업에 종사했습니다. 그 시절이 백사 이항복 대감께서 조정에서 정사를 주관하던 때였습니다. 상공(相公: 재상의 높임말)께서 정사를 보셨을 때는 관속의 기율이 분명하고, 백성들은 태평성대를 노래했는데 상공께서 물러나시고 대신들이 바뀌면서 탐관오리들이 늘어나고, 세금을 마구잡이로 거둬들여서 백성들이 견디지 못하고 있나이다. 저희야 대감께서 이 험한 곳으로 오셔서 존안을 뵙게 되니 복으로 알지만, 온 나라 백성들은 어찌합니까."

어느 날은 이웃에 사는 심서 형제가 찾아왔다. 이들 형제는 곧은 선비로서 이이첨 세력에게 대항하다 밀려 갑산으로 귀양온 사람들이었다.

"북청 지방은 보시다시피 매우 춥고 백성들의 사는 형편이 어렵습니다. 산비탈에 손바닥만한 땅을 붙여 사는 사람들이고, 사냥이나 산약초를 캐서 먹고 사는 사람들입니다. 그런데 북관의 지방 관속들이 탐학이 심하고, 관기 풍속도 문란하여 혼탁합니다. 무엇보다 관속들이 백성들의 재물을 착취해서 견디기 어렵다 합니다. 청렴하고 애민하여 백성을 잘 다스리는 지방 관장을 말한다면, 전 병사 유승서와 갑산부사 구인후 공을 꼽을 수 있습니다. 이들은 지난날 백사 공이 천거한 사람들입니다. 백성들이 백사 공을 우러르는 것은 그런 연유도 있습니다. 앞으로도 그런 인물을 뽑아서 파견해야 할 것이옵니다.”

유승서는 백사의 비장을 지낸 사람이고, 구인후는 백사가 병조판서 시절 핵심 막료였으며, 후에 포도대장, 어영대장, 전라도관찰사를 거쳐 반정공신으로서 좌의정에 오른 인물이다.

“알겠노라.”

그들을 물리고 난 뒤 백사가 정충신을 불렀다.

“여기 와서 해야 할 일이 더 많은 것 같으이.”

백사는 판관, 우후, 군수들이 찾아와 술과 고기를 내지만 사양했다. 정충신은 스승이 추위와 먹는 것에 대한 불편으로 날로 몸을 버거워해서 기분전환 요량으로 호랑이 사냥을 준비했다.

어느 날 사냥꾼들이 밤새 눈이 한 자 이상 쌓였는데 호랑이 발자국이 있다고 병사에게 알려왔다. 병사는 보고를 받고 즉시 기마 병졸들을 이끌고 정충신을 찾았다.

“정 공, 호랑이 사냥을 나가겠습니다. 백사 대감께서 기운이 나시고 기분전환도 하시도록 사냥 솜씨를 보여드리겠습니다. 아뢰어 주십시오.”

정충신은 백사의 울적한 마음을 달래주기로 하고 사냥을 진행하라고 지시했다.

여러 필의 기마병이 병사를 따라 눈보라치는 벌판을 다투며 산속 깊이 들어갔다. 얼마후 그들은 표범 한 마리를 몰고 나왔다. 표범은 중송아지보다 컸다. 기마 병졸들이 좌우로 퍼져 말을 달리면서 화살을 날렸다. 여러 화살이 빗나갔지만 그중 두세 대가 표범의 몸에 명중했다. 표범이 눈밭에 나뒹굴었다. 표범의 피가 선연하게 눈밭에 번졌다. 병사들이 발악하는 표범에게 달려들어 큰 몸뚱이를 쩌누르고 네 발을 능숙하게 끈으로 묶은 뒤 긴 몽둥이를 밀어넣어 들쳐메더니 백사 앞으로 달려왔다. 그리고 먹통에 대나무 빨대를 꽂아 피를 한 사발 받아서 백사에게 내밀었다.

"기운 차리십시오. 유배는 건강입니다."

백사가 주춤거리자 정충신이 대신 받아서 피를 마셨다. 따끈한 온기가 느껴지는 표범 피는 비릿했으나 상쾌했다. 반쯤 마시고 백사에게 사발을 내밀었다.

"스승님, 기운이 날 것입니다."

귀양지를 지키는 병사가 조보(朝報: 조정의 소식)를 가져왔다. 조보에는 인목대비에 대한 정청(庭請)이 완결되었음을 고지하고 있었다. 정청이란 국가에 중대사가 있을 때 세자 또는 의정이 백관을 거느리고 궁정(宮庭)에 이르러 계를 올리고 전교를 기다리는 일이다. 내용은 인목대비의 존호를 삭제하고 '대비' 두 자를 버리고, 서궁(덕수궁)에 유폐시켜 단지 '서궁'이라 부르라는 교서다.

"역모사건을 다스리는 것이 죄의 형편을 알아보지도 않고 편견에 의하여 엄하게만 다스리고 있으니 인목대비 폐위를 청한 무리들이 실제로는 큰 역적이다. 내가 아는 가까운 사람들 중에도 폐비를 주장하는 정청에 참여한 자가 있으니 한심스럽구나."

백사는 궁궐 내에서 벌어지는 난폭한 일들로 하여 장차 임금에게 큰 화가 미칠 것이라고 걱정했다. 예법의 나라에서 예의범절을 치는 것은 치명적인 화근의 근거가 된다.

"상감마마의 드높은 기상이 망쳐질 것 같아 안타깝구나."

그는 간신배의 무리들이 왕권을 넘어섰다고 속을 끓였다. 마음을 상하니 기력이 쇠해지고, 풍기(風氣)마저 더해져 백사는 손발이 마비되기까지 했다. 정충신이 스승을 따라온 것은 단순한 수발을 드는 것이 아니요, 참모로서의 역할을 다하는 것인데, 궁중 사정을 잘 모르니 답답했다.

이항복은 조섭(調攝: 병 치료를 위하여 몸을 보양하는 것)을 회피했다. 신임 판관 조정립이 부임해 왔다는 말을 듣고 그는 더욱 절망했다. 판관이 교체된 것은 두말 할 것 없이 그를 감시하기 위한 것이다. 조정립은 대북 정인홍의 문하생으로 간관(諫官)으로 있을 때, 백사를 모함하고 공격하는 데 앞장섰던 인물이다.

"귀양지까지 이게 뭔가."

정충신이 주먹을 쥐고 복수할 태세를 갖추자 백사가 고개를 저었다.

"아서. 조정립은 요사하고 간사한 역적 무리의 한 사람이나 나에게는 오히려 잘 되었다. 나를 감시 차 온 것이니 나의 사는 모습을 보는 것이 다행스런 일이 아닌가. 바라건대 항상 몸과 마음을 반듯하게 해야 할 일이다. 새 판관을 두려워할 이유가 없다."

수성 찰방 정양윤, 온성 판관 김호가 북청에 도착했다. 그들은 대간(臺諫; 사헌부의 관직)으로 재임하면서 백사를 원악지로 귀양 보내자고 주장한 무리들이다. 이이첨에게 아첨하고 인목대비 폐비를 반대한 무리를 제거하는 데 공을 세워 특차되어 고급 지방 관속으로 승진한 사람들이었다. 백사는 온몸이 묶인 신세라는 것을 알았다. 귀양을 왔어도 중앙정치의 연장선에 있었던 것이다. 어느 날 정양윤과 김호가 백사를 찾아와 문안을 드렸다.

"저희들은 대감을 원악지로 귀양 보내도록 주장한 바 있는데, 이곳에서 다시금 대감을 뵙게 되니 묘한 인연인가 합니다. 지난해의 일이 어찌 저희들 본심에서 한 일이겠습니까. 한 목숨 부지하고자 죽기 싫어서 했던 일이오이다. 대비 폐위 문제에 신경이 날카로워지고, 대북 세력이 무서워 누구 하나 그들의 주장에 거부하는 사람이 없었나이다. 한 치의 혀끝을 잘못 놀리면 죽음에 이르는 형편이니 어느 누가 바른말을 하거나, 자기 주장을 할 수 있겠습니까. 애초에는 저희가 신분을 감추고 임지로 부임하고 대감을 찾지 않으려 했으나 양심상 그럴 수 없어서 찾아뵈었나이다. 대감의 귀양살이가 지방 관속들에게도 귀감이 되고 있으니 고마울 따름입니다. 어진 행적은 헛되지 않다는 것을 보고 있나이다. 저희의 실책을 용서해주십시오."

이렇게 말한 그들이 백사의 병색을 동정하였다. 백사가 말이 없자, 그것이 섭섭했던지 정양윤이 나섰다.

"대감, 한 말씀 주서야지요."

백사가 말없이 지필묵을 꺼내어 딱 두 글자를 써주었다.

"위민(爲民)."

글자를 내려다보던 김호가 읊조렸다. 그들은 더욱 머리를 수그렸다.

첩첩산중 북관 땅에도 봄이 완연하여 비탈의 밭고랑에도 아지랑이가 피어올랐다. 병사가 백사를 위해 거처 서쪽에 시냇물을 끌어들여 연못을 만들고 띠짚 정자를 세웠다. 백사는 중풍이 재발한 뒤로는 문을 굳게 걸어 잠그고 문밖 출입을 멀리했다.

병사가 찾아와 문안을 올리고 말했다.

"북청 성안에 도경당이라는 정자가 있습니다. 도경당의 연못에는 연꽃이 만발하여 연못을 덮었고, 배꽃 향기가 그윽합니다. 함께 나가시지요."

"고맙지만 내 발로는 나가지 않겠소. 나라에 어려운 일을 당하여 바른 직언을 한 죄로 귀양 온 죄인이 한가롭게 구경이나 다녀서야 되겠소? 불의를 보고도 말하지 않은 것은 정직하지 못한 사람이요, 의리와 정의감이 강한 사람이 많아야 나라의 기강이 바로 서는데 임금의 용포가 어울린다든지, 걷는 품새가 아름답다는 따위로 아첨하니 세상이 어지럽게 되었소이다. 대궐이 둘로 나뉘어 서로 대립하고 싸우고, 삼공(三空)이 이미 오래되어 왜나라나 오랑캐 무리에게 침략의 기회를 주었으니 나라가 패망할 징조가 임박하였소."

삼공이란 농토가 텅 비고[田野空], 조정에 인재가 텅 비고[朝廷空], 창고가 텅 비는[倉廩空] 것을 말하고, 서로 증오(證悟)의 경지에 이르는 것을 말한다.

5월 열하룻 날. 현 병사가 타지방으로 전근을 가게 되어 홍원군수가 전별연을 열었다. 초청을 받은 백사가 군수가 권하는 대로 술잔을 받았다. 근래 건강 때문에 마시지 않던 술을 마시니 금방 취해서 얼굴이 붉어졌다. 백사는 이 사람 저 사람이 올리는 술잔을 거절하지 않고 모두 받아마셨다. 잠시 후 먹은 것을 토하고 쓰러져 정신을 잃었다. 숙소에 머물러 있던 정충신이 연락을 받고 연회장으로 뛰어들어 소리쳤다.

"누가 이렇게 무식하게 술을 권했나?"

좌중은 상황이 이런지라 아무도 대답이 없었다. 정충신은 그러나 조금은 눈치를 챘다. 백사 대감이 근래 거의 생을 포기하고 있었던 것이다. 귀양살이는 그만큼 심리적으로 불안정했다. 한때 나라를 호령하던 재상이 초라한 산막에 박혔으니 그 비애는 오죽하랴. 그러니 주변에서 잘 관리해야 하는데, 잠깐 방심한 사이 속절없이 이런 일을 당한 것이다.

백사는 눈을 감은 채 숨을 가쁘게 내쉬며 꿈꾸는 사람처럼 헛손질을 하고 있었다. 거처를 옮겨 간호에 나섰으나 여전히 사람을 알아보지 못했다. 혼수상태가 계속되어 목숨이 붙어있다는 것은 오직 코 고는 소리뿐이었다. 새벽닭이 울고 동이 틀 무렵, 백사 이항복(李恒福, 1556~1618)은 운명했다. 무오년 5월 13일 인시(寅時)다.

다음날 오시(午時)에 염을 하는데 벌써 시체가 상하기 시작했다. 5월이라고 했지만 4월에 윤달이 끼어 있어서 6월이나 다름없는 날씨고, 기후는 벌써 여름철로 치닫고 있었다. 염을 진행할 때, 백사의 소실이 기절을 하였다. 소실마저 정신을 잃게 되자 상을 두 사람 치를까 염려하여 온 집안이 경황없이 불안했다. 이틀이 지나자 시체의 부패도가 심해 귀·코·입·항문 쪽에서 분비물이 흘러내리고 있었다. 정충신이 역한 냄새를 마다하지 않고 면포로 송장의 구석구석을 깨끗이 씻어냈다. 이런 모습을 본 문상객들이 그에게 머리를 조아렸다. 관습대로 이틀 후 관염을 하였다. 관 목재는 유삼(油杉)을 썼는데 두께가 세 치나 되는 좋은 목재였다. 삼림지대인지라 널을 짜는 데 좋은 재목을 구할 수 있었다. 유족들은 천리 타향에 있으니 정충신이 상주 노릇을 하고 있었다.

별세 열흘 만에 3남 규남이 도착했는데 당도하자마자 그도 쓰러졌다. 먼 길을 달려오느라 지친 데다 곡기마저 빈약하니 기운이 떨어져서 혼절해 생명이 위독한 상태가 되었다. 이를 지켜보고 있던 첩실이 또 졸도하여 죽고 사는 것을 분간할 수 없게 되었다. 문상 온 사람들이 한결같이 통곡했다.

"세상에 귀양온 것도 서러운데, 억울하게 죽은 꼴을 보고 혼절하지 않을 사람이 한둘이겠는가."

정충신이 관병들을 불러들여 명했다.

"죽은 목숨은 어쩔 수 없다. 산 사람을 또 초상을 치게 돼서야 되겠는가. 별채로 옮겨서 의원을 불러들여 약을 달여 먹이고, 무슨 일이든 기력이 회복하도록 하라."

문상 온 고을 사람들 중에 한 선비가 지분자(복분자) 한 광주리를 가지고 와서 백사의 영연(靈筵) 앞에 놓았다.

"이것은 공께서 한번 맛보고 싶어하던 열매올시다. 내가 마침 갑산에서 벌겋게 익은 지분자를 따서 공을 생각하며 가지고 왔습니다."

백사 타계 열이틀 만에 기마병이 말을 달려와 고인의 죄를 사면하고 모든 공신의 칭호와 벼슬을 복작(復爵)시켜서 영구를 정중히 호송하여 대신의 범례대로 예장(禮葬)하라는 상감의 특명을 알렸다. 장지를 지키던 사람들이 감읍해 너나없이 한양땅을 향해 넙죽 엎드려 절하며 울었다. 무지랭이 백성들은 이런 모습이 생뚱스럽다고 한마디씩 털어놓았다.

"이게 말입메? 막걸립메? 북풍 몰아치는 험지로 몰아넣어 죽으라고 염불 외던 자들이 정작 죽자 관직 복작과 함께 대신의 예로 예장하라고? 못된 놈들."

"그러게 말이야. 그럴 것 같으면 애초에 이런 짓을 말아야지."

그들은 근사하게 장례를 치르는 것에도 불쾌해했다. 죽은 사람이 무엇을 알 것이며, 상에 차려진 그 많은 진미를 맛볼 수 있을 것인가. 산 사람들이 자기들 권세를 돋보이게 하려고 하는 것으로밖에 보이지 않았다. 자질(子姪)들이 달려온 것은 스무날이 지나서였다.

영구가 고향으로 돌아가기엔 또 다른 난관에 부닥쳤다. 땡여름에 관을 메고 가면 상여꾼들이 부패한 유체의 물을 다 뒤집어쓸 것이 아닌가. 상감으로부터 대신상의 특명을 받은지라 상여 제작도 뽄대가 나게 해야 했다. 시신이 한 달 가까이 관 속에 있는데다 날씨가 무더우니 날마다 썩은 물이 흘러내려 민망한 일이 벌어지고 있었다.

이항복과 함께 바른 말을 했다가 북관 땅 길주에서 귀양살이하던 기자헌이 보내온 만시와 평안도관찰사 장만이 써준 만장, 한양에서 보낸 수백 장의 만장을 대나무에 꽂아 앞세우고 길을 떠나니 백사가 타계한 지 34일 만이었다. 하지만 억수같이 비가 쏟아져서 첫날부터 출발하지 못하고 앞 냇가 언덕에서 장막을 치고 하룻밤을 묵었다. 다음날 길을 떠나지만 여전히 폭우가 내려 평지가 수몰되고 계곡이 강이 되었다. 상여꾼의 목까지 물이 찼으니 자칫 영구가 물에 떠내려가 시체가 사라질 판이었다. 지친 상여꾼들을 독려하며 정충신이 관병들을 향해 명했다.

"배를 만들어 띄우라."

상여를 잠시 계곡의 바위 모서리에 올려놓고, 안변부의 상여꾼들이 산에 올라 나무를 베어와 뗏목을 만들었다. 뗏목 위에 상여를 올리니 불어난 잔 물살을 부수고 상여가 떠밀려갔다. 사투를 벌였던 상여꾼들이 뗏목에 의지해 힘 안들이고 따라 내려갔다.

철령 고갯마루에 이르자 직각의 험한 재가 나타났다. 상여꾼들의 입이 딱 벌어진 채 다물 줄 몰랐다. 게다가 다음 고을의 상여꾼과 교대하기로 했는데 소식이 없었다. 한참 지난 뒤 회양군수가 편지를 보내와 회양 상여꾼은 회양 관문에서 교체하는 법이라며 시오리 밖 관문에서 기다리겠다고 했다.

"제기랄 놈들, 우리더러 저 철령을 넘으라는 거야?"

안변부의 상여꾼들이 불같이 화를 내고 있었다. 정충신은 고개를 쳐들기도 힘겨운 철령을 바라보며 넋두리 했다.

"대감이 죽어서나 저 고개를 넘어가게 될까 탄식하시더니 결국 넘지도 못하게 되었군. 한이 많아 상여조차 고개를 못 넘어가려 하는구나."

사다리를 만들어 상여꾼들이 간신히 철령을 타고 넘었다. 상여꾼들의 교대도 이뤄지지 않자 상여꾼들의 일부가 도망을 갔다. 사람을 구했으나 나서는 자가 없었다. 갈수록 날이 지체되었는데, 통천—모탄—평강—금화—철원—양문—양평 고을을 통과하자 한 달이 넘었다. 달포면 닿을 길이었다. 포천의 초입에서부터 일가친척들이 연도에 나와 통곡했다. 백사가 북관에서 귀양살이 중 객사해 워낙 멀고 길이 험해서 문상 오는 것을 포기한 사람들이었다.

이항복을 두둔했다는 이유로 멀리 영남으로 귀양간 문하생 이명준이 불원천리하고 달려와 상여 앞에서 통곡했다. 한음 이덕형의 아들 여규와 여황도 달려와 문상한 다음 정충신을 붙들고 울었다. 이덕형은 5년 전에 타계해 이들은 오성(이덕형)의 죽음을 아버지가 죽은 것만큼이나 슬퍼했다. 전라도 나주목사로 근무 중인 문하생 오진, 전라우수사 이계선도 이천 리 길을 달려왔다.

포천군 가산면 금현 장지에 들어서니 백사 타계 만 두 달 만이었다. 백사의 외종손 금양위 박미와 사위 윤인옥이 무덤을 파놓고 상여 행렬을 기다리고 있었다.

"오랜만이군. 장인 어른 모시느라 고생했네. 가족보다 더 가족 같은 사람이군."

윤인옥이 정충신에게 정중히 예를 취했다. 젊은 장교 시절 객기로 목따기 장기 내기를 하고, 의주 기생들과 함께 놀았던 사이다. 그런 사람이 벌써 호호 백발이 되어 있었지만, 장난기는 여전한 듯 장인의 죽음을 그렇게 슬퍼하는 것 같지도 않았다. 시체는 시체일 뿐이고, 송장 하나에 웬 성화냐는 태도였다. 사위 자식 개자식이란 말이 맞는 것 같았다.

"산역 일을 반도 못 했네. 지겹게도 비가 계속 쏟아지니 끝내지 못했어. 망인에게 예가 아니지만 매장을 더 기다려야겠네."

흙을 파서 묘지를 닦고 혈에 석회를 구해와 바르고 유해를 안장하니 8월 4일이었다. 산 사람과 죽은 사람이 비로소 영원히 이별하게 된 순간이다. 두 달 반 이상을 상여를 끌고 북청에서 포천까지 온 사람도 시체가 될 판이었다. 주변 사람들이 그런 정충신을 향해 위로했다.

"아무리 죽은 이가 훌륭해도 이건 못할 짓이야. 생사람 잡게 생겼어. 내가 화가 나네 그려."

그들도 윤인옥과 비슷한 말을 하고 있었다.

"무슨 말씀을 그렇게 하시오? 더 못해드린 것이 죄송하고 가슴 아플 뿐이오."

"안쓰러워서 하는 말이오. 결례를 했다면 용서하시오. 정말 충절이 예사롭지 않소. 무인이라서 치상(治喪)하는 예법과 상구(喪具)를 다루는 법이 서투를 줄 알았는데, 예를 다하여 스승을 모시는 모습이 감격스럽소. 공이 얼마나 덕을 쌓았기에 저런 호강을 다하시나. 그래서 백성들도 감격하고, 공의 죽음을 애달파하는 것 같소."

최명길과 이시백이 달려왔다. 그들은 각자 임지에 묶여있느라 미리 올라오지 못했다.

"우리 대신 정 귈위장이 수고하셨어요."

진정을 담아 치사를 한 뒤 최명길이 물었다.

"이제 장례 끝나면 한양으로 돌아가야지요?"

"삼년상을 치러야지. 시묘지기를 하겠네."

"뭐, 시묘지기?"

시묘지기란 말에 그들은 똑같이 놀랐다. 스승에 대한 예를 다한 것이 혈육보다 깊다고 감격했으나, 그렇다고 할 말이 없는 것이 아니었다.

"후금국의 국서가 조정에 전달되었는데, 나라를 위협하는 내용이래요. 조정 대신들이 한결같이 분노하고 있소. 당장 명나라에 증원군을 파견해야 한다고 의견이 모아지고 있다니까요. 시묘살이 할 때가 아니오."

"대신들이 사태를 잘못 파악하고 있군. 후금국과 왜 대결하려고 하지?"

"하면?"

"후금국과 원수질 일 있어? 친교해야지."

"만운(정충신의 아호)형님, 백사 대감이야 나의 스승이기도 하잖소. 나 역시도 스승의 죽음을 애도한다니까요. 하지만 슬퍼한다고 육신이 살아 돌아오나요? 형님은 현실감각이 없는 게 탈이오."

최명길이 대들었다. 정충신보다 열 살이 아래였으나 어려서부터 백사 대감의 문하생으로 동문수학했으니 가까워진 사이다. 최명길은 어려움에 처해 멸문지경에 있었으나 신진 청년으로 무섭게 자라고 있었다. 영흥부사로 있던 그 아버지 최기남이 계축옥사(1613년 대북파가 인목대비의 어린 아들 영창대군 및 반대파 세력을 제거하기 위해 일으킨 옥사. 칠서지옥이라고도 한다)에 연루되어 목숨은 부지했으나 가평 산골에서 은둔생활을 하고 있었다.

최명길은 일찍이 한 해에 소과와 대과시험을 모두 통과하는 천재성을 발휘했다. 최명길은 여덟 살 때 "오늘은 증자(曾子)가 되고 내일은 안자(顔子)가 되고, 그 다음날엔 공자가 되리라"라고 말했을 정도로 크면서도 배포와 이상이 높은 청년이었다. 홍문관 전적으로 첫 관직에 오르더니 광해군 6년(1614년)에 병조 좌랑에 임명되었다. 아버지가 인사상의 불이익을 당했으나 광해는 최명길을 인정했다. 그의 개혁정책을 따랐기 때문이다. 최명길이 한사코 벼슬도 버리고 스승의 묘소에서 은거하겠다는 정충신을 한양으로 데려가려고 한 것도 광해와 개혁정책을 함께 하자는 열망 때문이었다.

　"개인적 불이익이 있어도 상감마마의 노선이 옳으면 따르는 것이 정의로운 태도 아니겠소? 형, 상감마마가 아버지의 옷을 벗기고, 그 연좌로 나에게도 불이익을 주자고 주변에서 상소하지만, 난 그런 사사로운 것에 좌우되진 않소. 왕과 이념적 동질성을 갖고 함께 일하는 것이 훨씬 대의에 부합되니까요. 일하려는 왕을 피하는 것은 군자로서 도리가 아니지요."

　"나는 상감마마가 아니라 사대부의 협잡과 모함과 배신이 싫다. 왕이 거기에 휘둘리는 모습도 볼썽사납고…."

　"그래서 스승님의 무덤을 지키겠다는 것이오?"

　"그래. 그렇게 한 세상 보내려 한다. 이런 세상에서 내가 할 일이 무엇인가."

　"혼탁하니까 개혁에 나서야지요. 또 상감의 내정이 불안정할수록 우리가 도와야지요."

　"난 젊은이가 아니야."

　"정신이 젊으면 됐지, 나이로 판정하나요? 상감마마의 지나온 삶의 족적을 더듬어 볼 적시면 동정이 가지 않는 바도 아니요. 선왕으로부터 얼마나 구박을 받았소? 좌불안석을 견뎌온 것만 봐도 대단한 내공을 쌓은 분이오."

"모두를 불신하니 문제지."

"그런 당사자야 얼마나 고통스럽겠습니까. 여기저기서 왕권을 노리는 것 같고, 그런 가운데 내치(內治)는 불안정하고, 그러니 심리적으로 안정돼있지 못하지요. 지금 조정은 명나라를 신주단지 모시듯 하면서 후금과 적대적으로 나온단 말이오. 명에 지원군을 보내자고 야단이오."

"그것은 안 될 일이지."

"거 보시오."

기득 사대부는 후금을 배제하자는 논리가 지배적이다. 일찍이 조정은 옛 관성대로 척화론을 내세우고 있었다. 북방 오랑캐인 여진족과 군신의 의리를 맺는 일은 자존심의 포기이자 가당치 않은 굴욕으로 여기고, 멀리해야 한다는 주장이 공론화 되었다.

"금수만도 못한 자식들이 감히 양반의 나라를 기웃거려? 조선 여자 훔쳐간 것만도 벌써 몇천 명인데? 성폭행을 다반사로 하는 새끼들은 말 그대로 금수야. 애초에 상종을 말아야지."

조정은 누르하치나 그 아들 다이샨, 홍타이지가 수교하자고 요구한 것을 벌레 취급하듯 털어버렸다. 그러나 정충신이나 최명길은 교류해야 한다는 주화론을 펴고 있었다. 후금을 멀리하는 것은 장차 큰 피해와 손실을 가져다 줄 수 있다. 후금은 다행히도 조선을 조상의 나라로 따르고 있지 않은가.

정충신과 최명길이 살았던 시기 조선은 점차 명분론은 퇴조하고 상대적으로 현실적이고 개혁적인 이념이 전면에 나타나 충돌하고 있었다. 여기엔 광해의 사고가 바탕이 되었다. 그는 개혁적이었다.

다만 왕권의 강화를 위해 정치보복을 가하고, 궁궐을 요란하게 짓고 있었다. 그것만 잘 조율하면 성군의 반열에 오를 임금이었다. 최명길이 나서자고 한 것도 그 때문이었다.

"광해 임금의 현실 인식은 건강해요. 다만 궁궐을 때려짓느라 국가 재정이 고갈되고, 고관대작에 대한 면세와 면역이 강화되어 편파적인데, 이것을 바로잡아주면 돼요. 우리 시대에 그런 개혁군주가 있다는 것도 얼마나 행운입니까. 그러니 갑시다. 가족도 아니면서 시묘살이하면 남들이 이상하게 보지요."

그때 광해는 신료들의 주장으로 명에 1만 8천의 응원군을 보내기로 결정했다.

최명길과 이시백이 궁궐로 돌아간 뒤, 조익(趙翼)과 장유(張維)가 정충신을 찾았다. 이들은 나중에 좌의정과 영의정을 지낸 문신들인데, 최명길·이시백과 함께 문방사우로 통하는 사이였고, 모두 백사의 문하생들이었다. 정충신은 이들의 선배였다.

"사형(詞兄)이 묘지기를 하시는 것에 다들 안타까워 합니다. 우리 대신 스승님의 묘를 지키는 것이 고맙긴 하지만, 지금 이 마당에 벼슬을 버리고까지 묘를 지킨다는 것이 좀 그렇다는 것이지요. 대북세가 이이첨을 중심으로 날로 득세하는데, 우리도 세를 모아야 한다는 것이지요."

"난 무파벌, 무계보란 걸 모르나? 내 걱정은 말고 너희들이나 잘해."

"도대체 도성이 뒤숭숭하단 말입니다. 산막을 지킬 때가 아니란 말입니다. 최명길·이시백이 사형을 잘 설득하라고 해서 왔습니다."

"안 나간다니까. 쓸데없는 분쟁거리에 휘말리고 싶지 않아."

두 사람은 정충신의 시묘살이를 격려차 찾은 것이지만 마음속에 품었던 답답한 얘기들을 후련하게 쏟아낼 수 있는 것이 좋았다. 산간 초막에서는 어떤 자유도 누릴 수 있는 것이다.

정충신이 백사 출상 뒤끝에 남은 술을 내놓았다. 장유가 대취한 끝에 말했다.

"만운 형님, 생각이 어떤 건지 말해주세요. 대비마마를 폐비시킨 점, 동복형인 임해군을 교살한 점, 이복 아우인 영창대군을 증살(蒸殺)한 점, 배신의 권력다툼을 벌이는 이이첨 무리를 중용한 점, 궁궐 확장 공사를 펼쳐서 재정을 도탄에 빠지게 한 점, 왕기가 서렸다는 곳에 산다는 이유로 친척인 능창대군을 사사한 점, 온갖 옥사를 일으켜서 인명을 살상한 점, 이걸 어떻게 생각하세요?"

"이걸 나에게 묻는 거야?"

나이도 먹을 만큼 먹은 자들이 내놓고 불만을 말하는 것이 정충신으로서는 철없는 짓이라고 생각했다. 무엇보다 왕으로부터 신임을 받고 있는 자들이 아닌가.

"이거 누구 생각이야? 상감마마의 총애를 받고 있는 신분들 아닌가. 최명길 생각은?"

"그도 속이 오죽하겠습니까. 아비가 삭탈관직이 되어서 가평 솔숲에서 눈물로 지내시는데…"

"제 가친도 당했습니다."

장유의 가친도 유배형을 살고 있었다.

"만운 형님 생각을 듣고 싶습니다."

"어머니를 유폐하고 동생을 죽인 것, 명의 은혜를 배신한 것, 거대한 토목공사를 일으킨 것을 가지고 움직이자는 것이야? 물론 어머니를 폐한 것은 문제가 될 수 있지. 하지만 대비라도 폐하면 서인으로 강등시켜 사가로 쫓아버리는데 유폐시키긴 했어도 궁궐 밖으로 쫓아내진 않으셨지. 시호와 직첩(職帖: 대비의 직분)을 거두시지도 않았고….”

“그럼 잘한 일입니까?”

단박에 장유가 적의감을 품고 물었다.

“이 자식들이 왜 이렇게 단순해? 전하께옵서는 단지 계모에게 효도를 하지 않은 것뿐이지, 천륜을 버린 것은 아니잖나. 영창대군을 죽인 것도 직접 지시한 것이 아니라 아첨배들이 알아서 저지른 일이야. 선왕 시절부터 아부쟁이들이 이런 짓으로 점수를 따고, 요직을 차지했거든. 그 재미로 사는 놈들의 짓이야.”

“그런 것을 못 막는 책임도 있지요.”

“그런 전통이 대를 이어서 오늘에까지 이른 거야. 나도 답답하다. 위협도 안 되는 임해군을 죽여서 스스로 정치적 약점을 만든 것이라든지, 이런 것을 무마하겠다고 명나라 사신에게 막대한 뇌물을 바치고, 그것을 관례로 만들어버린 흠결이라고 생각하지.”

“그러니까 임금의 개인 사정과 감정 문제로 나라 전체가 골탕먹어야 하느냐구요?”

장유가 나섰다.

“장만 장군이 도성에 들어와 있습니다. 명나라 파병 문제로 임금께서 장만 장군을 부르셨는데, 장 장군께서도 상황이 진정될 때까지 궁궐 공사를 중지하자고 건의했습니다. 사형은 장만 장군을 모시고 연경에도 갔다 오신 분 아닙니까. 장 장군의 뜻을 헤아리지 못한단 말이오?”

31장 광야에서

　광해는 장만(張晩: 1566~1629)을 궁으로 불러들였다. 장만은 평안
도·함경도 국방 요지에서 관찰사로, 지금은 체찰부사(난리가 나거나
비상사태가 발생했을 때, 각 도를 순방하며 군사와 행정을 점검하던 종2품 벼슬)로
복무하고 있었다. 여진족이 흥기하여 후금을 세운 뒤 명나라를 노리
고, 조선의 변경을 안집 드나들 듯하며 약탈하는 것을 손금보듯 살
펴보고 대비하던 장수였다. 변경의 상황을 누구보다 잘 알고 있었던
지라, 광해가 장만을 부른 것도 그 연유였다.

　"장군은 선왕이 승하하시기 전부터 함경도관찰사로 북방의 여진
족에 대한 형세를 잘 파악하고 있었지요?"

　"그렇사옵니다, 전하."

　"그래서 과인이 계속 북방 변경 수호를 맡긴 것이오. 헌데 지금 명
이 후금의 공격을 못 견디고 조선의 군대 1만 8천의 응원군을 요청
하고 있소. 비밀리에 그 병력을 모아 평안도 산골에서 훈련을 시키
고, 출병 기회를 엿보고 있는데, 아무래도 주저되는 면이 있단 말이
오. 장군의 의사를 물어보고 싶소."

　"전하의 깊으신 뜻 잘 알고 있습니다. 군사들의 훈련 상황을 수시

로 점검했던 바, 정예병으로 성장하고 있었나이다."

"도원수 강홍립 장군을 원군 총사령관으로 임명해 파견하려고 하는데, 장 체찰부사 생각은 어떠시오."

"정치적 함수관계가 있기 때문에 단순하게 판단하는 것이 아닌 것으로 사료되옵니다."

"허면?"

"소신이 정충신 첨사를 데리고 연경에 사절단으로 다녀온 적이 있었나이다. 중국어에 능통한 정 첨사의 활약을 보고 놀란 바가 있사온데, 그는 다행히 후금과도 인맥이 닿아 있습니다. 그것도 최상위급 인맥입니다. 그를 활용하는 방안이 요구됩니다."

"아니, 그 자는 스승의 묘지기로 나섰다고 하는데, 지금 뭐가 위중하고 덜 위중한지 분간이 안 가는 인간 아니오? 지금 무덤이나 지키고 있을 일인가 말이오!"

"그것 또한 뜻이 있어서일 것입니다. 도성의 붕당과 파쟁에 환멸을 느끼고, 길을 떠나 산천초목과 대화한다고 보아집니다."

그것은 장만의 정서와도 맥이 닿아있었다. 그도 정상배들과 일정 거리를 두고 있었다. 선조가 타계하고 광해가 즉위하면서 등극한 정인홍, 이이첨 중심의 북인 정권은 기존에 권력을 잡았던 서인과 남인을 가혹하게 탄압했다.

장만은 변경에서 복무했기 때문에 당쟁에 말려들지는 않았으나 환멸을 느끼고 한양에 들어가지 않았다. 이때 함경도 일선에서 복무했던 정충신의 근무 자세와, 여진족의 부족장들을 다스리는 지휘 능력을 보았다. 정충신은 외교사절로서도 폭넓은 시각으로 수완을 발휘했다. 그런데 지금 스승의 문제에 연루되어 벼슬을 버리더니 스승의 유배지를 따라가고, 스승이 타계하자 그 묘지기로 나선다.

광해는 이이첨 세력의 고변에 따라 명승 이항복을 쳤지만, 그가 죽자 삭작한 벼슬을 회복하고, 모든 관작을 복권시키는 한편으로 재상 상(喪)으로 치르도록 조치했다. 그렇게 했으면 정충신이 원직으로 복귀해야 하는데 여전히 산막에 박혀있다. 사제동행의 본보기를 보여주어 보기에는 그럴싸하지만 이 다급한 시기에 한가하게 묘지기로 세월을 썩힌다는 것이 말이 되는가.

　"장 체찰부사는 내가 지향하는 방향이 무엇인지 알고 있지요?"

　"알고 있사옵니다."

　기울어가는 명에게는 신하국의 예를 취하면서도 후금과의 관계를 멀리 할 수 없다는, 이른바 등거리 외교전략이다. 그러나 잘하면 득이지만 못 하면 양국으로부터 공격을 받는 빌미를 제공한다. 그래서 무엇보다 지혜가 필요한 것이다.

　"정충신 첨사는 후금통이옵니다. 중국어도 유창합니다. 변경을 지키는 적임자이오니 소신이 그를 가까이 두고자 합니다."

　"강홍립 장군 역시 중국어에 능통하오. 한동안 나의 측근에서 중국어 통변을 하던 인물인데, 눈치가 비상하오. 장 체찰부사는 북방 지역에서 근무 경험이 풍부하고, 누르하치와 가까운 곳의 지리와 형세를 잘 아니 중국과 후금 양쪽을 보고 통솔해야 할 것이오. 안그렇소?"

　"전하, 그 실무 적임자는 정충신이옵니다. 그를 불러들여야 합니다."

　"과인은 그를 미워하지 않소. 스승 문제로 섭섭해 하는 듯하나, 결코 내 뜻이 아니오. 체찰부사가 알아서 하시오."

　"알겠사옵니다. 소신이 나서겠습니다."

　"강홍립 도원수와도 긴밀히 상의하시오. 내 뜻을 헤아리고 있을 것이오."

장만이 넙죽 엎드려 절한 뒤 어전을 물러나와 포천으로 말을 달렸다.

"장군께서 어인 일로 여기까지…"

정충신이 말 울음소리를 듣고 초막 밖으로 나오니 마상에 장만 장군이 우뚝 앉아있었다.

"근무지 복귀 중 들렀네. 그래, 세상과 등지니 살 만한가?"

장만 체찰부사는 함경도 근무지로 복귀하던 중 포천 산막을 찾은 것이었다. 정충신이 구유통 앞걸대에 장만이 타고 온 말 고삐를 받아 묶고 여물을 가득 구유통에 부었다. 장수들은 본인의 먹이보다 말을 잘 먹이는 것을 예의로 알았다.

"어서 들세나."

장만이 주인처럼 앞장서 방으로 들어갔다. 두 사람은 마주 앉고, 정충신이 다기를 끌어와 차를 다렸다.

"조익과 장유가 한 달 전에 다녀갔습니다. 세상 풍파를 몹시 걱정하더군요."

"그러니 내가 여기 온 것이 아닌가. 스승이 돌아가셔서 추앙하는 모양은 좋네. 하지만 스승의 유지를 이런 방식으로 받들지 않아도 되느니, 묘지기가 무슨 뚱딴진가?"

장만이 애처롭다는 듯이 정충신을 바라보고 있었다. 언제 보아도 점잖고 자애스런 풍모였다. 문치주의의 시대라는 조선조에 이렇게 품격을 갖춘 문무겸장의 인물은 보기 드물었다.

"벌써 내 나이 오십대 중반, 노년의 나이일세. 그런데도 나라의 부름을 받고 눈보라치는 북방 변경을 지키고 있지 않은가. 정 첨사는 원숙한 경지의 40대 초반이니 국방에 한창 물이 오른 나이일세. 무르익은 나이를 허송할 셈인가. 나를 따르게. 주상 전하의 윤허도 받았네. 오랑캐는 고래로 우리 변경을 넘보고, 지금은 명나라를 치러 굴기하고 있네. 그들은 우리를 경계하면서 명나라와의 대전을 준비하고 있다니까. 중원을 먹겠다는 것이지. 이런 때 정 첨사가 나서야 한단 말일세. 명과 후금의 물성을 꿰고 있지 않은가. 상감마마께서는 명나라에 구원병을 파견해 후금과 대결하고 싶은 생각이 없으시네. 그건 나나 정 첨사 생각 아닌가."

"그런데 대명파를 어떻게 제어한단 말입니까."

대명파는 명나라를 따르자는 집권 세력들이다. 여기에는 여러 세력들이 혼재되어 있었고, 그중 일부는 광해를 반대하는 세력들도 포함되어 있었다. 광해로부터 유배형을 받은 최명길 아버지와 조익, 장유 가문도 그 명분을 따르고 있었다. 대명파는 각기 다른 이해관계로 뭉치면서 대세를 이루고 있었다. 나라의 장래를 내다보는 안목에서가 아니라 자기들 이해와 결부시켜 찬반 의사를 갖고 있는 것이다.

문을 숭상하는 사대부들은 명나라를 따른다. 의리를 지킨다는 이념에 사로잡혀 현실적 이해 관계를 묵살한다. 명분론만을 내세워 기왕에 맺었던 군신 관계를 유지하려 한다. 하지만 무인은 현실론적 세계관을 갖고 있다. 시대의 대세가 달라지면 그에 기민하게 조응해 돌파해 나가자는 논리를 갖고 있다. 통상 문이 유연하고 무가 경직되는 것으로 아는데, 조선조 사회는 이상하게 반대의 현상이 나타나고 있었다.

— 무인 세계가 오히려 탄력적이고 유연하다. 그것은 어디에 연유하는 것일까.

정충신은 그런 현상을 보며 문관들이 기득권을 유지하고, 여전히 호의호식하는 방편으로 삼기 때문일 것이라고 진단했다. 그리고 무는 접경지역에서 외부 세계의 변화를 직접 겪는 반면, 문은 골방에 박혀 공리공론(空理空論)만으로도 떵떵거리며 사는 차이에서 오는 것이라고 여겼다. 그렇다면 어떻게 할 것인가. 최명길·조익·장유는 광해에 불만을 품고 한판 뒤집자며 그를 끌어내리려는 계획이고, 장만은 국방을 튼튼히 하는 한편 외교력을 발휘하자고 그를 끌어들이고 있다.

— 장만 장군을 따르는 게 옳다. 그를 따라 함경도로 가면 눈꼴 사나운 붕당의 이전투구 현장도 보지 않아도 된다….

그는 속으로 이렇게 다짐하고 장만을 마주 보았다.

"장군의 뜻을 따르겠습니다."

"그래, 잘 판단했네. 이 참에 이괄도 데려올 생각일세. 용기있고 판단력이 빠르지."

정충신도 이괄의 실력을 인정하고 있었다. 연령상으로는 한참 아래지만 정충신은 그와 허물없이 가까이 지내고 있었다. 이괄은 선조 말기 10대부터 관직에 올라 선전관·목사직에까지 올랐다. 재기가 발랄했으나 대신 좌충우돌이 잦았다. 정치에 엮였다 하면 곧장 사달이 났다. 집권 세력이었던 대북파가 아닌 온건한 중북파였기 망정이지 권력 핵심부에 있었다면 정가를 쥐락펴락했을 것이다. 그런 성격 때문에 주류에 오르지 못하고, 무인들과 친했다. 이때 정충신도 그와 가깝게 지냈다. 실력에 비해 주류 사회에서 밀려난 신세가 자신과 같은 처지라서 둘은 가까웠다.

"이괄 잘 알고 있지 않나?" 장만이 물었다.

"가깝게 지냈습니다."

"그러면 잘 되었군. 장차 남이홍도 데려다 쓸 것이야. 진부목사

(1617년 광해 9년)로 나가있는데, 그도 부를 것이야. 힘을 모아야지."

남이흥은 진주목사 재임 기간, 진주대첩에서 산화한 고경명·고인후 의병장과 의기 논개의 뜻을 기리고자 촉석루를 중수한 사람이었다.

"장군께서 부임지로 가시기 전에 도성을 한번 더 다녀가셔야겠습니다."

정충신이 제안하자 장만이 의아스런 표정으로 정충신을 바라보았다.

"상감마마께 이렇게 전하십시오. 명나라에 군대를 파병하자는 것은 대명 추종론자들의 주장이나 여러 가지 정황상 적절치 않다구요. 의리를 따르는 것이 옳다고 하지만 따를 만한 가치가 있는 나라라야 정당성을 인정받습니다. 타락한 나라를 도울 이유는 없습니다. 임진 왜란 시 명나라가 우리에게 파병했지만, 따지자면 조선군에 도움이 되는 것이 없었습니다. 우리에게 심리적 위안이 되고, 왜군에게 압박 요인이 되긴 했으나 전략부재, 전술부재, 거기에 온갖 갑질에 민폐만 끼쳤습니다. 분탕질한 것은 왜군이나 명군이나 별 차이가 없었습니다. 우리 관군과 의병들이 강고한 연대 속에 작전을 펴나갔다면 왜군을 섬멸했을 것입니다. 해상에서 이순신 장군이 열두 척의 배, 아니 해남 어부의 배 한 척까지 포함해서 열세 척이 힘을 모으니 왜의 해군단을 무찌른 것이 바로 그 대표적 사례입니다. 우리가 육상전에서 고통을 겪었던 것은 명군이 제 역할을 다하지 못했기 때문입니다. 그럼에도 불구하고 선왕께서 명군을 하늘처럼 떠받들었으니 우리만 곤욕을 치렀습니다."

"그러면 후금에 파병하자는 것은 아니겠지?"

"기왕에 조선 병사를 파견하기로 했다면 전세를 파악해도 늦지 않을 것입니다."

"그런 병략은 세상에 없네."

"어차피 명은 타락하고 부패해서 망하게 되어 있습니다. 한식에 죽나 청명에 죽나, 하루 이틀 사이입니다. 이런 나라를 상국으로 모신다는 것은 바람직하지 않습니다. 보시다시피 후금은 우리와 접경을 이루고 있고, 조선을 조상의 나라로 우러르면서 조선의 문명을 배워 자신들의 무지와 야만을 깨우치려 합니다. 후금의 군대는 기마민족의 뛰어난 기동력과 놀라운 용맹성, 그리고 여진 부족을 통일시킨 위대한 지도력과 누르하치 후계자 자식들의 웅대한 야망과 꿈이 있습니다. 외교란 힘있는 자와 협력하는 현실세계의 생존법이고, 명분은 학문세계에 있는 이상론입니다. 흥기하는 신흥국가와 관계를 재설정하십시오. 강홍립 도원수가 군대를 이끌고 명과 후금의 결전지인 사르흐로 나가되, 굳이 후금과 대적할 필요는 없습니다. 명나라 군대는 썩은 빗자루 꼴이니 필패는 자명한즉, 후금과 척을 질 필요가 없습니다. 누르하치의 자식 다이샨 패륵과 홍타이지는 제가 접촉하겠습니다. 조선 원병은 대세를 보아서 후금국에 투항해 인적 손실을 최소화해야 합니다."

"썩은 빗자루로는 마당을 쓸지 못한다."

"그렇습니다. 체찰사께서 직접 상감마마께 진언 올리는 것이 설득력이 있을 것 같습니다."

"내가 한양에 다녀오면 함께 함경도로 떠날 것이렷다?"

"소인이 이곳을 지키는 것은 단순히 스승을 추모해서만이 아닙니다. 제 자신을 돌아보고, 미래의 조국을 그려보기 위해서입니다. 이해해 주십시오."

장만이 다시 도성에 들어갔다. 어전에 이르니 광해가 맞았다. 장만이 정충신을 만난 자초지종을 설명했다. 다 듣고 난 임금이 말했다.

"그 사람의 생각과 과인의 생각이 다를 것이 없소. 모두들 명에게만 기울자고 하는데 나는 생각이 예전부터 달랐소. 강홍립을 출병시키되, 장 체찰부사는 정충신 권위장을 대동하고 변경으로 가시오."

"말씀드리기 황공하오나 정 권위장은 지금 백사의 묘소에서 한 발짝도 움직이지 않겠다고 하옵니다. 다만 필요하면 소신이 그를 진중에 불러 후금과의 관계를 자문받고자 합니다. 포천과 함흥까지는 말 달리면 하루 반이면 당도하는 곳입니다."

"그럴 것이 아니라 상주 벼슬을 내려주겠소."

함경도 감영(監營)의 직속 부서에 벼슬을 내리거나 관하 부윤·목사·부사·군수·현령 중 한 자리를 줄 수 있고, 함경병마절도사나 함경수군절도사 부관 자리를 맡길 수 있다.

"그 사람은 자리에 연연하지 않습니다. 그래서 벼슬도 버리고 스승의 유배지로 떠났고, 스승의 묘를 지키겠다고 나선 것입니다. 범인(凡人)들과는 다른 사람입니다. 지금 강홍립 부대를 출병시켜 주십시오."

1619년 1월 강홍립은 1만 8천의 병력을 이끌고 압록강을 건넜다. 그것은 선악을 고집하는 조선조의 정치풍토에서 벗어나 실리를 염두에 둔 광해의 밀지를 받고 나선 출병이었다.

강홍립 군대는 출병하자마자 상당한 타격을 받고 곧바로 후금군에 투항했다. 광해군일기에는 다음과 같이 씌어 있다.

— 당초에 강홍립 등이 압록강을 건너게 된 것은 상(광해)이 명나라 조정의 징병 독촉을 어기기 어려워 출사시킨 것이지, 우리나라는 애초부터 그들(후금)을 원수로 적대하지 않아 실로 상대하여 싸

울 뜻이 없었다. 그래서 강홍립에게 비밀리에 하유하여 노혈(후금 진영)과 몰래 통하게 했기 때문에 심하(전투의 하나) 싸움에서 오랑캐 진중에서 먼저 통사(通使)를 부르자 강홍립이 때를 맞추어 투항한 것이다. (《광해군일기 11년 4월 8일》)

강홍립 군대는 명나라 경략 양호의 지휘 아래 있었다. 장만으로부터 곧 밀명이 왔다.

— 중국 장수의 말을 따르지 말고 조선군의 지휘권은 도원수가 행사해 군사의 보존을 최우선적 병법으로 강구하라. 지원 포수는 계속 구하는 중이다.

계속 구한다는 것은 쉽게 보낼 의향이 없다는 뜻이다. 강홍립이 몰살당한 좌영의 군졸들을 수습하고 있는데, 적 척후병(후금군)이 좌영에 와서 역관을 찾았다. 역관 황연해가 달려오자 적의 척후 부관이 말했다.

"우리가 명나라와는 원한이 있으나 너희 나라와는 그렇지 않다. 그런데 왜 우리를 치려 하느냐."

강홍립이 응답하고 황연해가 통변했다.

"맞다. 두 나라 사이에는 원한이 없다. 이번 출병은 부득이한 것이다."

"부득이한 것이 무엇이냐."

"우리나라가 중국을 섬겨온 지 200년이 지났으니 의리에 있어서는 군신(君臣) 관계요, 은혜에 있어서는 부자(父子) 사이와 같다. 임진년에 명나라가 나라를 다시 일으켜준 은혜는 평생토록 잊을 수 없다. 그래서 선왕(선조)께서는 40년간 보위에 계시면서 지성으로 중국을 섬기시며, 평생 동안 한 번도 서쪽으로 등을 돌리고 앉으신 적이 없다."

"그것이 이유인가?"

"말하자면 그렇다는 것이다. 하지만 오늘의 임금은 다르다. 명의 은덕을 은혜로 알지만 재평가하고 있으며, 천자의 명을 두려워하지 않는다. 때로는 거역하는 마음을 품고 너희와도 화친하려는 마음을 가지고 있다. 이 말은 뼈에 묻고 상부에 전하라."

"사실인가. 그렇다면 조선군의 내심을 진중 장수에게 전하겠다."

그후 황연해가 부름을 받고 한두 차례 왕복한 뒤에 적이 다시 사람을 보내와 화약을 맺자고 청했다(위민환의 책중일록). 그러나 친명 사대주의에 물든 신하들 때문에 광해는 고민이 많았다. 군사를 명군에 합류시키면 백전백패가 분명하고, 후금이 그 보복으로 조선을 칠 것이다. 후금은 조선과 적이 된 적이 없으니 조선군과 싸울 의향이 없다고 화약을 맺자고 한다. 대신 군사를 철수하라고 요구한다. 철수하면 명나라로부터 신의를 저버렸다고 배신자 말을 듣게 된다. 어찌해야 하나. 전투 현지에 와서 보니 외교전이 이렇게 중요한 줄 몰랐다. 강홍립은《진중일록》을 정리했다.

— 임진왜란에 참여한 경력이 있는 병부시랑 양호(楊鎬)가 요동 경략에 임명되었고, 사로(四路) 총지휘로 심양에 주둔하였다. 명군은 네 가지 길을 이용해 누르하치를 공격하려는 계획을 수립했는데, 사로의 사령관으로 동원된 총병이 6명이다(지금의 기준으로 사단장급). 이 중 산해관 총병 두송과 보정총병 왕선, 개원총병 마림, 임진왜란에 참여했던 요양총병 유정이 있고, 이성량의 아들이자 이여송의 동생

인 이여백이 퇴역했다가 복귀했다. 조선의 지원군은 유격 교일기가 지원하고 있다. 후금이 망하기를 바라고 있는 예허 부족 1만 5천을 포함해 명군은 47만의 군사를 확보했다. 그러나 장부상일 뿐, 실제로는 10~15만 명 정도이다.

강홍립은 후금군에 대해서도 지적했다. 여진족은 유목보다 호랑이, 표범, 늑대 따위 맹수 사냥을 해서 그 가죽을 벗겨 교역하는 것으로 먹고 살아온 부족이다. 사냥은 일종의 군사훈련이나 다를 바 없다. 사냥을 하려면 열 명씩 조를 짜서 조직적으로 움직이는데, 이들을 군사조직으로 전환하면 용맹한 군대가 된다.

여진어 중에 니루(niru)라는 것이 있고, 수렵 집단인 만큼 수렵에 참가하려면 10명 정도의 인원 수가 있고, 이 10명의 집단을 지휘하는 사람을 니루이 어전이라고 불렀다. 누르하치는 수렵 단위인 이 조직을 전투 단위로 바꾸었다. 300명을 1니루로 하였고, 다시 5개의 니루를 1잘란, 5개의 잘란을 1구사로 삼았다. 1잘란에 1천 500명, 1구사에 7천 500명이다. 니루는 총 400개였고, 숫자는 대략 12만 정도다. 이중 3~4만이 사르후 전투에 투입되었다. 명나라 군대는 전멸했다. 쓸데없이 병력을 분산했기 때문이다. 이에따라 조선 원병 역시 막대한 인명 손실을 입었다. 강홍립은 이렇게 정리하고 비장의 병략을 세웠다.

1619년 2월 23일 강홍립이 이끄는 조선군은 유정이 이끄는 명 제국의 남로군과 함께 후금의 수도 허투알아[赫圖阿拉]로 진격했다. 허투알아는 중국 랴오닝성[遼寧省] 푸순시[撫順市]에 소재한 청나라 왕조의 발상지로서 누르하치가 후금 도읍지로 정한 곳이다. 허투알아는 후금이 1622년 랴오양[遼陽]으로 천도할 때까지 6년 동안 후금의 수도였다. 1636 후금에서 국호를 청으로 바꾼 뒤 허투알아는 청 왕조가 발흥한 곳이라는 뜻에서 싱징[興京]이라고 불렀다.

강홍립은 외교전략과 중국어에 능통해 적임자로 추천되어 5도도원수로 임명되어, 60세의 고령인데도 사르후 전투에 참가했다.

사르후 전장은 푸순(허투알아) 동남쪽 삼십 리 거리에 있었고, 조선군은 그만큼 푸순 가까이 진격했다. 강홍립은 압록강 중류 창성 땅을 지나 만주 관전에 이르렀고, 부차와 아부달리에서 유정 부대와 합류했다. 이때 이여백은 청하와 요양에서 발기하고 있었고, 양호는 심양, 두송은 푸순 인근 자이피안, 기린하다에 진을 치고 있었다.

명 제국군은 사로(四路) 병진 작전을 펴면서 후금군을 압박해 들어갔는데 지휘부가 손발이 맞지 않아 4로군 모두 갈팡질팡한다. 누르하치는 푸순 북방 사르후 산과 강 맞은편의 자이피안 산에서 기병전으로 명의 동로군을 초토화시킨다. 자이피안을 점령해 성을 축성하고 있을 때, 두송의 서로군과 합류하기로 한 북로군이 폭설로 진군이 늦어지자 작전을 펴지도 못하고 궤멸된다. 허투알아에 있던 누르하치는 명군의 남로군이 뒤늦게 사르후 산에 집결한 것을 보고 모래바람 휘날리는 폭풍을 이용해 팔기군의 병력 중 6기갑 병력을 동원해 공격했다.

"돌격하라! 풍신(風神)작전이다!"

누르하치 군이 돌개바람 작전으로 말을 달리니 기왕의 모래바람과 겹쳐 보병 중심의 명 군대는 눈 한번 제대로 뜨지 못하고, 모조리 후금군의 칼에 목이 달아났다. 이때 조선군의 좌영과 우영 8천 명이 전멸했다. 나머지 중영 5천 명을 이끌고 강홍립이 후금에 항복했다. 광해군이 비밀리에 전세를 판단해 유리한 쪽에 협력하라고 지시하여 항복한 것이긴 하지만, 강홍립은 조선군 총사령관으로서 당연히 부하를 살려야 할 의무가 있었다.

그러나 사르후 전투에 부원수로 함께 참전했던 김경서는 그의 투항을 비판했다. 김경서 〈신도비명(神道碑銘)〉에는 강홍립을 오랑캐에 항복한 지조없는 인간으로 묘사했다. 김경서는 임진왜란 시 이여송의 명 원군과 함께 평양성 탈환에 공을 세운 뒤, 전라도병마절도사가 되어 도원수 권율의 지시로 남원 등지에서 토적을 소탕하는 무훈을 세웠으나, 권율로부터 의령의 남산성을 수비하라는 명을 불복해 계급이 강등되고, 충청도병마절도사 시절에는 군졸을 학대하고 녹훈에 부정이 있다는 혐의로 파직된 적도 있는 굴곡있는 무장이었다. 그가 강홍립을 나쁘게 묘사한 것은 당쟁이 극심했던 당시 사감과 함께 친명배청(親明背淸), 혹은 친청배명의 정치적 견해에 따른 것이겠지만, 김경서의 기록인 〈미산집(眉山集)〉은 당시의 사르후 전투 상황과 뒷이야기를 생생하게 전달해주어 되새겨볼 필요가 있다. 그의 〈신도비명〉 일부를 인용한다.

― 기미년(1619년) 3월에 명군과 약속하여 군대를 이끌고 (조선군이) 압록강을 건넜다. 명나라에서 공(公=김경서)에게 깃발·칼·차패(箚牌=표창장)를 하사하고, 방패에 김원수(金元帥)라고 칭하였는데, 그 이유는 임진왜란 때 공이 조선의 훌륭한 장수라고 들었기 때문이었다. 강홍립이 군중(軍中)에 말하기를 "한 진영에 두 명의 원수가 있을 수 없으니, 부원수를 좌영으로 옮긴다"라고 하자, 공이 거절하며 말하기를, "부원수를 도리어 선봉으로 삼습니까?"라고 반발하였다. 강홍립이 다시 명령하기를 "우영으로 옮긴다"고 하며 (상감으로부터) 밀지를 받았다고 하고, 군중의 일을 모두 혼자 처리하고 부원수에게 참

여하지 못하게 했다. 행군하여 심하(사르후)에 도착하기 전에 강홍립이 통역관을 적진에 보내서 비밀리에 두 나라 간에 우호 관계를 맺었는데 공은 실로 알지 못했다.

부차령에 도착하여 명군이 앞에, 조선군은 뒤에 있었는데, 오랑캐가 고함치며 갑자기 산의 계곡 사이에서 나타나 철기로 유린하자, 도독 유정은 결사적으로 싸우다 전사했고 유격 교일기는 우리 군대로 도망쳐왔다. 오랑캐가 승세를 타고 좌영을 기습하여, 결사적으로 싸우는 좌영 장수 김응하 목을 쳤다. 그런데도 강홍립이 구하지 않아 공이 격분하여 말하기를 "살아서 뭐하시렵니까?"라고 하고 말을 채찍질하여 대들자 강홍립이 부하 군관으로 하여금 공을 잡아당겨서 말에서 내리게 하고, 공이 타는 전마를 빼앗았다. 공이 크게 외치며 "적이 100보 안에 있어서 헛되이 죽을 수 없는데, 도원수께서는 나를 왜 잡아당기십니까?"라고 하자, 공과 상의하지 않고서 공의 이름을 쓰고 말하기를 "저들(후금군)이 우리의 높은 장수를 만나서 상의하려 하는데, 장군이 아니면 갈 사람이 없소"라고 하였다. 공이 말하기를 "도원수께서 오랑캐에게 항복하려고 나를 속이려 하십니까?"라고 하자, 강홍립이 발끈해서 말하기를 "명령을 어기면 군령으로 처벌하겠다"고 하고 강제로 글을 전달하게 해서 공이 적진에 들어갔고, 다음날에 전군을 데리고 항복했다. (〈'강홍립: 사르후 전투에서 포로가 된 후 김경서를 청에 밀고하여 죽게 했다는데, 그는 충신인가 역적인가'— 정묘 · 병자호란 인용〉)

강홍립은 김경서를 활용하기도 했지만, 다른 경로를 통해서도 후금과의 화약을 추진했다.

김경서의 〈미산집〉에 수록된 〈신도비명〉에서 강홍립을 까는 글은 계속된다.

— 공(김경서)이 옥에 갇혀 지내면서 생각해보니 이 마음을 천하후세(天下後世)에 드러내지 않으면 분통하여 살고 싶지 않고, 오랑캐의 세력이 나날이 강해져서 끝내 반드시 국가에 걱정(조선침략)이 될 것 같아서, 포로가 된 과정과 적의 사정을 몰래 쓴 상소와 일기를 신임하는 오랑캐(밀자)에게 줘서 본국에 보고하게 하였다. (중략) 오랑캐가 이미 우리나라와 우호 관계를 맺어서 공이 끝내 쓸모가 없어져서 장기간의 구류가 필요 없다는 것을 알고 돌려보낼 생각을 하였다. 그러나 강홍립은 공이 귀국하면 자기 죄가 드러날 것이 두려워 몰래 고자질하자, 누르하치가 사람을 시켜 자루를 뒤져서 오랑캐의 군중(軍中)의 기밀사항을 조선에 몰래 보고하는 비밀 상소와 일기를 찾았고, 누르하치가 크게 분노하여 체포하여 동문 밖 옥에 가두어 죽이기로 하였다.

〈신도비명〉에 따르면, 김경서는 또 철저히 명을 따르고, 강홍립은 후금을 따르는 현실주의자였음을 보여준다. 김경서는 동양 예법에 목에 칼이 들어와도 의리를 지키라는 가르침을 거역할 수 없었다. 반면 강홍립의 입장에서는 이제 와서 명을 따르면 좌영과 우영 8천을 잃은 데 이어 중영의 5천 병력마저 다 죽일 판이었다. 명분을 이유로 망해가는 명을 따르다가는 얻을 것이 없다는 판단을 한 것이다.

김경서의 투옥 소식이 국내에 전해지자 조정은 오뉴월 파리떼처럼 들끓었다. 친명파와 친금파 간에 이론 투쟁이 벌어졌다. 대명파가 숫적으로 우세했으니 대세를 이루고, 이론상으로는 명분이 앞섰으니 이길 자가 없었다. 현실주의자는 기회주의자고, 상놈의 짓거리로 매도되었다. 그러나 그것으로 중영의 5천 병사를 살릴 수 없었다.

장만이 고민 끝에 정충신을 불렀다. 장만은 몇 달 전 병조판서에 등극해 있었다. 정충신은 백사 대감 시묘지기를 마치고 그동안 산발해진 모발을 단속하고, 의관을 정제한 뒤 대처로 나갈 생각을 하던 중이었다.

"산소에서 나올 때가 되었것다?"

장만 병판이 정충신을 마주하고 물었다.

"그렇습니다."

"만포진 첨사직을 맡기 바라는 바이다. 내가 정 장수를 중직인 만포진 첨사로 임명하는 이유를 알겠는가?"

"조금은 알 듯합니다만, 직접 하명해 주십시오."

"지금 당장 압록강으로 가주게. 후금군 진영으로 들어가주어야겠네."

"후금 진영에는 강홍립 군대가 들어가 있지 않습니까."

"사세가 복잡하게 되었네. 심하전투에서 일만의 인명을 상실한 뒤 5천 병사와 강홍립 도원수가 후금에 포로로 잡혔네. 부원수 김경서는 후금 감옥에 투옥되어 있고 말일세. 도원수와 부원수 간에 견원지간이 되어서 내분이 격화되었네. 남의 나라에서 이 무슨 꼴인가."

"두 장수가 대립하고 있다고요? 어째서 그런 일이 벌어졌습니까?"

"빤한 일 아닌가. 노선 싸움이지. 친명과 친금의 견해차 때문이란 말일세. 거기에서 지휘 통솔의 문제가 드러나고 있네. 승복하고 안 하고의 문제가 생기니 자중지란이지. 큰 문제가 생겼단 말일세."

"강홍립 도원수는 현실주의적 대응 태세로 누르하치 편에 섰고, 김경서 부원수는 친명을 주장하고 있다고 보여지는데요?"

"그렇네. 강홍립이 후금국과 여사여사해서 후금에 투항했으니 반역이란 것이지. 하지만 현실은 몸이 후금국에 묶여 있으니 인신이 자유롭겠는가. 목숨이 경각에 달렸어. 그런데도 김경서는 선비의 지조를 버리지 않고 오로지 오랑캐를 비웃고 있네."

— 그놈의 명분 싸움.

정충신이 속으로 탄식했다. 사대부의 나라, 선비의 나라, 문치의 나라는 명분이 최우선의 가치다. 그것은 붓의 나라라는 자긍심이다. 반면에 이웃나라 왜국은 칼의 나라다. 경험에서 보듯 붓은 태평성대를 약속하지 못한다. 칼은 태평성대를 가차없이 베어버린다. 그런데도 사대부들은 변함없이 명분을 좇는다. 임진왜란·정유재란 두 전란을 뼈저리게 겪었으면서도 군신 논리에 매몰되어 선악을 따진다. 조선에는 왜 현실에 기반한 학자들이 존재하지 못할까. 현실의 문제를 파악해 실천 중심의 해결책을 강구하지 못할까.

그런데 장만은 다르다. 여진족의 발호에 방어전선을 구축하자고 제안했으면서도, 지금 여진이 후금을 건국해 세를 확장하자 누르하치를 지지하는 현실적 인식론을 가지고 있다. 따지자면 명이나 청이나 그게 그것이 아닌가. 그렇다면 우리의 이익이 담보되는 쪽으로 선택하면 된다. 장만은 광해의 내부 폭정을 비판하면서도 실리 외교 노선을 적극 지지했다.

"임지로 떠나겠습니다."

정충신이 자리를 박차고 일어나 예를 취했다.

32장 만포진 첨사

정충신은 평안도 강계도호부 만포진 첨사로 부임하자마자 '해유첩(解由牒)'을 가져오도록 군관 막료장을 불렀다. 해유첩(혹은 해유서)이란 관원이 교체될 때 후임자에게 행정사무와 소관 물건을 인계하고, 재직 중의 회계와 인적 사항을 인수인계하는 서첩이다. 정충신이 막사로 들어온 막료장에게 물었다.

"이름이 뭔가."

"조백입니다."

"조백? 조백이란, 전라도 말로 '조백있는 놈'이라고 해서 분별력 있는 괜찮은 놈을 말하는 것인데, 과연 그런 뜻이렷다?"

"겪어보면 아실 것입네다."

"부모가 작명을 잘했군. 해유첩 가져왔나?"

"여기 대령했습니다."

정충신이 서첩을 받아 한참 들여다보다가 물었다.

"간자들이 그렇게 득시글거리는가?"

"그렇습니다."

"왜 득시글거리는가."

"만포진이 군사요충지고 교통요지니까요. 압록강 건너에 지린성(吉林省) 지안(輯安)이라는 후금의 군사요충지가 있고, 바이산(白山)·통화(通化)·통화현(通化縣)과 경계를 이루고 있는 곳입니다. 압록강 남안은 미인이 많이 사는 우리의 강계지역입니다. 그놈들이 강계 미인을 탐하면서 조선 국경선을 뻔질나게 정탐합니다요."

"지안 놈들이 그런다고? 지안은 사실 우리의 고토다."

"고토라고요?"

"그렇다. 고구려의 발상지이자 고구려 정치·경제·문화의 중심지였다. 유리왕이 졸본에서 천도하여 지안에 수도로 정했고, 그래서 그곳에는 고구려의 유적이 많다. 고을 중심에 있는 국내성도 고구려 군사가 축성했고, 환도산성과 광개토대왕비와 장수왕릉도 거기에 계시다. 지안에 남아있는 고구려 고분이 2만 개가 넘으니 그 규모를 알 것이다. 그것을 중국에게 내주고 말았다. 싸움 한번 해보지 못하고 그냥 헌상했다."

"금시초문입니다."

"변경을 지키려면 우리의 역사도 알아야 한다. 혼이 없는 인간은 인간이 아닝게."

그가 고향 사투리로 말하고 덧붙였다.

"국경의 군사는 더욱 국가관이 투철해야 한다니께! 그자들이 강계 미인만을 탐하기 위해 몰려오지만 동시에 호시탐탐 침략하기 위해 동정을 살필 것이다. 그래서 조정에서 군사 규모가 큰 병마첨절제사(兵馬僉節制使)를 두었고, 1천500의 군사를 배치한 것이다. 알겠는가?"

만포진에는 군사상 주요 통신수단이었던 봉수대가 설치되어 있었다. 전국 직봉(直烽) 5개선 중 하나로 서북 방면의 내륙 봉수 시작점이자 종착점이다. 만포진의 여둔대에서 시작된 직봉 제3선은 의주 · 안주 · 평양 · 개성을 거쳐 한성의 목멱산(木覓山: 지금의 남산) 봉수대로 연결되었다. 그만큼 중요한 군사기지였다.

그 뿐만이 아니다. 압록강의 풍부한 수량을 이용해 상류인 원창 · 자성 지역의 울창한 숲에서 나무를 베어 뗏목을 떠내려 보내는 원목(原木) 집산지로서의 경제적 기능을 수행했다.

"여진(후금)과 접하고 있다면 여진어 통역관이 배치되어 있을 텐데, 여진어 통변사가 몇인가?"

"하세국 등 셋이 있다가 하나는 간자 혐의로 붙들려서 생사를 모릅니다."

"하세국을 불러들이라."

"지금 누워있습니다. 술먹고 다들 쓰러져 있을 것입니다."

"미친 놈들, 벌건 대낮부터 술 처먹고 헤롱거리고 있단 말이냐?"

정충신이 화를 냈다. 부임하기 전 만포진 관원들 근무태도가 해이되었고, 군사들은 군기가 빠져 있다는 말을 듣긴 했으나 이 모양일 줄은 몰랐다. 조정으로부터 멀리 떨어져 있어서 북소리가 울려도 움직이지 않고 제멋대로 지내고 있었다.

"군졸들이 혹한의 기후풍토에 못 견디는 데다 이질 돌림병이 돌아서 한결같이 쓰러졌습니다."

"그렇다면 왜 진작 보고하지 않았느냐?"

"차마 신임 첨사 어른께 그 말부터 꺼낼 수가 없었나이다. 차차 나아지리라고 생각했지요."

군영 막사 밖으로 나가보니 과연 군졸들이 여기저기 쓰러져 있었다. 2월의 혹한인데도 군졸들이 눈밭에 쓰러져 숨을 할딱거리고 있었다.

"이놈의 새끼들, 이게 뭐냐? 이런 군대로 어떻게 국경을 수비한단 말이냐. 전원 비상이다! 모두 훈련장으로 집결하라!"

　이질로 부대원 모두 물똥만을 갈기고 있으니 몸을 갱신할 리가 만무했다. 벌써 송장으로 나간 군졸만도 열댓 명이나 되었다. 이 지경까지 오도록 군관과 참모들은 무엇을 했단 말인가. 정충신이 훈련장에 모인 부장들을 향해 큰소리로 닦달했다.

　"이놈의 새끼들! 부하들이 다 디지는디도 땅만 내려다 보고 있느냐? 당장 솥을 걸어라."

　정충신은 삼십 리 밖 산박의 한약방으로 달려갔다. 영산이 근처에 있어서 한약재를 구하는 데는 큰 어려움이 없었다.

　"양귀비든 쑥이든 작약이든 마늘이든 이질에 좋은 것은 무엇이든 내놓으시오."

　"에끼 양반, 급한 것은 알겠소만, 덮어놓고 내놓으라면 되겠소?"

　한약방 주인이 너털웃음을 웃으며 받았다.

　"한겨울 이질이라는 것은 여름철 급성 세균성 장 감염으로 걸리는 것이 아니오. 추접스럽게 먹고 추접스럽게 사니까 병에 걸리오."

　"좌우지간 닥치는 대로 내놓으시오."

　"그래도 병에 닿게 약초를 써야지. 우리 한의학에서는 이질을 중상에 따라 적리(赤痢)·혈리(血痢)·적백리(赤白痢)·농혈리(膿血痢)·기리(氣痢) 등으로 말하는데, 흔히 발열(發熱)·복통·하중(下重)·혈변(血便)·농점액(膿粘液)·하리(下痢)는 하루종일 물똥을 싸니 온몸이 처져서 죽게 되는 것이오. 산밀탕이라는 것이 직방이요."

　"어서 내놓으시오."

　"사람이 급하긴."

　의원은 이질에 잘 듣는 백하오 백축 백작약 익모초 계지 인진 앵속각 생강 대추 대산 마늘을 내놓았다. 정충신은 산밀탕 재료를 몇

소쿠리 거둬와 가마솥에 끓였다. 더럽고 지저분한 병영의 숙소를 짚불로 태워 소독하고, 퀴퀴하게 냄새나는 젖은 이불들을 모조리 빨아 널었다. 병사들을 장작불에 구운 구들장에 들여보내 재웠다.

며칠 지나자 한두 놈씩 일어나는데, 일어나는 족족 압록강 물을 끌어와 솥에 끓인 뜨거울 물로 목욕을 시켰다. 그동안 미음을 먹이고, 또 열흘쯤 지나자 주린 배를 채우기 위해 산에서 잡아온 사슴·멧돼지·노루를 삶아서 진한 국물을 내고 잘근잘근 토막내 먹였다. 보름이 지나자 언제 앓았더냐 싶게 모두 일어나더니 창과 칼을 휘둘렀다. 열댓 근짜리 창검과 무거운 갑옷을 입고도 머리 위까지 뛰어올랐다. 이 정도면 홍타이지의 팔기군도 능히 대적할 수 있을 것 같았다.

"저것들 뛰는 걸 보아라. 군사는 일찍이 잘 먹여야 하고, 잘 재워야 한다."

각 부대장들이 팔을 각지게 꺾으며 허리 굽혀 예를 취했다.

"장군, 감읍하옵니다. 앞으로 주의하겠습니다."

정충신이 통변사 하세국이 어디 있는지를 불렀다. 어느 막영에서 하세국이 기어나왔다.

"하 통변도 다 나았는가?"

하세국은 군원들에 비해 나이가 많았고, 민간인이었다.

"덕분에 살았습니다. 정 첨사의 부하 사랑이야말로 하늘끝까지 전달되는 듯합니다."

하세국이 짱깨들의 예법대로 두 손을 모아 쥐고 머리를 조아렸다.

"듣자하니 하 통변은 향통사(鄕通事)로서 여진어를 잘 안다는 얘기를 들었소. 몇 번 후금 진영에 들어갔었소?"

"20여 차례 북방 오랑캐와의 통교 혹은 선유(宣諭), 건주위 정황 탐문, 향도(香徒)로서의 임무를 수행했소이다."

"그래, 지금 변경의 상황이 어떻소?"

"나는 노추(奴酋: 후금 건국자 누르하치의 별호)가 부하 수천 명을 시켜 배를 건조하고 있다는 정보에 따라 그들의 소굴을 정탐하러 들어갔습니다. 활동 중 부하 통변 기사대가 체포되어 인질로 잡혔나이다. 지금 몹시 고초를 겪고 있을 것이오이다."

"노추가 배를 건조하는 이유는?"

"심양과 요양이 후금의 누르하치에게 함락되자 명의 장수로 파견된 모문룡이란 자가 압록강변의 진강을 점령했다가 후금 병력이 공격해오자 진강을 탈출해서 조선에 상륙하여 철산·용천·의주 등 평안도 지역을 돌아다니면서 이미 요동에서 도망쳐와 조선에 머물고 있던 명나라의 패잔병들과 함께 그 고을을 분탕질하고, 때로는 압록강을 건너 진강의 후금군을 습격하여 작은 승리를 거두었소이다. 명에게는 반란군이 되고, 후금군에게는 비적이 된 것이지요. 이에 후금의 아민(阿敏)이 모문룡을 치기 위하여 5천의 군사를 이끌고 압록강을 건넜지요. 모문룡은 용천 관아에 있다가 조선인 복장으로 변복하고 도망쳤소이다. 그리고 가도로 들어가 해상밀수 활동을 하는 한편, 후금 땅을 약탈했습니다. 그래서 노추가 모문룡을 잡아 껍질을 벗기기 위해 배를 건조하기 시작한 것이오."

"모문룡은 명나라로부터도 배척되고, 후금에는 현상금이 붙었다?"

"그래서 그 자를 잡아 바치려다 우리가 큰코 다쳤습니다."

"그 자를 때려잡을 수 있는 방법은?"

"강계 미인이 직방입니다. 고 자식은 미인이라면 머리가 돌아버리요. 사죽을 못쓰요."

모문룡을 때려 잡으면 명으로부터 후사를 받고, 후금으로부터도 치사를 받는다. 조선은 조선대로 약탈을 일삼는 자를 잡으니 좋은 일이다. 그야말로 화살 하나를 날려서 동시에 세 마리의 꿩을 잡는다, 그것 되는 장사였다.

"허면 깊숙이 쳐박힌 그 자를 끌어낼 방도가 없겠는가."

하세국이 잠시 생각하는 듯 머리를 굴리더니 대답했다.

"뭔가 하나는 짚이는 게 있습니다."

"무엇이오."

"춘월이라는 기생의 행방을 찾으면 됩니다. 모문룡이 춘월이에게 많은 보석과 은을 갖다 주어도 걷어차버렸는데, 하도 미친 듯이 쫓아댕기니까 행방을 감춰버렸다누마요."

"그 많은 재물을 주는데도 외면하는 이유가 뭔가?"

"모문룡이란 자, 몸에서 이상한 냄새가 난다고 합니다. 그와 함께 하룻밤을 지내려면 여자가 곤죽이 되어 반은 죽어나온다고 합네다. 짐승 냄새도 아니고, 생선 썩은 냄새도 아니고, 하여간에 한시도 같이 있을 수가 없다고 합니다. 그래서 온갖 금은보화도 싫다는 것이지요. 기생이란 하룻밤 풋사랑이라도 정분이 가야지요. 마음에 들면 앗싸리하게 자기것 다 내주고 긴긴밤을 새는 종자들 아닌가요. 헌데 춘월이란 애는 강계 출신으로서 몸이 백옥같고, 이목구비가 바라보기만 해도 머리가 어질어질해질 정도로 수려하다고 합니다."

"어떻게든 그 자를 잡기 위해서는 춘월이라는 덫을 놓아야 하는데, 춘월이를 나에게 데려다 줄 수 없겠소?"

"거처지를 알아야 데려오지요."

"국경에서 통변사로 일하고 있다면 조선 간자들이나 중국 간자들과 소통하는 사람이 아니오? 그런 정보 하나 캐내지 못한다는 것이 말이 되오? 이번 일을 제대로 하면 중인 계급의 역관이 아니라 두 계단 승진이 되도록 조치하겠소. 사노 출신 어미도 면천(免賤)해 드리겠소."

하세국이 금방 허리를 굽신하며 말했다.

"한이 많습니다. 어머니가 본의 아니게 노비가 되니 저희 또한 노비 신세가 되어버렸습니다. 그런 한 많은 세상을 살고 있습니다. 그러니 나라를 위해서 일할 기분이 나겠습니까. 다행히도 정 첨사 나리를 만나니 쬐끔 힘이 납니다. 내가 그 아비의 집을 압니다. 그 아비나 어미를 구스르면 소식을 캐낼 수 있겠지요. 이틀만 시간을 주십시오."

정충신이 그렇게 하라고 이르고, 그 이틀 후 저녁 정확하게 하세국으로부터 전통이 날아왔다.

— 춘월이는 초산 위쪽 압록강 남안의 연풍 나루터 객주집에 있습니다. 이름도 추선으로 바꾸어서 기생 노릇을 하고 있는데 주로 되놈들을 상대하고 있습니다.

만포진에서 연풍 나루까지는 육십 리 길이었다. 준마가 시간 반정도 달리면 당도하는 길이었다. 정충신이 다이샨으로부터 선물로받은 호마(胡馬)를 단숨에 올라타 말 채찍을 휘둘렀다. 연풍 나루에 당도하니 해시(밤 9시— 11시) 무렵이었다. 정충신은 추선이 있는 객주집에 이르렀다. 사동을 불러 두둑하게 용돈을 주고 물었다.

"나는 첨사 어른이다. 추선이를 불러줄 수 있는가."

변경에서 첨사 벼슬이라면 백성들 누구나 꾸뻑 죽는 신분이다. 어린 사동이 금방 알아차리고 네네, 했다. 이런 거물 고객이 온다면 추선 누나도 좋고, 자기 자신도 좋을 것이다. 산같이 우람한 명마를 타고 온 신분이니 자신도 공연히 우쭐해지는 기분이 된다.

"따뜻한 방을 하나 다고. 그리고 추선을 불러오렷다."

"네네. 여부가 있겠나이까."

방으로 안내되어 정좌하고 있는데, 한식경 후 여인이 들어섰다. 바라보자 정충신의 눈이 휘둥그래졌다. 사대부가 보아도 침을 질질 흘릴 절색의 미모가 한눈에 들어왔다.

"어서 앉게. 추선이라고?"

"네, 추선 인사드리옵니다."

추선이 다리를 모두어 앉더니 곱게 절을 하였다. 동백기름 향내가 은은하게 그녀 머리에서 풍겨나왔다.

"한 상 가득 차려오렷다."

추선이 사동에게 알리자 사동이 술청으로 들어가더니 그대로 전했다.

"제일 좋은 요리로 한 상 차려 올리랍니다."

술청이 바삐 움직이는 가운데, 정충신이 추선에게 말을 건넸다.

"과연 이목구비가 시원하고, 목이 길어서 우아하이. 그 눈에 첨벙 빠져들 것 같으이."

초선이 입을 가리고 얌전히 웃었다. 웃는 볼에 볼우물이 패어서 더욱 매력적이었다.

술이 거나해지자 정충신이 물었다.

"내가 여기 찾은 이유를 짐작하는가?"

"조금은 알겠나이다. 고향은 멀리 떨어져 있고, 부모 처자 역시 천리 타향에 계시고, 그러니 외로운 밤을 보내시기가 싱숭생숭하셨을 테고, 그래서 객고를 푸시겠다는 마음이 아니신가요?"

"그 말도 틀린 말이 아닐세. 나는 저 이천오백 리 밖 전라도 광주에서 올라온 사람이네. 그곳은 따뜻한 곳이여. 물산도 풍부하고 인정이 넘치는 곳이지. 그곳 목사관에서 지인으로 복무할 적에 추선 같은 어여쁜 기생은 아니나 품성 곱고, 마음 넉넉한 관기를 사랑한 적이 있었지. 열여섯 살 때의 일이여."

"조발(早發)하셨네요. 그 나이에 기방 출입을 다 하시고."

"아니란 말이시. 누나 같은 분이라서 몸을 나누는 사랑은 아니나 서로 아껴주고 보살펴주는 사이였네. 나라 생각하는 마음이 어떤 충신보다 앞선 분인지라 저절로 존경을 했다네."

"그래서요?"

"그래서 기생도 기생 나름인 법, 어찌 추선에게도 그런 나라 사랑하는 마음이 없을손가. 의기 논개와 같은 기생이 어찌 그 한 사람으로 족할 것인가."

"그래서요?"

술판이 이상한 방향으로 흘러간다고 생각했던지 추선이 조금은 앵토라진 모습이다. 그런 표정이 얄밉도록 매력적이다.

"내 심부름 하나 들어줄 텐가. 사례비로 보석은 충분히 준비되어 있네."

"나를 보석으로 사려구요?"

"딱히 그렇게 말하면 내가 좀 쑥스럽고. 모문룡이란 자가 추선의 사랑을 구한다고 금은보화를 바쳤다고 하길래, 나 역시도 금은보화라면 모문룡 나부랭이하고는 급이 다르니 받아들일 거라고 믿었네. 재물로 말하면 열 근짜리 금덩어리 하나와, 호피 하나, 백두산 산삼 백 근이 준비되어 있네. 평생 호강하고도 남을 돈이여."

"그자가 내 몸을 탐하려고 보화를 가져왔지만, 거절했시오."

"왜?"

"기생에게도 순정은 있답니다. 나는 첨사 나리의 금은보화에는 관심 없어요."

"나 역시도 차버릴 셈인가?"

그러자 추선이 가볍게 눈을 흘기며 말했다.

"정 첨사 나리 같은 분이라면 제가 보화를 바치면서까지 모시고 싶어요. 처음 보자마자 제 마음이 단번에 움직였답니다. 정 첨사 나리를 모시고 들어앉으면 안 되나요?"

"안방에?"

"정 첨사 나리의 강단있는 모습과 기개가 첫눈에 소첩의 가슴을 사로잡았답니다."

그것은 안 될 일이었다. 유희와 쾌락을 위해 여기까지 육십 리 길을 달려온 것이 아니다. 명색 나라를 위해서 나선 일인데 기생의 미모에 빠져서 음탕하게 여색에 탐닉한다는 것은 공사 구분을 모르는 무뢰한이다. 탐진치(貪瞋癡)의 독에 빠지게 하는 일이다. 탐욕과 오욕과 어리석음. 그것은 사리를 바르게 판단하지 못하게 하는 오욕 경계에서 인간을 타락시키는 유혹의 함정이다. 정충신은 저도 모르게 나무아미타불을 외었다. 어려운 일을 당하면 습관처럼 외는 염불이다.

"추선아, 나는 정분 쌓는 일로 여기 온 사람이 아니다. 나라의 신음소리가 안 들리는가. 모문룡인지 개뼉다귄지 그 인간이 변경의 마을을 휩쓸면서 도둑질에 계집질에, 툭하면 사람을 패죽이니 가만 두어서야 되겠느냐. 명나라 장수란 자가 명나라를 배신하여 비적이 되고, 후금을 약탈하고, 조선 변경을 쑥대밭을 만들어버리니 모두의 적이다. 그자를 잡아들여야 한다."

추선이 생각에 잠기는 듯하더니 자리에서 일어나서 이마에 손을 얹고 곱게 인사를 했다.

"첨사 나리, 저는 비로소 인물을 보았나이다. 만포진 첨사라면 사실은 이가 갈렸습니다. 저를 탐하는 첨사들이 한두 명이었나요. 실컷 주색을 탐하고 헌 짚신짝 버리듯이 버리고 갔답니다. 그런데 정첨사 나리는 저를 한 인격자로, 나라를 생각하는 사람으로 보아주시니 저 또한 어떤 무엇이 된 것 같습니다. 첨사 나리가 저를 불러주기 전에는 웃음을 파는 기녀에 불과했지만 불러주시니 어떤 존재가 되었습니다. 하나의 의미가 되도록 길을 열어주시니 무슨 일이든 마다하겠습니까. 진실로 꽃이 된 기분입니다."

어디서 많이 들어본 것 같아서 정충신이 물었다.

"추선이 혹시 시를 쓰나?"

"글줄이나 읽고 쓴답니다. 하지만 지금 한가하게 시를 읊을 때가 아닙니다. 거사를 해야지요. 모문룡이 깊숙이 숨었더라도 그 전령과는 선이 닿을 것이니, 전령을 찾으면 됩니다. 전령에게 전통을 보내겠습니다. 그가 오면 잠복해 있다가 죽이십시오. 못된 새끼. 그놈 때문에 제 갈비뼈가 나가버렸습니다. 거칠게 쩌누르고 발작을 하니 제 갈비뼈 두 대가 나가버린 것이지요. 원수같은 새끼."

추선이 모문룡 진영의 전령 왕사춘을 부르자 그가 득달같이 달려왔다.

"우리 낭군님, 왜 안 오시나요? 얼굴 뵌 지가 석달이 다 되어가네요. 모대장도 안녕하신가요?"

추선이 슬픈 얼굴로 말하자 왕사춘이 불같이 화를 냈다.

"나를 부른 줄 알고 왔더니 엉뚱한 사람을 찾는군. 좌도독(左都督)이 여기 올 수 없는 건 자네가 잘 알지 않나."

좌도독은 모문룡이 후금군 여섯을 죽인 것을 60명 소탕한 것으로 하고, 천민 두상 30여 개를 잘라 명 황실에 올려바쳐서 받은 승진 보직이었다.

"좌도독으로 승진했으면 축하주 한잔 해야지요. 그렇게 꼭 전해주세요."

"좌도독은 지금 깊은 산중에서 집필 중이시다."

"산중에서 집필 중?"

"그렇다. 모대장전을 써서 명나라, 후금, 조선에 널리 퍼뜨릴 계획이다. 3국 모두 모 도독을 적으로 몰아가니 자기 방어 차원에서 모대장이 직접 자신의 활약상을 지어서 알릴 생각이야. 추선은 모 좌도독의 애국충정을 곧 보게 될 것이야."

추선이 그에게 넉넉하게 패물을 주고 당부했다.

"그러니 꼭 보고 싶다고 전해주어요. 보고 싶어서 못 견디겠다고요."

"자네 혹 패물 때문에 그런 것 아닌가?"

"아니어요. 패물로 모 도독과의 정분을 계산하지 마세요. 나는 그런 여자가 아니랍니다."

"알았다."

그가 추선과 몸을 풀고 돌아가고, 다음날 저녁 모문룡이 찾아왔다.

"내가 너를 그리워했던 것이 너의 마음으로 그대로 전달되었던 모양이구나. 내가 너를 생각하면 환장해버린다. 꿈자리에라도 만나길 원했다."

"서방님, 소첩은 더하지요. 추선을 잊지 말아요."

그러나 워낙 기습적으로 찾아온지라 추선은 만포진에 미처 연락을 하지 못했다. 그의 베갯머리에서 추선이 속삭였다.

"서방님의 행방을 몰라서 걱정했댔시오. 죽었나 살았나…. 소첩한테만은 꼭 행방을 알려주시어요."

"사나이 가는 길을 다 말해줄 수 없다."

"그러면 추선은 슬프게 울게 되지요."

"그럼 네가 몰래 찾아올 수 있겠니?"

"그럼요. 하늘 끝까지 따라갈 거야요."

"의주 부윤 이완(이순신의 조카) 이놈을 치고 백산으로 들어갈 것이
다."

모문룡 부하들이 약탈을 과도하게 벌이자 이완이 병사들을 풀어
잡아들여 곤장을 쳤는데, 그중 한 놈이 장독 끝에 죽고, 두 놈이 병신
이 되어버렸다. 이완은 약탈을 일삼는 모문룡 군사들을 추상같이 대
했던 것이다. 모문룡은 즉각 조선 조정에 항의서한을 보냈으나 답변
을 받지 못했다.

"상놈의 새끼들, 상국(上國)의 병사를 때려죽이다니, 그렇다면 내
가 할일이 있다."

추선이 모문룡이 모월 모일 모시에 의주부를 공격할 것이라는 첩
보를 만포진에 전했다. 거기에 모문룡이 나타날 것이라고 알렸다.
마침내 그날 밤 모문룡 군대가 야음을 틈타 의주부를 공격했다. 그
러나 이들은 일시에 제압당했다. 첩보를 받은 정충신이 만포진 병사
와 의주 군영의 병사들을 모아 50의 모문룡 부대를 단숨에 격파해버
린 것이다. 며칠 후 모문룡이 후줄그레한 패배자 모습으로 추선을
찾았다. 그는 죽음을 피한 것이다. 예고없이 기습적으로 찾아왔기
때문에 추선은 이번에도 미처 정 첨사에게 알리지 못했다. 진탕 마
신 모문룡이 추선을 무릎에 앉혔다.

"내가 너를 보는 낙으로 살았는데, 너는 나를 그러지 않은 것 같아
서 마음이 허하다."

"소첩은 서방님 못 보면 병이 들어요. 장군님, 언제 또 오시나요? 그땐 꼭 날짜를 알려주시어요."

"그러면?"

"음식도 더 맛있게 장만해야지요. 오신다면 미리 목욕재계하고 기다리지요."

"그럴 일이 없을 것이다."

"멀리 떠나시게요?"

그러자 당장 불호령이 떨어졌다.

"네 이년! 네가 분명코 첩자렷다? 너로 인해 나의 병사들이 모두 당했다. 내가 의주부를 기습한다는 정보는 너밖에 모른다. 그것이 저놈들에게 미리 새나가서 내 부하들이 모조리 당했다. 너는 나의 애첩이 아니라 더러운 배신자다! 용서할 수 없다!"

그가 그녀를 내팽개치고 벌떡 일어나더니 검을 빼들어 추선의 목을 내려쳤다. 추선의 두상이 톡 떨어져 방바닥에 나뒹굴었다. 그토록 아름답고 곱던 얼굴이 목이 잘려나가자 하찮은 돌멩이처럼 볼품이 없었다.

추선이 비참한 죽음을 당했다는 소식을 접하고 정충신이 한달음에 연풍 나루터의 객주집으로 달려갔다. 따지고 보면 추선은 그가 죽인 것이나 다름이 없었다. 그의 말을 듣고 따른 것이니 백번 천번 죽인 것이다. 정충신은 가슴이 얼얼하기만 했다. 전장에서 그 많은 죽음을 보았으면서도 이처럼 가슴 저려오는 일은 없었다. 객주집으로 들어서자 술방의 사동이 달려나오더니 정충신의 제복 자락을 붙들고 울부짖었다.

"첨사 나리, 이 무슨 날벼락입니까. 추선 누나가 죽었어요. 예쁜 마음씨만이 아니라 예쁜 얼굴도 더 이상 못 보게 되다니요. 첨사 나리, 칼을 휘둘러도 겁내지 아니하고 모문룡을 붙잡으려다 칼을 맞았답니다. 이런 원통한 일이 세상에 어디 있습니까요."

사람들이 몰려들었다. 그들도 하나같이 가슴을 치며 추선의 죽음을 슬퍼했다.

"내 마음도 천갈래 만갈래로 찢어지고 있다. 이런 비통한 일이 또 있는가. 의기로서 소임을 다하고 갔으니 참으로 거룩하다. 장례를 잘 치러서 추선의 뜻을 높이 새기리라."

"새기면 뭘해요. 죽으면 그만인 것을. 장례를 잘 치른다고 누나가 알아차리기라도 하나요?"

사동이 땅바닥에 나뒹굴며 계속 울부짖었다.

"장례를 잘 치르고 원수를 갚을 것이다."

정충신은 성대하게 장례를 치렀다. 기생의 상여가 예쁘게 장식되어 수십 개의 만장 휘날리며 장지로 향하는 모습은 슬프고도 애달팠다. 정충신이 근무지로 돌아와 하세국을 불렀다.

"그자를 잡아들여야 하오."

"모문룡이 우리가 쫓는다는 것을 알고 깊이 박혀버렸을 것입네다."

"그자가 계속 숨어있을 리는 없소. 그의 전령 왕사춘을 알고 있는 즉, 그자를 추격하시오."

"모문룡은 귀신같은 놈이고, 간덩어리가 큰 놈입니다. 가도로 들어갔다는 말도 들립니다. 그자는 조정을 가지고 노는 놈입니다. 벌써 조정에 협박했다는군요."

"이것저것 따질 것 없이 추격하시오. 잡으면 껍질을 벗겨버리겠소."

"첨사 나리, 그는 사정이야 어떻든 명의 장수입니다. 자칫 잘못하면 도로 당할 수 있습니다. 그의 부하들도 건달패들이지만, 나름대로 뛰어난 용맹성을 가졌습니다. 쉽게 접근할 상대가 아닙니다."

"건달패가 용맹하다니, 무슨 뜻이오? 건달에겐 용맹이 없지. 오직 야비한 패악질만 있지."

"모문룡은 통솔력을 지닌 인물입니다."

"대도가 통솔력이 있다고? 도적놈의 새끼가 그렇다니, 어떻게 그렇게 보는 거요?"

"패물로 공유덕, 경중명, 상가희 등 부장들을 매수한 것입니다. 그의 간계와 용맹한 부장들 때문에 명의 조정에서도 잘못 알고 평가하고 있습니다. 조선 조정에서도 사대부들이 그를 명장으로 높이 사고 있습니다. 조정에서 그를 도우라는 훈령이 내려왔습니다."

"평안도 황해도를 유린하면서 백성들 고혈을 짜고 양민을 도륙하는데도 도우라고?"

"현장 상황을 모르는 조정이야 때로 뜬구름잡기 식이지요. 그러나 그것도 다 이유가 있습니다. 환관 위충현의 무리들과 결탁하여 일을 꾸미니 그자는 죽을 놈도 살려내는 것입니다. 후금과 제대로 싸우지 않았으면서 18번을 이겼다고 거짓말을 하고, 6명의 적군을 포획하고 나서 6백 명의 목을 얻었다고 본국에 거짓 보고를 올렸습니다. 환관 위충현의 무리가 모문룡의 이런 보고를 그대로 상부에 올리고, 대신 어마어마한 뇌물을 받았습니다."

"썩어도 보통 썩은 게 아니로군. 망하지 않는다는 것이 우스울 지경이야."

"간신배 셋만 있으면 왕을 핫바지로 만들어버리는 것이 요즘 조정의 실태 아닙니까."

조선 조정도 명나라를 따르는 중신들의 간언에 따라 그에게 모든 편의를 제공하라는 어명이 내려졌다. 광해군은 평안도 철산 앞바다인 가도(椵島)에 모문룡 군대가 주둔하도록 조치했다.

모문룡은 명군과 난민 1만 5천을 이끌고 가도로 들어갔다. 작은 섬이라서 군량이 절대적으로 부족해 조선에 강요하여 식량을 징발했다. 그 식량이 매년 10만 석에 달했다. 흉년으로 식량 지원이 여의치 않자 황해도와 평안도에 상륙하여 약탈을 일삼았다.

광해군 일기에 모문룡에 대한 기록이 다음과 같이 나온다.

― (모문룡은) 얼마 뒤 요동의 백성 2, 30만 명을 구제한다는 명목으로 중국 조정을 속여 해마다 탕은 20만 냥을 끌어내었다. 그러나 암암리에 환관 위충현의 무리들과 결탁하여 포장도 풀어보지 않은 채 내당으로 들여보내고, 가도에 필요한 식량은 우리나라에 부담시켰다. 그들은 거짓으로 첩보를 올리고, 심지어는 모 대장전을 지어 전벌의 공적을 떠들어대었다. 외로운 섬에서 칩거하면서 위세부리는 것만 일삼았으나 공상은 더해져 벼슬이 후군도독에 이르렀다.

(既而欺誆中朝 托以接濟遼民二三十萬 歲發帑銀二十萬兩 潛結宦官魏忠賢輩 都不發包 入詣內瑻 島粮則專責我國 虛張捷報 至作毛大將傳 舖張戰伐之蹟 蟄居孤島 徒事張皇 轉增功賞.(《광해군일기》권제167, 광해군 13년 7월 26일).

"마침 원숭환이란 명나라 장수가 모문룡의 비리를 알고 그를 칠 것입니다."

하세국이 말했다.

원숭환은 서른여섯 살의 나이로 명나라 병부(兵部)의 직방사 주사가 된 사람이었다. 군사적 재능이 있어 젊은 나이에 병부의 상급 계급장을 달고 있었다. 원숭환은 명군이 후금에 판판이 깨지는 것은 모문룡과 같은 모리배 장수들 때문이라고 보았고, 그래서 모문룡부터 체포해 군기를 다잡을 생각을 하고 있었다.

하세국이 조정의 움직임을 다시 상세히 알렸다.

"조정의 방침은 명나라와 후금과의 관계를 등거리 외교로써 국익을 창출하자는 계획 아래 움직이고 있습니다. 그러나 하부에 제대로 전달되지 못해 상이 긍휼히 여기고 있나이다."

"숨은 전략을 선악만을 따지는 중신들이 알 리가 없지. 하지만 이것 저것 신경쓸 겨를이 없소. 모문룡은 원숭환이 제거하겠다고 하니 우리는 일단 손을 뺍시다. 사르후 전투에서 패한 것인지 투항한 것인지 불분명한 강홍립 장군 소식이 궁금하오."

"좌우영 군대는 망가졌지만 투항해서 중영(中營) 군대를 건졌습니다. 누르하치의 차남 다이샨 패륵이 조선과의 친선을 강화하기 위해 그의 여동생 둘 중의 하나를 강 장군에게 주겠다는 첩보도 있습니다."

"그렇게만 된다면 잘된 일이군. 여동생을 준 장군을 홀대하긴 어려울 것이니까 말이오. 우리에게 조금은 운이 따르는 것 같소."

"이 기회를 우리가 잘 활용해야 합니다. 그런데 문제가 하나 생겼습니다."

"무슨 문제?"

하세국이 한숨을 쉬더니 말했다.

"보시다시피 강홍립 도원수와 김경서 부원수는 후금의 수도 싱징(興京)의 진지에 있습니다. 진지에 있다고 하지만 후금의 수용소지요. 그곳에 억류되어 있는데, 평양감사 박엽이 강홍립의 항복 소식을 듣고, 그 가족을 잡아가두었습니다. 벌써 명을 배반하였다고 그 가족들을 주살(誅殺)해야 한다고 목소리를 높이고 있고, 역장(逆將)

강홍립을 불러 능지처참을 하자고 방방 뜨고 있습니다."

정충신이 크게 노해서 말했다.

"뭣이? 그것이 말이 되나? 빨리 막아야겠소. 강 장군이야 멀리 떨어져 있으니 불러서 처형하기까지는 시간이 걸리겠지만, 고향에 있는 그 가족들은 생명이 경각에 달렸소. 어서 말을 준비하라."

정충신은 한달음에 평양으로 달려갈 참이었다. 장장 5백 리 길이었다.

명나라의 장수 우승은도 강홍립이 계획적으로 항복한 것으로 의심해 조정에 알렸다. 항복의 진원지가 바로 명나라였던 셈이고, 군량지원도 외면한 평안감사 박엽은 역으로 강홍립을 공격하고 있었다.

"이런 상노무 영감, 나이만 먹더니 요리조리 살 궁리만 하고… 그통에 좌영, 우영 우리 군사 1만을 한 솥에 구워먹어버렸어!"

그는 강홍립의 식솔만 처단해가지고는 계산이 안 맞다고 생각했다. 병력 손실 1만분의 1로 무마하기엔 그 죄가 너무도 엄중한 것이다. 그는 강홍립의 고향으로 형리를 보내 그의 사돈네 팔촌까지 싸그리 잡아들였다.

"너희 빌어먹을 집안 어른 믿고 우리 시퍼런 장졸들이 한꺼번에 다 죽었다. 너희들 죄를 너희 스스로 알렷다?"

그는 강홍립의 일가붙이를 모두 평양 감옥에 처박아두고, 이것들을 어떻게 죽이나를 궁리했다. 이때 정충신이 말을 몰아 평양 감영에 들이닥쳤다.

"중지하시오!"

동헌 뜰에 이르러 정충신이 큰 소리로 외쳤다. 그와 함께 이러저러한 사연을 얘기했다. 그러자 박엽이 화를 버럭 냈다.

"일개 첨사가 평안감사를 호령한다? 철없는 짓인가, 미친 짓인가? 저 자도 잡아들이라!"

정충신이 버티고 서서 다시 외쳤다.

"그나마 산 병사가 5천이오. 강홍립 도원수가 그렇게 하지 않았다면 그 병사들마저 다 잃게 되었소이다. 후금군의 군세가 얼마나 강대한지 모르시오? 위세는 천지를 진동하여 중원을 제압하고 있소. 상감마마는 병사 하나를 구하기 위해 명나라 천자의 명을 두려워하지 않았습니다. 배반하는 마음을 품더라도 한 명의 군졸, 한 뼘의 땅을 빼앗기지 않으려고 오랑캐와 화친한 것이오. 당장 칼을 거두시오!"

"그런 일로 강홍립 도원수와 김경서 부원수가 싸운다던데?"

"그런 관계는 난 모르겠소. 다만 그 가족을 멸하는 것은 당장 화가 미칠 것이니 중지하시오. 이것은 어명이나 다름없소. 강 도원수는 어명에 따라 투항한 것이오!"

"싸우러 간 놈이 비겁하게 투항했는데, 그것이 어명이라고? 그런 놈의 어명이 하늘 아래 어디 있다더냐?"

이것을 두고 방귀 뀌고 성낸다고 할 것이었다.

모문룡 군대가 멀리 바다로 빠져나가자 압록강 국경지대는 한숨 돌리게 되었다. 그러나 만포진 병사들이 여전히 이질병에 시달리고 있었다. 일부는 풍토병까지 걸려서 일어서지 못했다.

병사들은 대부분 삼남지방에서 올라온 첨방군(添防軍)들이었다. 첨방군이란 전라도 출신 수병들로 구성된 군 집단인데, 남해안을 부방(赴防)하는 임무를 띠고 동원되었던 군사들이다. 임진왜란 때 남해안 수군의 수가 절대적으로 부족해서 용맹한 전라도 남해안 연해 고을의 청년들만을 징발해 싸우게 한 인력들이다. 여수와 고흥 장흥 해남 진도 해안마을에 사는 어부 출신들이며, 일본의 새 영수 도쿠 가와 이에야스가 집권한 이래 조선국이나 유구(琉球), 명나라를 침공 하는 일을 중지했기 때문에 조정은 이들을 빼돌려 압록강 최북단 만 포진에 배치했다.

전쟁이 끝났으면 고향으로 돌려보내야 하는데도 불구하고 용맹성 이 돋보이기 때문에 북쪽의 침입을 막기 위해 계속 군대에 잡아두고 있었다. 말하자면 용맹했기 때문에 불이익을 당하고 있었다. 이들은 무엇보다 고향과 수천 리 떨어진 곳에서 복무한다는 고독감과, 여전 히 접적지역의 위험에 노출되었다는 점, 그리고 기후풍토가 맞지 않 아 한결같이 고통을 받고, 먹을 것이 절대 부족해서 대부분 영양실 조에 걸려 있었다.

정충신이 막료장을 불렀다. 아직까지 이질병이 고쳐지지 않았다 는 것은 경위야 어떻든 간에 군령권자의 책임인 것이다.

"성 안의 솥을 모두 거둬와서 강변에 벌여놓고 콩죽을 끓여서 먹 이라. 병이 낫지 않았다면 병의 근원을 찾아 해결해야 하는데, 무엇 보다 잘 먹여야 한다. 몸이 보호되고 몸의 열기를 토해내면 낫게 될 것이다."

정충신은 군사 숙영지로 나갔다. 한 막사를 도는데 덩치 좋은 병 사가 그의 앞으로 달려오더니 무릎을 끓었다.

"첨사 나리, 이런 개 상놈의 판이 다 있습니까요?"

"무슨 일이냐."

"동로(東路) 서로(西路)에 전염병이 도져서 감염자가 속출하는디도 전향사(典享司)는 관원을 파견하여 여제(厲祭)를 올리고 있소. 귀신을 위로한다는 제사를 지낸다고 병이 낫소? 병 구완한다는 표시만 하는 것이랑게요!"

그는 전라도 군졸이었다.

"그러면?"

"약물을 구해주고 관향미(管餉米)를 병사들한티 풀어야지라우. 뭐 염병났다고 귀신 위로한다고 수십 석씩 갖다 바친답디여? 산꼭대기에 올리면 산짐승이나 멧새들이 좋아하겠지라우. 도대체 무슨 염병할 짓이랍디여?"

관향미란 변경을 방비하는 군사를 위해 특별히 비축한 군량을 말한다. 관향사라는 벼슬을 두어 고을을 돌며 군량을 확보하도록 하는데 평안도의 부사, 관찰사의 위임을 받은 관향사가 이를 관리하고 있었다. 그러나 잡음이 많았다. 군사들에게 줄 것을 빼돌리니 군졸들이 하나같이 허덕인 나머지 탈영자가 나오고, 남아있는 자는 영양실조에 퍽퍽 쓰러지고, 이때 반항하는 군졸을 매타작으로 반 죽여놓고, 어떤 경우에는 당사자에게만 밥을 두둑이 먹여 군말이 없도록 한다는 것이었다.

"어디서 왔느냐."

"해남에서 왔지라우. 이순신 장군이 울돌목 싸움을 벌일 때 나도 출진했는디 허벌나게 왜것들 조사부렀지라우. 그때는 모두가 일심동체가 되어서 무찌릉게 왜것들 꼭 마른 수수깡 넘어지듯 하더랑게요. 그란디 삼천리 밖 북방 변경으로 옹게 묘하게 되어부렀소. 무슨 순지 모르겠소. 여기서 이렇게 개피볼 적시면 도망갈라요. 인생 뭐 별거랍디여? 나 이제 막가파요."

병사를 돌려보내고 정충신이 강계목사관에 주둔한 관향사를 불렀다.

"백미와 조, 찹쌀, 콩. 감자를 넉넉하게 확보한 것으로 알고 있는

데, 군사들이 굶주리고 있다. 그 지출명세를 가져오라."

"어디다 쓰게요?"

"어디다 쓰게요라니? 군령권자라면 당연히 군량 실태도 파악해야 하는 것 아닌가."

"첨사 나리는 나라를 잘 방비하는 일, 즉 전투를 잘하는 전략을 세우는 자리요. 식량 보급은 나에게 주어진 임무요."

관향사가 빳빳하게 나왔다. 그는 병조의 병참 대장을 구워삶아 놓았으니 뒤탈이 있을 리 없었다.

"뭐라고? 병사들이 굶주리고 독초까지 뜯어먹고, 흙을 먹는 자도 있다고 들었다. 이런 군사들이 무슨 사기가 오를 것이며, 싸울 힘이 있겠느냐. 멀리 삼남지방에서 올라왔다고 개무시해도 되냐?"

"왜 다른 첨사 나리들은 아무 말이 없는데 정 첨사 나리만 따집니까? 오지랖도 넓소. 뭐가 좀 아쉬운 게 있는 모양인데, 강촌에 이미 술자리 마련해놓았고, 어여쁜 강계 기생들 잡아두었소이다. 용돈도 놓아두었으니 실컷 마시고 즐기십시오. 인사를 미처 차리지 못해서 미안하외이다."

"에라, 이 개새끼."

그 자리에서 그를 묵사발이 되도록 늑신하게 패주고, 그를 옥에 가두었다. 며칠 지나자 병조의 전령이 말을 타고 달려왔다.

"만포진 관할 관향사를 풀라는 명이오!"

"관향사를 풀어주라고? 어떤 자가 그러더냐?"

"명령은 상급 기관인 병조에서 내리는 것이지요. 군기의 기본은 명령과 복종입니다."

"썩었구나. 그릇된 지시는 따르지 않겠다."

"한번 따져봅시다. 정 첨사도 완전무결한 군인이오? 혹 잘못된 판단으로 명령을 잘못 내리는 경우가 없소? 그때마다 병졸이 따지고 대들면 어떻게 군사조직을 통솔하고 관리하겠소?"

"그러니 매사 몸을 단정히 하고, 부하가 곯지 않도록 솥을 자주 살펴야 하고, 외적 침략에 대한 방비를 게을리해선 안 되는 것이다."

"좌우지간 관향사를 잘못 건드리면 골로 가요. 그는 권부의 후손입니다. 누구도 손을 못 댄다니까요. 정 첨사 나리는 참 눈치도 없소이다."

"그놈이 못된 짓을 했으면 국법에 따라 엄히 다스려야지, 권부의 후손이라고 묵인하고 외면하면 나라의 질서와 기강이 서겠는가. 모범을 보여야 할 자가, 병조에 뒤를 봐주는 자가 있다고 타락하면 그 군사조직이 어떻게 되겠느냐. 내 목에 칼이 들어와도 그렇게는 못한다."

"아아, 실제로 칼이 들어간다니까요. 나는 누구 편도 아니지만 칼 들어가는 꼴을 보고 싶지 않소이다."

"그릇된 지시를 따르지 않는 것도 군인이 취할 길이다."

"대국도 그럽니다. 사절단의 일원으로 연경(북경)에 다녀왔는데, 부패가 만연해서 금은이 아니면 누구 하나 만날 수가 없습니다. 그런 비리가 일상사가 되었는데 명을 우러르는 우리라고 별 게 있겠습니까. 서로 사이좋게 뜯어먹고 사는 것이 미덕이 되어버렸지요. 나쁜 것은 먼저 따르는 것이 우리네 기질이지요."

"배울 것을 배워야지!"

정충신이 옥졸(獄卒)을 시켜서 갇힌 관향사를 불러내도록 지시했다. 관향사가 포승줄에 묶여서 마당으로 끌려나왔다. 정충신은 병사들을 소집해 마당에 집합시켰다.

"병영에서 통탄할 일은 병사의 먹을 것을 빼앗는 짓이다. 전쟁에서 패배하는 것은 용서가 된다. 작전에 실패해서 부하를 죽이는 일도 용서가 된다. 그러나 병사가 먹을 양곡을 빼앗는 것은 절대로 용서가 안 된다. 여기 끌려나온 자는 병사들이 먹을 식량을 빼돌려 주색잡기에 빠졌다. 자기 처자식 잘 먹이고, 좋은 글 배우도록 명강사를 초빙해 가르치고, 출세를 위해 윗줄에 상납했다. 그렇게 해서 권력과 부가 세습되도록 했을 것이다. 병사들이 물똥을 싸고, 먹을 것 제대로 못먹고 병구완도 못하고 쓰러져서 몇 명씩 시체로 나가는데, 이 자는 관향사라는 지위를 이용해 군량을 착복했다. 그 죄를 준엄히 묻지 않으면 하늘이 용서치 않을 것이다.”

병사들이 그 말을 듣고 전향사에게 달려들어 각목으로 머리를 박살내고, 삽으로 어깨를 갈기고, 다리를 분질렀다. 관향사가 즉사했다. 병조에서 파견된 전령이 겁을 먹고 말을 타고 도망을 가버렸다.

때려죽이기를 바라는 것은 아니었지만 병사들이 복수심으로 달려드는 데는 방법이 없었다.

“병사들이 저 자를 죽인 것이 아니라 내가 죽인 것이다. 내가 책임을 질 것이다. 여러분은 걱정하지 말고 어서 가서 솥의 콩죽을 배불리 먹기 바란다.”

정충신이 병사들을 해산시키자 모두들 솥으로 가서 콩죽을 배불리 먹고 만세를 불렀다.

그 무렵 명나라는 쌀과 소금, 수레를 끄는 일소와 먹이용 소 5백 두를 보내달라는 밀지를 조정으로 보내왔다. 군사 1만 5천을 파병했는데도 만족하지 않고, 피복만 제외하고 나머지 물자를 모두 대라는 것이다. 조정이 명의 청을 받아들이려면 또 백성들을 쥐어짜야 했다. 이런 때 관향사의 군납비리가 터져나왔다. 광해군은 병조판서 장만을 불렀다.

"불결한 소식을 듣고 있었소?"

"네, 듣고 있었습니다. 군사작전에 필요한 인원과 군수물자를 충원 또는 보급 지원하는 자가 군량을 빼돌려 사복을 취했다면 엄히 다스려야 합니다. 부패와 비리는 싸우기도 전에 패배를 자초합니다. 그 돈과 향응으로 자기 자리를 보전하고, 승진의 근거로 삼는다면 나라의 기강이 어떠하겠습니까. 여말(麗末) 정권을 잡은 무인들이 조정 요직에 들어앉아서 자기 사람들을 들어앉히기 위해 막대한 재물을 착취하여 사용하였나이다. 그 재물은 매관매직과 같은 부정한 방법으로 충당했지요. 그래서 비리 구조가 나라를 흐리게 해왔던 것인즉, 일벌백계가 중요합니다. 마침 창주 첨사직이 공석이므로 어쨌든 관향사를 죽인 죄로 정충신을 그 책임을 묻도록 창주첨사로 좌천시켜 보내려고 합니다. 통촉하여 주시옵소서."

"그럴 것 없소. 그런 것은 선왕 때도 그랬소."

광해가 단호하게 말했다.

뜨악해진 표정으로 장만이 엎드린 채로 광해를 올려다 보았다.

"무슨 말씀이시온지…."

"부패지악은 선왕 때부터의 전통처럼 내려왔는데, 나 역시 그것 때문에 골머리를 앓고 있소. 윗대가리에서부터 미관말직까지 부패하지 않은 자가 없소이다. 정 첨사의 조치는 군납비리자를 일벌백계로 다스림으로써 잘한 일이오. 그대로 두시오."

"그러면 조정신료들이 가만 있지 않을 것입니다. 신료 중에 죽은 자와 연루된 자가 있는데, 그가 가만 있을까요. 소신 또한 그것을 방치한 책임이 큽니다. 그런 사실을 미처 파악하지 못한 죄가 큰 것이옵니다. 소신에게 중한 벌을 내려주시옵소서. 통촉하여 주시옵소서."

"그놈의 통촉, 마음에도 없는 통촉 소리 그만 좀 하시오. 정말로 통촉해줄까요?"

늙은 장수는 주춤했으나, 그렇다고 소신을 굽힐 수 없었다.

"그러하면 정충신을 불러서 문초해야 할 것입니다. 정충신의 능력과 애국충정을 잘 아는지라 소신, 그가 궁지에 몰리는 것을 원하지 않습니다. 하지만 신료들이 벼르고 있는데 내버려 두었다간 더 큰 낭패를 볼 수 있습니다. 눈에 안 보이면 사건은 더 커보이고, 범죄 혐의 또한 눈덩이처럼 불어날 것이옵니다. 그러니 데려다가 문초하고, 소신이 먼저 혼내주려고 합니다. 소신에게 생각이 있사옵니다."

"쓸데없는 허접한 생각들, 그런 것 안 하면 안 되오?"

"안 하면 안 되옵니다. 그를 살리기 위해서도 그리해야 하옵니다."

"정 그렇다면 그렇게 하시오."

장만이 전령 기병을 만포진으로 보냈다. 그가 데려다 치도곤을 하면 다른 신료들이 어쩔 수 없이 받아들일 것이다. 집안이 번다하지 못하고, 저 먼 삼남지방에서 홀로 올라온 장수인지라 주변이 외로웠다. 정충신은 정의감과 군인정신으로 근무에 임하고 있을 뿐, 그를 지켜줄 변변한 배경이 없는 것이다. 이것이 그를 배제하기 좋은 구실이 되었다. 쥐뿔도 없는 것이 세도가들의 부패와 비리를 묵인하지 않는다. 적당히 타락해서 조정 신료들과 그 무리들의 수작들을 외면하면 되는데, 원칙과 정도를 고집하고 눈감아줄 줄 모른다. 장만도 그 점 답답했지만, 씹어대는 사대부들로부터 그를 비호해야 할 책임은 있었다. 그 역시 백사 이항복 계열이었던 것이다.

전령이 출두 명령서를 들고 말을 달리고 있는 그때, 압록강변 국경지대에서 오랑캐 무리들이 정충신의 수비방어군 장졸 셋의 목을 따고, 민가의 처녀를 납치하고, 가축을 잡아간 사건이 벌어졌다. 정충신이 사건을 접하고 즉각 비상 갑호 명령을 내렸다.

"모두 출동해 나를 따르라. 오랑캐 놈들이 보이는 족족 창으로 배 때지를 쑤셔박거나 목을 따라!"

이렇게 전의를 불태우고 출진 준비중인데 느닷없이 비변사(備邊司)에서 긴급 야전 군사회의를 소집했다.

"그런 중대한 사건일수록 사건의 개요, 진행상황, 앞으로의 대책을 논의해야 할 것 아니오?"

"지금 한시가 바쁘오. 일망타진한 뒤에 회의를 열어도 늦지 않소."

"일망타진할 계책을 세우기 위해 회의를 소집하는 거요! 군의 전투 지침을 따라야 하오. 그 지침에는 비변사의 회의 결과에 따라 작전을 수행하게 되어있소."

"지금 그자들이 도망가는데 회의하자고요?"

"아니, 비변사의 권위를 밟는 거요? 정 첨사의 목이 도대체 몇이나 되오?"

비변사란 조선시대 군국기무(軍國機務)를 관장한 문무 합의 기구다. 외적의 침입 등 변방에 국가적 비상사태가 발생하면 현장 상황을 잘 모르는 중앙의 병조에서 군사 문제를 처결할 수 없어서 의정부와 육조 대신, 변방의 일을 잘 아는 지변사재상(知邊司宰相: 경상도·전라도·평안도·함경도의 관찰사와 兵使·水使를 지낸 종2품 이상의 관원)으로 회의체를 구성해 작전을 수행하는 기구다. 즉 합동참모본부인 것이다.

그러나 적의 침입 보고를 받은 연후에 비상회의가 소집되어 즉각 대처하지 못하는 약점이 있었고, 사후약방문격이어서 성과를 거두지 못하는 경우는 많되, 책임만 묻는 기구로 전락해 있었다. 현장 지휘권자가 이원화되어 있기 때문에 전투명령 체계도 안 잡혀있고, 옥상옥의 지휘체계가 되어 능률이 현저히 떨어졌다. 현실감각 없는 조정에서 기구를 설치하다 보니 불합리한 것들이 비일비재했다. 그러나 병조의 직속기구라서 말단까지 행세가 대단했다. 툭하면 끗발로 들이대니 현장 군인들의 불만이 많았다.

지변사 재상이 자기 말을 거역하고 정충신이 출진 대오를 갖추자 대번에 화를 냈다.

"첨사란 새끼가 비변사의 말을 안 들어? 고작 백사 영감 따까리하면서 출세한 놈이 말이야. 아직도 백사영감이 살아있는 양 행세하는데, 그것이야말로 죽은 자식 불알 만지기야. 제대로 말하면 곤란하지. 내 명을 거역하면 내가 어떤 사람인가를 보여줄 기다. 이순신도 졸지에 가버린 것을 타산지석으로 삼아야 하는데, 촌놈의 새끼가 철이 덜 들었다니까."

"나는 지변사재상과 말다툼할 시간이 없다."

정충신이 이렇게 말하고 연병장에 모인 장졸들을 향해 명령했다.

"모두 출진이다. 기병부대, 궁수부대, 총포부대는 기패관의 깃발에 따라 진군한다."

고병(鼓兵)이 북을 울리고, 기패관이 힘껏 기를 올리자 부대원들이 일제히 함성을 지르며 출동했다. 콩죽을 먹고 원기를 회복한 병사, 이질을 이겨내고 출병한 병사들이 용기백배했다. 그들은 첨방군들이었다. 자식처럼 여기며 잘 먹이고 이질병을 이기도록 이끈 은혜를 갚기라도 하듯, 그들은 한달음에 압록강을 건너 오랑캐 마을로 들어가 수색작전을 벌였다.

이 잡듯이 수색하는 사이 오랑캐 무리들이 조선군의 설욕전을 미리 알고 벌써 험준한 산속으로 숨어버렸다. 산악활동이라면 정충신에겐 평지보다 더 자유로운 지형이다. 소년시절 '무등산 시라소니'

아니었던가. 산골 요소요소의 굴에 매운 연기를 쏟아부으니 숨은 오랑캐들이 켁켁거리며 기어나왔다. 나오는 즉시 목을 쳤다. 이렇게 산을 훑으면서 잔당 50을 잡았다. 그중 30의 목을 베어서 두상을 소금에 절였다.

"저것들을 보자기에 싸라."

"전과로 조정에 보내시게요?"

"좌우지간 싸라."

두상 30개를 열 개씩 싸니 세 자루가 되었다. 그길로 그는 말을 몰았다. 잔여 병력을 본진으로 퇴각시키고, 정예 기병 4명만 모아 말을 달렸다.

"아니, 정 첨사 나리, 어인 일로 남쪽 압록강으로 가지 않고 서북 방향으로만 달리십니까."

"잔소리 말고 따라오라."

정충신은 후금의 수도 싱징(興京)으로 달렸다. 싱징은 후금 수도를 라오양(遼陽) 선양(沈阳)으로 옮기는 와중이라 어수선했다. 그가 후금 궁궐에 이르러 소리쳤다.

"나는 조선국의 만호진 첨사 정충신이다. 다이샨 패륵을 찾아왔다."

"다이샨 각하를 만난다고?"

궐의 수문장이 뛰어나왔다. 먼지 뒤집어쓴 새까만 놈이 감히 다이샨 패륵을 찾다니? 불쾌감 그대로라면 칼을 뽑을 일이었다. 아이신교로 다이샨은 후금국의 2인자였다. 형 추옌이 아비의 애첩을 탐하다가 졸지에 칼을 맞고 비명에 간 뒤, 차남인 다이샨이 누르하치의 대를 이을 사람으로 공인되고 있었다. 어릴 때부터 아버지 누르하치와 숙부 슈르가치와 함께 광야를 누볐으며, 팔기군의 수급인 정홍기의 기주를 맡은 사람이다. 후금이 건국한 이후 바이러(패륵)로 책봉돼 명실공히 누르하치의 후계자인 것이었다. 그런 그를 조선의 먼지 뒤집어쓴 꾀죄죄한 병관이 찾는다? 수문장이 그 배포에 놀랍기도 하고, 다른 일방으로 신기했다.

"당신이 다이샨 패륵을 찾는다는데 무슨 일인가."

"그와는 친구 사이다."

"어허, 환장하겠네. 그 꼴로 친구라고? 패륵 저하는 그런 친구는 없을 거다. 그리고 저하는 지금 사르흐 전장에 계시다. 저하가 돌아오시려면 사흘 후쯤 될 것이다. 사흘 후 오기 바란다."

"그렇다면 궁에 누가 있나?"

"궁엔 왕이 계시는데, 너를 만나주시겠냐?"

"그렇다면 그 다음의 실권자가 누구냐?"

"여덟째 아들 홍타이지 장군이시다."

"그를 만나게 해달라."

"그는 더 어렵다. 조선국을 좆으로 보거든."

"말을 함부로 하지 말라! 상놈의 새끼!"

욕을 듣고 정충신 일행을 요모조모 뜯어보던 수문장이 무슨 생각이 났는지 장졸을 궐 안으로 들여보냈다. 장졸이 궐 안으로 들어갔다가 나와서 수위장에게 귓속말을 했다. 수문장이 고개를 끄덕이더니 정충신에게 말했다.

"가져온 보자기가 선물인가?"

"그렇다."

"보여주기 바란다."

"보여주면 부정을 탄다. 직접 전하겠다. 수문장이 먼저 본다는 것은 예의에서 벗어나는 일 아닌가. 문명국인 조선에서는 감히 생각도 못한다."

이렇게 야만국을 밟아야 한다. 잠시 생각하던 그가 그럴 것 같다고 여겼던지 고개를 끄덕였다.

"들어가라."

궁궐은 이삿짐을 꾸리느라 어수선했다. 홍타이지 앞에 이르러 정충신이 보자기를 풀었다. 보자기를 보던 사람들 모두 놀랐다.

"이 두상들이 무엇인가?"

"압록강 변경을 중심으로 노략질하던 오랑캐 무리들이오."

홍타이지가 두상을 하나하나 유심히 살피다가 무릎을 쳤다.

"아니, 이 놈은 오바부타이다 아니냐? 조선 장군! 우리가 그토록 원수로 삼던 자를 잡아오니 고맙소. 이 새끼는 부족 사이를 왔다갔다 하며 우리를 괴롭혔던 놈이오. 사르흐전쟁 때문에 이 놈 추격을 못했는데, 대신 잡아주어서 고맙소. 앓는 이를 뽑은 기분이오. 소연(小宴)을 열겠소. 형의 친구라면 나와도 친구요. 안 그렇소? 하하하"

소연이라고 했지만 걸판지게 한 상 차려졌다. 말고기가 통째로 나오고, 양의 뒷다리, 소의 안심과 허벅지도 한 소쿠리 담겨져 상에 올랐다. 다른 큰 소반에는 돼지족발이 가득 올려져 있었다. 여진족의 통큰 잔치를 알 수 있었다.

"여진족의 족발은 정말 맛있소. 하나 뜯어보소."

홍타이지가 정충신 첨사에게 큼지막한 소 다리를 집어 내밀었다. 무게가 꽤 나가는 우족이었다. 뜯어보니 잘 삶아진 육질이 한 입 물리는데 쫄깃쫄깃 식감이 좋고 구수했다. 독한 옥수수 술을 주거니 받거니 걸치니 취기가 올랐다. 밖에서는 정충신을 수행한 병사들과 후금 병사들이 어울려 술판을 벌이고 있었다.

"정 첨사, 첨사가 녹둔도에서 근무할 적에 다이샨 형과 친교를 맺었다는 말을 들었소."

"서로 돕고 지낸 추억이 새삼스럽소. 그땐 해서여진, 해동여진, 장백여진족들 때문에 건주여진이 힘에 겨워했었지."

"그렇소. 우리의 건주여진은 약탈을 하지 않소. 대의를 위해 삽니다. 대신 해서·해동·장백여진의 몇몇 부족 따위가 도둑질을 일삼소. 우리도 똑같다고 취급하면 안 되지. 우리를 위협하던 다른 부족들을 정 첨사께서 일망타진한 것 다시 한 번 고맙게 생각하오."

스물아홉의 물오른 청년답게 그는 총기가 흐르고 안광이 형형하게 빛났다. 매사 자신감이 넘쳐보였다. 정충신은 그가 훗날 큰일을 낼 사람으로 단박에 알아차렸다. 실제로 그는 명나라를 멸망시킨 뒤 후금을 청나라로 개국하고, 청 태종이 된 인물이다. 우리에게는 병자호란을 일으킨 저주의 인간이기도 하다. 그는 청 태종에 등극하자마자 아버지 누르하치를 태조로 봉하고, 1936년 겨울 12만 대군을 이끌고 조선을 침공, 남한산성에 숨은 인조를 불러내 항복을 받아내고, 군신 관계를 맺은 한편으로 수많은 사람을 인질로 끌고 갔다.

일찍이 정충신과 맺었던 우정을 지속했더라면 그런 치욕의 비극도 막았을지 모른다. 역사에 가정은 무의미하다고 하지만, 역사의 변곡점에서 작은 일 하나가 전환점을 만들어낸 경우가 있었던 사례도 적지않다. 거기에 비추어 보면 그런 가정법이 틀린 것도 아니다. 또 다른 교훈을 주는 것이다. 역사에서 배우지 못한 민족은 똑같은 역사를 반복하게 되어 있다. 정충신이 말했다.

"내가 여기 온 것은 압록강과 백산 근방에서 여진족 후예들이 여전히 약탈을 하고 있기 때문이오. 여기 가지고 온 두상도 모두 그것들이오. 여진족을 하나로 통일했으면 통일 영도자로서 이런 야비한 잔당들을 소탕해야 할 것이오. 후금은 연경을 노리고, 중원을 제패

할 원대한 꿈을 꾸고 있는데, 발밑에서 발등을 찍는 자가 있다면 힘이 약화될 것이 아니겠소? 조선국의 국경을 넘나들며 백성들을 괴롭히면 조선국과도 긴장관계가 유지되오. 그러면 후금이 안심하고 연경을 칠 수가 없지요."

"못된 여진 부족을 잡아준 것 정말 고맙소. 골머리를 앓고 있던 중에 잡아주니 훈장 하나 드리고 싶소. 우리도 사르후 전투 이후 병력 손실이 큽니다. 그래서 후방을 미처 신경쓰지 못했습니다."

"대안을 내자면, 그자들을 후금군의 부대로 편입시켜 명나라 정벌의 선두에 세워보시오. 못된 짓한다고 분리시키면 고립감으로 더 말썽을 피웁니다. 작은 구멍이 둑을 무너뜨리는 것 명심하시오."

"좋은 말씀이오. 정충신 장수 같은 조선의 인물이 있다면 얼마든지 친교를 맺고 부모국으로 섬길 수 있소. 한데 조선국의 중신들은 후금을 글 못배운 야만족에, 맹수들처럼 짐승을 잡으면 창자부터 내어먹는다는 편견에 사로잡혀 있소. 나로서는 참을 수가 없소. 앞으로 문명을 깨우치고, 만주어도 만들 것이오. 조선국이 명나라를 섬기고, 우리를 적대시하는 것은 용납할 수 없소이다."

"그 점 나도 고민하고 있소이다."

정충신이 고개를 끄덕였다.

"우리 역사를 볼 때, 말갈족의 부족 가운데 속말말갈과 백산말갈이 고구려에 복속했다가 고구려가 멸망한 뒤 지금의 랴오닝성 차오양[朝陽]에서 대조영이 고구려의 유민들을 이끌고 발해를 건국할 때, 우리도 그 부족으로 복속되었소. 그래서 우리는 고려를 부모의 나라로 섬기어 왔으나 조선으로 넘어온 이후 조선의 사대부는 우리를 사람 취급도 안 했습니다. 우리를 축생 취급하면서 명나라만을 우러르고 있었소. 우리 힘이 커지는 것을 모르고 형제국 후금을 뻘로 알고 있단 말이오. 이래서야 되겠습니까?"

"지금 지혜로운 상께서 명나라 구원병 1만 8천을 요구했을 때 1만 5천을 보낸다 하고 실상은 1만 3천을 보냈소. 그들이 일일이 수를 세진 못 하니까요. 그들 또한 전쟁 상황을 보아서 상께서 후금군에 투항하라고 했던 것이오. 그래서 강홍립 장군이 이끈 우리 군사가 귀국의 진영에 들어가 있소. 후금군은 이들을 인질로 잡아두고 있는데, 이것부터 푸시오. 형제국이라면 그리 해야 하오. 그것부터 증명해 보이시오."

"조선 조정은 여전히 친명배청을 주장하며 후금을 치자는 중심세력이 있지 않습니까. 그걸 알고 있는 이상 인질들을 내줄 수 없소."

홍타이지는 조선 사대부 사정을 꿰고 있었다. 광해의 권력 기반이 취약하다는 것도 알고 있었고, 그래서 말빨이 서지 않는다는 것도 알고 있었다.

"참, 조선이라는 나라는 이해할 수가 없소. 지도자란 사람들이 시대를 내다보지 못하고 이불 속에서만 주먹질하는 쫌팽이들 같소."

홍타이지가 술김인 듯 큰소리로 떠벌였다.

"어째서 그렇다는 것이오?"

"그렇지 않습니까. 중신들은 백성의 원성은 외면한 채 그들끼리 피터지게 밥그릇 싸움을 벌이고 있소. 배웠다고 고상한 이론을 들이대지만 싸우는 내용은 천박한 것들이오. 밥풀때기 하나 생산하지 못한 공리공담이오. 상대방의 실수만 나오기를 기다리고, 그래서 실수가 나오면 결사적으로 물고 늘어지는 풍토요. 친명 사대도 나라의 이익은 배제되고 오로지 자신들의 이익과 출세만을 위한 이해 득실로만 따지오. 와르르 허물어져가는 담벼락을 붙들고 용을 쓴들 무엇이 나오겠소? 도대체 이해득실로 자리를 대체하니 한심스럽소."

그는 또 후금의 눈부신 성장을 모르고, 옛 관성에 빠져서 친명 사
대라야만이 나라의 진운이 결정되는 것처럼 위세를 부리는 것이 답
답하게 여겼다.

"지금 왕의 권력기반이 취약하도록 명나라가 쥐어흔드는 것도 알
아두시오. 때로는 겁박하고, 때로는 달래면서 명에 충실하도록 조종
한단 말이오. 중신들은 그것이 대세인 양 따르는 거요. 그러니 왕도
중심을 못 잡고 있소. 이런 때 정충신 첨사나 장만 장군 같은 이가
'외교는 실리다' 하고 충언을 마다하지 않은데, 묻히고 마니 헛수고
요. 조선왕의 내치 기반이 취약하니 어쩔 수 없겠지만 사실 이는 우
리에게도 호기요. 이 사항은 조선에 파견된 우리의 밀자로부터 보고
받은 거요."

"그럼 친금파도 만들어야 하지 않겠소? 강홍립 장군과 그 휘하 병
력을 풀어주는 게 나에게 힘을 실어주는 것이오. 이런 선물 보따리
를 가지고 가야 조정에서도 내 말빨이 서지요. 그리고 강홍립 부대
는 후금을 돕는 지원자지 적이 아니오. 지금 가도에 들어가 있는 모
문룡 부대도 우리 군사가 철저히 통제하겠소. 후금이 명을 치는데
후방 지역이 안심해도 되도록 돕겠소."

"귀관은 확실히 다르군. 친명이 아니라 했지요? 그러니 강홍립을
귀국시켜라?"

"그렇소."

"그러면 내가 하나 제안하겠소. 조선이 명과 확실하게 선을 긋는
다는 점을 약속하는 조선왕의 칙서를 받아오시오. 그러면 귀향을 약
속하겠소. 한 달 간의 말미를 주겠소."

정충신이 그와 헤어진 뒤 만포진으로 귀대하자 그를 기다리고 있
는 사람이 있었다. 의금부의 당상관 판사(금부도사)였다. 금부도사가

동행한 나장 넷을 곁에 세워놓고 정충신을 마당에 나오라고 소리쳤다.

"역장(逆長) 정충신은 들어라. 관향사를 죽인 것은 국가 반란을 일으키려 한 모반이며, 지변사 재상의 명령을 거부한 것은 군기를 위반한 중대 범죄인즉, 형틀과 포승을 받아라. 지금 당장 서울로 압송할 것이다!"

"무슨 간나구 짓이여?"

마당에서 병졸들의 군기(軍器)를 수습하던 첨방군의 중부장 오달근이 불쑥 앞으로 나갔다. 그는 임진왜란 시 해남 울돌목에서 첨방군의 일원으로 참전한 병졸이었지만 무훈이 뛰어나 중부장 자리에까지 오른 장교였다.

"정충신 첨사야말로 진실로 나라를 지키는 참 군인이여. 나가 명량, 옥포, 돌산도, 행주전투에도 참전했는디 정 첨사야말로 지략과 용기, 부하를 사랑하는 인품을 가진 분이더랑게. 이순신 장군이 당한 것을 보았는디, 또 정 첨사마저 희생물로 삼을 것이여? 느그들 안디질라면 그냥 돌아가라. 나가 인자 장수를 모셨는디, 잃으면 되겠냐? 되지도 않는 모함으로 또 장수 하나 목딸려고 발광하믄 안 되제."

그가 검을 허공에 휘둘러 시위하자 정충신이 버럭 고함을 질렀다.

"멈춰라!"

"아니어라우. 이런 새끼들 믿고 나라 지키는 것이 뭣 같소야. 이래 디지나 저래 디지나 디질 것 같으면, 나도 한번 용이나 쓰고 갈라요. 나같은 사람, 인정한 사람한티 충성하고 가는 것도 영광이제라우. 그런 대접받을 일이 또 있을랍디여? 정 장수를 만나서 사람 대접받았소야. 나날이 물똥 싸고, 창시는 찢어질라 하고, 이제나 저제나 디질 목숨이었는디, 정 첨사가 살려준게 나도 사람값 한번 해야지라우."

그때 첨방군 병사들이 몰려들더니 정충신과 오달근을 에워쌌다. 이 광경을 보고 정충신이 호통을 쳤다.

"나는 국법을 어길 수 없다. 악법도 법이니 국가의 녹을 받는 자는 여기에 따라야 한다. 한양에 갈 일도 있으니 함께 떠나겠다."

후금의 홍타이지와 나눈 의견을 조정에 알려야 하는 것이다.

"아니지라우. 못된 법을 만들어놓고 따르라고 하는 그자 목을 따부러야지라우. 나는 그런 법은 안 지켜도 된다고 생각하는 사람이오. 그런 법을 맹근 새끼들 목부터 따부러야지라우. 여지껏 그렇게 해서 목에 힘주고 살아왔소. 엎어버립시다. 그래야 정의가 서지라우."

그러자 군사들이 "와—", 하고 함성을 질렀다.

"내가 국법을 어겼다고 하니 도성에 들어가서 정정당당히 따질 것이다."

"고것이 통한다디요? 통할 적시면 고따위로 일을 안 하제라우. 북방 변경에서 군사력으로, 외교력으로 멸사봉공하는 장수의 뜻을 모르고, 어떻게든 쥐잡듯이 잡아서 자기들 위엄을 과시하려고 하는디, 고렇게 거만 떨 거리를 주면 안 된단 말이오."

여전히 오달근이 우겨댔다. 금부도사를 호위하던 나장 중 덩치 큰 자가 긴 칼로 오달근의 목을 겨누었다.

"나대지 마라. 지금 당상관께서 엄중히 직무를 집행중인데 잡소리 내면 가만두지 않겠다."

그러나 그때 오달근의 주먹이 나장의 턱주가리에 정통으로 꽂혔다. 나장이 턱을 싸쥐고 벌러덩 나가 떨어졌다.

"개새끼가 무슨 잡소리여? 나는 만주벌판에서 오랑캐 다섯 놈을 한 방에 조사버린 인간이여. 나가 승복할 수 없는 더러운 국법을 지킬 성부르냐? 지킬 것 같으면 니놈들한티 대들들 안 하제. 여차하면 나는 국경을 넘어서 후금 진영으로 튈 것이여. 후금군대 들어갈 것잉마. 인생 별거 있가니? 내 배때지 따뜻하게 해주는 곳이 내 진지여. 더러운 사대부들보다 고렇게도 사는 삶이 있당게. 너 살고 잡으면 나한티 대들들 말어."

금부도사도 그의 태도에 기가 죽어서 정충신의 눈치를 살폈다.

"물러나라." 정충신이 명령하자 금부도사도 거들었다.

"정 첨사와 긴히 할 얘기가 있으니 장졸들은 물러나라."

위기를 모면하기 위해 그는 병사들을 쫓을 생각이었다. 장졸들이 흩어지고, 턱주가리를 맞고 고꾸라진 나장이 일어나 먼지 묻은 제복을 털며 뭐라고 씨부렁거리고 나갔지만 대꾸해주는 사람은 없었다. 정충신은 금부도사를 막영으로 안내했다.

"걱정하지 마시오. 내가 압송되겠소. 그러잖아도 궁궐에 들어갈 참이었소."

"사무 보러 가는 것이 아니라 죄인의 자격으로 들어가는 것이오. 대신 수행원이 2명 붙도록 하겠소. 정 첨사가 신뢰하는 오달근 중부장이 선임호송원으로 수행하도록 하겠소."

그것은 오달근을 궁궐까지 데리고 가서 처단해버리겠다는 술책이었다. 그것을 모를 리 없는 정충신이 말했다.

"오달근 중부장은 국경선을 지키는 핵심 장교요. 내가 자리를 비우면 그가 직접 야전군을 통솔해야 하고, 만포진의 행정 사무도 처결해야 하오. 나장들이 나를 잡으러 왔으니 나장들이 나를 호송하면 될 것이오."

"나도 존심이 있는 사람이오. 나장들 보는 앞에서 내가 개망신을 당했는데, 그냥 덮고 가자고요?"

감히 금부도사의 권위에 도전하다니… 잡아다가 반 죽여놓아야 하는 것이다.

"사안의 본질은 그게 아니잖소. 나를 국법에 회부하려는 것이 목적이고, 그 과정에서 충성스런 나의 부하가 대들었는데, 그것은 내가 알아서 조치하겠소. 판사를 불쾌하게 했지만, 부정과 비리가 횡행하는 관향사를 혼내준 것을 장졸들은 누구나 없이 통쾌하게 여기고 있소이다."

그때 밖에서 고함소리가 터지고, 싸움이 벌어졌다. 나장들과 장졸들 사이에 충돌한 것이었다.

"나라의 법이 완전히 개판이 되어버리누만."

금부도사가 눈을 감고 어금니를 물었다.

"북방 변경은 본시 군인들이 거칠고 사납소. 그런 정신이라야 맹수같은 오랑캐들을 칠 수 있지요. 내가 그렇게 훈련시켰소."

막영 밖으로 나오자 의금부 나장들이 피투성이가 되어서 하나같이 쓰러져 있었다. 그들 앞에 우뚝 서있던 오달근이 외쳤다.

"요새끼들이 나를 생포하려 하는디 부하들이 가만 두겠소? 허벌나게 처맞제! 의금부 나리, 나는 당신들이 하나도 안 무섭소야!"

그가 칼을 빼들고 금부도사에게 다가들자 금부도사가 뒤로 주춤 물러서더니 대기시켜놓은 말 잔둥에 올라 줄행랑을 놓았다. 나장들도 말을 타고 금부도사 뒤를 따랐다. 그들이 산모퉁이를 돌아 사라질 때까지 정충신이 우두커니 서 있다가 막료에게 말했다.

"행장을 꾸려라."

정충신도 말에 올라 금부도사의 뒤를 추격했다. 그들 일행은 벌써 강계 읍내를 지나 성간에 이르고 있었다. 뭔가 뒤의 낌새를 느낀 금부도사가 뒤를 돌아보더니 놀란 목소리로 말했다.

"아니, 정 첨사가 우리를 따르다니요?

"장수가 국법을 어길 수 있소? 죄가 있다면 달게 받겠소. 한양 가는 길을 내가 잘 아니 내가 안내하겠소."

정충신이 애마의 궁둥이를 치자 말은 비호처럼 달렸다.

송도에 이르러 일행은 주막에 들렀다. 나장들은 상관의 행태가 이상했다. 죄인이라면 당연히 칼을 목에 두르고 형틀에 집어넣어 우마차로 압송해야 하는데 함께 말을 타고 대화를 나누며 가고 있다? 그리고 술까지 권한다. 나장 중의 고참이 금부도사에게 물었다.

"당상관 나리, 어찌 죄인을 저렇게 자유인으로 취급합니까."

"내 재량 한도 내에서 하는 일이니 걱정 말라. 저 자는 국법을 지키겠다고 나서지 않았느냐. 북방 변경 지역 군인들이란 죄를 씌워서 압송하려 하면 반발하는 전통이 있다. 강 하나 건너면 적진으로 들어가 적과 내통하고 탈영해버리니 어쩔 수 없다. 그렇게 반발하는 전통은 태조 대왕이 세우신 것이다. 차사를 보낼 때마다 태조대왕이 차사의 목을 쳐버려서 함흥차사란 말이 생겨났다. 심부름을 간 사람이 소식이 없음을 비유하는 말이지만 실제 있었던 일이다.

"나로서는 금시초문입니다."

"젊은 것들이라 모르겠지만 알아두어라. 태조대왕은 자식들이 일으킨 난에 분개해서 왕위를 정종에게 물려주고 함흥으로 떠나버렸다. 그 가대의 고향은 전라도 전주이나 선친이 함흥에서 벼슬을 하면서 태조대왕이 그곳에서 태어나고 자랐으니 태조대왕은 함흥을 고향으로 여긴 것이다. 포악한 이방원은 형제들을 죽이고 왕위를 차지한 뒤 아버지로부터 왕위 계승의 정당성을 인정받기 위해 아버지를 도성으로 모셔오려고 여러 번 함흥으로 사신을 보냈으나 태조대왕이 사신들을 죽이거나 잡아 가두어 돌려보내지 않았다. 이로부터 한번 가면 무소식인 사람을 가리켜 '함흥차사'라고 하는 것이다. 우리도 자칫했으면 만포차사가 될 뻔했는데 정 첨사가 우리를 살려주고, 또 스스로 죄인이라고 압송을 자처한 것 아닌가. 그런 의리의 사람을 매정하게 목에 칼을 채우고 포박하여 형틀에 집어넣어 우마차에 싣고 간다는 것이 말이 되느냐? 우리도 예의가 있고 눈물이 있는 것이다."

그제서야 알겠다고 하고 나장이 물러나고, 금부도사가 정충신에게 다가갔다. 정충신이 먼저 말을 꺼냈다.

"한양이 가까워지는데 송도에서부터 나를 형틀에 매시오."

"그럴 것 없소. 연신내에서부터 형틀에 갇혀도 될 것이오. 거기서부터 남의 이목을 의식하겠소. 하여간 정 첨사, 입궐하게 되면 의금부부터 들어갈 터인데, 병조부터 가시오."

"죄인이 의금부에 갇히지 않고 병조부터 들르라니요."

"의금부에 들어가면 그 즉시로 거적이 되어서 나오지. 그 매타작을 어떻게 견디려고 하시오. 그러니 장만 병판부터 만나시오. 대신나한테 어째서 만포진에서부터 조정에 들어가겠다고 했던 것인지, 그 이유를 말해보시오."

"여기서 다 발설하면 불충하는 일이오. 국가의 중대사이고, 후금과의 긴밀회담을 함부로 말할 수 없소. 어명을 받잡고 해온 일을 내 신간(身幹) 편하자고 미리 말해버리면 그 또한 반역이나 다름없소. 그렇게는 못 하겠소."

"역시 충신이군. 내 능히 귀관을 알아보았소."

    금부도사의 양해 아래 정충신은 병판 장만 장군을 만났다. 그는
자초지종을 다 말했다. 장만이 두말 할 것 없이 그를 대동하고 어전
으로 나갔다. 상감은 궁수를 데리고 활터에 나가고 없었다. 그들은
궁궐 뒤편 활터로 나갔다. 왕 앞에 이르자 장만이 고했다.

    "상감마마, 정충신 첨사가 후금에 다녀와 좋은 소식을 가져왔나이
다."

    활을 궁수에게 물려주고 왕이 그들 앞으로 왔다.

    "무슨 소식인가."

    "오랑캐 두목 누르하치의 2인자를 만나고 왔는데, 정 첨사가 강홍
립 도원수를 풀어달라고 하자 왕의 칙서를 가져오라고 했다는 것입
니다. 성상의 인장이 박힌 문건이 와야 후금도 나라의 외교문서로
써 행정실무를 수행하겠다는 것이옵니다. 후금은 조선국에 대하여
원수를 지지 않았으니 원한도 없으며, 오히려 조상의 나라라고 우러
르고 있다는 바, 우리가 그들과 형제국의 의를 맺어달라고 요청하고
있다고 합니다."

    왕이 정충신을 바라보더니 물었다.

    "그 말이 사실인가."

    "사실입니다. 그들은 조선국이 명과 합세하는 것을 원하지 않습니
다. 명을 공격하는 후금의 뒤통수를 치는 것을 바라지 않습니다. 그
래서 압록강 변경에서 자국 부족들이 약탈하는 것도 허용하지 않습
니다. 소신이 압록강 변경을 넘나들며 마을에 들어와 부녀자를 납치
하고, 재물과 곡식을 훔쳐가는 것을 일망타진해 50의 머리를 베고,
그중 30개를 후금 진영에 보냈더니 상을 내리겠다고 했습니다. 그러
나 소신은 나의 조국 조선국을 위해 충성한 일이기 때문에 상을 받
을 이유가 없다고 정중히 거절했나이다."

"그것은 대단히 잘한 일이다. 만약에 상을 받았다면 명나라가 가만 있겠는가."

장만이 나섰다.

"그렇지요. 그런데 병조의 아랫것들이 소신도 모르게 투기한 나머지 정충신을 모함하면서 한양으로 압송했습니다. 지금 정 첨사는 자유의 몸이 아닙니다. 명과 금이 일촉즉발의 상황인데 장수가 북방 변경을 비운 꼴이 되었습니다."

"뭐가 어쩌고 저째?"

왕이 화를 냈다.

"장만 대감, 지금 뭐가 중한디?"

왕이 다시 퉁명스럽게 묻자 장만 병조판서가 어리둥절한 표정으로 왕을 바라보았다. 무슨 말을 해야 할지 막연했다.

"뭐가 중하냐고 물었소."

"황공하옵니다."

돌이켜보니 그도 뭔가 잘못한 것이 있는 것 같았다. 아랫것들에 대한 관리 소홀이었다. 압록강 변경의 열악한 기후 환경을 극복하며 나라를 지키고 있는 북방의 장수를 불러들여 벌을 주려는 것은 아무리 생각해도 문제가 있었다. 고대광실에서 배불리 먹으며 거들먹거리면서 권력을 농하는 자들의 현실감각 없는 횡포인 것이다. 탐악질을 일삼는 관향사를 재수없게시리 죽인 것이긴 해도 그는 병사들이 먹을 것을 몰래 빼돌려 주색잡기에 빠졌으니 그런 자를 일벌백계해도 탓할 일은 못 되었다. 자고로 군사가 먹을 것을 빼돌리면 망국의 길로 들어선다고 했다. 병사들이 칼과 활을 먼저 거꾸로 돌려버리기 때문이다. 관향사란 자 역시 칼을 거꾸로 돌릴 짓을 했다. 병조의 책임있는 자와 나눠먹는 식으로 상납까지 했으니 그 죄는 가중처벌감이었다.

죽은 관향사의 복수를 위해 관리들이 과도하게 죄목을 씌워서 정충신을 체벌하려는 부하들의 수작을 모르고 있다는 것이 장만에게도 일말의 책임이 있었다. 장만은 궁궐생활의 협잡과 부정에 넌덜머리를 냈다. 자신은 천상 무인이라고 생각하면서 어서 진중으로 떠날 생각을 했다. 병조판서 자리는 정무직인지라 무인인 자신이 깔고 앉아 있다는 것이 체질상 맞지 않았다.

"상감마마, 소신은 적성이 야인의 성격인지라 차제에 북방 변경으로 나가기를 원하옵니다."

"본래는 문인이 아니었소?"

"문인으로 출발했지만 나라가 이러하니 무인의 길을 걸었습니다. 무인의 길을 걸으면서 젊은 군관들의 순수한 애국심을 보고 보람을 느꼈나이다."

"그런 곳에 쥐새끼들이 기어들어가서 병사들의 먹이를 빼돌렸다는 것이오?"

"황공하옵니다."

"장 병판은 회갑을 넘긴 나이잖소. 북방변경으로 간다는 것은 당치 않소. 내 나무라지 않을 테니 과인의 곁을 지켜주시오. 정충신 첨사는 곧바로 귀임하도록 조치하겠소. 상을 못줄망정 치다니, 그런 못된 자들의 명단을 제출하시오. 사대부라는 것들은 다투지 않으면 남을 어떻게든 해코지해서 밟으려 하거든? 나는 그런 놈들 혀를 뽑아버리겠소."

광해는 하겠다면 하는 사람이다.

"그것은 당치 않사옵니다. 그러잖아도 도성에 민심이 흉흉합니다."

"내 알고 있소. 대비를 유폐시키고 서인으로 강등시키고, 골육(骨肉)을 죽였다고 해서 원성이 자자하다는 것을 알고 있소."

"전하, 옥체를 보전하소서. 소신 역시도 흉흉한 유언비어가 나도는 것을 알고 있습니다. 일일이 거론하기도 민망한 소문들이 저자거리에 나돌고 있사옵니다."

"그게 모두 자기 이익 때문이오. 음모를 꾸미고 다투는 것이 나라를 위해서가 아니라 자기 이익과 자파 세력 확장을 위한 것이오. 미친 듯이 명나라를 빠는 자들 보시오. 나라의 이익은 배제되고 당파적 정치적 득실로 그것을 이용하고 있소. 망해가는 명을 신주단지 모시듯 하는 이유가 고작 명분과 의리 때문이요? 후금과도 명분과 의리라는 것이 없소? 만들면 되는 것 아닌가? 사물에 만고불변이라는 것은 없소. 청나라를 무시하지 말자는 사람을 반역자로 몰고, 쳐죽여야 한다고 난리춤을 추는 것 보면 어이상실이지 않소? 세상을 내다보는 눈이 왜 그렇게도 옹졸하단 말이오?"

"황공무지로소이다."

"과인은 사대에 얽매이지 않는 왕이 될 것이오. 그 바탕은 실리요."

"소신 역시 같은 의견이옵니다."

"과인은 후금을 중국의 왕조를 가장 융성하게 이끌 나라라고 내다보고 있소. 누르하치와 그 열여섯 자식들만 가지고도 천세의 권력을 누릴 것이오. 그렇다면 우리가 어느 쪽에 줄을 서야 하는지를 잘 알아야 할 것이오. 명 황제의 권력기반이 취약한 것은 그의 광포한 내치와 사치, 무능 때문이지만, 고질적인 파벌 싸움의 요인이 더 크오."

우리도 그런 것이 문제라고 생각했지만 장만은 입 밖에 내진 않았다. 왕이 말했다.

"고려 시기 여진족은 우리에게 납작 엎드렸소. 고려는 별무반을 편성하여 여진족을 물리치고, 함경도 땅이 고려 영토임을 확실히 하기 위해서 9성을 쌓았소. 여진이 조공을 바치면서 애원하여 동북 9성을 돌려주었는데, 그들은 그 힘으로 금나라를 세웠던 것이오. 금나라가 몽골에 멸망하자 여진족들은 사분오열되었는데 누르하치가 다시 통일해서 옛 금나라의 영광을 재현하겠다고 후금을 세우고, 고려를 물려받은 조선에게는 여전히 은인의 나라이자 조상의 나라라고 섬기고 있는데, 되도 않는 명분 따위로 친명 목소리만 내니 답답하오. 대체 그들의 세계관이 왜 이토록 옹졸하단 말이오?"

"황공하옵니다."

왕이 정충신에게 물었다.

"압록강과 두만강의 길이가 얼마이던고?"

"압록강은 백두산의 최고봉인 병사봉 근처에서 발원하여 굽이굽이 이천 리 물길을 따라 서해 바다에 이릅니다. 압록의 북안은 여진의 후예인 후금이 흥기하고 있으며, 남안은 조선의 함경도 일부와 평안도를 관류합니다. 강의 양안에서 우리 백성과 오랑캐가 섞여 농사를 짓고 살았습니다. 달밝은 밤에 들려오는 오랑캐의 피리 소리는 병사의 애간장을 녹였지요. 그러나 흔들리지 않고 국방 의무에 충실했습니다. 산빛, 물빛, 여인의 얼굴빛이 고운 강계, 태조대왕이 회군한 위화도, 인물의 고장 의주와 정주를 품고, 진실로 맑지 않은 것이 없는 청천강과 박천을 압록이 품고 있는데, 그곳을 연년세세 후손에게 물려주어야 하지요."

"두만강 쪽은 어떠한가."

"두만강 역시 백두산에서 발원하여 동해의 녹둔도에 이르기까지 천삼백 리 길을 흘러갑니다. 나라 안에서 가장 추운 중강진에서 뜨거운 심장 박동을 확인하면서 웅비의 꿈을 꾸고, 남성미 넘치는 거친 산맥을 품고 유장하게 흘러가는 물입니다. 백두대간이 시작되는 곳, 백두산 맑은 물이 흘러보내는 동해안은 나진에서 청진 함흥 원산 속초까지 꿈길 같은 해안선이 길게 뻗어 있습니다. 이 땅을 지키는 것은 바로 조선민족의 혼이 서린 땅을 지키는 일과 같사옵니다. 두만강이 흐르는 남쪽으로는 말을 타고 활을 쏘며 자란 태조대왕, 이자, 성자, 계자의 태자리가 있는 함흥이 있고, 나라 안에서 두 번째로 높은 관모봉과 고밀반도를 중심으로 한 삼지연, 청진의 맑은 바다와 칠보산 개심사, 백무고원 일대에 자리한 금맥, 천태만상의 금강산과 신계사, 이순신 장군의 첫 부임지 삼수, 어느것 하나 버릴 것 없는 산하를 품고 있는 강이옵니다. 저는 두만강에 이어 압록강 변경을 지키고 있사온데, 양 국경을 지키는 보람으로 군인의 긍지를 느끼며 살아왔사옵니다. 두 곳 모두 후금과 국경선을 맞대고 있습니다. 후금과 불가침 화약을 맺는 동시에 우리의 국방력을 튼튼히 하는 방책을 세워야 한다고 진언 올리는 바입니다."

"이런 충성스런 군인을 내치려 했단 말이냐."

왕이 한심스럽다는 듯이 혀를 끌끌 찼다.

"황공하옵니다."

장만이 머리를 조아렸다.

"우리가 백두산 서쪽 압록강 이천 리와 동쪽 두만강 천삼백 리를 후금과 맞대면하고 있다고 했겠다. 그 두 곳을 정충신 첨사가 수비 방어하고 있다고 했겠다? 보다시피 그곳은 후금 땅의 개짓는 소리, 닭 우는 소리, 아이 울음소리까지 우리 국경에 닿고 있다. 이런 나라를 지키는데, 이들 나라를 배척하고 산길 물길 돌아돌아가는 명나라에 신명을 바치자는 것이 어디서 굴러먹다 망가진 헛소리더란 말이냐. 그것도 무너져가는 기둥을 붙잡고 함께 망해가는 꼴을 보아야 정신을 차리겠다는 것이냐. 한심한 것들, 죽어봐야 저승 맛을 알고, 찍어먹어 보아야 인분인지 아닌지를 분별한다는 것이냐. 그러면서도 자기 가진 것 뺏길까봐 눈망울 굴리고, 작은 이익이라도 있으면 미친 듯이 달려드는 작태를 볼 냥이면 하루에도 수십 번은 가슴에서 천불이 난다. 그런 놈들이 과인을 불효라고 탄핵할 것이라고?"

광해도 시중의 소문을 듣고 있었다.

"황공하옵니다. 마마."

"너희가 황공할 것이 없다. 과인이라고 해서 허물이 없겠는가. 선왕 시절 세자 자리 하나 놓고 얼마나 시달려왔는가. 그때 내 쓸개는 모두 닳아서 없어져버렸다. 그래서 요즘에도 작은 것에 깜짝깜짝 놀라고, 소심해지고, 남을 의심하는 버릇이 생겼다. 하지만 임란 이후 찢어지고 망가진 나라를 다시 세우기 위해서 얼마나 노심초사하였는가. 나라를 일으키기 위해서 강공법을 쓰지 않을 수 있었겠는가."

"알고 있사옵니다."

"내외 정세에도 밝아야 하는 것이 사대부 아닌가. 이미 읽은 낡은 사서삼경에 매달려 고리타분한 사고에 젖어있는 수구적 태도가 아니라 외세의 흐름도 살펴야 하거늘, 자기 가진 것 지키려고만 한다. 내외 정세를 살피고, 실리외교를 펴자고 대안을 내는 사람을 매국노로 병신 만들어버리는 저들의 태도를 보면 못된 자식들이란 생각이 든다."

그는 요즘 이이첨의 태도에도 화가 나 있었다. 힘을 실어주었더니 어느새 대드는 꼴을 보여준다. 왕 즉위 이후 정사에서 죽이 맞아 떨어지고, 관옥(冠玉)도 시원해 총애한 나머지 대북파의 영수로까지 올려주고 국정 주도를 위임했는데, 세도가 높아지니 대드는 것이었다.

광해가 어전 중신회의에서 중립외교 언질을 주면 이이첨은 "후금 사신 목을 베고 후금과 한판 싸우자"고 나섰다. 광해가 "그대가 한번 붓으로 싸워보지?" 라고 비아냥대니 이이첨은 "부모와 같은 명나라 사마(司馬: 중국 군정의 책임자)가 맹수 같은 오랑캐들에게 당하는데 어찌 가만히 있을 수 있겠나이까."하고 항변했다. 그는 명나라 조정의 조종을 받고 있었다. 황당해한 건 광해뿐이고, 소북의 류희분 등 유자(儒子: 유학의 선비)들마저 이이첨의 발언에 감동했다. 역시 사대주의는 사대부에게 뼛속깊이 박힌 이념이었다. 광해는 어느새 사방에 적으로 둘러싸여 있는 형국이었다.

"정 첨사는 지금 당장 변경으로 가라."

왕이 명했다.

정충신이 만포진에 귀임했을 때 오랑캐 부족이 또다시 국경선을 침범했다. 이번에는 그 규모거 커서 피해가 극심했다. 다분히 보복의 냄새가 짙었다. 후금의 세가 아직 하부의 소소한 부족에까지는 미치지 못하는 모양이었다. 정충신은 이 사실을 조정에 알렸다. 조정에서는 정충신에게 외교 차사로 후금에 가도록 긴급 명령했다. 누르하치는 명나라 요충지 심양을 공략해 탈취한 뒤 날로 전선을 확장하고 있었다.

1621년 8월, 중국 내륙에도 무더운 여름의 태양이 내리쬐고 있었다. 정충신은 허투알아를 찾아 누르하치 앞에 섰다. 누르하치는 정충신을 무시하는 태도였다. 정충신의 명성을 아는지라 사신으로 받아들였던 것인데, 기세를 꺾으려고 기치창검(旗幟槍劍: 깃발 · 칼 · 검의 총칭)을 든 군사들을 단에 배치하고, 금부은월도(金鈇銀鉞刀: 의장의 한

가지. 나무로 만든 것으로 금칠한 나무 도끼와 은칠한 나무도끼)를 좌우로 세워 위엄있게 보위하도록 하면서 권위를 과시했다. 그 옆에는 한 여름인데도 이글이글 타는 숯불에 쇠창을 달구고, 기름솥의 기름이 부글부글 끓었다. 여차하면 기름솥에 집어넣어버릴 분위기였다.

누르하치 옆에는 용장과 강병을 도열시켜 명령만 떨어지면 금방이라도 출진할 태세로 기세가 위압적이었다. 정충신은 기죽지 않고 의연하게 서 있었다.

"조선에는 그렇게도 인물이 없단 말이냐? 소소인(小小人: 작고 못난 사람)을 보내다니."

용상에 앉은 누르하치가 거만하게 정충신을 내려다보며 기죽이듯 말했다. 그 첫마디로 정충신의 기를 꺾어버리겠다는 태도가 역력했다. 정충신이 눈 하나 깜짝하지 않고 껄껄 웃으며 대답했다.

"조선국에서는 사람을 쓰는 데도 법도가 따로 있지요. 예의를 잘 지키고 도덕을 숭상하는 나라는 대대인(大大人: 크고 잘난 사람)을 보내지만, 힘만을 주장하는 무도한 나라에는 소소인을 보냅니다. 내가 후금에 특사로 오니 과연 대장은 소장부를 알아보시는구려. 그런데 나같은 소장부가 무엇이 두려워서 이렇게 창검의 숲을 이루고, 가마솥을 부글부글 끓이며 맞이하시는 겁니까."

"그것은 우리의 풍습이다. 우리의 풍습을 버리란 말이냐?"

"사신을 맞이하려면 상대국의 처지도 감안해야지요."

누르하치가 잠시 생각 끝에 고개를 끄덕이더니 정충신을 영접하여 높은 자리에 앉도록 권했다.

"내 아들들에게서 그대의 소문을 들었노라. 그대의 용기와 담력, 지혜는 본받을 만하다. 하지만 지금 상황이 썩 좋지 않다. 어제의 일이 오늘 틀어지고, 내일의 일이 어떻게 될지 모르겠다. 전선의 전황이란 늘 그런 것이다. 그러한즉 나의 마음이 불안정하다는 것을 알아주기 바란다."

"소관을 대장의 기분을 맞춰주기 위해 온 것이 아니라, 조선국의 불만을 말하고자 온 것이오이다."

그러자 누르하치가 버럭 화를 냈다.

"뭣이? 너의 나라는 명나라에 글을 보낼 때마다 우리를 가리켜 도적이니 종놈이니 하는데 그 까닭이 무엇이냐?"

"우리나라는 도적을 잡으면 죽이지 않고 종으로 부리는 풍습이 있습니다. 귀하의 나라에서 무리들이 압록강과 두만강을 넘어 우리 땅에 침범하여 노략질과 인명을 살상하니 잡아서 종으로 쓰고 있습니다. 누르하치 대장이 천하를 도적질할 마음으로 있으니 그보다 더 큰 도적이 어디 있습니까. 큰 도둑, 작은 도둑이 무슨 차이가 있습니까."

"나를 두고 대도라고 했겠다?"

"그렇습니다."

"그렇다면 나의 자식들은 무엇인가?"

"불행히도 나의 친구들도 대도의 자식이 됩니다. 그러나 천하의 도적이 만백성을 구하는 일을 하면 누가 도적이라 하겠습니까. 시대의 걸물이요, 영웅이 됩니다. 그 자식들 또한 아비의 의로운 행적을 이을 것입니다. 의로운 행적은 헛되지 아니합니다."

그 말을 듣던 누르하치가 큰 소리로 "가아(可見), 가아!" 하며 껄껄껄 웃었다. '가아'란 여진말로 "잘난 사람"이란 뜻이다. 누르하치가 말했다.

"그대는 소소인이 아니다. 나의 이런 위세에 많은 사신들이 떨고 말도 못 하고 꽁지 빠지게 물러갔다. 과연 대물이로다. 헌데 내가 일보던 중로(中路)에 그대가 왔기로 부랴부랴 왔는데, 밖이 위급한 상황인지라 내 지금 나가봐야 한다. 내 대신 나의 신임하는 호장(胡將) 언가리(彥加里)가 있으니 이 사람과 상의하라."

그가 한 켠에 서있는 언가리를 손가락으로 가리켰다. 누르하치가 일어서자 대부분의 장수와 의장대가 철수했다.

"그렇다면 그대는 뭘 했는가."

주먹 다짐만 없었다 뿐이지, 두 사람은 거침없이 다투었다.

"남의 나라에 와서 포로로 잡혔으면 어떻게 빠져나가야 하나, 나라의 녹을 먹은 사람이면 어떻게 이 난국을 헤쳐나갈 것인가를 궁리해야 할 것 아니오? 지금 뭐하자는 수작이오?"

정충신이 나무랐다. 다음날 누르하치가 불렀다. 누르하치는 또다시 문제 제기를 했다.

"조선이 멀리 사신을 파견하여 문안하고 예물을 주니, 나도 사신을 파견하여 한양에 가서 조정에 사례하려고 하는데, 우리의 사신을 데리고 가겠는가, 어쩌겠는가?"

정충신이 펄쩍 뛰었다.

"우리나라는 동쪽으로는 왜나라와 교류하고, 북쪽으로는 후금과 접했는데, 최근 외국 사신들이 우리나라에 들어오는 것을 보지 못했습니다. 이 일은 새로운 일이니, 어찌 감히 독단적으로 허락할 수 있겠습니까?"

후금의 사신이 조선에 들어가면 국내 사정으로 보아 그의 목이 온전하다고 볼 수 없었고, 온전하더라도 신하들은 오랑캐를 데리고 왔다고 방방 뜰 것이니 그것을 어찌 들어줄 수 있겠는가. 이런 사정을 후금 사신은 적나라하게 지켜볼 것이다. 그래서 사신 파견은 천부당만부당한 일이다. 정충신이 대답이 없자 호장 언가리가 나섰다.

"귀국이 사신을 파견하여 방문하니 우리도 사신을 파견하여 답례해야 하오. 그것이 예의를 지키는 것이 아닌가. 우리가 예를 행하려고 하는데 왜 사신과 서신을 거절하려고 하나?"

　(이민환의 기록에 따라 인명과 지명을 그대로 옮긴다. 후금 지휘관들의 여진족식 이름을 한자 표기 법으로 음역해 같은 이름이라도 달리 표현되고 있다. 한자를 인용하기 때문에 한자식으로 표기한다.)

33장 후금 팔기군

　정충신은 언가리의 추궁에 정작 할 말이 없었다. 그의 생각대로라면 이들을 데려다 광화문도 보여주고, 남산에 올라가 활터와 기마대 훈련장과 도성의 모습을 보여주며 우의를 다지고 정보도 공유하고 싶었다. 형제국의 의를 강화하면 더 많은 협력 가운데서 상호 부강을 도모할 것이다. 하지만 그랬다가는 당장 조정 신료들이 난리칠 것이다. 쌍것들 상대해서 얻을 것이 무어냐고 당장 그들을 쫓으라고 할 것이다. 그렇다면 그들이라고 감정이 없고, 생각이 없을 것인가. 고기만 먹고 사는 유목 기마민족답게 사나운 성질 그대로 나라를 분탕질해버릴 것이다. 이런 저런 사정 때문에 마음이 복잡해져 있는데 누르하치의 사위 올고대가 따지기 시작했다.

　"그동안 사신(使臣)도 왕래하고 물건도 주고받는 것은 내외의 간격을 없애자는 뜻인데, 지금은 마치 문고리 닫아걸고 손님을 대하는 것과 같으니, 서로 교류하는 신의가 있다고 말할 수 없소. 우리가 여러 차례 국서를 보내서 물어도 제대로 답서가 오지 않았소이다. 서신에 '건주위마법족하(建州衛 馬法足下)' '후금국한(後金國汗)'이라고 쓰는데 건주위마법족하라는 모호한 말로 우리를 농락하기요? 우리를 어린 아이로 여기는가? 우리와 교류하면 우리에게 이로운가? 귀국에게 이로운가?”

누르하치는 사신이 올 때 재물을 가져온다는 소문을 듣고 조선군 포로들을 송환하려고 한 곳에 모아두었다. 그런데 재물은커녕 포로를 돌려달라는 내용도 없는 데다가 자신을 향해 ‘건주위마법족하’라고 불렀다. 이 용어는 해석이 여러 가지라는 여지를 주긴 했으나 대체로 어린애로 본다는 뜻이었다. 그것도 평안도 관찰사 박엽을 통해서였다.

누르하치에게 왕의 이름으로 사신을 보내기엔 명나라 눈치가 보이고, 또 사대부들은 여진족을 불상놈으로 여겼기 때문에 아무렇게나 취급해도 무방하다고 보고 평안도 관찰사로 입막음을 하려고 했던 것이다. 그러나 평안도 관찰사 박엽은 사르후 전투 때부터 악명이 높은 자였다. 계집을 품고 다니며 상납 받고 계급을 팔아먹은 부패분자였다. 그는 희대의 탐관으로 찍혀 처형당한 후 평양 백성들이 시체를 가루로 만들어 허공에 날려버렸다. 그런 사람을 사신이라고 보냈으니 누르하치는 심히 모욕을 당한 기분이었다.

“대답해 보시오. 우리와 교류하면 우리에게 이로운가? 아니면 귀국에게 이로운가?”

올고대가 재차 물었다.

“누가 이롭고 누가 해로운지는 예상할 수 없으나, 우리나라는 임진왜란 이후로 전쟁에 시달려서 양국 백성들을 고통스럽게 하지 않고, 각자 국경을 지키며 대대로 잘못을 저지르지 않으려고 합니다. 국서(國書)에 회답하지 않은 것은 실로 그 일을 더욱 중요하게 여겨서 그러한 것인데, ‘모호한 말’로 농락했다는 것은 지나친 말씀이오이다. ‘사신을 왕래하자’는 말은 일리가 있으나, 우리나라에서 근래 없었던 일이기 때문에 감히 독단으로 말할 수 없습니다."

"지금 귀국에는 명나라 사람이 없는가?"

"유격 모문룡이 수군을 거느리고 와서 용천 항구에 정박해 있습니다."

"저들이 조선군을 징발하면 귀국은 돕지 않을 것인가?"

"도우려고 했다면 약 1개월 전의 진강(鎭江)전투에 왜 우리나라 사람이 한 명도 없었겠습니까?"

"두 원수가 우리에게 잡혀 있은 지가 오래됐소. 몽고의 장수 재새도 같은 해에 잡혀왔는데, 지난달 소와 양을 1만 마리로 속환(贖還: 몸값을 치르고 돌아감)했소. 이런 예로 본다면, 두 원수의 가격도 높을 것이오. 데리고 가려한다면 몸값을 지불해야 하오."

"덕분에 어제 만나서 회포를 풀었습니다. 화가 나면 잡아두고 화가 풀리면 놓아주는 것은 흔히 있는 일이니, 굳이 나에게 말할 필요가 없습니다."

"데려가겠다는 거요? 안 데려가겠다는 거요?"

"데려가야지요. 대신 가격이 맞을지 모르겠소."

며칠 후 누르하치가 언가리와 그의 아들 대해를 보내 말하기를 "아직도 사신의 왕래를 허락하지 않으니 조선국의 예물을 받을 수 없다. 돌아가서 조정에 아뢰어 사신의 왕래를 허락받는다면, 다시 와서 이 문제를 매듭지어라. 만약 허락을 받기가 어렵다면 억지로 요청하지는 않겠다. 그리고 사신이 반드시 만포(滿浦)를 경유하여 돌아가는데, 무슨 의도인가?"

"별도로 다른 뜻은 없습니다. 저는 만포의 관원으로서 명을 받고 왔으니, 당연히 만포로 돌아가야 합니다."

그때 오랑캐 장수 2명이 나서서"그것이 아니라 모 유격이 용천에 있기 때문에 의주의 길을 열지 않으려는 것 아닌가. 교류하든지 말든지 분명하게 해야지, 어째서 군이 몰래 가려고 하시오? 이미 진강으로 가는 길에 분부해서 접대하도록 했으니, 내일 그 길로 돌아가시오" 하였다. 오랑캐 장수의 말을 가로막고 언가리가 물었다.

"우리 후금과 조선은 군사들이 오가면서 풀 한 포기, 나무 한 그루도 상하게 하지 않았으니 우호적인 의도가 아니겠는가. 옥강 사건 등 변경의 사건들도 양국에 원한을 품은 것이 아니오. 그런데 조선이 우리를 홀대한단 말이오. 나중에 어떻게 이 무례를 감당하려고 그러시는가."

후금은 조선국을 일방적으로 동맹으로 여기며 우리르고 있었다. 그것은 명나라를 치는 데 뒷전에 적을 두어서는 안 된다는 전략적 측면도 있었지만, 양국 사이에는 조그만 약탈 같은 것이 있었으나 국가 차원이 아니고 동네 패거리들이 도둑질하는 수준으로 그리 큰 문제가 아닌, 말 그대로 원한 살 일이 없었고, 누르하치와 그 자식들은 조선을 깨우친 조상국이라 하여 조선에 대한 흠모지정을 갖고 있었다. 그래서 조공도 바치고 사신으로 간 정충신에게 값진 선물을 안겨주며 예우했다. 정충신이 쓴 〈만운집〉을 보면 조선에 대한 깍듯한 예우들을 그대로 살펴볼 수 있다. 정충신이 쓴 〈만운집(晚雲集)〉을 몇 대목을 인용한다(번역출처는 정묘호란 병자호란).

— 언가리(參加里)가 또 묻기를, "사신은 언제쯤 다시 오는가? 사신의 왕래를 허락한다면 양국에 서로 좋을 것이다. 한(汗: 누르하치)을 보지 못한 것을 섭섭하게 여기지 마라."고 하고, 백금 10냥과 호랑이

가죽 2장을 (선물로)주었으며, 데리고 간 하급관리에게도 은 1냥씩을 주어 노자에 쓰도록 했다(仍問曰: "差官幾時復來乎? 若許通差, 兩國之幸。勿以汗之不見爲憾也", 以白金十兩、狐皮二令贈之, 所帶員役, 各給銀一兩, 以爲路資).

— (정충신이) 떠나려 하자, 또 흰말 1필을 주면서 말하기를, "사신이 타고 온 말이 여기에 와서 죽었다고 들었는데, 좋지 않은 말이지만 걸어가는 것보다는 나을 것이니, 타고 가도록 하라. 전에 소롱귀가 귀국에 갔을 때에 타고 갔던 말이 죽었는데, 귀국에서 특별히 준마 한 필을 준 후의를 지금까지 잊을 수 없다."고 했다. 그리고 마침내 "신은 진강의 길을 경유하여 돌아왔다. (臨發, 又送白馬一匹曰: "聞差官所乘之馬, 到此斃損, 故以劣騎代步, 幸可騎去。前日小弄貴之去, 亦有馬斃之患, 貴國特給駿馬一匹厚意, 至今不忘也。"忠信遂由鎭江路而還)

— 이번 행차는 신이 왕복 1개월 남짓이고 2천여 리를 갔다. 오랑캐의 수도에 깊숙이 들어가서 그들의 정보를 자세히 탐지했는데, 누르하치의 아들은 20여 명이고 그중에서 군대를 거느린 자는 6명이었다. 장남은 일찍 죽고, 그 다음은 귀영가, 그 다음은 홍태주, 그 다음은 망가퇴, 그 다음은 탕고대, 그 다음은 가문내, 그 다음은 아지거다. 귀영가는 단지 평범한 보통 사람, 홍태주는 똑똑하고 용감함이 사람들보다 뛰어났으나 속으로 시기심이 많아 아비의 편애를 믿고 형을 죽이려는 계책을 몰래 품고 있었다. 나머지 네 아들은 칭찬할 것이 없고, 개괄하면, 누르하치에 비교가 되지 않는다. 아두는 누르하치의 사촌 동생인데, 용감하고 매우 지혜로우며 여러 장수들보다 뛰어나서 전후의 싸움에서 승리한 것도 모두 그의 공이다. (是行, 忠信往返月餘, 行二千餘里。深入虜穴, 詳探虜中事情, 蓋老酋有子二十餘, 而將兵者六人。

長早亡, 次貴盈哥, 次洪太主, 次亡可退, 次湯古台, 次加文乃, 次阿之巨也。貴盈哥, 特尋常一庸夫, 洪太主雖英勇超人, 內多猜忌, 恃其父之偏愛, 潛懷弑兄之計。其他四子, 無足稱者, 摠之非老酋之比也。有阿斗者, 酋之從弟也, 勇而多智, 超出諸將之右, 前後戰勝, 皆其功也)

   — 누르하치가 예전에 비밀리에 (동생) 아두에게 묻기를 "여러 아들 가운데에서 누가 나를 대신할 수 있겠는가?"라고 하자, 아두가 아뢰기를 "아들을 가장 잘 아는 사람은 아버지인데, 누가 감히 말할 수 있겠습니까."라고 했다. 다시 누르하치가 말하기를 "우선 말해보라."고 하자, 아두가 아뢰기를 "용기와 지혜를 모두 갖추고, 모든 사람들이 칭송하는 자라야 될 것입니다."라고 했다. 누르하치가 말하기를 "내가 너의 뜻이 누구에 있는지 알겠다"라고 했는데, 홍태주(홍타이지)를 가리키는 것이다. 귀영가가 이 말을 듣고 아두에게 깊이 원한을 품었는데, 나중에 아두가 비밀리에 귀영가에게 말하기를, "홍태주가 망가퇴·아지거와 너를 해치려 한다. 그 시기가 임박했으니, 대비하도록 하라."라고 했다. 이 말을 듣고 귀영가가 자기 아버지에게 가서 울자, 누르하치가 이상히 여겨 그 이유를 묻자, 아두가 말한 대로 대답했다. 누르하치가 세 아들을 불러 이를 묻자, 세 아들은 그런 말을 한 적이 없다고 했다. 누르하치가 아두를 꾸짖기를 "이는 둘 사이를 이간시킨다"라고 하고, 족쇄를 채워 밀실에 가두고 재산을 몰수해 버렸으니, 이는 스스로 만리장성을 무너뜨려버린 것과 같았다. (酋嘗密問曰: "諸子中, 誰可以代我者?" 阿斗曰: "知子莫如父, 誰敢有言?" 酋曰: "第言之。" 阿斗曰: "智勇俱全, 人皆稱道者, 可。"酋曰: "吾知汝意之所在也", 蓋指洪太主也。貴盈哥聞此, 深銜之, 後阿斗密謂貴盈哥曰: "洪太主與亡可退·阿之巨將欲圖汝。事機在迫, 須備之。"貴盈哥見其父而泣, 酋怪問之, 答以阿斗之言酋, 卽招三子問之, 自言無此。酋責問阿斗以爲交構兩間, 鎖柙囚密室, 籍沒家貲, 是自壞其長城也)。

위의 기록을 통해 보면 후금의 지도부가 조선 조정에 예를 다한 성의를 보였다. 정충신의 정확한 정보 보고에 따라 외교 전략을 세웠더라면 조선에 악몽의 양대 호란이 있었을까. 정충신이 다리를 놓아 외교적 진척을 보인 그대로 후금과의 관계를 유지했더라면 나중 정묘호란과 병자호란을 겪었을까, 하는 아쉬움이 두고두고 남는다. 정충신은 후금의 군사제도와 군사력도 꿰뚫고 있었다.

정충신이 〈만운집〉에서 밝힌 후금 군사제도와 군사력을 살펴볼 필요가 있다. 임금에게 올린 내용은 다음과 같다.

― 군대는 8기(旗)가 있는데, 25초(哨)가 1부이며, 400명이 1초(哨)입니다. 1초에는 별초(別抄)가 100명, 장갑(長甲)이 100명, 단갑(短甲)이 100명, 양중갑(兩重甲)이 100명입니다. 별초는 수은(水銀) 갑옷을 입었기 때문에 수많은 군사 중에서도 뚜렷해서 알아보기 쉽고, 행군할 때에는 뒤에 있고 주둔할 때는 가운데 있는데 오직 승부를 결판내는 데에만 쓰입니다. 양중갑은 성을 공격하고 호를 메우는 데에 쓰입니다. 1기(旗)의 군사는 모두 1만 2천명이니, 8기면 대략 9만 6천기(騎)입니다. 누르하치가 직접 2기를 통솔하는데 그중 1기는 아두가 거느리고, 황색 깃발에 그림이 없습니다. 1기는 대사가 거느리는데 황색 깃발에 황룡이 그려졌습니다. 귀영개가 2기를 통솔하는데 그중 1기는 보을지사가 거느리고, 붉은 깃발에 그림이 없습니다. 1기는 탕고대가 거느리는데 붉은 깃발에 청룡이 그려졌습니다. 홍태주가 1기를 통솔하고 동구어부가 거느리는데, 흰 깃발에 그림이 없습니다. 망가퇴가 1부를 통솔하고 모한나리가 거느리는데, 푸른 깃발에 그림이 없었습니다. 누르하치의 조카 아민태주(阿民太主)가 1기(旗)를 통솔하고 그의 동생 자송합이 거느리고 있는데, 푸른 깃발

에 흑룡이 그려졌습니다. 누르하치의 손자 두두아고가 1부를 통솔하고 양고유가 거느리는데, 흰 깃발에 황룡이 그려졌습니다. 통사(統司)와 초대(哨隊)에도 각자 깃발이 있는데 크고 작은 구분이 있으며, 군사들에는 투구 위에 작은 깃발을 꽂아 구분합니다. 부대마다 각기 황갑(黃甲) 2통(統), 청갑(青甲) 2통, 홍갑(紅甲) 2통, 백갑(白甲) 2통이 있으며, 싸움을 할 때에는 부대마다 압대(押隊) 1명이 붉은 화살을 갖고 있다가 떠들거나 질서를 어지럽히며, 혼자 전진하고 혼자 후퇴하는 자가 있으면 붉은 화살로 쏩니다. 그리고 싸움이 끝나고 조사하여 등에 붉은 흔적이 있는 자는 경중을 불문하고 베어 버립니다. 싸움에 이기면 재물을 거둬들여 여러 부대에 두루 나눠주고, 공이 많은 자에게는 1인분을 더 줍니다. (其兵有八部。二十五哨爲一部，四百人爲一哨。一哨之中，別抄百、長甲百、短甲百、兩重甲百。別抄者，着水銀甲，萬軍之中，表表易認，行則在後，陣則居內，專用於決勝。兩重甲，用於攻城、塡壕。一部兵凡一萬二千人，八部大約九萬六千騎也。老酋自領二部，一部阿斗嘗將之，黃旗無劃；一部大舍將之，黃旗畫黃龍。貴盈哥領二部，一部甫乙之舍將之，赤旗無劃；一部湯古台將之，赤旗畫青龍。洪太主領一部，洞口魚夫將之，白旗無畫；亡可退領一部，毛漢那里將之，青旗無畫。酋姪阿民太主領一部，其弟者送哈將之，青旗畫黑龍；酋孫斗斗阿古領一部，羊古有將之，白旗畫黃龍。統司、哨隊，亦各有旗，而有大小之分，軍卒則盔上，有小旗以爲認。每部各有黃甲二統、青甲二統、紅甲二統、白甲二統，臨戰則每隊有押隊一人佩朱箭，如有喧呼亂次，獨進獨退者，卽以朱箭射之。戰畢查驗，背有朱痕者，不問輕重而斬之。戰勝則收拾財畜，遍分諸部，功多者倍一分).

이렇게 일목요연하게 후금군대의 편제와 팔기군 제도를 적시한 글은 지금까지 없었다. 팔기군은 1601년 누르하치가 여진 각 부족의 부대를 통합해 깃발로 구분하는 군단으로 재편한 군대였다. 이후 몽골을 침략, 병탄하면서 몽골군도 이 시스템에 편입했고, 한족도 이 군사제도에 집어넣었다. 그리고 만주인으로 구성된 원조 팔기를 만주팔기라 칭하고, 몽골인은 몽골팔기, 한족은 한군팔기라 불렀다. 한족 군대와의 싸움에서 포로로 잡은 군사, 베이징 인근의 농민들도 받아들여 팔기군에 편입했다. 사르후 전투에서 포로로 잡힌 조선 원정군 포로들은 팔기의 일부로 흡수, 편제되었다.

타부족을 팔기군 속에 두어 여진 출신과 함께 서열을 매겼으나 차별은 없었다. 각기 다른 여진부족과 타국 병사를 끌어들이면서 강성군대를 일으켰는데, 강성군대의 비결은 군사에 따라 서열을 매겼으나 차별을 두지 않은 데서 오는 성과물이었다.

정충신은 이같은 내용을 빠짐없이 적어 조정에 보냈다. 빈틈없이 후금에 대비해야 한다는 충언과 함께, 후금과의 관계를 정상화해야 한다는 논지도 덧붙였다. 그러나 조선 사대부는 요지부동이었다. 그럴수록 명에 대한 집착이 강했다. 이에 따라 후금은 나날이 조선에 대한 불만을 가졌다.

언가리와 대해가 정충신을 찾아왔다. 대해가 불쑥 편지를 내놓았다. 표하수비(標下守備) 조성공이 모문룡 유격에게 보낸 편지였다. 그 편지에는 '속히 대병을 보내어 조선에 잠복시켰다가 조선과 함께 은밀히 모의하여 힘을 모아 싸워서 요동을 회복해야 한다'는 내용이 담겨 있었다. 펄쩍 뛸 만도 하련만 언가리가 흥분을 가라앉히고 물었다.

"모 유격을 변경에 머물러 있도록 청하고, 또 대병을 청하여 잠복시킨 뒤 우리 후금을 공격하려고 하는 태도는 뭐요? 우리의 후방을 교란하여 후금의 허실을 염탐하려 했겠지만, 이 서한을 우리 나졸들이 주워올 줄은 꿈에도 생각은 못 했겠지요?"

난감한 일이 펼쳐지고 있었다.

"모문룡의 문제는 걱정하지 마십시오."

"말로만 그러는 것 아니오?"

"그렇지 않소. 모문룡은 명나라 장수지만 명나라에서도 내놓은 자식으로 취급하고 있고, 조선에서도 귀찮은 존재입니다. 물론 후금도 마찬가지지요. 모두가 적으로 생각하는 것은 그자가 흉악하기 때문입니다. 장수란 애초에 장수로서의 품격과 금도가 있는 법인데, 그자는 내 고향 전라도 말로 간나구 새끼입니다."

"간나구? 간나구가 뭐요?"

"간에 붙었다 쓸개에 붙었다 하는 간사스런 자를 말합니다. 자기이익만을 생각하고 별짓을 다하는 무뢰배를 말합니다."

"그런 자를 지금 조선국은 지원해주고 있소. 가도에 모셔놓고 무슨 벼슬자리인 양 먹을 것, 입을 것, 색정을 해결하라고 어여쁜 기생까지 넣어주고 있소."

그렇게 말하자 정충신은 정작 할 말이 없었다. 명나라라면 말뚝에게까지 인사를 하는 것이 사대부의 태도다. 사대는 조정의 문화로 이미 체화되었고, 그것이 큰 예절국가인 양 스스로 치부한다. 그러니 그의 야유성 발언에 말발이 서지 않는다.

"내가 한번 나설 것이요. 나는 후금과 함께 갈 것이오."

누르하치의 조카인 사을고성의 수장(守將) 서거가 다가오더니 말했다.

"좋은 말이오. 하지만 홀홀단신으로 되겠소? 여전히 조선국은 명나라를 부모국으로 우러르고, 우리의 힘을 깔봅니다. 이래가지고 교린(交隣)이 가능하겠습니까. 모문룡의 행악을 막지 않고 더러워서 지원해준다고 하는데. 그것은 그의 힘만 키울 뿐, 개선의 기미는 보이지 않을 것이오. 조선국과의 교린은 한(칸) 합하께서 바라는 바이고, 여러 장수들이 조선을 헐뜯는 말을 해도 한께서 한사코 막으며 말씀하시기를, '우리가 명나라와 원수가 된 것은 싸움을 좋아해서가 아니라 명나라가 여러 가지로 우리를 속이고 해를 주기 때문이다. 그러나 조선은 원래 우리와 원수가 된 적이 없다. 적국이 많은 것은 우리에게도 이롭지 않으니 조선을 각별히 모시라'고 말씀하십니다. 우리가 그냥 참고 있는 것이 아니라는 거 알고 있겠지요? 우리가 바라는 것은 명과의 관계를 확실히 하라는 것이올시다."

그러나 정충신도 할 말이 없는 것이 아니었다. 누르하치가 차관(差官)을 보내 모문룡 건 등 복잡한 문제를 접고 화친을 하자고 요구해서 조선측 사신 박규영과 황연해를 보냈다. 그런데 그들은 아직껏 돌아오지 않고 있었다. 진강 탕참에서 우리 수비군 장졸이 살해되었다. 부대의 말도 가져갔다.

"모문룡 일파가 조선과 후금을 이간질하기 위해 저지른 일이오. 증거가 있소."

후금에 체류하는 내내 정충신은 혼란스러웠다. 한 문제를 해결하면 다른 문제가 대두되고, 다른 문제를 처리하면 또 다른 것이 올라왔다. 그래서 사신으로 출장 나온 자들이 책임을 질 것이 두려워서 탈주하기도 하는 모양이었다. 대신 그는 후금에 대한 것을 손금보듯 볼 수 있었다. 정충신은 부대에 복귀해서 장계를 썼다.

— 후금은 장차 천하의 근심거리가 될 것이니 우리만의 근심거리라고 할 수 있겠습니까. 모문룡 장수가 군사를 이끌고 몰래 행군하여 습격한 일은 북변의 우리 수비군 진영에서는 미처 알지 못했던 것인데, 우리가 하는 것으로 오해하고 있습니다. 이런 오해는 오해

로 끝나는 것이 아니라 장차 우리와 원수가 될 때 칠 명분으로 삼을 것입니다. 그들과 교린을 강화하는 동시에 우리 군사력을 키워야 하는 이유입니다.

이 때, 조정에서 갑작스럽게 인사이동이 단행되었다. 병조판서 장만이 옷을 벗고 고향 통진으로 물러앉았다. 연령 때문에 은퇴한 것 같지만, 사실은 공명정대한 공사 처리가 권간(權奸)들의 시기를 받아 물러난 것이었다. 광해의 통치 기반은 의외로 허약했다. 병조는 강화되긴커녕 위축되고 있었다.

어느 날 덩치 큰 사내가 만포진을 찾았다. 그의 말이 자르르 기름이 돌았다.

"나 이괄(李适, 1587~1624)이오."

눈썹이 짙고 우락부락한 눈망울에 말씨도 굵었다. 호방한 인상이었으나 한 성질하는 사람으로 비쳐졌다. 콧방울이 큰 것이 고집스럽게도 보였다.

"얘기 많이 들었소. 그런데 여긴 어떻게…."

"나 함경도 병마절도사에 임명되어 지금 임지로 가고 있소. 만포진 정 첨사 얼굴 한번 보고 가려고 찾았소이다. 그리고 축하합니다."

"축하라니요."

"후금국에서 이제 돌아왔으니 미처 알 수가 없었겠구먼. 정 첨사는 평안도 병마좌우후로 발령이 났습니다. 훈령증이 곧 도착할 거요. 그러기 전에 내가 먼저 임명장을 갖다 준 셈이군. 하하하."

34장 풍운의 길— 인조반정

　병마좌우후는 각 도에 두었던 병마절도사(병사)와 수군절도사(수사) 밑에 두었던 부직(副職)으로, 병마우후(兵馬虞候)가 본래의 직이다. 무공을 살펴 병마우후보다 직을 높게 주다 보니 병마좌우후가 되었다. 우후는 관찰사가 겸임하는 병사나 수사 밑에 두지 않고 전임의 병사와 수사 밑에만 배치했다.

　병마우후는 충청병영(해미), 경상좌병영(울산), 경상우병영(창원), 전라병영(강진), 영안북병영(경성), 평안병영(영변 및 의주)에 1명씩 두었다. 수군우후는 충청수영(보령), 경상좌수영(동래), 경상우수영(거제, 후에 통영), 전라좌수영(오동도), 전라우수영(해남)에 각 1명씩 두었다.

　좌우후는 우후보다 우위의 직이며, 병사나 수사가 없을 때 도내의 군사에 관한 모든 일을 다루는 것 외에도 도내를 순검하면서 군사배치, 지방군 훈련, 군기의 정비 등을 살피고, 명령 전달과 군량·군자금의 관리를 담당하는 임무를 맡았다.《경국대전》에 따르면, 외관직인 절도사·평사와 함께 임기가 2년이었다. 우후를 지낸 자는 훈련원 정삼품에 추천되는 등 진급의 중요한 경로였다. 정충신은 좌우후를 겸했으니 필시 도원수로 가는 길목이었다. 이래서 이괄이 정충신을 괄시할 입장이 아닌 것이다. 그런 사람과의 인맥을 쌓는 것은 미래를 위해서도 바람직하다고 보고 함경도 병마절도사로 가는 도중 정충신을 찾은 것이다.

이괄은 임진왜란의 전쟁영웅들이 득시글거리던 시대에도 젊은 시절부터 관직의 중요 직책을 맡은 인재였다. 문반 출신답게 용병술보다 유학과 서예 방면에 명성을 떨쳤다. 그러나 재승박덕이라고 재주만 믿고 설치는 바람에 시기를 받았다. 튀는 행동 때문에 욕먹을 일도 아니지만 불량한 근무태도와 월권 행동을 보인다고 사대부로부터 빈축을 샀다. 광해군 때는 군수물자를 별도로 조련했다고 보고되어 쫓겨날 뻔했다.

이런 기록은 이괄의 난 이후 기록된 것이어서 신빙성에 문제가 있을 수 있다. 한번 반역으로 몰리면 아무리 좋은 품격도 불상놈으로 치부되고, 너도나도 욕을 퍼붓고(그래야 살기 때문에), 인간 말종으로 기록되기 십상이다. 한번 찍히면 끝내 가는 판에, 하물며 나라를 뒤집는 난을 일으킨 주인공이었으니 세상에 없는 인격파탄자요 불한당이 되었을 것이다. 그래서 폐군주에 대한 평가도 재검토하는 것이 역사의 진실에 가닿을 수 있다. 역사란 재구성된다는 말이 진리로 통용되는 이유다.

어쨌든 이괄은 군법을 사사로이 어겼다는 기록들이 나오는데, 이를 통해 볼 때, 모나고 과격한 성품이었던 것은 틀림이 없는 것 같다.

정충신은 이괄이 찾아준 것만으로도 고마운데, 승진했다는 소식까지 가져오니 매우 기분이 좋았다. 이 모든 것이 후금과의 담판과 매끄러운 외교 역량에서 나온 것이었다.

"우리 객주집으로 갑시다. 술로 한번 세상을 호령해봅시다."

그들은 그럴듯한 주막에 들어가 갓 잡아온 사슴의 피와 삶은 멧돼지 뒷다리를 안주 삼아 도수 높은 창바이산 옥수수 밀주를 마셨다. 이괄은 한 되를 다 마시고도 끄떡이 없었다. 정충신도 술 대거리에는 누구에게 밀리지 않는데 이괄한테만은 당하지 못할 것 같았다.

"상(上)이 상것이 될 것 같아서 걱정이오."

이괄이 갑자기 소리쳤다.

"거 무슨 뜻이오."

"술로 세상 한번 호령해보자면서요? 그래, 도대체 상도 모르오?"

상은 왕을 뜻하는 말이었다. 정충신이 취중에도 주춤했으나 이괄이 내친김에 내뱉었다.

"상이 생각보다 힘이 없어. 못된 놈의 새끼들, 지들끼리 공모해서 나를 함경도로 쫓아버린단 말이오. 난 병판(병조판서)이 물러나면서 요직을 줄 줄 알았는데 중앙무대에서 쫓아버렸단 말이오. 왜 그러는 줄 아시오?"

"모르겠소."

"내가 너무 똑똑하거든."

어라, 이 새끼 봐라. 순간 정충신은 한방 그의 면상에 날리고 싶었다. 건방을 떠는 수작이 유치하기 그지없었다. 이 자식, 그릇이 형편없군.

"정 좌우후, 내가 그렇게 밉게 보이오? 내 그런 말 했다고 싸가지 없다고 하는 거요? 내 그런 말 무지하게 들었소이다. 옳은 말도 싸가지 없이 한다고 그 하얀 수염 휘날리는 중신들, 나를 개좆으로 보지 않았겠소?"

"이괄 장수! 그러니까 다치지. 하지만 잘 왔소. 군인이 도성 궁궐에서 뭘하겠다고 눌러있는 거요? 군인은 국경을 지켜야지, 궁궐의 문반이란 자들 보고 있으면 가슴에서 천불이 나지 않겠소? 음흉한 음모에 모략에 배신에… 어디 사람 살 곳입디까?"

"아하, 대붕이 대붕의 뜻을 아는군요. 그 말 맞소. 형으로 모시겠소."

이괄이 정충신의 손을 덥석 잡았다. 정충신도 취기가 바짝 올랐다. 그러나 그대로 맞장구칠 수만은 없었다.

"그러나 이괄 장수, 학의 다리가 길다고 자르지 마시오!"

"그거 무슨 뜻이오?"

이괄이 묻자 정충신이 천천히 대답했다.

"올빼미의 눈이 낮에 보이지 않는다고 쓸모가 없는 것이 아니오. 올빼미는 밤에는 사물을 잘 보지 않소. 소는 말보다 빠르지 않지만 논을 갈고 밭을 가는 데는 말보다 앞서지요. 학의 다리도 쓸데없이 길다고 잘라버리면 어떻게 되겠소? 짧은 안목으로 잘잘못을 가려서는 안 된다는 것이오."

"형님, 고맙소."

무슨 뜻인 줄 알고 이괄이 벌떡 일어나 무릎을 꿇고 꾸벅 절을 했다. 그런 태도가 남아다운 기백이 있었다. 정충신이 그의 등을 두드리며 바로 앉도록 상반신을 일으켜 세워 주었다.

"이괄 장수, 나는 이괄 장수의 그런 태도가 참 좋소. 일찍이 재주가 좋다는 것도 알고 있었소. 성격 또한 화끈하고 아싸리하고, 조백이 있소!"

"아싸리하단 말은 마시오. 쪽바리 새끼들 말이라면 애초에 비위가 틀립니다. 그놈의 새끼들은 상대방이 약하다 싶으면 올라타고, 이유 불문하고 배때지에 칼을 넣는 자들이오. 대신 강자에겐 지 여편네까지 상납할 정도로 비굴하게 굴지요. 참 야비한 새끼들이지요. 우리

나라에도 그런 자들이 많습니다. 도성에 가면 깔렸습니다."

"그러니 상것들이라고 하고, 간나구 놈들이라고 하는 것이오. 하지만 왜의 실질을 중시하고, 칼을 잘쓰는 것은 우리가 배워야 할 거요. 그런데 불행히도 우리나라에 그들의 장점을 익힌 자는 드물고 못된 것만 익힌 자들이 있소. 사는 데 도움이 안 되는 것들이오. 그러니 이괄 같은 정의파가 화딱지나는 것 이해하오."

"그런 놈의 새끼들 언젠가 악소리나게 할 것이오."

"이공, 군자는 입이 무거워야 하오. 그리고 같은 말이라도 용어를 점잖게 써야 하는 것이오."

정충신은 이 말을 꼭 이괄에게 해주고 싶었다. 그의 거칠고, 직선적이고 격정적인 말이 본의 아니게 적을 많이 만든다. 그런 것이 결국 고립을 자초하는 것이다.

"형님, 압니다. 하지만 못된 놈들을 보고 참으려니 가슴에서 천불이 납니다. 내 기어이 복수를 할 것입니다. 그때 형님께 연락할 테니 협력해주시오."

"어허, 그게 아니라니까."

그들은 다음날 헤어졌다. 이괄은 함경도 병마절도사 부임 후 얼마 안 되어서 한양으로 되돌아갔다는 소식을 들었다. 필시 무슨 곡절이 있는 것 같았다.

정충신이 병마좌우후 병영에 부임한 뒤 매일 병사들 점열(點閱)을 실시했다. 전에 없던 일이었다. 정충신이 부임해 오기 전까지는 병사들이 주장(主將)의 호랑이 사냥에 동원되고 있었다. 호랑이를 사냥해 가죽을 만들면, 그것으로 조정에 상납해 매서운 추위가 멈추지 않는 의주성을 벗어나는 발판으로 삼았다. 그런데 정충신이 부임해 군율과 절도가 분명해지자 병사들이 견디지 못했다.

"호랑이 사냥도 훈련입니다. 훈련에 나갑시다, 장군."

부장이 제안했다.

"그것은 안 될 말이다. 군율이란 시퍼렇게 살아있어야 한다. 훈련의 일환이라 하더라도 이익을 챙기는 호랑이 사냥은 군인이 할 바가 아니다."

"그러면 물건으로 팔지 않으면 되지 않습니까요."

"그것이 일과가 되면 안 된다. 사기진작용으로 나갈 수는 있되, 지금은 정훈교육을 통해 정신무장을 하고 무예를 닦은 뒤에 결정하겠다."

병영은 의주성 통근정 근처에 있었다. 정충신이 과거에 근무했던 곳이다. 의주 몽진한 왕에게 권율 광부목사의 장계를 가지고 올라와 올리고 통근정에 올랐던 때가 만 열여섯 때였다. 그는 그때의 시퍼런 우국지정을 되살렸다. 한 치 흐트러짐이 없이 공부하며 군무에 충실했던 것이다.

정충신은 매일 압록강변 모래사장과 갈대밭에서 병사들과 유격훈련을 실시했다. 유격훈련에 나가기 전에 반드시 강화(講話)시간을 가졌다.

"제관들은 나라를 지키는 간성이다. 군인은 오직 나라를 지키는 데만 정신을 쏟아야 한다. 잡념과 잡기가 들어오면 정신이 혼미해진다. 그러니 오늘도 훈련, 내일도 훈련, 그리고 변경 수비방어에 총력을 집중해야 한다."

그때 외곽을 지키고 있던 초병이 헐레벌떡 전령을 데리고 왔다. 전령이 외쳤다.

"장군, 한양이 뒤집어졌다고 합니다!"

"한양이 뒤집어지다니, 무슨 뜻인가?"

"국가변란이 났다고 합니다. 반정(反正)이 일어나서 상감마마가 왕실조정에서 끌려나왔다고 합니다."

"뭣이?"

"서인 일파인 김류·이귀·이괄이 임금의 조카인 능양군과 함께 정변을 일으켰다고 합니다. 이서·신경진·구굉·구인후도 가담했고요."

"그게 사실이렷다?"

"그렇습니다."

정충신은 벌어진 입을 다물 줄 몰랐다. 모두가 임금을 따르는 충신들 아닌가. 등잔 밑이 어둡다더니 과연 그렇구나. 한 주머니에 두 주머니를 달았구나.

"이괄도 참여했다고?"

"그렇습니다. 김류·이괄·이귀·최명길·장유·심기원·김자점 등이 모의에 참여하여 반정을 성공시켰다고 합니다. 집권세력인 대북파의 이이첨·정인홍 등 수십 명이 처형되고, 200여 명이 체포되었다고 합니다."

"이괄·최명길이 참여했다 이 말이지?"

그는 거듭 물었으나 똑같은 대답이 나왔다. 정충신이 뭔가 아는 뜻으로 고개를 끄덕였으나 사태가 이렇게까지 나갈 줄은 몰랐다. 이괄이 불만을 터뜨리더니 기어이 일을 저질렀군. 정충신은 도열한 군사를 향해 호령했다.

"군사들은 한 치의 흐트러짐없이 군무에 충실하라. 이 시각 이후 비상 갑호를 발령한다."

중앙 정치가 어떻게 되든 군인은 군인의 길인 국경을 굳건히 지켜야 한다. 그는 병영을 단단히 해놓고, 후금 지역으로 말을 달렸다.

후금에 우호적인 광해가 쫓겨났다면 그들이 가만 있을 것 같지 않았다. 그는 후금 진영으로 들어갔다. 마침 다이샨 패륵은 진영에 있었다. 그는 정충신을 반겼다.

"좌우후로 승진해 변경을 지킨다고 했소? 거참, 잘 되었소. 우리와 친분이 두텁고 교류가 있는 장수가 변경에 있다면 더할 나위 없이 좋지. 오해가 생기면 서로 대화를 통해 해결할 수 있으니 다른 누구보다 정 장수가 의주 땅 병마좌우후가 된 것을 환영하오."

"그런데 다이샨 패륵, 우리나라에 정변이 일어났습니다. 상이 쫓겨났습니다."

"아니, 광해 임금이 쫓겨났다고? 그렇다면 필시 명나라를 따르는 자들이 엎었겠구만?"

다이샨 패륵이 단박에 짚었다. 조선국이 명나라와 후금 사이에서 광해와 장만, 정충신이 후금과의 관계를 돈독히 해야 한다는 친금파(親金派)이고, 최명길이 비교적 우호적인 반면에 중신 대부분 친명 사대에 목숨걸고 있는 사람들이다. 그런데 장만은 병조판서에서 물러났고, 정충신은 북방 변경에 와있다. 중앙무대에서 최명길 외 극히 제한된 인력만이 친금세를 유지하고 있으니 거대한 중신들의 벽을 뚫을 수 없을 것이다. 앞으로의 정책은 보나마나다. 후금에게는 치명상이다. 명을 치러 나가는데 뒤에서 뒤통수를 때리는 자가 나타났으니 불안할 수밖에 없다.

"사태를 알아 주시오. 우리도 조선국의 일에 가만 있을 수 없소."

"알려 주겠소. 다만 나와 다이샨 패륵과의 우정에 변함이 없으니 국경선에도 이상이 없어야 하오. 후금의 군대들이 강을 건너지 않도록 유념해주시오. 이런 때 국경선까지 혼란스러우면 서로 복잡해집니다."

"알겠소. 어서 진영으로 돌아가시오."

정충신은 의주 진영으로 돌아왔다. 직접 한양으로 가서 동태를 살피려 했으나 이런 때일수록 변경을 벗어날 수 없다고 판단하고, 전령을 한양으로 보냈다. 한양에 다녀온 전령이 전한 내용은 다음과 같다(한국학 중앙연구원 등이 기록한 〈인조반정〉 인용).

— 1623년(광해군 15) 이귀 등 서인 일파가 광해군 및 집권당인 이이첨 등의 대북파를 몰아내고, 능양군 종(倧: 후에 인조)을 왕으로 옹립한 정변이다. 광해군은 즉위 직후 정세 변화에 따라 왕위를 위협할지도 모를 동복형 임해군과 유일한 적통 영창대군을 죽였다. 이어 칠서지옥(七庶之獄: 서얼 출신 7인이 은상인을 살해한 사건을 정치적으로 이용한 옥사)을 일으키고, 이를 계기로 영창대군의 외할아버지(인목대비 아버지)인 김제남을 죽이고, 영창대군을 강화에 유폐했다.

영창대군을 처형하라는 이이첨의 뜻을 전달받은 강화부사 정항이 8세의 어린 영창대군을 살해했다. 또 정원군(인조의 아버지)의 아들 능창군 전(佺: 인조의 아우)을 교동에 가두었다가 살해했다. 영창대군의 어머니 인목대비 김씨도 존호(尊號)를 폐하여 서궁이라 칭하고, 조알(朝謁: 왕을 알현)을 중지시켰다. 이 같은 광해군의 폐모살제(廢母殺弟: 어머니를 폐하고 동생을 살해함) 사건은 지금까지 대북파에게 눌려있던 서인 일파에게 반동 투쟁의 구실을 주었다. 광해가 명나라를 배척하고 후금을 따르니 부모국을 배신한 죄목도 컸다.

그러나 광해군은 임진왜란 이후 혼란스러웠던 나라를 수습하기 위해 궁궐을 다시 세워 국가기강을 바로잡았고, 대동법과 호패법을 시행해 민생해결에 앞장섰다. 대외적으로는 중립정책을 펼쳐 후금과의 관계를 강화함으로써 전쟁에 휘말리는 위험을 극복했다. 등거리 평화정책은 날로 세력을 키워 중국을 통일한 후금과의 관계를 안정시킨 외교적 성과를 거두었다. 그런데 이것이 산산조각이 날 형편에 놓였다.

서인들의 반정(反正)은 명나라를 버리고 후금과 등거리 외교를 펴는 광해를 치는 데 좋은 명분이 되었다. 동방예의지국의 근본을 흔드는 폐모살제라는 패륜 행위가 중요한 반정의 이유가 되었지만, 친금배명(親金背明)은 반정의 명분이 쌓이는 어쩌면 더 중요한 가치가 되었던 것이다. 문명국이 어찌 은혜로운 부모국을 부정하고 도둑떼인 오랑캐와 친교를 맺는단 말인가. 대의명분을 중시하는 조선 사대부의 자존심을 팍팍 긁는 이런 행위들은 결코 용납될 수 없었다.

광해군이 즉위할 때부터 권력을 잃었던 서인 세력들은 이러한 불만을 이용하여 정변을 계획했다. 북인 이이첨의 권력 독점과 탐악을 보고 칠 명분을 쌓아가고 있었다. 이중 이귀·김류가 선두에 섰다. 함흥판관으로 가 있었던 이귀는 북우후(北虞候) 신경진을 끌어들이고, 함경도 병마절도사 이괄을 불러냈으며, 유생 심기원·김자점과 내통하여 전 부사 김류를 진군대장으로 삼았다. 김류는 임진왜란 당시 신립(申砬) 장군 휘하에서 막료장으로 종군하다가 탄금대전투에서 전사한 김여물(金汝岉)의 아들이었다.

진군대장 김류는 1623년 3월 13일 밤, 미리 밀통을 내려 심기원·최명길·이괄·김자점이 병력 600~700명을 인솔해 홍제원에 집결하도록 지시했다. 이중 이괄이 데려온 함경도 군사들은 정예부대였다. 능양군 이종(후에 인조)은 친병(親兵)을 거느리고 고양 연서역에서 황해도 장단부사 이서의 병력 700명과 합류해 홍제원에 모여 김류의 부대가 창의문을 치고 창덕궁으로 진군할 때 지원군으로 참전하기로 했다.

그런데 결정적인 시간에 김류가 나타나지 않았다. 그가 나서지 않으면 역사를 바꾸는 거사가 죽도밥도 안 되는 상황이다. 죽도밥도 안되는 정도가 아니라 본인의 목숨은 물론 3대가 수수모가지 잘리듯이 잘려나갈 판이다. 그런데 출격하기로 한 날 진군대장이 종적을 감춰버렸다. 병사들 모두 안 나와도 대장만은 나와야 하는 것이 지휘관의 사명이자 본분이다. 그런데 발발 떨고 숨어버린 것이다.

"이거 낭패로다. 큰일이로다."

이귀(李貴, 1557~1633)는 몹시 당황했다. 시간이 지체되면 반정은 도성 방위군에게 들켜 궤멸될 것이다. 왕실을 보위하는 근위병은 최정예부대다. 기마 기동력은 물론 무기류도 반정군에 비하면 월등하다.

"한 식경(食頃: 밥 한끼 먹을 약 30분의 시간)이 지나면 위험하고, 두 식경이 지나면 우리는 패인을 자인하고 전부 자결한다."

지원군 지휘자 심기원이 비통하게 말했다. 시간은 한 식경을 지나 두 식경이 가고, 이윽고 세 식경으로 넘어가고 있었다. 모두가 패배를 자인하고 목을 내놓을 일만 남았다. 이때 이귀가 단안을 내렸다.

"이래 죽으나 저래 죽으나 죽기는 매일반이다. 이괄이 앞으로 나와 진군대장을 맡으라. 진격이다."

괄괄한 성격의 이괄이 지휘봉을 쥐었다. 다행히도 자신의 병력이 가장 우수했다. 그는 한달음에 군을 재편성해 도성으로 진입했다. 창의문을 지키는 초병들을 간단없이 제압하고, 창덕궁으로 질주했다.

"돌파하라. 반발하는 자는 남녀노유, 신분의 지체를 불문하고 아가리에 창을 박아라!"

용맹스런 함경도 병마절도사 부대가 맨 선두에 서고 계속 치고 나갈 때, 김류가 나타났다.

"지휘권은 나에게 있다. 이괄은 나에게 지휘봉을 넘기라!"

밥상을 다 차려놓자 김류가 숟가락만 얹는 꼴이었다. 이괄이 화를 냈다.

"당신, 무엇이 무서워서 숨었소?"

"뭣이? 상황을 살피고 왔다."

"개소리 마시오. 그것은 정탐병이 하는 일이오. 나의 부대가 창의문을 돌파하고, 창덕궁을 향해 진격하면서 승리할 것 같으니까 나타난 것 아니오? 비겁자는 당장 꺼지쇼!"

이때 김류의 나이는 52세였다. 이괄의 아버지 뻘이었다. 그는 반정의 기획자 이귀와도 둘도 없는 막역한 사이였다. 이귀는 김류의 우유부단한 태도가 못마땅했지만 이괄이 김류를 개잡듯이 하는 것이 마땅치 않았다. 세상 만물의 이치에는 장유유서(長幼有序)가 있고, 찬물도 위아래가 있는 법이다.

"이괄 장수, 그게 뭔가. 늦게라도 김류 대장이 왔으니 다행스런 일 아닌가. 대장 자리 물려주고, 병사를 이끌고 창덕궁을 우회해서 공격하라. 한시도 시간을 지체할 수 없다!"

이괄은 느닷없는 꾸지람에 화가 치밀었다. 잘못된 것을 준엄히 꾸짖고, 대장으로서 나아가는 자신을 전폭적으로 밀어줄 것으로 알았는데, 잔말 말고 자리를 내놓으라니? 그는 이귀에게도 대들었다.

"전쟁 중에는 장수를 말에서 끌어내리는 것이 아닙니다."

"대장이 잠시 지체되었을 뿐, 금방 돌아왔으니 김류가 진군대장이다. 김류 대장, 어서 지휘하시오."

"에이, 젠장!"

이괄이 지휘봉을 내던지고 말에서 뛰어내렸다.

"누구에게 하는 말버릇인고?"

정작 화를 내는 사람은 이귀였다. 김류는 지은 죄가 있어서 수모를 꾹꾹 참고 있는데, 이귀는 자신이 당한 것처럼 버럭 화를 냈다. 젊은 놈이 싸가지없이 자기 용맹을 믿고 상관에게 대드는 것이 꼭 자신이 모욕을 당한 기분이었다. 아무리 상황이 그렇다 하더라도 엄연히 장유유서가 있는데 어른을 똥막대기 취급하다니, 저런 놈을 내버려두었다가는 언제 경을 칠지 모른다고 그는 생각하고 있었다.

"왜, 내가 잘못 말했습니까? 김류 대장은 계획이 누설되었다는 이유로 출동을 미적거렸다는 거 아닙니까. 아무리 대 선배고 어른이라고 해도 이건 아니지요. 혁명을 눈치 봐가면서 합니까? 목숨 걸고 하는 것 아닙니까."

이괄의 부대 정탐병이 김류 집안을 살피고 돌아와 보고한 것을 이괄이 알린 것이었다. 딴은 맞는 말이다. 그러나 이러다가 적전분열에 자중지란이 일어나면 죽쒀서 개 주는 꼴이다. 이귀는 일단 참기로 했다.

"이 장수, 지금 시시비비를 따지면 다 죽는다. 지금이 중대한 국면이란 말일세. 우선 병사부터 지휘하게. 이 공의 공이 어디 가겠는가? 어서 군사 진영을 짜서 창덕궁으로 가게."

이귀 곁에 있던 이시백·이시방도 이괄을 달랬다. 두 장수는 이귀의 아들들이었다. 3부자가 목숨을 걸고 반란에 나선 것이니 한 치의 오차가 있어선 안 되는 것이다.

"이괄! 아버지가 그대의 능력을 알고 잠시나마 진군대장으로 임명했던 것 아닌가. 김류 대장이 돌아왔다면 자중지란을 막기 위해서도 제 위치로 되돌려 놓은 것이니 섭섭하게 생각하지 말고, 어서 아버지 뜻을 따르게. 자네 능력을 아는 분이 아버지만 한 분이 어디 있는가.”

　그 말은 맞는 말이었다. 더군다나 친구이자 동지의 말을 거역할
수는 없었다.

　이괄은 군사를 조련하고 부리는 능력이 뛰어난 사람이었다. 이괄
군사였길래 삼엄한 창의문 공략도 손쉽게 일궈냈던 것이다. 춥고 거
친 산악지대에서 조련된 용맹스런 함경도 부대가 도성 수비대를 섬
멸해버린 것은 우수 정예병으로서의 힘도 컸지만, 이괄의 뛰어난 지
휘력도 한 몫했던 것이다. 그러나 이괄은 다혈질에 자만심이 강하
고, 어디로 튈지 모르는 급한 성격을 갖고 있다. 군사 지휘는 뛰어났
지만, 이 때문에 상급(上級)들이 위태위태하게 그를 바라보고, 더러
는 그를 불신하고 있었다.

　이수일이 창덕궁을 뚫었다는 첩보가 들어왔다. 이수일도 이괄 만
큼이나 성격이 모난 사람이었다. 임진왜란이 나자 경상좌도수군
절도사에 발탁되어 왜적을 격퇴한 공으로 가선대부에 올랐으나 예
천·용강전투에서 연패했다. 그후 회령부사에 이어 나주목사에 임명
되었으나 부임하지 않았고, 후의 일이지만 정유재란 때 도체찰사 이
원익의 요청으로 성주목사가 되었으나 멋대로 행동하면서 명을 어
겨 장형(杖刑)을 받은 괴팍한 성질의 인물이었다.

　결국 두 성질이 창덕궁 점령의 경쟁자가 되었다. 이수일은 아버지
뻘이었으나 이괄은 안면몰수하고 이수일 부대를 제치고 창덕궁을
치기 시작했다. 그때 이서(李曙)는 황해도 장단에서, 이중로(李重老)는
경기도 이천에서 군사를 일으켜 창덕궁으로 들어왔다. 훈련도감의
훈련대장 이흥립(李興立)도 반정군에 가세했다. 이수일이 이괄에게
소리쳤다.

　“이렇게 되면 합동 작전일세. 앞서 나가지 말라!”

"합동작전이라뇨? 내 손으로 왕의 모가지를 딸 생각인데, 무슨 합동작전 같은 소릴 하시오?" 이괄은 굿이나 보고 떡이나 치라는 듯 통을 치고 진격했다. 부대원들을 세 조로 나누어 한 조는 정면으로 공격하고, 다른 조는 옆 담장을 사다리를 타고 넘도록 하고, 나머지 한 조는 그가 직접 지휘했다. 왕실의 근왕병들은 지리멸렬했다. 벌써 도망병이 생기고, 맞대거리해도 그냥 묵사발이 되었다.

그때 광해군은 병조좌랑을 지낸 김자점이 보낸 주찬으로 김상궁이 벌인 유연에서 한참 재미있게 놀고 있었다. 이괄 부대가 쳐들어오고, 뒤이어 이수일, 이서·이중로 부대가 들이닥치자 그때서야 부랴부랴 의관(醫官) 안국신의 집으로 도망을 갔다.

사실은 연회를 주선한 김자점도 반광해군 파였다. 그는 인목대비 폐모론이 발생한 이후 벼슬을 단념하고, 이귀·최명길과 함께 반정을 기도한 사람이었다. 광해는 등잔 밑이 어두운 줄 모르고 이렇게 심기가 늘어져 있었다.

광해는 반란의 기미가 있다는 것을 측근으로부터 몇 차례 제보를 받았지만 지쳤던지 이상하게 이것들을 묵살했다. 임진왜란이 났을 때 분조를 이끌던 총명한 세자 광해가 아니었다.

임진왜란이 일어나 선조가 한양을 버리고 의주로 도망갈 때, 신하들의 간곡한 요청으로 광해군이 세자로 책봉되고, 그가 나라의 반을 맡았다(분조). 광해의 형 임해군이 법통을 이을 0순위였으나 궁녀를 죽이는 등 행실이 나쁜 데 반하여, 광해군은 학문이 특출하고 행실이 발라 세자로 천거되었던 것이다. 그러나 명나라로부터 후궁 소생의 서자라는 이유로 결격사유가 있다고 왕의 후계자 자격을 걸고 나오자 한동안 고생했다.

뒤늦게 세자로 인정받은 광해는 전국을 돌며 군대와 군량을 모아 전쟁을 수행해나갔다. 아비 선조는 여차하면 명나라로 튀려고 했지만, 그는 국내 치안을 안정시키고, 전선의 병사들을 독려했던 것이다. 이런 그를 백성들이 우러르고 따르고, 그를 부인했던 명나라도 애비보다 낫다는 평가를 내렸다. 그러자 선조는 시기한 나머지 그를 몹시 괴롭혔다. 툭하면 세자 책봉을 거둬들이겠다고 위협해 광해는 불안정서가 체질이 되어버렸다.

선조가 죽고 왕위를 물려받은 광해는 가차없이 정적을 제거해 나갔다. 왕권의 불안을 없애려면 가장 큰 위협의 대상인 혈육부터 손을 보아야 했다. 법통 어미를 내치고 형을 죽이고 동생도 죽이는 '패륜'을 저질렀다. 내치의 여러 가지 업적에도 불구하고 그는 이런 '폐모살제'로 말년에는 모든 실적이 부정되었다.

그의 외치는 난세를 이겨나가는 지혜로운 선택이었다. 명과 후금 사이에서 이 풀도 뜯어먹고, 저 풀도 뜯어먹는 균형외교·실리외교는 대국 사이에 낀 조선이 헤쳐나갈 진로였다. 실제로 이 외교정책은 전쟁의 불안을 잠재우는데 큰 힘이 되어주었다. 그러나 사대부는 관행적으로 이어져온 기계적인 사대 친명(親明)에 기대 그의 외교정책을 부정했다. 명을 벗어나면 당장 나라가 거덜나는 것으로 아는 구세력은 일찍이 후금의 판세를 읽고 장만·정충신을 차례로 사신단을 꾸려 후금으로 보내 국경선을 안정시키고 침략에 대비한 것을 인정하지 않았던 것이다. 다른 것은 몰라도 대국을 거역하는 태도는 왕이라도 버텨내기 힘들었다. 대국을 기대 저항하는 세력을 견제하기란 사실상 그에게 지렛대가 없는 것이다. 부모국을 거역하는 대역죄인이라는 낙인이 찍힐 뿐이었다.

광해의 친금 외교는 지지기반이었던 대북파(정인홍 이이첨)로부터도 거부당했다. 이익 때문에 나뉘었을 뿐, 그들도 구세력인 것은 마찬가지였다. 대외정책을 둘러싸고 이렇게 집권파인 대북파와의 공조마저 깨지자 그의 힘은 극도로 약화되었고, 훈련도감의 수장까지 반정군에 가담하는 지경에 이르렀다. 실리 위주의 대외정책과 내치에서의 업적에도 불구하고 광해는 결국 붕당의 갈등을 조절하고 이끄는 역할을 제대로 수행하지 못한 관계로 비참하게 무너지고 말았다. 그중 동방예의지국의 기본 도리인 어미를 폐서인으로 삼으니 불효막심한 패륜이 되었다. 계모지만 어미는 어미인 것이다.

정권이 무너지자 아니나 다를까 맨먼저 발분한 사람이 폐서인당한 인목대비였다.

"저 독사 같은 인간을 당장 목을 쳐라!"

그러나 반대하고 나선 사람이 영의정을 네 번 역임한 이원익(李元翼, 1547~1634)이었다. 그는 영의정 재임시절 광해군이 난폭해지자 신변의 위험을 무릅쓰고 대비에 대한 효도, 형제간의 우애, 국가 재정의 검약 등을 간언하고, 임해군의 처형에 극력 반대하다 실현되지 못하자 병을 이유로 고향으로 내려간 사람이었다.

"죽이는 일은 안 되옵니다."

"저 자를 죽이지 않으면 어떻게 국가기강이 선단 말이오?"

폐서인이 되었던 인목대비는 복수심에 떨었다.

"마마, 광해군을 죽여서 국가기상이 서는 것이 아닙니다. 선정으로 복수해야지요. 광해를 친다면 저 자신도 광해의 밑에서 영의정을 지냈으니 저 역시 마땅히 죽어야 합니다. 그는 가족에게 참으로 얼음과 같이 차가운 사람이었으나, 압록강의 얼음을 녹여 외교를 틈으로써 국가의 안정을 꾀한 업적 또한 크옵니다."

과시할 줄 모르고 성정 또한 어진 이원익의 간청에 따라 광해는 죽음을 면하고 제주— 강화도 유배생활을 했다. 대신 그의 아내, 아들 둘과 며느리들이 모조리 죽음을 당했다. 대북파의 영수 정인홍과 이이첨을 비롯해 유희분 유몽인 이위경 등 수십 명이 참수되고, 추종자 200여 명 또한 처형되거나 유배되었다.

반정에 공을 세운 이귀 김류 김자점 이서 심기원 신경진 이괄 최명길 이흥립 심명세 구굉 이시백 등 33명은 세 부류로 나누어 정사공신(靖社功臣)의 공훈을 받고 권좌의 요직을 차지했다. 그러나 논공행상이 공평하지 못하다 해서 들고 일어난 사람이 있었다.

"아니, 기회주의자가 일등공신이 되는 법이 있나? 반정 당시 집에서 벌벌 떨다가 판이 유리하게 돌아가니까 뒤늦게 등장한 사람이 1등공신이 되고, 죽음을 무릅쓰고 앞장서서 군대를 지휘했던 사람이 2등공신이 되는 공훈법이 어디 있냐고! 이런 개좆같은 대접받으려고 목숨걸고 칼에 피를 묻혔단 말이냐?"

이괄이었다. 그는 김류를 빗대어 이렇게 비난했지만 김류로 말하면 능양군을 왕으로 추천한, 요즘 식으로 말하면 킹메이커다. 이런 거물을 출병을 미적거렸다고 인간 취급을 안 했으니 자기 죽을 꾀를 낸 셈이었다. 인조는 그런 이괄을 크게 나무라지는 않았다.

"과인에 대한 충성도를 의심할 여지가 없는 사람이다. 거친 성격을 다스리면 어디에 중용해도 쓰임새가 있지. 영민하고 과단성이 있지 않은가."

왕은 그를 한성판윤 겸 좌포도대장으로 임명했다. 왕실인 육조에서 복무하는 것은 아니지만 한성판윤도 결코 낮은 벼슬이 아니었다. 그러나 이괄은 이등공신에 대한 대접이 두고두고 억울하고 분통터졌다. 중신들이 그를 경계하자 이를 뿌드득 갈았다.

"함경도 군사들까지 끌고 와서 판을 엎어주니 날 엿먹였다 이거지? 곧 죽어도 그렇게는 안 당하지. 나를 모함한 새끼들을 봐버릴 거야."

복수심은 감춰야 빛이 난다. 상대방이 안심하고 긴장을 풀 때 단숨에 먹통을 따버려야 하는데, 가는 곳마다 방방 뜨니 김류, 이귀 등 서인 공신들이 이에 대비하는 것은 물론 오히려 역공 기회를 노리고 있었다.

"저런 자에게 칼을 쥐어주면 어떡하나. 칼춤 면허장을 내준 셈이지. 저런 놈에게 좌포도대장이라니, 이러다 우리 다 죽는다."

이괄의 성질대로라면 그들 모가지가 언제 탱자 열매처럼 떨어져 나갈지 몰랐다. 그런 어느 날, 이괄은 부원수 겸 평안병사로 발령이 났다. 이서 김류가 선수를 친 것이었다. 아무리 기고 나는 장수라 해도 보직이 바뀌고, 휘하 병사를 지휘할 명령권이 사라지면 허수아비나 다름없다.

평안도 영변에 머문 도원수 장만은 노구에 눈병을 앓아 시력을 거의 잃은 상태였다. 그래서 조정은 후금이 침입할 우려가 있다고 하는 명분과 함께 도원수 장만의 안질(眼疾)을 구실삼아 이괄을 부원수 겸 평안병사로 임명해 쫓아버렸다. 왕은 멀리 떠나는 그를 향해 말했다.

"그대의 용맹성이야말로 변경을 지키는 듬직한 보루로다. 의주에 나가있는 정충신 병마좌우후와 함께 국경을 단단히 지킬 것을 명하노라."

그리고 노잣돈까지 풍부하게 내렸다. 골칫거리는 이렇게 눈에 안 보이는 곳에 쳐박아버려야 안심이 된다. 이괄이 제 성질 못이겨 홧김에 사표라도 내던지면 더 좋다. 재빨리 수리해버리면 되는 것이다. 그가 아니어도 나라를 지키는 장수는 숱하게 깔렸다.

이때 조정은 하나는 보고, 다른 하나를 못 보는 중대한 실책을 범했다. 이괄이 불만을 폭발시킬 절호의 기회를 맞은 것이다. 군사를 길러 치자, 정변을 일으키자… 달리는 말에 바람까지 실어준 꼴이었다. 이괄은 어느 날 의주땅에서 병마좌우후로 복무 중인 정충신을 찾았다.

"어이, 병마좌우후, 당신은 누구 편이오?"

두 사람은 강계 쪽으로 난 삼림 속 주막에 들었다. 조를 재료로 해서 만든 독한 밀주를 연거푸 마셨다. 금방 산에서 잡아온 푸짐한 멧돼지 고기가 술맛을 당겼다. 새하얀 피부의 강계미인이 옆에서 술시중을 드니 기분이 났다.

"내가 누구 편이라니? 후금 편이라도 든다고 생각하나?"

"그것 말고, 조정 새끼들 중 누구 편이냐고?"

"이 사람아, 조정 누구 편이 아니라 난 조선 편이야."

"그런 얘긴 말고, 중앙 요로의 누구 줄을 잡았냐니까. 병마좌우후 벼슬이 저절로 되는 줄 아는가?"

"난 누구에게 자리 봐달라고 손 써본 적이 없어. 일하다 봉게 그런 자리가 주어졌제."

"일하다 봉게? 그거 어디 말이요?"

"내 고향 전라도 말이여. 군인으로서 앞만 보고 뚜벅뚜벅 걸어가니 자리가 주어졌더라는 것이지."

"정 형, 나한테 군사 오십만 빌려주소."

정충신은 시건방을 떠는 이괄을 술로 맞대거리하고는 있었지만 불쾌했다. 나이도 열 살이나 아래인 것이 웃 벼슬 달고 나타나더니 자신을 깔아뭉개고 거드름을 피는 것이다. 그가 거듭 독촉했다.

"군사 줄 거야, 안 줄 거야?"

"니가 컸으면 얼마나 컸다고, 반말이냐. 니가 함경도병마절도사로 가면서는 나한티 형이라고 존경한다고 했냐, 안 했냐? 한양 한번 갔다 오더니 쪼만한 것이 부원수 땄다고 웃사람으로 굴어? 이런 못된 놈의 새끼, 인간이 되어야제. 그런 놈한티 군사 한 명이라도 주겠냐?"

"부원수를 막대기 취급하네?"

"너 어따 대고 반말이고, 명령이냐."

당장 주먹이 날아가 이괄의 전투모를 날려버렸다.

"아따, 형님 왜 그러시오. 좋은 일 도모하자고 한 걸 가지고. 형님이 내 편인 줄 알았는데….."

"좋은 일 도모하자고 하면 공손해야제. 무슨 일이여?"

"엎어버려야지요!"

"뭘 엎어? 뭣 땀시?"

"재주는 곰이 넘고, 돈은 뙤놈이 가져가버렸소."

"그런 거 한두 번 겪나?"

그런데 이괄의 말은 엉뚱했다.

"반정 정사공신 33인 중 공훈이 3등급으로 나뉘는데, 내가 2등급이란 말이오. 화날 일 아니오?"

"화날 일?"

정충신은 이괄이 반정 봉기 시 함경도 군사를 진두지휘해 창의문과 창덕궁을 단숨에 점령하고, 궁궐을 쓸어버렸다는 것을 알고 있었다. 그의 용맹이 아니었다면 궁궐 수비대를 꺾지 못했을 것이다.

"그런 내가 일등공신이 되지 못하고 이등공신이 되었단 말이오. 이것 엎어버려야 하는 것 아니오?"

"그것 때문에 군사 오십을 달라고 했던 거여?"

"그렇지요. 그러면 형님도 역성혁명의 일등공훈자가 되지요. 우리가 한번 엎어서 우리 세상을 만들어봅시다. 한번 해보니 별 것 아닙니다. 우리가 원하는 세상을 만들어보자고요."

"그러니까 반정의 공훈으로 보자면 이괄 부원수가 일등공신이 되어야 하는데 사대부들의 협잡 때문에 이등공신으로 격하되었다, 그 말이제? 그래서 엎어버리자?"

"그렇소."

"에라이 못난 새끼. 그따위 것 가지고 혁명을 하자고?"

정충신이 단번에 술상을 박차고 자리에서 일어났다.

"형님, 왜 그러시오."

"쪼잔한 새끼이구먼. 그런 명분으로 나라를 엎자고? 그건 명분도 아니여. 자기 잇속 챙기자는 행패지. 나 실망했네. 이괄의 배창시가 고렇게 좁은 줄 몰랐네. 사나이 대장부가 천하를 엎을라면 명분과 대의가 있어야 하는디, 고작 이등공신이 된 것이 분해서 나라를 엎자? 에라이 못된 인간. 고 반반한 쌍판대기가 미안하지도 않나? 나는 그렇게는 못해. 일등공신이면 어떻고, 이등공신이면 어떤가. 사대부 중신들의 농간을 그딴 식으로 대응하면 결코 그자들을 타고 넘을 수 없어."

"이리 돌려치나, 저리 돌려지나 치는 건 매한가지 아니오. 좌우지간 때려엎어서 사람 사는 세상을 만듭시다."

"좋은 세상 만든다고 해도 그런 것으로는 안 된당게. 나 가네. 술값은 부원수가 내게."

그는 그 길로 도포자락을 한껏 제치고 주막을 나섰다. 이괄은 뒤따라 나서려다 말고 다시 술방에 주저앉았다. 그가 기생에게 말했다.

"이름이 애생이라고 했겠다?"

"네. 애생이옵고, 열여덟이옵니다."

"너는 나를 따라가야 한다. 영변대도호부로 가자. 안 따라오면 너를 죽이고 가겠다."

이괄은 거사 모의를 안 이상 애생이를 그대로 둘 수 없다고 생각했다. 거사를 치르기 전까지는 그녀 입을 봉해야 하고, 그러기 위해서는 그의 진영으로 데리고 가 첩실로 앉혀야 했다.

정충신은 진영으로 돌아오면서도 이괄에게 실망을 해서 스스로 화가 치밀었다. 틀도 괜찮고, 집안 좋고, 머리도 좋고, 용맹성도 있는데, 이기적이고 독단적이다. 도대체 배우고 익힌 것이 고작 그 정도 그릇이란 말인가. 이괄은 선조 말기 10대 때 관직에 올라 선전관부터 목사까지 높은 직책을 오갔다. 집안 좋고 관운도 좋아서 정충신보다 나이가 한참 아래였지만 지금은 그의 위의 벼슬을 차지하고 있었다.

좋은 환경에서 어려움 없이 자란 것이 독불장군에 비타협적이고 오만한 품성을 낳았을까. 부모의 재산을 물려받거나 출세한 부모의 후광으로 인생 편하게 살아가는 자의 전형적인 모습이었다. 그러니 자수성가한 사람들, 집안의 후원도 없고, 연줄도 없이 오직 맨땅에 박치기하며 살아온 무지랭이 출신들에게 그는 얄밉고 괘씸한 대상이었다.

어느 날 정충신 진영에 여인이 찾아왔다. 곱게 차려입은 옷에 더해 미모가 출중한 여자였다.

"장군 애생이옵니다."

객주집의 기생 애생이었다.

"무슨 일인가."

"영감이 심부름 보내서 왔나이다."

애생이 가마에서 커다란 궤짝 세 개를 내렸다.

"산삼뿌리와 녹용이옵니다. 영감이 선물로 보낸 것입니다. 여기 편지도 있사옵니다."

애생이 옷소매에서 서찰을 꺼냈다.

서찰에는 다음과 같이 씌어 있었다.

― 정 병마좌우후의 깊은 뜻을 알았소이다. 내 말에 선뜻 동의하지 않으면서도 조정에 고변하지 않은 것을 보면 참으로 의리가 있다고 생각했소이다. 비밀은 무덤까지 가지고 가겠다는 침묵은 과연 장수로서의 품성을 지녔소이다. 인조반정 후의 논공행상은 정 좌우후가 아시는 바와 같고, 관직도 모두 정사공신들이 독식했습니다. 병조판서에 김류, 이조판서에 이귀, 호조판서에 이서, 공조판서에 이홍립, 평안감사에 김신국을 임명했습니다. 나는 한성판윤 겸 좌포도대장에 임명되었으나 또다시 외직인 변방 부원수로 쫓겨났습니다. 반정에 참가한 내 아들 전도 논공에서 제외되고, 아우 수 역시 누구보다 적극적으로 반정에 참여했는데 벼슬자리에 등용되지 못했습니다. 내 공훈은 김류의 아들 김경징보다 아래급이올시다. 내가 외직인 변방 부원수로 영변으로 물러난 것도 다른 자와 나 두 사람이 천거되었는데 장만 도원수가 나를 선택해서 온 것일 뿐, 나를 선택하지 않았으면 그 직마저 날아갈 뻔했습니다. 긴히 할 말은 서찰에 다 옮길 수는 없고, 저간의 사정을 참고로 말씀드리는 것이며, 별도로 협의할 시간과 장소를 알려주면 지체없이 달려가겠습니다. 형님을 믿습니다.

마지막에 '형님'이라고 각별히 사정(私情)까지 담았다. 편지를 다 읽은 정충신은 그 자리에서 편지를 불에 태웠다. 놀라는 애생이를 향해 정충신이 말했다.

"나는 편지를 안 읽은 것이다. 어서 돌아가거라."

"아니옵니다. 답신을 받아오라고 하셨습니다."

"내가 금명간 찾는다고 하여라. 편리한 시간에 가겠다."

정충신은 애생이를 돌려보내고, 방 안을 서성거렸다. 서찰을 보면, 일견 동정이 안 가는 것은 아니었다. 본인은 물론 자식들까지 불이익을 당했다면 이것은 필경 보복성 인사다. 건방지고 우쭐대도 수훈갑은 수훈갑인데, 너무 일방적으로 몰려서 이 지경에까지 이르렀다. 괘씸죄가 그렇게 큰가?

저녁 무렵 전령이 커다란 봉투를 가지고 말을 달려왔다.

"난리 통에 미처 챙기지 못하였습니다."

대형봉투에는 사령장(辭令狀)이 들어 있었다. 정충신을 안주목사 겸 방어사로 임명한다는 발령장이었다. 반정의 회오리 속에 조정이 어수선한 가운데 임명장이 한동안 왕실의 구석에 처박혀 있다가 궁중이 수습되자 뒤늦게 가져온 것이었다. 편지에는 임명 사유가 적혀 있었다.

정충신이 북방 경비는 물론 후금과의 관계를 원만히 꾸려 변경의 백성들이 편안하게 살게 되었다는 점, 명과 후금과의 외교를 전관(專管: 전속 관할)하는 권설직(權設職: 임시로 부여된 직책)이지만, 차질없이 매우 공평하게 정사를 폈고, 압록강변의 여러 고을을 정례적으로 순찰하며 치안과 경비태세를 책임있게 수행하고, 한편으로 백성들의 민원을 빠짐없이 해결한 공로가 크기 때문에 영전시킨다는 것이었다. 포상으로 표리(表裏: 임금이 하사하는 옷의 겉감과 안감)도 내렸다.

안주는 평양이 가깝고, 팔도도원수가 있는 영변은 바로 이웃이다. 그러니 이괄과는 지척지간에 있는 것이다.

정충신은 부임인사차 대궐로 들어가 새 임금 인조에게 인사하고 각 대신, 중신, 장신(將臣)들을 찾아 인사를 다녔다. 모두들 전례대로 잘 복무하라고 의례적으로 격려했지만 이조판서 이귀가 유독 그를 반가이 맞았다.

"내 술 한잔 받고 떠나시오."

이귀는 퇴청하자마자 정충신을 자신의 사랑방으로 불러들였다. 곧바로 술상이 차려졌는데, 진수성찬은 아니지만 정갈하게 음식이 나오고 집에서 빚은 청주가 독이 찰랑거릴 정도도 가득 담겨 들어왔다.

"여보게, 정 장수. 나는 백사(이항복) 상공(相公: 재상의 높임 말)의 문인이라 백사 문하생인 자네가 반가웠네. 상감의 특지(特旨: 임금의 특별한 지시)로 등용된 것이 또 반가워서 한 잔 하자고 한 것일세. 백사 상을 잘 치르고, 또 가족이 아니면서도 가족 이상으로 3년간 시묘살이를 한 것을 보고 마음으로부터 감복했다네. 그래서 그 고마운 마음을 전달하기 위해 한잔 하자고 했으니 마음껏 드시게."

그러면서 다음과 같이 말하는 것이었다.

"무신을 간성(干城)이라 하는 것은 오랑캐의 침입만 방위하라는 것이 아니라 입출입하는 사람도 지키는 것이 간성이라네. 특히 나가는 자를 잘 살펴야 할 거야. 목을 잘 지켜야 하거든."

정충신이 안주목사 겸 방어사로 임명된 전차를 비로소 알 수 있었다. 이괄이 후금과 내통하는 것을 그의 턱밑에서 감시하라는 뜻이었다. 그러나 이괄과는 의주 행재소에서부터 가깝게 지내온 친구 사이다. 그런 그를 감시한다는 것이 도리에 어긋난다고 보았다. 사석에서는 형 동생 하며 대작하지 않았던가. 그리고 그는 그가 꾸미는 모의를 어느 정도 눈치채고 있었다.

"무슨 뜻인지 알 것이렷다?"

이귀가 지긋이 바라보며 정충신의 동정을 살폈다.

"말씀하신 뜻이 무엇인지 알겠습니다. 방략을 세우라는 하명으로 받들겠습니다."

인조반정 논공행상이 공평하지 못하다는 것은 알려진 사실이었다. 반정을 계기로 정인홍, 이이첨 등 대북파를 몰아내고 정권을 잡은 서인은 반정에 주도적으로 참여한 공신 세력과 이를 관망하던 세력으로 나뉘었다. 공신 세력을 훈서(勳西) 또는 공서(功西)라고 했고, 관망파를 청서(淸西)라고 했다. 공서 또는 훈서파의 영수는 김류였으며, 관망파인 청서파의 거두는 김상헌이었다. 훈서와 청서로 갈린 두 파는 다시 훈서는 노서(老西), 청서는 소서(少西)로 분파되었다. 훈서와 공서, 훈서와 청서, 그리고 노서와 소서, 이렇게 갈라진 서인 세력은 갈수록 사분오열되었다.

문제는 같은 집권 세력인데도 분파 과정을 겪으며 반목이 극심했다는 점이다. 같은 파인 훈서와 공서 사이에도 자리를 놓고 갈등이 심했다. 훈서는 정사공신의 훈호(勳號)를 받은 33인 중심이고, 공서는 훈호를 받지 않았지만 인조반정의 성공을 위해 막대기라도 든 사람들이다.

어느 날 훈서의 김류가 친구인 옛 북인의 비주류 소북(小北) 출신 남이공을 대사헌에 앉히려 하자 서인들 중 소장파인 응교 박정, 부응교 유백증, 교리 나만갑이 들고 일어나고, 이조판서 이귀가 이들 편을 들었다. 김류의 독주가 심하다는 것이 이귀의 생각이었다. 이들 소장파는 소서(少西)가 되고, 이들과 맞선 노장파 노서에는 김류와 그 아들 김경징, 신흠, 오윤겸, 김상용이 가세했다.

북인 세력을 물리친 것까지는 좋지만 이제는 자기들끼리 이렇게 서로 이 패, 저 패로 나뉘어 피터지는 싸움을 벌이니 나라 살림은 엉망이었고, 외세의 동향은 더더구나 살필 수 없었다. 파벌끼리 트집 잡아 맞대거리하며 싸우는 것으로 세월을 허송하는데, 그중 자리를 가지고 으르렁거렸으니, 말하자면 반정을 일으킨 것이 단순히 자리를 얻기 위한 다툼으로 변질되어버린 꼴이었다. 어떤 이상을 실현하고, 개혁을 실천하겠다는 의지는 찾아볼 수 없었다.

이런 과정에서 이괄이 영변으로 쫓겨났다. 이괄은 도성을 빠져나오면서 "내년에 가서도 니놈이 공훈으로 그 자리에 있나 보자"하고 김류를 향해 이를 뿌드득 갈았다. 김류는 눈엣가시가 눈에 보이지 않는 것만으로도 후장이 시원할 정도였다.

이귀는 이괄이 복수의 칼을 품고 영변으로 떠나는 것을 눈치 챘지만 김류에게 귀띔해주지 않았다. 경쟁의식과 견제심이 작동한 것이었다. 공훈이 크게 없는데도 김류는 그 아들까지 1등공신에 집어넣은 것이 못마땅하다고 여겨온 터였다. 이런 때 심증만으로 이괄을 고변하면 또 피를 부르는 싸움이 벌어질 것이다. 그래서 그는 임금에게 나아가 이렇게 간언했다.

"안주목사 겸 방어사로 정충신 병마좌우후를 추천하나이다."

"그럴 만한 일이 있는가?"

"반정을 일으키기까지 정충신 병마좌우후는 북방 변경을 끄떡없이 지켰나이다. 군인으로서 정치에 절대 중립을 지키면서 나라의 간성으로서 역할을 다했나이다. 어찌 궁궐의 정사공신만이 업적을 남길 수 있었다고 하겠나이까. 궁궐에서 난리가 난 것을 적이 알았다면, 이것을 기화로 왕실을 쓸어버렸을지도 모릅니다. 이때 정충신이 튼튼하게 국경을 지켰나이다."

"맞는 말이오. 정충신 병마좌우후의 노고를 영전으로 치하하시오. 이판의 간언대로 정충신을 안주목사로 보내시오."

이귀는 이괄이 후금과 내통할 길이 우려되었다. 그래서 이괄의 바로 턱밑에서 그의 일거수 일투족을 감시할 필요가 있었다. 같은 백사 문하의 정충신이 중책을 맡아 그를 지키며 공을 세우면 백사공파의 득세도 기대해 볼 만하다고 그는 판단하고 있었다.

정충신이 안주목사 명을 받고 궁궐에 들어가 취임 인사를 하고 한양을 떠난 지 엿새 만에 대동강 나루터에 당도했다. 어떻게 알았는지 나루터를 관장하는 진도별장(津渡別將)과 사공들, 인근 마을의 백성들이 강변으로 몰려나와서 정충신을 환영했다.

"정충신 나리는 임진왜란 난리통에 그 무도한 중국 사신을 방포세 방으로 쫓아 우리 평안도 백성을 평화롭게 살게 해 준 영웅이시오. 선사포 첨사 때 중국의 해적 무리를 소지하듯 깨끗이 쓸어버렸습니다. 사또가 우리 평안도에 오시니 어찌 태평세월이 아니온다 하겠습니까."

"의주에서처럼 선정을 베풀어 주시옵소서."

정충신이 탄 말 앞에 넙죽 엎드려 절하는 백성도 있었다. 정충신은 점잖게 머리를 끄덕이며 평안감영으로 향했다. 근엄하고 자애스런 모습이 어진 장수다운 풍모였다.

평양감영에 이르니 군교(軍校), 감영의 관속인 영리(營吏)들이 나와 정충신을 맞았다. 정충신의 말이 사열대를 지나자 도열한 기라병들이 뉘었던 깃발을 차례대로 번쩍 올리며 기세를 올렸다. 임금의 행차 못지 않은 요란한 환영식이었다. 평양감영의 권위를 세우는 의식 절차인 것이다.

선화당 삼문 앞에서 평안감사에게 "안주목사 정충신 부임인사 아뢰오!" 하고 보고하자 병방, 비장이 쪼르르 나와 두 손을 모아쥐고 머리를 조아리며 군례(軍禮)를 취했다.

평안감사가 연광정에서 환영연을 베푸는데 온갖 산해진미가 잔칫상에 올랐다. 정충신은 군 체제상 상급자인 도원수 부원수에게 인사하러 가야 했기 때문에 인사치례로 몇 술 뜨고, 그 길로 영변으로 말을 달렸다. 도원수 장만은 눈병으로 사실상 은퇴해 집에서 치료 중이고, 군사 실무는 부원수가 전담하고 있었다.

영문(營門)으로 들어가 집사에게 "안주방어사 정충신이 부임 신고 차 왔다."고 전했다. 집사가 안으로 들어간 지 한참이 지났는데도 나오지 않았다. 정충신이 이상하게 생각하며 영문 밖에 서있는데 삼문 중 중문이 활짝 열리면서 부원수가 급히 나왔다.

"어서 오시오. 반갑소이다."

"아니, 이괄 부원수 나리, 병방을 시켜 들어오라 전해도 하관(下官)으로서 영광인데, 체통을 무시하고 이렇게 손수 나오면 어떡합니까. 휘하 장수로서 감당치 못하겠소."

정충신이 깜짝 놀랐다. 사석이라면 모르지만 엄격한 군율이 적용되는 공적인 군문에서 이것은 너무도 파격적이다. 주변 병방들도 놀라기는 마찬가지였다. 이렇게 달려와 부하를 환대하는 것은 금시초문인 것이다. 정충신은 속으로 '연평 이귀 이판의 암시와 같이 이괄이 딴마음을 먹고 있는 게 분명하구나.'하고 생각했다. 딴마음을 제3자로부터도 확인하니 왠지 몸이 오싹, 긴장되었다. 이괄이 만면에 웃음을 지으면서 말했다.

"계급상 격식이 있을 수 있으나 만운(정충신의 호) 같은 영걸, 출중한 장수는 버선발로 달려나와 환영해도 부족하지요. 그렇게 해도 군례에서 벗어난다고 하지 않을 것이며, 오히려 선배를 알아본다는 치하를 들을 것입니다."

곁에 부하들이 있어선지 그는 딴청을 부리며 한껏 정충신을 치켜세웠다. 그래야 자기의 과한 행동의 합리성이 주어질 것이다. 정충신은 이괄을 따라 운주헌(運籌軒)으로 들어가서 한 계단 아래 서고, 이괄이 올라가기를 기다려 공손히 절하였다. 이괄이 황망히 답례하며"이거 무슨 망령이오. 내가 상관으로 모실 판인데…" 하며 그를 끌어올렸다.

이괄이 색리(色吏: 군문의 연회 담당 아전)를 불러 "운주헌에 특별히 연회석을 준비하고, 악공과 기생을 대령시키렸다!" 하고 명했다.

"네이."

색리가 대답하고 일사천리로 연회를 준비했다. 정충신은 운주헌의 전망 좋은 곳에 앉아서 눈 앞의 약산를 바라보았다. 산이 부드럽고 아름다웠다. 한참 후 통인(通引)이 와서 "연회석으로 가시지요." 하고 아뢰었다. 통인이라면 정충신이 소년시절 광주 목영에서 가졌던 벼슬이다. 감회가 어려 그를 유심히 살피는데 통인은 나이가 들어보였다.

술잔이 몇 순배 돌자 두 사람은 적당히 취했다. 의전병들이 나타나 군용(軍容)을 뽐냈다. 이괄이 우렁찬 목소리로 좌우 병방, 비장들을 불러 군마(軍馬)의 점고령(點考令)을 내렸다. 문밖에서 취타 소리가 나고, 금고(金鼓: 쇠북)가 세 번 울렸다. 우후(부관)가 군장에 영기(令旗)를 달고 커다란 말을 타고 뜰에 나와 대령하고, 도열한 천총, 파총, 초관(哨官), 기사장(騎士將), 별군관이 일시에 "에— 이, 안주방어사 만세!" 하고 외쳤다.

이괄이 의젓한 자세로 정충신에게 말했다.

"만운 방어사 어른, 내가 점고령을 내렸습니다. 같이 말을 타고 점고(군대 사열)를 합시다."

군례상 하는 행사지만 방어사에게 내린 것 치고는 과분한 행차였다. 이괄은 확실하게 군을 장악하고, 어떤 군령을 내리더라도 휘하 병관들이 어김없이 따른다는 점을 과시하고 싶었다. 그는 군 장악력을 방략과 전략으로써 확실히 보여주고 있었다.

"하관(下官)도 말을 타고 왔으니 내 말로 점고하겠소이다."

정충신의 애마는 후금의 다이샨이 선물한 호마로서 명마였다. 이괄이 껄껄 웃으며 답했다.

"장수는 이렇게 모든 것이 완비되어야 하지요. 빈틈없는 정충신 장수께 진심으로 존경의 마음을 올립니다."

그가 군문 밖으로 나서며 손수 영기를 장졸로부터 받아 흔드니 도열한 모든 장령(將領)들이 환호했다. 우후가 마상에서 또 다른 영기를 흔들어 신호하며 신고했다.

"이괄 부원수 휘하 마보군(馬步軍)의 총수가 1만 2천584명이오!"

이괄이 명령했다.

"마보군은 각대(各隊)로 나누어라!"

군령이 떨어지자 천총은 1000명씩 분열하고, 그 분열에서 또 각초(各哨: 소대 및 중대병력) 별로 나누어 진(대오)을 세웠다. 군기가 엄숙하고 나태함을 찾아볼 수 없었다. 정충신은 속으로 '과연 이 사람이 결기를 세웠구나.'하고 거듭 생각했다. 이괄이 다시 명령했다.

"보군은 물러가고 마군은 우리를 따르라!"

이괄이 쏜살같이 군마를 몰았다. 술에 취해 있었지만 그는 언제 술을 마셨느냐는 듯이 호기롭게 말을 달려 동대(東臺)로 향했다. 마군 천총과 기사장과 마군 수백 명이 그의 뒤를 따랐다. 기병 출병인지라 모랫바람이 뿌옇게 일었다. 이괄은 정충신 앞에서 기세를 보이려는 것이 역력했다.

그러나 정충신의 말은 그들의 말보다 성능이 훨씬 우수했다. 산시성에서 명마로 키운 말을 선물로 받은지라 한번 달리면 어떤 말도 제압했다. 정충신이 말 궁둥이를 걷어차자 말도 이미 경쟁자를 의식한 듯 한달음에 달리는데 금방 기사장과 천총의 말을 제쳤다. 동대에 이르러 되돌아올 때 이괄의 말을 따라잡았다.

숨을 쌕쌕거리던 이괄의 말이 주력을 늦추는 듯하자 이괄이 연신 말의 궁둥이를 발로 차고 채찍으로 갈겼다. 그러나 정충신의 애마를 당할 수는 없었다. 정충신이 이괄의 말과 보폭을 같이하며 달렸다. 그의 체면을 살려주어야 하는 것이다. 이괄이 거칠게 숨을 내쉬면서도 말을 건넸다.

"정 방어사, 대장부가 세상에서 공명을 세우고 있음을 후세에 전하려 하는 것이 남자의 보람인데, 나는 풍운아처럼 영변 골짜기에 파묻히게 되었소. 옛사람이 말하기를 세상에 뜻을 이루지 못하고 죽는 사람이 십중팔구라는 말이 있는데, 나를 두고 한 말인 것 같소. 답답하지 않소?"

"무슨 말씀을 그렇게 하시오. 그만하면 되었소. 천하의 이괄 장수요."

"이번 반정 의거할 때 장단 군졸 5백명으로 한 나라를 얻은 것을 보면 내 수하 병사는 1만 2천5백이오. 중원(중국대륙)은 못가도 이 나라 삼천리 강산은 쥐락펴락할 수 있지요. 형님도 이 판국에 기운을 내보면 어떻습니까."

거사를 위해 힘을 합하자는 말이리라. 쥐락펴락 한다는 뜻은 금방 군사를 끌고 도성으로 쳐들어갈 수 있는 힘이 있다는 뜻이기도 하리라.

"이 부원수, 중원이라면 나도 참여하겠소. 그런 큰 야망이라면 힘을 보탤 수 있지. 우리가 할 수만 있다면 어떤 일이든지 못하겠소? 하지만 삼천리 금수강산을 밟겠다는 것은 명분이 있어야 하오. 도성으로의 회군은 적을 침략하는 것보다 훨씬 엄숙한 도덕성의 자가 필요한 법이오."

단순히 인사상의 문제로 거사하겠다는 것이 맞지 않다고 정충신은 생각하고 있었다.

"아니, 형님, 그보다 다른 명분이 어디 있소? 대장부는 모두 자기 영달과 성공을 위해 한세상 주무르겠다는 것 아니오. 주지육림에 빠지는 혼군과 난군이 없는 것은 아니지만. 권력을 잡아 나라를 위해, 백성을 위해 한번 생사를 거는 것도 괜찮지 않잖소?"

그는 노골적으로 말했다. 어떻게든 정충신을 끌어들일 심산이었다. 정충신은 운주헌 연회석으로 돌아온 뒤 취중에 말달리기에 지친 사람처럼 칼을 내던지고 풀밭에 쓰러졌다.

"이 부원수, 여기서는 상관과 하관(下官)의 신분이올시다. 하관이 술이 취해서 천지 분간이 안 되는구려."

그리고 울타리에 다가가 소변을 보았다. 관기들이 이 광경을 지켜보고 킥킥거렸다. 이괄이 꾸중을 하면서 말했다.

"정 장수는 비싼 몸이다. 정 장수 몸을 가까이 하려면 너희들이 은냥 열닷냥을 내야 한다. 내가 열닷냥과 너희들 화장값으로 은 열닷냥을 더 줄테니 저 어른 유혹해보아라."

이괄이 말하자 애첩 애생이가 이괄에게 곁눈질했다. 무도하게 나가서는 안 된다는 뜻이다. 그만큼 애생이는 법도를 지키는 기생이었다. 정충신은 이미 코를 골고 있었다.

"만운 같은 영걸도 술에는 방법이 없군."

해가 저물 무렵 이괄이 정충신을 부축해 관사의 숙소로 옮겼다. 정충신은 계속 취한 체했다.

"이러다 노독(路毒)으로 병이 나면 어쩐다? 큰일일세."

그는 애생을 불러 타일렀다.

"애생아, 너는 나와 정 방어사와의 관계를 잘 모를 것이다. 우리는 같은 무관으로 내가 계급이 조금 높다고 하지만 옛 친구다. 친구의 불편한 것을 알면 돕는 것이 도리인 법, 네가 나를 모시듯이 정 방어사를 모셔라."

"알겠사옵니다."

"여독을 풀려면 몸으로 풀도록 하여라. 그것만큼 즉방이 없느니라."

"……."

"어떻게든 극진히 모신 다음 부임지로 모시도록 해야 한다. 나로서는 소중한 분이시다."

"하지만 몸까지는…."

"저런, 정 장수는 내 몸과 같은 분이시라니까."

정충신은 더욱 취한 척 잠꼬대까지 하는데, 이괄이 나가고 애생이는 그의 머리맡에 얌전히 앉아 그가 깨기를 기다리고 있었다. 정충신은 취한 척 하는 것이 큰 고역이었지만, 이괄의 진정성을 진정으로 느낄 수 있었다.

정충신이 부스스 눈을 뜨고 자리에서 일어나자 애생이 그의 곁에 바짝 다가앉으며 물었다.

"주인 어른이 잘 모시라고 하셨어요. 어서 옷을 벗으시고 편안하게 자리에 누우셔요."

"주인 어른이 나를 잘 모시라고 하셨다고?"

정충신이 모른 척하고 되물었다.

"네. 이괄 부원수님은 저에게 은혜로운 분이십니다. 소녀의 집안일을 다 챙겨주셨나이다. 아비가 본래는 재산이 있는 집이었으나 원님과 다투다 맞아서 병신이 되었습니다. 항의하던 오빠는 맞아죽었구요. 그 사정을 안 부원수 나리께서 그 원님을 데려다가 반 죽여놓고, 재산을 다시 빼앗아 돌려주었나이다. 그러니 부원수 말씀이라면 소녀는 죽으라는 것만 빼고 다 받잡고 따를 생각이옵니다."

"고마운 일이다. 부원수 어른이 나와 객주집에서 술 한잔 할 때, 네가 술시중을 들고, 역모를 꾸민다는 말을 들었을 것이다."

"그렇사옵니다."

"그래서 너를 죽여야만 되었느니라. 기밀을 누설하면 부원수 목이 달아나니 그것을 방지하기 위해서는 너의 목숨을 빼앗든지, 아니면 가족으로 들여앉힌 것이다. 알고 있었더냐?"

"알고 있었나이다."

"그러면?"

"소녀는 이괄 장수가 성질이 거칠고 직선적이고, 무서운 면도 있지만 정의롭고 깊은 정이 있는 분이란 걸 알았습니다. 그래서 저는 어른을 따릅니다. 병사들도 그러하실 것입니다. 소녀는 이괄 부원수님에게 어떠한 불리한 일이 있어도 제 목숨 다 바쳐서 모실 것이옵니다."

"그런 네가 나를 위로한다고? 위로한다면 몸으로도 할 것인데, 그것이 옳은 일인가?"

"어르신의 명이니까요."

"그런 명은 따라서는 안 된다. 왜냐하면 남자라는 수컷은 자신이

사랑하는 여자가 남의 품에 안기는 것을 질투하거든. 네가 주인의
명령이라 하더라도 언제 주인의 마음이 돌아설지 모른다. 그럴 때
네가 비참하게 버림을 받을 것이다. 여자는 소유물이 되어서 물건
처럼 왔다갔다 할 뿐, 네 의지대로 되는 것이 아니거든. 제도가 그렇
고, 법도가 그러니 여자들이 참으로 불이익을 당하는 것이다. 네가
억울하게 당하는 것을 어찌 내가 볼 수 있겠느냐. 그러니 내가 한시
바삐 일어나야 한다. 남자나 여자나 애정 관리에 있어서는 철저해야
하는 법이다."

정충신이 자리에서 일어났다. 그래도 눈치를 채지 못한 순진한 애
생이가 어리둥절한 표정을 지었다.

"잘 있거라."

정충신은 방을 나와 곧바로 이괄의 집무실로 갔다.

"부원수 어른, 지금 떠나겠소이다."

"아니 노독도 풀리지 않았는데. 그래서 객고를 풀 겸 하룻밤 유하
시라고 애첩을 들여보냈는데…."

"어찌 하관이 상관의 애첩을 받겠습니까. 그 마음만은 감읍합니
다. 그리고 참으로 좋은 첩실을 두었습니다. 자태가 고운 것만이 아
니라 마음씨가 명경지수와 같소이다. 그런 첩실을 보고 가는 것만으
로도 하관으로서는 영광입니다."

"한가롭게 첩실을 칭찬하는 것이 뚱딴지 같소이다. 사적으로는 형
이니 우린 대소간의 것들을 나누고, 끝까지 의리를 지키고, 서로 협
력하기로 해야지요."

정충신이 대답 대신 묵직하게 허리를 굽히고 하직 인사를 했다.
그길로 안주 목영(牧營)으로 말을 달렸다. 부임한 날부터 군사를 모
으고 군기(軍器)를 점검하고 부족한 무기를 벌충하며 병영을 보수했

다.

이괄은 힘이 될 것이라 믿었던지 하루가 멀다하게 파발을 붙여 편지를 보내왔다. 정충신은 편지가 오면 읽고는 불에 태웠다. 증거를 없애버려야 했다. 그것은 둘을 위해서 필요한 일이다. 그러나 둘은 서로 볼모가 된 셈이었다. 이괄은 정충신이 거부하면 역적으로 몰리게 되고, 이괄은 정충신이 자기 편지를 매일 받았으니 변이 나면 그것으로 증거가 되어 공모자로 붙잡힐 것이다.

어느 날 이괄은 평양 원수부의 장만 도원수를 찾았다. 장만 도원수는 눈병을 치료한 뒤 어느 정도 갱신할 정도는 되었다.

"도원수 어른, 후금국이 날로 강성해지고 우리나라까지 넘볼 위세이니 국방력 강화를 위해 군사를 더 모아야겠습니다. 모문룡 군대도 안심할 처지가 아닙니다. 군기를 확충 보수하고 무엇보다 군량을 준비해야겠습니다."

장만 도원수로서도 군량을 확보하고 무기를 증강하는 것을 막을 이유가 없었다. 지금 상황은 3국간에 분위기가 묘하게 돌아가고 있다. 후금국이 명나라 턱밑까지 쳐들어간 상태고, 모문룡 군대는 후금을 공격한다고 하지만 가도에 진을 치고 조선국을 넘나들며 명나라 황실과는 독자적 활동을 하고, 후금과는 비밀 교섭을 벌이고 있었다. 모문룡이 명나라에 충성할지, 조선에 붙을지, 후금에 붙을지 불분명한 데다, 후금은 또 명나라를 치기 위해 세를 모으고 있다. 옆구리엔 모문룡이 있고, 꽁무니엔 정권이 바뀐 조선이 있다. 이들 나라를 관리해야 하는 삼중 부담을 안고 있는 것이다.

후금은 광해 재임시절 조선과 우호관계를 맺었다. 정충신이 주청(奏請)사신으로서, 또는 의주 병마좌우후로서 조선과 후금의 통로 역할을 했는데, 조선 조정은 어느 날 명나라 대신 후금국을 따른다는 이유로 인조반정(1623년)을 일으켜 광해를 몰아내고, 외교 방침이 급속도로 다시 친명으로 기울었다. 사대부 중신들은 반정 성공 후, 맨먼저 부르짖은 것이 두 지아비를 배척해 나라를 도탄에 빠뜨린 군주를 철저히 부수는 일이었다.

"임진왜란 시 구원병을 보내줘 끝내 왜군을 물리쳐준 어버이 나라 명나라를 배척한 무도하고 철면피한 광해를 제거하는 것은 백번 옳은 일이다. 백성의 모범을 보여야 할 군왕이 의리, 명분, 원칙을 걷어찼으니 군왕의 자격이 없다. 특히 지 뱃속에서 나온 어미가 아니라고 하더라도 엄연한 국모를 폐서인시킨 난군이자 혼군인 광해를 탄핵해야 나라의 기강이 선다!"

수백 년 이어온 중국 사대주의가 제도화·이념화되어 있는데 요상한 폭군이 들어서더니 등거리 외교랍시고 어버이 나라를 걷어차고, 국모마저 밟아버리니 더 이상 참을 수 없는 것이다. 나라를 위해 국제적 안목이 필요하다는 소수파의 의견도 두 지아비를 부정했다는 명분론에는 무력했다. 개혁적 외교정책, 주체적 국력 기반을 확충하겠다는 임금의 뜻은 그동안 기득권으로 연년세세 특권을 향유해온 사대부의 눈에는 하찮은 것이었다.

이에 후금으로서는 불안하지 않을 수 없었다. 누르하치 지도 아래 그 아들들이 집단지배 체제로 세력을 확장해나가고 있는 후금은 광해가 탄핵되자 갑자기 긴장해져 압록강과 두만강 변경에 군사력을 증강했다. 후금 정규군이 조선의 방어군을 노리고 있었고, 전통적 약탈을 일삼던 오랑캐 무리들도 강을 넘나들며 노략질을 계속했다. 정충신이 평안도 선사포 첨사를 시작으로 국경선인 조산보 만호, 보을하진 첨사, 창주 첨사, 만포진 첨사, 안주방어사로 복무하면서 누르하치의 자식들과 교류를 터 원만히 국경선을 안정시켰던 것과는 완전히 판이한 상황이었다.

정충신이 후금과의 관계를 형제국 이상으로 이끈 것은 무엇보다 누르하치 자식들과의 친목이 큰 역할을 했다. 그들 역시 관시(關係)를 국가운영과 개인우정을 중시하는 덕목으로 삼았다. 이 관시로 그들과의 관계를 도탑게 함으로써 여느때 없이 국경선을 안정시켰던 것인데, 갑작스런 정권교체가 안정 기반을 뒤흔드는 상황이었다. 그래서 조선이 군사방비를 하는 것은 지휘부로서는 당연히 취해야 할 일이었다.

장만 도원수가 이괄 부원수에게 명했다.

"빨리 군사를 모으시오. 그러나 군량 확보에 있어서는 궁궐의 재정 사정이 어려우니 현지조달하시오."

"네. 각 고을에 명령하여 군량과 물품을 영변 부원수부로 보내도록 하면 본관이 처리하겠습니다."

"그러면 각 고을의 수령 방백들에게 통문을 보내시오."

"그러나 부원수 이름으로 공문을 발송하는 것보다 도원수 직인이 찍힌 공문을 보내는 것이 군량을 거두는 데 도움이 될 것 같습니다. 관서지방 주민들이 억세서 부원수 공문으로는 먹혀들지 의문입니다."

"그렇다면 내 이름으로 하시오."

도원수의 직인은 권위를 위해서도 당연했지만, 번번이 월권을 행사해온 이괄로서는 보기드문 절차를 밟고 있었다. 그것은 이괄이 어떻게든 남을 걸고 넘어지면서 명분을 축적해가기 위한 일환이었다. 많은 군량을 확보하면 민폐를 끼치고, 백성의 원성을 살 수 있다. 그래서 도원수이 이름으로 거둬들이되, 그것을 군사에게 넉넉히 먹이면 군졸과 백성들이 지휘관인 자신을 신뢰하고 존경할 것이다.

정충신 방어사 역시 안주 본진을 근거지로 하여 군사를 모으고 군량을 확보했다. 그러나 그의 군량 확보책은 고을 백성들의 곳간을 쥐어짜는 것이 아니었다. 군사를 훈련시키는 사이 빈 땅을 개간해 농사를 짓는 것이었다. 버려진 수만 평의 강변 사구(砂丘)는 고구마 감자 옥수수 푸성귀를 심는 적지였다. 강물 따라 흘러온 모래가 언덕을 이룬 사구는 계절따라 먹을 것을 재배할 수 있었다. 모래땅인지라 물이 고이지 않아 벼농사를 지을 수 없으므로 쉽게 작물을 길러 거둬먹을 수 있는 밭작물을 재배했다.

　가을이 되자 천여 명의 병사가 먹을 것이 남아돌 만큼 옥수수 감자 고구마 배추 무가 산더미처럼 병영진지에 쌓였다. 여섯 달분 이상 비축하고도 남은 것들을 주민들에게 나눠주니 그들이 환호했다. 주민들을 뜯어먹는 것이 아니라 생산물을 배급하니 백성들이 서로 자식들을 군대에 보내주었다. 편히 먹고 입으라고 병영에 집어넣는 새로운 풍조가 생겼다.

　어느 날 정충신이 전령을 보내 이괄 부원수 병영을 탐문해오도록 지시했다. 영변을 다녀온 전령이 돌아와 외쳤다.

　"방어사 나리, 이괄 부원수가 직접 군사를 지휘하면서 병영에서 날마다 강도 높은 훈련을 실시하고, 궁시장(弓矢匠)과 대장장이를 시켜 활과 화살, 칼과 창 등 군기(軍器)를 제작하기에 바쁘게 돌아가고 있습니다. 군사들의 사기는 하늘을 찌를 듯하였사옵니다."

　"알았다. 돌아가 쉬거라."

　정충신은 확실하게 이괄이 반란을 도모하고 있음을 알았다. 이것을 원수부에 가서 고변해버려? 아니면 직접 잡아버려? 그는 여러 가지로 생각했다. 하지만 이괄의 부대는 1만2천의 정예병사로 짜여져 있다. 여기에 용병이 된 용감무쌍한 항왜병(降倭兵)이 2백 명이나 된다. 군사로는 이길 수 없다. 게다가 터놓고 자신에게 얘기한 기밀을 토설한다는 것은 사나이로서의 할 바가 아니다. 이괄은 믿고 얘기했는데, 그 우정으로 얻은 기밀을 밀고한다는 것은 비겁한 일로 보였다. 그의 요청을 거부하고 침묵을 지키면 된다.

그러나 이괄은 이괄대로 생각이 있었다. 정충신이 자신의 기밀을 알고 있는 이상, 자기 살려고 결정적인 때 조정에 이 사실을 고해바칠 수 있다. 아무리 친한 사이라고 해도 생사가 걸리고, 삼족이 멸하냐 흥하냐의 기로에 서 있다면 의리를 배반할 수 있다. 이것이 인간사의 약한 고리 아니던가.

인조 2년(1624년) 정월 22일 한 밤중에 안주성의 육중한 문을 요란하게 두드리는 자가 있었다. 수문장이 문틈으로 밖을 내다보며 "누구냐?"고 물었다.

"나는 영변 부원수 영문(營門) 좌병방이다. 급한 군령이 왔으니 문을 열라!"

"알았다. 기다려라."

수문장이 급히 동헌으로 가서 삼문을 흔드니 수청방(守廳房: 관청에서 청지기가 거처하던 방)에서 자고있던 통인이 나와 소리쳤다.

"누가 오밤중에 야단이냐."

"영변 병영에서 좌병방이 급한 군령을 가지고 왔다. 사또께 알려라."

통인이 머리를 갸웃하며, "상방에 보고할 때까지 기다리도록 하라"하고 상방으로 달려가 문을 두드렸다.

"정 사또 나리, 영변 병영에서 군령이 왔습니다."

정충신이 대번에 상황을 알아차리고 명했다.

"수문장을 부르라."

잠시 후 수문장이 동헌 뜰에 나타났다. 정충신이 물었다.

"부원수부의 좌병방이 혼자 말타고 왔더냐. 아니면 군사를 거느리고 왔더냐?"

"단기병(單騎兵)도 아니고 영군(領軍)도 아닌 몇 사람이 온 듯합니다."

"그렇다면 우리 병방을 불러들이라. 병방은 병방끼리 대거리를 해야 할 것이다."

전언을 들은 병방이 허둥지둥 옷을 갈아입고 상방 문앞에 이르러 고했다.

"방어사 나리, 병방 대령하였사옵니다."

"영변 부원수부에서 급한 군령으로 병방이 왔다 하니 발병부(發兵符: 發兵을 정확하고 신중하게 하기 위해 임금과 병권을 쥔 지방관이 미리 나눠 갖던 신표)를 가지고 나가서 맞춰보고 들이든지 말든지의 여부를 결정하라."

조선조 때는 가짜 군인들이 조를 짜서 관아를 습격하거나 간자로 활동하는 자가 많아서 병부를 지방관들이 갖고 있다가 상황을 보아 맞춰보는 일이 많았다.

병방이 나간 뒤 정충신은 여러 모로 생각을 가다듬었다. 여진족 오랑캐 무리가 쳐내려 왔다면 산골의 영변보다 서쪽 지름길의 안주가 먼저 알 것이고, 한양에서 변고가 생겼다면 도원수 장만의 군령이어야 할 것이다. 그런데 부원수의 군령이라? 설마 그가 우리 군대의 잘 훈련된 군사력과 사기충천을 알고 협력을 구하려는 것일까? 이것은 필연코 그의 비밀을 안 나를 제거하려고 하는 것이든지, 아니면 반란 동지로 맞을 것이냐를 확인하고자 밀사를 보냈을 것이다.

그중 자신을 반란 음모에 가담시키려 하는 것이 분명하다고 판단했다. 그 무렵 항간에는 인조 등극에 반대하는 여론이 떠돌고 있었으며, 반역설이 시중에 파다해 왕과 훈신들을 잔뜩 긴장시키고 있었다.

그러나 이제 탄생한 국가를 전복시킨다? 그렇게 되면 나라가 어떻게 된다? 그 혼란을 어떻게 감당할 것인가. 임진왜란 7년, 광해의 갈등 정치 15년, 그리고 인조 2년의 혼란과 좌절.

이괄과 생각이 같다 하더라도 또 반정은 안 될 일이었다. 그렇다면 정말 이 자를 내 손으로 잡아버려? 그러나 엉뚱한 사람을 죽이려 한다는 무고에 도리어 역공을 당할 수 있다. 이래저래 고민이었다.

이괄은 본래 한양에 뿌리박은 양반집 자제였다. 고관대작의 인척과 족척(族戚)이 많은 데 반해 정충신은 외로운 무인으로서, 그것도 수천 리 타향에 부모와 친인척을 두고 있는 외로운 사람이다. 홀로 서기로 간신히 여기까지 온 몸이다.

그런 그가 이괄과 척을 지면 또 하나의 인맥을 잃게 된다. 특히 그를 고변하면 나라의 방위를 위해 군사훈련과 군비확충을 하는 사람을 근거없이 모함했다 하여 친인척들이 들고 일어날 것이다. 반면에 그를 대변할 사람은 사실상 없다. 그의 버팀목 백사 이항복도 벌써 저세상 사람이 된 지 오래다. 이러니 자칫 잘못 처신하면 한순간에 골로 가는 수가 있다. 그가 고민하고 있는데 부인이 나섰다.

"왜 그리 걱정하십니까. 영변 병방에겐 곧 뒤따라 가겠다고 하고 샛길로 군사를 끌고 순천(順川)에 당도해서 매복했다가 그 자가 지나가는 뒤를 밟아 영감은 평양으로 가서 성 밖에 군사를 머무르게 한

다음 장만 도원수를 만나면 되지 않습니까. 말린 사슴고기 두어 궤짝 있으니 이것을 가지고 장만 도원수에게 인사를 올리면 반가워할지언정 의심하지 않을 것이옵니다."

"그래도 근무지를 이탈해 이괄 부원수 문제로 왔다고 할 적시면 좋아하실까?"

"영감, 안 만나주면 그만이고, 사슴 육포는 군사들에게 나눠주면 인심좋은 지휘관이란 칭송을 받지 않겠습니까. 고기는 혼자 먹으려고 장만한 것이 아니라 다함께 나누자고 장만한 것이옵니다. 이런 때 요긴하게 쓰십시오. 장만 도원수의 병 구완에 이것처럼 좋은 것이 없습니다. 녹용도 두어 궤짝 있나이다. 이것도 가지고 가시오. 지금 온 영변 좌병방은 무예가 출중합니까?"

"장사요. 힘으로 발신(發身)한 사람을 좌병방으로 쓰는 법이오."

"그러면 더 좋지요. 장사의 힘을 빼는 데는 여인의 몸이 최고지요. 기방에 데려다가 며칠 묵혀두면 몸이 식초처럼 흐느적거릴 것입니다. 잘 대접해서 보내시오. 대접해서 보내면 사나이가 고마워하지 나쁜 짓은 안 합니다."

정충신은 갑주(甲胄: 갑옷과 투구)를 갖춰 입고, 좌우에 우후와 비장을 세우고, 등촉(燈燭: 호롱에 싸인 등불과 촛불)을 밝힌 동헌으로 나갔다. 그 사이 병방이 영변 좌병방에게 가서 병부를 맞추었다.

영변 좌병방이 엄숙한 절차와 군율이 시퍼런 휘하 장령(將領)이 도열한 광경을 보고 겁먹더니 목을 움츠렸다. 그로서는 1만2천여 군사들과 함께 한 이괄의 최측근 고급 군교로서 안주 방어군 정도는 우습게 보았는데, 군율과 절도에서 오히려 영변 군사들을 압도하는 것이다. 그는 이괄 부원수로부터 정충신을 만나거든 반란 참가 여부를 묻고, 거부하면 그 자리에서 때려죽이든지 척살(刺殺)하라는 명을 받았는데, 너무도 당차고 엄하게 군사를 지휘하니 쫄지 않을 수 없었다.

"과연 장수로다!"

영변 좌병방은 헷갈렸다. 정충신의 한 점 흐트러짐 없는 늠름한 자세가 좌충우돌 성격인 이괄 장수보다 인물이 훨씬 뛰어나보였다. 두 사람이 뒤바뀌었다면? 그러면 혁명이 물샐틈없이 진행될 텐데…. 그는 아쉬운 마음으로 정충신에게 허리를 구부려 최대한 군례를 다했다.

"먼 길을 오시느라 수고하셨소. 군령장이 무엇이오?"

"네. 군령장에 관해서는 별도로 긴히 조용히 말씀 올리겠습니다."

"밀령(密令)이오?"

영변 좌병방이 주위를 한번 둘러보더니 대답했다.

"그렇습니다. 워낙 비밀을 요하는지라….”

"그러면 자리를 따로 마련하겠소."

군례를 마친 다음 정충신은 기방으로 자리를 옮겼다. 만일의 사태에 대비해 칼을 찬 장사 둘을 병풍 뒤에 배치했다. 잔치상이 근사하게 차려졌다.

"어서 드시오."

"장군, 밀령부터 전하겠습니다. 군 작전상 급한 일이 발생했으니 속히 군사를 이끌고 영변에 대령하랍신다는 분부이옵니다."

그리고 영변 좌병방이 이괄의 수결(手決)과 목침만한 붉은 도장, 그리고 검은 관자(關子)가 찍혀있는 군령장을 정충신 앞에 내밀었다.

"고생하셨소. 우선 노고를 풀어야 하지요."

정충신은 기생 둘을 불러 좌병방에게 붙였다. 그는 곤죽이 되도록 술을 마시고 기방에 갇혀 며칠 뻗어 지냈다.

하루면 돌아와야 할 좌병방이 돌아오지 않자 이괄은 당장 탈이 났다고 여기고 직접 정예병을 이끌고 안주로 말을 달렸다. 어떤 누구보다 정충신을 끌어들여야 하는 것이다. 그리고 가는 도중 아들 전(㮸)도 만날 요량이었다. 전은 박천 군기지에 주둔하고 있었다.

— 4권에 계속

깃 발 ❸
― 충무공 금남군 정충신 ―

초판 1쇄 발행 2021년 1월 25일

지은이   이계홍
펴낸이   윤형두 · 윤재민

펴낸곳   종합출판 범우(주)

등록번호 제 406―2004―000012호(2004년 1월 6일)
          (10881) 경기도 파주시 광인사길 9―13 (문발동)
대표전화 031)955―6900, 팩스 031)955―6905

홈페이지 www.bumwoosa.co.kr
이메일   bumwoosa1966@naver.com

ISBN 978―89―6365―306―8 04810

＊잘못된 책은 바꾸어 드립니다.
＊이 도서의 국립중앙도서관 출판시 도서목록(CIP)은 e―CIP홈페이지
(http://www.nl.go.kr/cip.php)에서 이용하실 수 있습니다.